FOLIO SCIENCE-FICTION

Maïa Mazaurette

Rien
ne nous survivra

Le pire est avenir

Gallimard

Née en 1978, Maïa Mazaurette est chroniqueuse et scénariste. À l'aise dans tous les genres, elle a d'abord publié une autofiction, *Nos amis les hommes*, avant d'écrire un roman de science-fiction, *Rien ne nous survivra*, qui a reçu le prix Imaginales des lycéens 2010, puis un texte de *fantasy, Dehors les chiens, les infidèles*. Également auteure de plusieurs guides, essais ou bandes dessinées, elle collabore régulièrement au magazine *GQ*. Elle vit actuellement à Berlin.

> *Les jeunes aiment le luxe,*
> *ont de mauvaises manières,*
> *se moquent de l'autorité*
> *et n'ont aucun respect pour l'âge.*
> *À notre époque, les enfants sont des tyrans.*
>
> SOCRATE.
> C'était il y a 2 400 ans.

J – 109 — SILENCE

Quelque chose bouge dans l'ombre que je ne connais pas.

Quelque chose rampe.

Je me lève, je sors sur le balcon qui semble ne pas vouloir s'écrouler tout de suite. L'aube paraît, grise. La ville s'étend sous mes yeux, éventrée, gorge profonde, les boyaux autrefois rectilignes, gaiement désorganisés. Le béton calciné a pris une couleur sale. L'air est saturé de poudre, ça ira mieux plus tard, quand le vent sera levé.

Un bruit, encore. Quelque chose bouge, tout proche. Quelque chose prend forme dans les espaces clos, dans les ascenseurs, dans les remises, dans les hôpitaux et sous mes pieds. Mais je n'ai pas la trouille. Jamais.

Je me retourne, scrute l'ombre. Mon appartement est organisé au mieux. Je règne sur un univers composé d'une révolte et de trois matelas, grand luxe. Quelques dessins originaux de Léonard de Vinci punaisés au mur. Un Caravage. Et un frigo qui ne marche plus mais qui me réconforte, parce que le vrai problème de la fin du monde, c'est la bouffe. Les gué-rilladeptes n'en peuvent plus des raviolis périmés.

Il est beaucoup trop tôt pour tirer. Les vieux de l'autre côté de la barrière dorment encore, la tête lourde. Le sommeil placide des vaches. Je pressens la journée pourrie. J'ai besoin de visibilité mais la poussière des combats stagne. La brume s'accroche, tenace, autour des lampadaires qui constituent, dans certains quartiers, les derniers signes de civilisation. Les jeunes s'en sont pris aux immeubles, aux abribus, aux voies de chemin de fer, aux poubelles, aux vieux, et même aux platanes. Mais jamais aux lampadaires. Bizarre. En même temps, je comprends : un lampa-daire sans électricité, on ressent de l'empathie, ça calme la rage, et toute une enfilade de lampadaires éteints, c'est comme un jardin zen.

Quelque chose vibre, je ne peux pas m'empêcher de me baisser. Mouvement fluide et réflexe.

Personne ne tire. Bon. De toute façon les combats commencent rarement avant onze heures, le temps de surmonter la gueule de bois.

Je rentre dans la chambre. La fenêtre derrière moi reste ouverte — on ne sait jamais. J'ouvre le frigo, constate que rien de comestible ne traîne, surtout res-ter zen, penser aux lampadaires, et je me laisse tom-ber sur mes matelas. Le maintien du dos, pour les snipers, c'est la base. Il suffit d'une scoliose mal maîtrisée pour manquer sa cible. Une mauvaise position qui coupe la circulation sanguine dans le bout des doigts, et blam, on n'y arrive plus. On tire comme un débutant. Pas au point de rater sa cible, faut pas abuser, mais le résultat est nul, tant au niveau technique qu'hygiénique. Mieux vaut éviter les balles mal placées : question de respect pour son propre corps et pour sa propre sensibilité. Par exemple, il me semble crucial d'éviter de toucher les yeux de ses victimes. Le jaillissement de fluides, filaments et cartilages, on se croirait dans une poissonnerie.

Je cale mon dos au centre des matelas : la fin du monde est un sujet sérieux, j'espère que je ne vais pas attraper froid. Franchement, il ne manquerait plus que ça.

Le bruit recommence, cette fois je sursaute.

Et puis je me rends compte que c'est mon estomac.

J – 108 — L'IMMORTEL

Et meeeeeeeeeerde. Je me jette à plat ventre. Les balles fusent autour de moi, je me recroqueville, en boule autant que possible, les bras autour des genoux repliés, la tête baissée, j'en lâcherais presque le Dragunov. Ma respiration s'accélère, plus bruyante que leurs détonations. Mon cœur va exploser. Les cartouches rebondissent sur le sol. Je serais surpris que les vieux tirent de plus de cinquante mètres.

Je jette un coup d'œil vers Alypse. Elle a pu se retrancher sous le porche d'un immeuble. Adossée contre la grosse porte grise, elle fouine dans son sac. Cette nana, c'est pas le genre à paniquer. Son treillis se fond dans l'ombre et ses mains ne tremblent pas. Contrairement aux miennes.

Le seul rempart entre la fusillade et ma peau est une poubelle blindée façon vigipirate. Sauvé par dix centimètres d'acier et trente litres de compost MacDo. Les balles font chlonk-chlonk en se plantant derrière moi. C'est probablement le dernier jour de ma vie et il fait moche. La rue, toute poisseuse, croule sous les déchets entassés depuis des mois. On ne voit plus le bitume, amolli par un mélange de boue, de gravats, de poussière et de bêtes qu'il ne faut pas regarder dans les yeux.

Je savais bien que j'aurais dû rester en retrait, c'est tellement plus naturel de tirer à distance. Le Dragunov n'est pas conçu pour les assauts rapprochés. De toute façon, les snipers n'attaquent pas. Les snipers se planquent en troisième ligne. Ils attendent. Ils se tournent les pouces. Ils font des putains de mots croisés. De temps en temps ils tirent et deviennent des héros.

Alypse fait des mouvements frénétiques de la main. Je ne comprends pas. La langue des signes demande une certaine ouverture d'esprit. On manque d'imagination quand on se fait canarder.

Alypse dégoupille une grenade. Oh. Mais. Quelle cruche. Elle n'aura jamais la force de la lancer assez loin… Je lui hurle d'arrêter, comme si ma voix pouvait bloquer le mouvement parfaitement courbe de son bras, avec petite inflexion du poignet finale, son geste est tellement élégant, tellement con aussi. Avant même que j'aie fini de crier la grosse noix métallique tombe. À mi-chemin entre nous deux.

Ignorant le danger, les vieux, les balles et la gravité, je bondis loin de la poubelle, poussant sur mes genoux de toutes mes forces. La détente musculaire part du bitume et se déroule tout le long de ma colonne vertébrale, ma vitesse surprend les tireurs, et la direction plus encore… je saute vers la bombe. Et je cours. Je dépasse la grenade en une fraction de seconde, puis la zone de déflagration. Je ne pense à rien. Peut-être que les vieux tirent dans ma direction. Peut-être que j'aurais dû partir dans l'autre sens, vers l'entrée du métro, ou là-bas, sous le bus renversé. Peut-être que rester caché derrière la poubelle était une meilleure option. Peut-être même que je devrais être en train de déjeuner en famille.

Tout ça n'a aucune importance.

Quand la grenade explose, je sens à peine la vague de chaleur. J'ai pris Alypse dans mes bras. Je l'ai plaquée au sol, sa bouche effleure mon cou, j'entends distinctement sa mâchoire claquer. Je protège sa petite tête des particules brûlantes, des graviers, des bouts de rats. Ce serait bien qu'on ne meure pas aujourd'hui. Qu'on ait le temps de faire connaissance, que je m'endorme encore, blotti contre elle, après des semaines de solitude sans le moindre contact humain. Avec elle j'ai fait de beaux rêves, non ce n'est pas sérieux, aucune relation n'est sérieuse, mais oui c'est important, même en temps de guerre, les minuscules sursauts d'affection.

Alypse se dégage de mon étreinte en rigolant.

— Alors, on les a butés ?

Pas de doute, on est en guerre.

Je me penche vers la rue, les vieux ont disparu, apparemment la grenade les a repoussés. Plus personne ne tire. Un calme étrange s'installe, chargé de menace et de fourberie. Les immeubles de cette zone tiennent encore sur leurs fondations, trop propres pour être considérés sans méfiance. Chaque fenêtre recèle un danger, chaque fente, chaque crevasse, chaque relief du terrain. Bienheureux les soldats du désert. Je regrette le temps des combats front contre front, l'époque de la force pure. Désormais, nous sommes obligés d'être malins. J'ai bien peur que ce ne soit pas mon fort.

J'attends. Mais rien ne se passe.

Alypse sort timidement de sous le porche. Je l'imite : on ne va pas attendre de se faire contourner, d'autant que la nuit commence à tomber. Ce serait dommage qu'on se fasse piéger du mauvais côté de la Seine.

— On rentre ? je demande.

— Mais on n'a tué personne.

— Et personne ne nous a tués. On perd pas au change.

Alypse hésite. Pendant cette fraction de seconde, à vingt mètres derrière elle, quelque chose attire mon regard. J'incline la tête. La fumée dégagée par la grenade se dissipe progressivement, à travers les particules grises je reconnais un vieux. En tenue de civil pour mieux nous tromper. Il émerge de l'ombre d'une voiture aux sièges calcinés — une de ces nombreuses voitures familiales abandonnées au début de la guérilla.

Le buste, les mains, le fusil, tout apparaît dans un mouvement presque imperceptible, décomposé. Je suis pris aux tripes : comme dans un film d'horreur la bête attaque au ralenti, cette fois le monstre de mes cauchemars est un vieux qui se déplie, avec une lenteur incroyable, pas pressé, sûr de lui, et je vois distinctement son doigt qui se crispe sur la gâchette de son AK-47. Il nous attendait. Il guettait derrière cette bagnole depuis le début, l'angle correspond à celui de la fusillade. Mon poing s'est refermé sur la crosse du Dragunov, jamais je n'arriverai à tirer le premier. Il faudrait que le temps s'arrête. Je prie le dieu des snipers, des aventuriers et des jeunes. Il me faudrait deux secondes. Deux toutes petites secondes.

Et de fait, le temps s'arrête.

L'AK-47 tombe au sol, le vieux disparaît derrière la voiture. Aussi simplement que ça. Comme si ses jambes avaient lâché, comme si sa colonne vertébrale avait décidé de se faire la malle. Je me demande si je n'ai pas halluciné, après tout, les erreurs peuvent arriver. La guérilla est un sport amusant mais intense. Un peu de fumée, beaucoup de tension, et voilà que le cerveau invente des ennemis imaginaires.

La détonation nous atteint une seconde plus tard. Ma logique reprend le dessus : non, je n'ai pas halluciné, quelqu'un a tiré sur ce vieux, depuis une distance d'au moins six cents mètres. Quelqu'un qui sait viser.

Alypse regarde autour d'elle avec désinvolture.

— C'était quoi, ça ?

Je lui fais signe de retourner immédiatement sous le porche. Mieux vaut prendre ses précautions : l'éloignement et la poussière ne facilitent pas la différenciation entre alliés et adversaires. Les balles perdues, les roquettes balancées à l'aveugle, les mines, ça n'arrive pas qu'aux autres. Je réfléchis. Le tireur est dans notre camp, d'accord. Mais si les vieux envoient des renforts ?

Alypse reste immobile en plein milieu de la rue déserte. Une cible idéale, ambiance tir aux pigeons, mais elle s'en fout. Personne ne semble vouloir intervenir. Alors elle profite de l'occasion pour avancer d'encore quelques mètres en territoire ennemi. Je n'en reviens pas de sa témérité.

Elle contourne la voiture cramée, elle s'approche du vieux. Pas question de lui laisser ses armes et ses munitions — dépouiller les cadavres fait partie du jeu.

Pendant ce temps je fais le guet, pas rassuré, avec cette persistante impression de me trouver au croisement de plusieurs lignes de mire. Je fouille du regard chaque orifice, aussi loin que ma vision le permet. Rien. Tout est uniformément gris, ou crème. Couleurs de fatigue, de linceul et de vieux. Les bâtiments se ressemblent. Couches de peinture, auvents, vitrines, moulures : avant la guérilla, de pitoyables artifices nous faisaient croire que cette ville était vivante. Aujourd'hui je réalise que Paris n'a jamais constitué qu'un seul et même motif cloné, joli, pas trop compliqué à reproduire. Parfait refuge pour touristes paresseux.

Un guérilladepte a incendié tous les pneus de tous les véhicules de la rue, avec un soin maniaque : les carcasses de Twingo reposent sur des flaques noires et caoutchouteuses, parcourues d'enjoliveurs tordus et de morceaux de verre.

Alypse traîne, quelque chose la trouble.

— T'as vu ?

Je me rapproche pour regarder. Le vieux qui nous menaçait est tombé en arrière, ses bras détendus, posés le long des flancs, ses doigts même pas contractés. Son costume repassé flotte légèrement aux épaules. Sa chemise, toute propre et boutonnée, enserre sa gorge.

Prêt à être enterré.

Mais je comprends ce qui perturbe Alypse : cette mort est trop belle. Dénuée de vulgarité comme de douleur. Peu de sang, encore moins de cervelle répandue. Juste une flaque parfaitement circulaire sous le crâne. Le front est troué. Pas explosé ni défoncé : troué, proprement, en plein centre. On pourrait mesurer au millimètre, hauteur, largeur, je suis sûr qu'on ne trouverait qu'une parfaite symétrie.

Alypse regarde pensivement par-dessus mon épaule.

— Hé, l'Immortel. Je crois qu'on vient d'être sauvés par Silence.

J – 107 — SILENCE

Il est cinq heures et Paris ne s'éveille pas du tout. Des impasses aux grands boulevards, pas un bruit, pas un fêtard. Personne pour tirer sur les vieux. Seules quelques sentinelles montent la garde, je les entends bâiller au coin des rues, leurs jumelles infrarouges vissées au visage.

Il fait tellement sombre que j'en viens à me demander si je n'ai pas loupé le point de rendez-vous. Porte de Versailles ou porte d'Orléans ? S'il restait un seul panneau dans la ville, une seule misérable petite indication, ça aiderait. Mais évidemment, la signalisation a été arrachée lors des premières semaines de révolte.

Si j'ai bonne mémoire, c'était même mon idée.

Je fouille les environs des yeux. À part le gouffre profond du périphérique, je ne reconnais rien. Noir sur noir. Les nuages masquent la lune et les étoiles, Paris pourrait être Beyrouth ou Zagreb — au temps pour mon légendaire sens de l'orientation. Je me souviens des balades en forêt avec ma cousine. Elle passait ses dimanches chez les scouts, ensuite elle m'enseignait ses secrets : il fallait regarder la mousse sur les arbres pour déterminer le nord. Je devrais peut-être tester avec les poteaux, près de l'arrêt de tramway. Je pourrais scruter la tige des lampadaires.

Sauf que ma méthode est plus simple : du nord vient la puanteur des vieux.

La guérilla ressemble à un camp scout, sans les

règles. Les objectifs de survie sont identiques. Il faut chercher les pousses comestibles et tuer pour les obtenir. Il faut traquer les animaux qui se déplacent en grappes pour nous sauter à la gorge, qui depuis longtemps ont cessé de répondre à leurs noms domestiques. Paris est drôle et dangereuse. Je m'imagine scout. Silence parmi les Pionniers. Silence Hyène-Avide, profitant du sommeil des autres pour rôder, piéger, commercer.

Soit Oimir est en retard, soit j'attends au mauvais endroit. Un coup de vent me fait frissonner. La parka me protège du froid mais j'aurais préféré un gilet pare-balles. Sous les mitaines, mes doigts s'engourdissent. Pourvu que rien ne tourne mal. Une livraison des Albanais ne se loupe pas. Sinon on meurt. Leur code de conduite est très précis sur ce point, et quand j'ai commencé les affaires, on m'a bien expliqué. « Tu ne pourras pas dire que tu ne savais pas. »

Sans lumière et sans bruit, un camion se repère à des kilomètres. J'attends.

Guide tactique de la révolte :

1) trouvez des armes

2) trouvez des munitions

3) ceux qui ont fait leur service militaire expliquent aux autres

Bien sûr, il y a toujours des petits malins pour se faire sauter sur une mine. De préférence lâchée par erreur. Ou activée en trébuchant. Ce n'est pas grave. Au moins, ceux qui meurent en chargeant un fusil ne font de mal à personne — que Darwin fasse son œuvre en amont du champ de bataille, et tout le monde s'en portera mieux.

Ah, de la lumière.

Oimir arrive. Le camion de transport ressemble à un énorme scarabée noir. Il roule lentement, pour éviter les trous dans la route, et aussi parce qu'on ne plaisante pas avec mille AK-47 et une semaine de munitions. C'est ma réserve privée. Les autres jeunes, allez savoir comment ils se fournissent — les Turcs, probablement. Personnellement je préfère les Albanais, ils sont violents mais honnêtes, le Kosovo a fait éclore leur talent sur la scène européenne, et sans fausse publicité. Ces gars sont capables de dégotter n'importe quelle arme, à tarif raisonnable, livraison et service après-vente compris. Il a juste fallu les calmer sur la prostitution. Le deal est élégant : ils ne touchent pas les filles, ils fournissent, en échange ils peuvent faire leur marché parmi les babioles des vieux. Le Louvre, par exemple. Le musée d'Orsay aussi. Ils n'en revenaient pas de leur chance quand on a négocié leurs itinéraires de pillage : la gloire de la France avait plus de valeur pour eux que pour nous. À ma connaissance, que la Joconde affiche son sourire stupide à Paris ou Tirana, ça ne change rien, ça ne tue personne et ça ne se bouffe pas. Donc, aucun intérêt. Si les Albanais s'estiment gagnants en récupérant des œuvres contemplatives, tant mieux pour eux. Pour notre part, nous en avions franchement assez d'être de simples spectateurs — ou pire, les conservateurs d'un immense et intouchable musée.

Oimir me fait signe de la main. C'est un gars tranquille, imperméable à la politique, on se rencontre une fois par semaine pour la livraison, toujours dans un lieu différent. Nos motivations, notre rage, ça ne le concerne pas. Il a arrêté de chercher à comprendre.

Chaque semaine je regarde ses chaussures, de plus en plus pointues, de plus en plus désassorties à son jogging bleu marine, et je constate qu'il monte en grade. Je me réjouis de ses succès, sincèrement, car j'apprécie les relations stables, et tout recommencer avec un autre interlocuteur serait compliqué. Oimir est fiable. Je lui ai proposé de rejoindre la guérilla, il connaît bien les armes, mais non, pas question — il nous prend pour des tarés, ça se voit dans les plis autour de sa bouche. Notre lutte ne le dérange pas non plus. Les armes qu'il nous vend pour tuer les vieux, elles servent à assurer la retraite de sa mère. Cette semaine il livrera des tableaux de Delacroix à son patron, les œuvres rejoindront les centaines de peintures déjà entreposées dans une cave près du mont Korab. Là-dessus, profil bas pendant une ou deux décennies, puis revente à des industriels pas trop regardants sur l'origine, qui spéculeront auprès d'autres industriels, qui deviendront des personnalités politiques, ou qui feront pression sur des députés presque parfaitement honnêtes : en moins de cinquante ans, la communauté internationale félicitera les héros, les bienfaiteurs, les courageux mafieux qui ont su prendre soin du patrimoine historique de la France. Il n'y a pas de perdant dans cette affaire. Juste des vieux qui meurent. Accessoirement, ce sauvetage des œuvres d'art me donne bonne conscience — de la fondation Cartier, du musée de l'Homme, il ne reste rien. Plus une pierre.

Oimir, comme toutes les semaines, me fait signe de monter dans le camion. Et comme toujours, je me dépêche de grimper sur le siège passager, tout près du moteur et du chauffage. La différence de température provoque des petites démangeaisons dans mes doigts. Je respire les effluves d'essence, j'apprécie le bruit du diesel. Le tableau de bord brille de lumières vertes qui nous donnent des allures de revenants. Le moindre gadget m'émerveille. Je considère ce camion comme mon dernier contact avec la technologie. Incroyable comme on oublie vite.

— T'as pas oublié mon petit extra ? je demande.

Les extras font partie d'une série d'arrangements complémentaires et informels.

— Derrière les munitions, répond Oimir. Deux litres d'huile d'olive vierge, un cageot de tomates et de figues, plein de saloperies dans une glacière. La semaine prochaine, si tu es sage, spécialités albanaises. Cuisinées par maman.

Le soulagement se répand dans mon corps, liquidant toutes les tensions, tous les énervements. Je ferme les yeux, ma tête inclinée contre la surface froide de la fenêtre. Le cuir du siège absorbe une partie des vibrations du moteur. Oimir a coupé les phares. J'ai l'impression de voyager en surplace, que ce camion ne va nulle part, sauf peut-être en arrière, dans le temps, quand le pétrole faisait partie du quotidien. Mes pensées se remplissent de bons petits plats, l'entrepôt nous attend à quelques kilomètres, tout va bien. Je ne mènerai pas cette guerre le ventre vide. On peut oublier la technologie sans sacrifier à la sauvagerie.

Ces moments ne durent jamais longtemps. Juste assez pour réaliser l'ampleur du désastre, assez pour imaginer rester dans ce camion avec Oimir, laisser le boulot en plan, laisser les vieux mourir sans mon aide. Ce qui n'est évidemment pas envisageable.

— Hé, on est arrivés.

Quelques bouts de tôle masquent le préau d'une école maternelle : voilà mon entrepôt. Des fresques simplistes hantent les murs, stylisées comme des affiches de propagande. Elles représentent un monde pourvu de papas et de mamans. À la lueur des phares du camion, même les arcs-en-ciel se réduisent à des niveaux de jaune-orange. Parfait. Il paraît qu'au Moyen Âge les églises étaient multicolores : les anciens mondes perdent toujours leurs couleurs avant de perdre leurs formes. Quant aux idées, elles sont les premières à s'évaporer. Des papas, des mamans, Dieu, et quoi encore ?

J'observe le déchargement en bâillant. Des caisses et des caisses de munitions, soigneusement étiquetées, aux planches tellement bourrées d'échardes que je pourrais exporter des cure-dents. Si mes chers camarades savaient viser, allez, si une seule de ces balles, sur cent, tuait un vieux, on aurait déjà gagné. Heureusement que les croulants ne sont pas mieux lotis.

Le visage d'Oimir dégouline de transpiration, on pourrait croire que ses cheveux planquent une source d'eau fraîche. Une oasis dans la sécheresse, surmontant une silhouette petite mais solide, la peau collée aux muscles, donnant une impression de force compacte. Une vraie tête d'Albanais, brune, pas dénuée de sauvagerie.

Je parie qu'il plaît aux filles. Quand il ne les vend pas.

— On se voit mardi prochain ? demande-t-il en faisant glisser les dernières caisses dans ma direction.

J'écoute à peine, je somnole, je pense à mes matelas, à la manière dont il faudra calfeutrer les fenêtres pour que le jour ne me réveille pas. Ces livraisons m'épuisent. Distraitement je répète :

— Mardi ?

— Dans six jours. On est mercredi, Silence. Mercredi.

Ah, oui.

Oimir regarde mes chaussures et soupire.

— Vous vivez comme des clébards, quand même.

— D'amour et d'eau fraîche, je réponds.

— Comme des putains de clébards.

— Tsssss. Ne sois pas jaloux.

J – 106 — L'IMMORTEL

Tuer des vieux demande un certain talent. C'est tout le charme de cette guérilla — l'utilité n'est plus à démontrer. Je savoure vraiment cette interaction chasseur-victime, j'y retrouve un instinct essentiel. C'est venu dès la première fois, il y a deux ans, quand tout ce bordel a commencé. Disons que dans ma vie, tuer des vieux a remplacé le football. Je peux alterner le jeu, le spectacle, je peux même supporter des clans. C'est une activité parfaite.

Je me souviens de la pression évidente sur la gâchette : le moment où je suis devenu un tueur. C'était censé être intense et terrible — que dalle. J'étais le même avant et après. Rien n'avait bougé que mon index. La culpabilité est un aspect du plaisir dont les publicitaires m'avaient appris, depuis la naissance, à m'accommoder : laisse-toi tenter, assume plus tard. J'ai retenu la leçon.

Je dois ma première fois à une dame de quatre-vingts ans, clouée en chaise roulante, ni armée, ni menaçante, le genre à distribuer des bonbons plutôt que des claques. Il faut pas mal de résistance au conditionnement social pour ressentir de la fierté dans un cas pareil. « Ne tue pas d'innocents » — Je peux savoir qui est innocent ? Surtout parmi les vieux ? Ce n'était pas un crime, seulement une euthanasie. Les handicapés disposent rarement de portes de sortie. Vraiment, je lui ai fait un cadeau, notre relation était pétrie de compassion. Et puis cette dame a rejoint mon panthéon de femmes importantes. Celle qui m'a donné la vie, celle qui m'a montré comment la transmettre, celle qui m'a offert sa mort.

Je voudrais inclure Alypse dans ce club : la première fille dont je tomberais amoureux.

Pour l'heure je somnole dans ses cheveux. L'aube ne va plus tarder, et avec elle le refrain monotone des fusillades, la quête de nourriture, les missions sauvages. Les vitres de la Volvo sont opaques. C'est plus sûr de dormir dans ce parking souterrain, à l'écart des autres jeunes : les regroupements font des cibles faciles pour les lance-roquettes. J'ai beaucoup utilisé les dortoirs collectifs — cinémas, rames de métro, bibliothèques — mais on y manque d'intimité. Et puis le mélange de fusils chargés et d'ego surgonflés n'inspire pas confiance : la moindre rixe peut dégénérer en dizaines de morts.

Alypse transpire. Elle murmure à ses cauchemars, compressée dans mes bras. Je n'ose pas bouger. Je voudrais qu'elle dorme encore longtemps et, peut-être, qu'elle oublie définitivement de se réveiller. Elle soupire, j'embrasse sa joue ronde, j'embrasse ses taches de rousseur, ses cheveux teints de toutes les couleurs, ses tatouages, ses mains minuscules repliées autour du cuir de mon imperméable. Je voudrais bien connaître l'amour avant la fin du monde.

Même sur la banquette arrière d'une Volvo.

J – 105 — SILENCE

Mon père. Puis ma mère. L'ordre n'avait pas d'importance.

Une balle. Puis une balle.

Dès que ma mère a vu le Glock, elle a su. C'est fou l'instinct maternel. Je l'ai poursuivie dans la cuisine, je l'ai priée d'être raisonnable mais elle pleurait trop pour m'entendre. Sa robe volait autour de ses genoux, la soie verte légère, interrompue par des motifs géométriques et des bouts de phrase sans aucune signification («je suis une île» — «sexy future» — «299 route de la plage»). Malheureusement pour elle, les talons hauts sont incompatibles avec une course-poursuite. Elle est tombée, genoux puis hanches puis buste en contact avec le sol, et sa tête a rebondi contre la cafetière. J'ai tiré. Je me souviendrai toujours de cette odeur : Carte Noire commerce équitable.

Le cadavre de ma mère reposait sur le carrelage, la peau indistincte de la pierre, crème contre crème. Un luxe de propriétaire. Plus les gens sont riches, plus ils ont tendance à recouvrir leur sol de boiseries ou de dalles couleur chair, comme s'ils se préparaient à mourir quelque part entre la cheminée et la salle de bains, les cadavres engloutis dans le plancher prêt-à-poser, ne laissant derrière eux qu'une flaque de vêtements.

Ma mère aimait faire semblant d'être riche. Sa dépouille s'étendait en longueur, parallèlement à la table, miraculeusement droite, rigide, à l'exception d'une certaine mollesse dans la bouche et de la cheville gauche, brisée dans la chute, formant un angle étrange. J'ai passé quelques minutes à observer cette blessure, à me dire qu'une fracture pareille, ça devait vraiment faire mal, de manière diffuse mais constante, contrairement à la simplicité d'une balle dans la tête. Je fais toujours très attention à éviter la douleur. Je déteste voir des gens souffrir. On n'est pas des bêtes.

Enfin. C'est une histoire très banale de nos jours. Un peu vulgaire, même.

Si je devais aujourd'hui m'inventer de nouveaux parents, je choisirais mon L96-A1. Il me nourrit. Il me protège. Il m'apprend une certaine politesse. Il me confère un statut social. De fait, le L96 assure mieux son boulot que ses prédécesseurs. Considéré comme le meilleur fusil d'élite en circulation, c'est également l'un des plus rares. Il vient d'Angleterre. La précision reste honnête jusqu'à mille mètres. La lunette de nuit permet d'arracher, mettons, une main, à trois cents mètres. Si je vise la tête, ma victime sera morte bien avant d'avoir entendu la détonation. Ce petit monstre noir accompagne presque tous mes déplacements — aluminium forgé recouvert de plastique souple, plusieurs années d'utilisation sans la moindre égratignure. Dix balles au magasin, à peine 6,5 kg. La perfection doit ressembler à ça.

J – 104 — L'IMMORTEL

L'Assemblée nationale a connu des jours meilleurs, mais pour les vieux, il faut s'en contenter. Surtout depuis que les caves du Sénat ont été transformées en piscine à bulles, et ses étages, en salles de jeux.

Côté nord, le fronton affiche plusieurs trous de roquette, répartis sur toute la surface, sans toutefois endommager la stabilité de l'ensemble — simple question de temps, nous ne sommes pas pressés. Il manque deux colonnes. Esthétiquement, la structure ressemble bien plus qu'avant à une ruine grecque. Au-delà de l'enfilade des portes, des escaliers et des voies sur berge désertes, la Seine coule rapidement.

Elle n'a jamais été aussi claire. C'est une belle journée.

Contre toute attente, les députés siègent encore — sans doute pour nous narguer. Sous escorte policière massive et trois fois par semaine, les vieux traversent la Seine, en convoi de voitures blindées, et viennent symboliquement débattre de la situation de la France. Même si plus personne ne les écoute. Même sans caméras. Admirable force de l'habitude. Tu leur enlèves le décorum, ils tombent, ou deviennent fous.

Je squatte un espace réservé à la presse, en hauteur, près de poutres écroulées qui me cachent presque intégralement — mes vêtements sont noirs, mon visage recouvert de crasse, il faudrait un projecteur pour me repérer. En contrebas, l'hémicycle paraît tout délavé. Le bâtiment a perdu son toit, du moins au-dessus de la tribune. Il pleut trop souvent : les fauteuils ont développé une flore intéressante à base de moisissure. Qui aurait cru que des champignons comestibles pousseraient sous les fesses grasses de nos aïeux ? On vit une époque formidable.

Les députés ont remplacé leurs deux cent onze collègues déjà morts par deux cent onze futurs morts — mais toujours blancs. Ils ne manquent pas de candidats. Les maisons de vieux fourmillent de prises de conscience héroïques, chaque débris veut faire partie des mateurs de révolte. Ils ne prennent pas la peine de cacher leur unique motivation : la gloire — je me souviens d'un temps où leurs discours évoquaient l'ordre, la paix, les valeurs, mais toutes ces couches de vernis se sont progressivement dissipées. La guérilla met les âmes à nu. Ne reste que la soif de reconnaissance : pour les plus chanceux, un paragraphe dans un livre d'histoire. Bof. À leur âge, ils n'ont plus grand-chose à perdre, plus vraiment d'autres plaisirs que l'exercice d'un pouvoir même dérisoire. Le type qui enflamme son public, là-bas sur l'estrade, n'a manifestement plus assez de dents pour se taper un steak. Il appuie ses mains vibrantes sur le pupitre. Si j'avais Parkinson, je me branlerais tout le temps.

« Blabla j'étais un résistant, nazisme d'hier, extrémisme d'aujourd'hui. Blabla je me suis battu pour voir grandir ces mômes. Blabla ce sont nos enfants avant tout. »

Vachement émouvant, mec, tu vas me faire chialer. Blabla je charge mon fusil. Blabla tu vas regretter d'avoir si mal élevé tes mômes.

L'orateur change toutes les dix minutes. Pas le style. Les politiciens ne s'adressent pas aux gens mais à leur destin et aux livres d'histoire. Ils parlent au futur, aux vieux qu'on sera, aux enfants qu'on aura. Ils veulent être immortels quitte à tuer la jeunesse. Ils nous vendraient aux Albanais pour qu'on connaisse leur nom plus tard, qu'on l'apprenne de force à des enfants de primaire croulant sous le par-cœur obligatoire, sous des enfilades de chiffres sans aucune signification.

Je vérifie mon angle de visée, tranquille. La partie la plus délicate de cette mission consistait à arriver jusque dans l'hémicycle : à partir de maintenant, je peux me faire plaisir. Personne dans mes pattes, aucune mauvaise surprise. J'aurais pourtant tremblé jusqu'au bout, notamment dans les souterrains. Le passage entre le palais Bourbon et la rue de l'Université est connu de tous, et habituellement, les gardes en surveillent chaque embranchement.

Il aura fallu des semaines de repérage pour reconnaître le minibus employé par les policiers, et un plan solide pour le faire sauter en toute discrétion, sans annuler la séance. Une opération parfaitement menée. Sous la route, le passage était désert. Maintenant je me terre, invisible, dans mon coin d'ombre. Idéalement placé. Les vieux n'ont aucune chance. Leur mort est minutée et ces nazes ne le savent même pas.

Les discours historiques s'enchaînent entre deux salves d'applaudissements : lequel des orateurs vais-je tuer aujourd'hui ? Celui qui accuse les jeux vidéo, ou celui qui fustige les féministes d'avoir semé les germes de la déchéance morale ?

— Nous sommes responsables, nous qui avons cédé le terrain aux défenseurs des droits de l'enfance, aux abus des humanistes, nous qui avons toléré qu'on supprime la blouse et le martinet, nous qui n'avons pas su pardonner à nos parents la sévère éducation que leur amour…

Voici donc ma première cible — première d'une longue série, si tout se passe correctement. J'observe cet homme qui va bientôt mourir : dents blanches auréolées du rictus de ceux qui ont appris à sourire, gestes développés en école de communication. Calvitie avancée sur crâne luisant. Couperose traduisant une affection sincère pour la bibine. Il ressemble à un ver. À croire qu'il anticipe.

— Quand nous aurons pardonné à nos parents, et seulement après ce pardon originel, nous serons prêts à remettre nos crétins d'enfants à leur place. Et croyez-moi, eux aussi nous pardonneront un jour.

Franchement, je serais curieux de voir ça. Mais qu'importe : la thématique christique marche toujours chez les vieux, qui applaudissent, ravis, confortés dans leur violence. Il est temps de passer à l'action. Je fouille mon sac à dos. Mon matériel s'entasse en vrac : chargeurs, vivres, soins, plan des issues de secours. Nous sommes peut-être des crétins, moi le premier, mais notre intelligence pratique est surdéveloppée, et franchement, nous possédons un arsenal idéologique qui vaut bien le leur. Les plus lettrés observent et transmettent les écrits des Théoriciens. Les autres confondent Dieu et leur viseur. Tu tueras. Tu déshonoreras ton père et ta mère. Tu te trouveras toujours du bon côté du canon. Une religion sommaire. Un jugement immédiat. La punition en cas de faute, terrible.

Des applaudissements, encore, entre les sièges bien rangés. Pas un cheveu qui dépasse. Pas un sourire qui manque. Jamais les politiques n'ont été si unis : sauver sa peau, voilà un slogan fédérateur.

Ils sont contents. Ils se lèvent, se tapent dans le dos, s'apprêtent à rentrer, rive droite, dans leur cocon de sérénité, loin des contradictions et des jeunes mal coiffés. Cette guérilla, ils la chérissent. Elle leur permet de réaliser leur rêve : Paris sans bruit, sans fêtes et sans skates. Soixante kilomètres carrés de retraite.

Les sièges alignés sont rose gencive, très légèrement courbés, comme des traces obsessionnelles de morsures.

Je repère quatre vieux qui se tiennent à l'écart. Parmi eux, aucune femme, aucun Noir, plus que jamais les minorités sont exclues. Plafond de vair pour les Cendrillons, plafond de cuir pour les affranchis. Personne ici n'a oublié le temps des fouets. Certains regrettent. C'était tellement plus facile de taper. Au sein du petit groupe, je reconnais l'adepte du châtiment bienfaiteur. Sa silhouette s'empâte dans un costume bien coupé, il suinte la confiance genoux fléchis, jambes écartées dans une pose martiale, dos droit.

J'attends parce que c'est meilleur : je les préfère détendus. Qui va vivre, qui va mourir ? Je juge à la tête. Il y a des traits qui me sont désagréables : les sourcils trop arqués, les lèvres pleines, les airs complices.

J'arme, je vise, je tire. Un jeu d'enfant. Les vieux ont perdu leurs réflexes, on pourrait croire les puissants particulièrement aptes à la survie, mais au contraire, les nantis oublient vite les comportements réfléchis — raser les murs, baisser la tête. Ils s'agitent en restant miraculeusement alignés. Je vide mon premier chargeur, étourdi de poudre et d'adrénaline.

Deux corps s'écroulent sans cri, dans un calme qui rend hommage à cette sagesse et à cette économie dont plus personne ne veut. Un mort et un blessé, rien d'exubérant, pas de souffrances démonstratives. Dommage. Je préfère quand ils poussent des couinements de pourceaux. J'essaye d'imaginer les halètements de celui dont j'ai percé l'estomac plutôt que le cœur, ça me donne du courage et aussi ça m'excite. Je caresse mon Dragunov. Ce fusil ne bénéficie d'aucune capacité extraordinaire mais j'y suis habitué. Mon faible pour les Russes me perdra.

Le sang de mes victimes disparaît, absorbé par la moquette.

— Par ici, un jeune ! Là-haut !

Ouais. Un jeune. Tremblez, vieillards.

Leur manque de discernement me déconcerte : ceux qui ont entendu les coups de feu accourent au lieu de s'enfuir. Ils veulent sauver le blessé. De fait, après leur boniment sur l'entraide, c'est la moindre des choses. Mais leur comportement n'en reste pas moins aberrant. Parmi les jeunes, personne ne risquerait sa peau pour un connard promis à la gangrène.

Armer-viser-tirer. Je les chope chacun leur tour comme à la foire, eux qui se croyaient en sécurité dans leur bunker de luxe. S'il y a résistance, elle est

31

muette et manchote. Ils piaillent, désarmés, désorientés. Ceux que j'ai épargnés courent comiquement se jeter à couvert de sièges que mes balles traversent aisément. La panique rend con.

Quelques tirs dans des genoux ou des chevilles, pour le divertissement et la beauté du geste, puis il est temps de filer : ceux qui jouent les héros meurent en deux jours. C'est que nos ennemis sont coriaces. Je me laisse parfois surprendre par l'acharnement et le talent avec lequel les vieux se défendent — pas les politiques, naturellement, mais plutôt les vieux pauvres, qui se sont reproduits loin des élites : en somme, ceux qui n'ont vraiment rien pour eux. Cette génération a connu la guerre et l'expérience concrète d'une vie sous les bombes leur donne une bonne longueur d'avance. Ils savent se débrouiller quand ils manquent de tout. En comparaison, nous passons pour des enfants trop gâtés. Et l'apprentissage est difficile.

Pour ma part je refuse de crever, du moins dans l'immédiat. Je le proclame jusque dans mon nom de scène. J'avance prudemment, je surveille mes arrières, je prépare toujours méticuleusement mes opérations. Je n'attaque jamais sans maîtriser deux itinéraires différents de fuite. Je ne voudrais pas mourir tout seul, dans un souterrain, dans l'anonymat, et pire : sans Alypse.

Une fois dehors, je m'autorise quelques secondes de pause. Le soleil se couche, bombardant Paris de rayons rouges — le seul quart d'heure de la journée où les murs perdent cette stupide couleur grise. Cela dit, grâce à la guérilla, les murs sont de moins en moins nombreux. On ne peut pas se plaindre.

Je rajuste le Dragunov sur mon épaule, je serre les attaches de mon sac. De l'autre côté de la rue, la vitrine fracassée d'une boulangerie renvoie mon misérable reflet : jean noir troué aux deux genoux, sweat trempé de sueur, gants collés à ma peau. Mais pas question de souffler. Pour moi la nuit sera longue. J'ai tué plein de vieux, il faut maintenant « revendiquer », faire connaître mon exploit à tous ceux que je croiserai. La rumeur doit se propager. Les snipers populaires obtiennent plus facilement des couvertures et des munitions : des avantages cruciaux, sources de toutes les jalousies. Certains n'hésitent pas à coller des affiches vantant leurs faits d'armes. Pour ma part, je pourrais laisser quelques lignes sur le Hall of Fame : novembre, l'Immortel, attaque de l'Assemblée nationale, huit points. Le bouche-à-oreille fera le reste. Toucher les bonnes personnes ne demande pas d'effort particulier : les jeunes entre eux ne parlent que des offensives du jour, encensant les héros, méprisant les morts. Cette fois je vais booster mon score : ce que je viens de réaliser, tout le monde reconnaîtra que c'est un coup à la Silence.

Bien sûr, Silence n'a jamais besoin de revendiquer. Ne rien dire est sa marque de fabrique, une marque assez injuste car tout sniper fermant sa gueule lui « donne » automatiquement ses faits d'armes. C'est le privilège des pionniers. Outre ses coups tordus, Silence fait partie des premiers jeunes à avoir mis un terme à leurs parents. Chaque catégorie de combattants révère ses propres idoles : les artificiers, les bourrins, les piégeurs, les stratèges, les commandants, les scaphandriers, les empoisonneurs, les mousquetaires... Mais tous reconnaissent que Silence se pose hors concours. Pour commencer, personne ne sait si Silence est un garçon ou une fille : son immatérialité en fait le fantasme polymorphe de ces temps pas très bandants. Ensuite, Silence se battait déjà *avant*, quand la lame de fond se réduisait au fait divers. Son nom est habituellement associé aux Théoriciens. Enfin, se planquer reste une excellente manière d'attirer l'attention. Si vous saviez à quoi nous ressemblons après des mois de dégradation des conditions de vie, vous comprendriez. On a bien besoin de rêver.

Cette nuit donc, je revendique. C'est moi contre Silence.

J – 103 — THÉORIE (0) — Initialement diffusée sur le Web, jamais imprimée. Source incertaine.

La vieillesse est une certitude chronologique

Expansion, rétractation. Les lois de l'univers s'appliquent aux êtres humains. À vingt et un ans, les cellules du cerveau cessent de se régénérer. Une péremption garantie par la science. Rappel : la vieillesse est une certitude chronologique, le reste n'est que rhétorique. Par réalisme, le seuil de la vieillesse sera établi à vingt-cinq ans — et pas une seconde de plus.

La propagande des vieux, leur grande leçon de vie, se duplique à l'identique dans toutes les cultures : *l'âge, c'est dans la tête*. L'immensité de leur mauvaise foi ne les effleure pas. Nous allons donc poser cette question de la légitimité à leur place. Rappeler que non, ils ne se sentent pas mieux que nous, encore moins physiquement, et peu importe la sincérité avec laquelle ils croient à leurs foutaises.

Nous pourrions nous amuser de leur manque de confiance, de leur panique face au vieillissement. Ou du moins, les prendre en pitié. Ce serait oublier que leur obsession n'est pas innocente.

Nous parlons bien de vampirisme. Nous parlons bien de vieux qui sucent de la pulpe d'humains pour devenir immortels. On pourrait penser qu'ils se contentent de nous voler nos rollers et nos boîtes de nuit, mais ce serait s'arrêter aux apparences. Ils sont en train de nous dévorer.

Le vieillissement attaque le cerveau et le corps avec la même fringale. L'évolution dépend de l'âge, pas de manière précise mais de manière obligatoire. Aucun quadragénaire ne rêve sérieusement, parce qu'à quarante ans on a beaucoup trop vécu pour rêver encore. Et peu importe quelle vie on a vécue. À l'inverse, personne ne se résigne à vingt ans. C'est impossible, même si certains prétendent jouer les cyniques. La fraîcheur terrasse le blocage. Un révolutionnaire de quarante ans est un menteur et doit mourir.

Expansion, rétractation. Les vieux étant ingénieux, toute la phase d'expansion a été rebaptisée apprentissage. Leur manie de la transmission ne possède qu'une unique vocation : nous castrer. Dans le cas contraire, l'organisation sociale nous permettrait de réaliser nos projets. Heureusement que les jeunes n'ont jamais écouté les vieux : l'expérience des autres ne vaut rien. Leur aide condescendante — leur dressage, en réalité — insulte notre amour-propre et notre science infuse.

Persuadés que le monde était plus beau avant, ils refusent une évidence pourtant largement rabâchée : l'œil seul crée la beauté. Quand votre monde devient laid, fouillez votre cœur et cherchez la ride. Après la mort des vieux, après notre mort, d'autres regards neufs rendront le monde toujours plus neuf — à condition de ne pas écraser le futur. À condition de laisser la place aux autres. À condition d'arrêter de chanter des génériques de dessins animés à trente-cinq ans.

Ils disent qu'on comprendra dans quelques années.

Ils disent que c'est inéluctable.

Mais nous refusons la fatalité. Il n'y a pas de faux combats, seulement des vieux qui manquent de tripes. Nous ne vieillirons jamais. Nous refusons de vieillir assez pour accepter de vieillir. Nous crachons sur tout ce qui s'accepte avec l'âge. Passer les trois quarts de notre vie à nous décomposer vivants ? Pas question.

Ils disent : après moi, le déluge.

Et je réponds : sur nous, le déluge.

J − 102 — SILENCE

Si on ne peut pas retourner le système, il faut éliminer les gens.

La première vague de violence fut trompeuse : les intellectuels la cataloguèrent comme inoffensive, négligeant l'ampleur de sa diffusion. De fait, elle ne menaçait que nous-mêmes. Dépressions, drogues, suicides. Les journaux titraient « la jeunesse se détruit » ou « le vrai problème des jeunes » — des accroches presque plus glamour que l'immobilier et les francs-maçons.

L'escalade commença, douce mais inexorable : quelques procès un peu trop médiatisés de parricides, des fusillades dans des écoles, des professeurs bastonnés. Il suffisait d'un rien pour donner des idées. Plus vite que je ne l'aurais cru, la peste jeune se répandit, chez les riches comme chez les pauvres, sans discriminations. Rétablir à la hache le fossé entre les générations, c'est la seule action conservatrice qu'on se soit permise. Une décision salvatrice.

Bien sûr, rien n'aurait été possible si on nous avait pris au sérieux. Aucun parent ne peut imaginer que son gosse personnel, sa propriété exclusive, puisse se retourner contre lui. Les citoyens modèles ont laissé courir le mouvement, pensant toujours que ça n'arrive qu'aux autres, aux parents violents, aux pères pédophiles, aux mères étouffantes. Ils n'avaient pas compris qu'il n'y a pas de bons parents, et que notre problème dépassait leurs considérations triviales sur la permission de minuit. Nous ne voulions plus de géniteurs. Pour être libre, il faut s'affranchir du passé. Totalement.

Ils ont réalisé trop tard que ce n'était pas une mode — le temps des rébellions cosmétiques était passé depuis longtemps. Comment ont-ils pu s'aveugler pendant des années ? Je crois que le passage à l'action ne figurait tout simplement pas dans leur grille de lecture de la jeunesse. Eux avaient utilisé le rock et parfois les pavés : même quand nous avons sorti les kalachs, ils ont imaginé une certaine continuité. Pauvres parents. Malgré les assomptions rassurantes des décrypteurs de tendances, ils ont persisté dans leur analyse : cette révolte serait une simple mode. Ils se sont cassé les dents, encore et encore. Quand nous ne nous en sommes pas chargés directement.

Toute guerre idéologique oppose les jeunes aux vieux : une polarisation inégale puisque les jeunes sont irremplaçables, contrairement à leurs aînés. En outre, la jeunesse ne perd jamais. Ses idées, dans le pire des cas, prennent quelques détours ; mais aussi inexorablement que le temps passe, le message de modernité triomphe — ainsi, toute guerre idéologique assure la victoire des jeunes sur les vieux. La grande Histoire le prouve. Personnellement, je souscris sans réserve à cette tradition d'écrasement générationnel.

Personne ne prétend qu'il est commode de tuer ses parents, ni de tenir une ligne de conduite exigeante quant au meurtre. Heureusement, la force de la masse et l'émulation réduisent au silence les quelques individus qui se permettent d'avoir des doutes. Toute démoralisation est passible de mort. Simple question de pragmatisme : laisser le choix aux faibles et aux lâches, c'est l'assurance de ne jamais avancer.

Quelques jeunes ont bien tenté d'empêcher le massacre. Pour se moquer, on les appelait des Templiers. Difficile de deviner qui rejoindrait leurs rangs : par exemple, ceux qui travaillaient à proximité des vieux comme les aides soignants, les gardes à domicile ou le personnel hospitalier, ont fait preuve d'une violence délirante envers leurs protégés. Selon la rumeur, ils maltraitaient déjà les vieux avant la révolte. Privations de nourriture, absence d'hygiène, coups, humiliations, brimades, vols, abus de confiance, relations sexuelles forcées. Peut-être devraient-ils être célébrés comme d'authentiques pionniers. Ces violences étaient taboues, aujourd'hui leurs auteurs sont des héros. Leur souffrance à eux, personne n'avait voulu l'entendre. Les vieux, toujours à se plaindre et à mettre la pression, avaient bien mérité de s'en prendre plein la gueule.

Les plus instruits ont été les premiers à s'engager. Chez eux, l'identité était clairement distincte de la famille. Les plus réfractaires, en revanche, sortaient de prison ou de centres d'accueil : pour se revendiquer fils ou fille de, il faut n'avoir aucune autre issue. Les enreligionnés ont mollement râlé sous prétexte que la vie est sacrée — nous avons donc tué leurs parents. Dégagés de ce péché originel mais enhardis par la haine, ils sont devenus nos meilleurs assassins. Tout se justifie quand on se persuade qu'on est maudit : les limites sautent. Vraiment, la ferveur religieuse nous a rendu de nombreux services. Enfin, contrairement aux tenants des monothéismes, les jeunes des courants new age se sont jetés sans hésitation dans la guérilla. Ils ont tout de suite trouvé comment légitimer leurs accès de barbarie. Le genre expérience ultime. Le genre pipeau légendaire, décliné version tarot, horoscope ou runes celtiques. Nous possédons des excuses pour tous les profils.

Dommage qu'il faille toujours des conséquences.

Nous vivons probablement notre dernier automne, deux ans après l'ouverture des hostilités. Quoi qu'il se produise à partir de maintenant, je conserverai une impression de réussite : Paris s'est vidée d'une majorité de sa population — tous les pénibles possédant entre vingt-cinq et soixante ans se sont exilés sous la contrainte, ou ont été abattus. Nous ne disposons pas des états civils, bien sûr, mais grosso modo c'est la réalité. Enfin tranquilles ! J'aurais voulu que Paris soit l'épicentre d'une remise en question mondiale, mais apparemment, ce n'est pas pour tout de suite. On chuchote que le mouvement prend en Finlande et au Danemark, par tradition individualiste, et en Irlande, parce que les armes sont disponibles. Mais sauf en France, la révolte reste ponctuelle. La Suisse et la Belgique ont ouvert des centres pour réfugiés près des frontières, les forces économiques se sont réimplantées ailleurs, l'Allemagne en a profité pour piquer le leadership sur la zone euro. Que les loups se dévorent entre eux.

Les vieux contrôlent une moitié de Paris et vivent très correctement, un pied dans la tombe et l'autre dans le coffre-fort. J'exclus de ce confort les rescapés qui n'ont pas pu rejoindre leur camp et qui, faute de pouvoir se déplacer, se planquent dans nos caves : il arrive encore qu'on trouve une grappe d'ancêtres dans la suite royale d'un palace ou dans un appartement ayant échappé aux rafles — généralement, ils en sont réduits à bouffer leurs excréments. Les banlieues sont plus risquées : le papi qui attend dans le salon avec son fusil de chasse sur les genoux, ça existe. Il faut faire attention. Quant aux campagnes, elles appartiennent majoritairement aux vieux. Mais bon, tout le monde s'en fiche. Ce n'est que de la nature. On vient de temps en temps piller leurs récoltes pour ne pas crever du scorbut, et basta : on ne va quand même pas se battre pour des trucs ennuyeux comme des arbres ou du gazon. En Ardèche, les jeunes ont même monté des réseaux d'esclavage. En outre, il leur arrive de prostituer les vieux. Je trouve ça personnellement assez sale, mais évitons le sentimentalisme : eux n'avaient pas de scrupules à se taper des travestis de quinze ans et des Africaines de treize. Et ça se passait dans les villes, sous nos yeux.

Les très-âgés sont encore en vie parce qu'on a fait les choses progressivement. Ils étaient de loin les moins emmerdants. Quand on s'en est pris à ces indéboulonnables, on ne pensait pas les trouver si nombreux. Ne serait-ce qu'à cause de la mort naturelle et des pénuries successives. Mais la plupart d'entre eux se sont révélés trop attachés à la terre pour s'enfuir. Trop fiers, aussi. Leur santé compliquait un exode dans des conditions souvent limites : leur famille avait été trop heureuse de pouvoir les abandonner à bon compte.

On creusait à peine les nouveaux charniers quand ils nous ont scotchés en se battant. Pour trois ans de vie. Pour un lit d'hôpital. Pour une certaine idée de la nation. Sans pousser la politesse jusqu'à les respecter, force est d'avouer que nous n'avions pas imaginé une telle résistance. L'argent et les réseaux d'influence leur ont permis de se fournir en armes et de maintenir en état ce que nous avons, dans l'allégresse, détruit : télécommunications, approvisionnement en énergie et en essence, savoir-faire médical. Aussi sont-ils des ennemis sérieux. Outre qu'ils sont les derniers.

Les enfants et jeunes adolescents, je ne sais pas trop ce qu'ils sont devenus… On croisait des bandes, avant, carnassières jusqu'à l'inimaginable, mais elles se raréfient. Mortes de faim ? Réfugiées dans un sanctuaire pour enfants ? Aucune idée. Sale temps pour les petits bras.

Les vieux occupent le nord de Paris, le sud nous appartient. La configuration varie selon les villes. Marseille regorge de Templiers, Toulouse se targue d'avoir accompli le parfait âgicide. À Nantes ou Mulhouse, les groupes s'entre-déchirent pour prendre un pâté de maisons qu'ils reperdront aussitôt après l'avoir pillé. À Lyon, les jeunes occupent les réseaux souterrains et sortent la nuit comme des fantômes pour égorger les vieux — de toute façon on a l'habitude qu'ils tachent leurs draps.

Mais la priorité reste Paris. Nous sommes mieux organisés et plus unis, sans doute parce que tout est parti d'ici. Les jeunes travaillent en solo, en clans ou en lointaine camaraderie, mais le but est identique et notre moitié de ville est bien gardée. La Seine fait office de frontière naturelle : facilement traversable, certes, mais toujours utile. Les périphériques constituent la base arrière de notre défense. C'est là que nous entreposons les réserves et tout ce que nous comptons de blindés, c'est-à-dire pas grand-chose.

Évidemment, pour y accéder, il faut avoir le plan des mines. Même si nous perdons la guerre, nos successeurs mettront des années à sécuriser les routes.

Des deux côtés de la Seine, sacs de sable, barbelés et postes de contrôle ont ajouté aux vieilles avenues ce charme destroy qu'on ne trouve habituellement qu'à Sarajevo ou Groznyï.

J – 101 — L'IMMORTEL

— Alors il y a Bob, Franckie, JP et Pat.

La fierté illumine Alypse. Elle me présente aujourd'hui à ses amis, ceux qu'elle considère comme sa garde rapprochée — en fait, ses anciens camarades de lycée. Elle me présente comme un accessoire de mode ou une peluche. J'en suis bien conscient. Et putain, ces mecs n'ont même pas de pseudos.

— Vous combattez dans quel corps ? je demande par politesse.

Ma question les fait hurler de rire.

— Ah mais on ne se bat pas, nous, dit Pat ou JP ou Franckie ou Bob, qui affichent tous le même visage de Siamois.

— On est des pacifistes, se marre un autre clone.

— Et… concrètement ?

Franckie ou Bob ou Pat ou JP allume un bong. La réponse à toutes mes prochaines questions part en fumée. À vrai dire, j'aurais pu comprendre plus tôt : leur appartement pue la misère et l'ennui. Les canapés semblent élastiques, du genre dont on ne se relève pas. Des morceaux de posters sont collés aux murs. Les vapeurs s'agglutinent au plafond en croûte épaisse, les peaux sont jaunes, prématurément vieillies. Une unique ampoule vacille au milieu de la pièce.

La plupart des jeunes revendiquent de rester clean. La drogue use et normalement, personne ne prend le risque d'écoper d'une balle dans la tête : « Oh pardon, je pensais que tu étais trentenaire. » La fumette rend apathique, ce qui favorise les vieux. Les adeptes de cannabis sont quasiment regardés comme des traîtres. Presque tout le monde prend occasionnellement du speed mais personne ne le dit.

Je repère chez les amis d'Alypse les signes précurseurs de la dégradation des corps. Les plis sur le front et autour de la bouche sont les premiers à se former quand on fume. Les plis dans le cerveau ne tardent pas à suivre, matérialisant la chute de la capacité d'émerveillement. Hé, les gars, si vous aimez l'inaction, il faut changer de camp.

— Tu veux tirer ? dit quelqu'un en me tendant un embout dégueulasse.

— Non, merci.

— Qu'il est relou, ton pote.

Je hausse les épaules. Alypse s'est fondue dans le décor, crasseuse parmi la crasse, elle est en train de perdre sa légèreté, je ne suis pas sûr d'avoir envie d'assister à la dégringolade.

— Alleeeez l'Immortel, qu'elle minaude.

Je file sans me retourner. Il va peut-être falloir que je revoie mes sentiments à la baisse. À presque cent jours de la destruction, je n'ai pas le droit de choisir la mauvaise personne.

J – 100 — SILENCE

L'eau presque propre s'enroule au fond de la baignoire, emportant mes soucis et douze jours de transpiration. Sa tiédeur me manque déjà. Je me demande si la buée pourrait me faire repérer, mais non, personne n'habite les appartements en face. J'ai répandu assez d'ordures et de mines pour m'en assurer.

Mes abdominaux se contractent sous la morsure du froid. La guerre a changé ma manière de me tenir, a redressé mon dos. Comme si ma nouvelle colonne vertébrale était plus rigide que l'ancienne. La marche, la tension, les interminables ascensions d'immeubles — mieux vaut avoir une constitution solide. La lumière du matin tombe sur mon corps. Des os, des nerfs, du muscle. Personne n'a besoin d'autre chose. Ah, si. De shampooing. Grâce à Oimir il m'en restera pour le prochain bain. Pourvu que je sois encore en vie.

Hier après avoir déchargé les munitions hebdomadaires, on soufflait un peu, l'Albanais et moi, affalés sur des palettes de manutention. Je savais qu'il digérait une idée louche, comme un cheveu sur la conscience. Un plan-business qui dépassait ses attributions auprès de sa branche : voilà ce que j'imaginais. Nerveux, il se frottait les mains. Ses chaussures brillaient dans l'ombre, luisantes. Cette qualité de cuir ne s'obtient qu'avec un chiffon à tissage fin, trempé dans du vin blanc, enroulé autour de l'index, et passé de manière circulaire sur la matière pendant deux heures. Les gens vraiment fortunés s'ennuient.

D'abord Oimir a rappelé que les jeunes vivent comme des chiens. J'ai contesté pour la gloire. J'ai vanté l'aventure au grand air, les nuits pleines d'étoiles et les amours rapides. Je voulais qu'il reste. J'aime parler, surtout avec les mains, surtout avec Oimir et Vatican. Le mythe Silence me laisse assez peu d'occasions de communiquer.

Les phares du camion se perdaient vers le fond du garage. Oimir s'est tourné vers moi. Puis il a déclaré que j'étais inutile à son business. Mes laissez-passer ne lui servaient plus, il pouvait traiter avec d'autres, d'autant qu'après plusieurs mois de deal, il connaissait par cœur les itinéraires.

— Alors quoi, tu vas me tuer ?

Il s'est marré.

— Mieux que ça, Silence. Je vais te faire disparaître.

— Pas d'acide, je t'en prie.

— Je te propose d'oublier ta vie de chien. Tu montes dans le camion, sagement, tu profites de la chaleur, toute cette merde reste derrière. On roule vers la Suisse, ensuite tu prends l'avion avec les antiquités égyptiennes... Ce ne sont pas les États gris qui manquent. Pourquoi pas la Turquie ou le Monténégro ? C'est bourré de place au soleil, quand on ne craint pas les armes.

Les bras m'en sont tombés.

— Tu veux que je renonce à *ma* révolte ?

— Pas moi — plutôt mon boss. Il veut se passer d'intermédiaire.

— Mais Oimir, en cinq secondes je fais annuler tes itinéraires, c'est une question de gravats bien placés. On ne manque pas de matériel, ici, pour empêcher la circulation.

— Je sais bien. Mais le patron est loin du terrain, il ne comprend pas, il me prend pour un débutant.

— C'est absurde. Si tu étais plus âgé, jamais tu ne survivrais cinq minutes dans Paris.

On est restés quelques minutes invisibles l'un à l'autre, nos yeux fixés sur le camion, brillants comme des prunelles de chats en plein conflit de territoire. J'ai repensé aux chaussures d'Oimir, vraiment très spectaculaires, pas les chaussures de n'importe qui.

— Tu sais quoi ? Ton boss, il devrait venir jeter un œil. Par lui-même.

— Vraiment ? a demandé Oimir. Tu pourrais arranger le coup ?

— Une excursion au musée d'Orsay, sans embêtements. Un homme de goût saura apprécier. Les œuvres et tout le reste, à portée de main.

Oimir a commencé à déambuler autour du camion. Intéressant satellite. Éclipse, lumière, le survêtement bleu marine surgissait de nulle part, retournait dans l'ombre, revenait, repartait, tergiversait au gré des pour et des contre. Moi je devinais les hésitations tombant les unes après les autres. Un garçon pareil méritait vraiment des chaussures sur mesure.

— On peut organiser une opération facile, j'ai repris en réfléchissant à voix haute, simplement, il faudra que tu ramènes du monde.

— Je dois dire que ça permettrait de… sauver ta position.

— Oui, bien sûr. Ma précieuse position.

Oimir, enfin immobile, a fixé son regard sur moi. Nous nous étions compris.

— Je te dois un service, a-t-il lâché avant de disparaître dans son camion.

J'aime que la mafia me doive des services.

Pourtant, avec le recul, un élément de conversation me contrarie. Cette proposition de m'exfiltrer loin de la guerre… alors comme ça le futur est encore possible. Alors comme ça je peux tout changer, il est encore temps, un pas en arrière, une autre identité, la paix sous un olivier. La signification m'apparaît clairement : je n'ai pas été assez loin. L'absolu m'échappe. Quelqu'un est prêt à me pardonner. C'est inadmissible.

Je sors précautionneusement de la baignoire, faisant attention à ne pas me couper sur le carrelage démoli. J'attrape une serviette neuve. Dommage que l'eau manque pour laver mes vêtements : je ne serai pas complètement propre pour cette occasion spéciale. Aujourd'hui je vais attaquer mon premier commissariat, et avec un peu de chance, me rendre indigne de pardon. J'ai ce fantasme de l'uniforme souillé, rabaissé, imbibé de sang, troué dans son pare-balles, frappé en pleine toute-puissance, la terrible collision du symbolique et du réel. Je tue rarement les sous-fifres. Il me faut des épaulettes garnies. Des médailles du mérite. Des preuves de courage et de compétence. Éliminer le simple citoyen n'a plus aucun intérêt à mes yeux : par chance, le vieux aime le décorum. La persistance de l'organisation sociale en temps de guerre fait d'ailleurs partie de mes motifs de pur enchantement. Les vieux pourraient être libres : la plupart n'en deviennent que plus serviles. J'ai déjà repéré ce commissariat. Il y aura des post-it sur les tables, du mobilier en faux bois, des calendriers représentant des chatons, et les murs seront peints en saumon. Parfait.

J – 99 — THÉORIE (1) — Premier tract officiel. Affiché dans toutes les maisons de retraite de Paris, arraché systématiquement par les vieux. Destiné initialement au personnel soignant.

Éloge de la peur

Salut à vous, vieux sur chaises roulantes, vieux dans vos lits, vieux toujours rampants mais jamais debout (…) (texte perdu)

Les nouvelles techniques médicales permettent

désormais de maintenir les morts en vie, et les légumes, et les comateux. Les neurologues voudraient repousser les limites du confort jusqu'à cent vingt ans. Vous êtes leurs cobayes, leurs rats de laboratoire — une existence peu enviable, certes, mais qui nous contrarie tout de même. Allez crever, croulants. Délaissés, abandonnés par vos proches que vous culpabilisez pour mieux leur dénier le droit de vivre, vous nous fatiguez. Notre bourgeoisie, déjà en faillite, ne peut plus se payer le luxe de vos déambulations vaines. Les ressources financières gaspillées pour votre confort moral devraient nous revenir. Nous, les jeunes. Nous qui vous haïssons. Nous qui sommes la première génération à observer les ravages d'un vieillissement horriblement prolongé.

Cessez de vous aveugler : le seul espoir de votre infirmier est que vous mouriez assez vite pour qu'il puisse regarder le JT. Vous auriez tort de vous plaindre. Le temps que vous lui arrachez est du temps volé. Il ne vous sert à rien. Mais la souffrance constitue votre seul moyen de pression, et vous la prolongez dans une joie malsaine (vous êtes entourés de milliers d'accessoires et de produits susceptibles de mettre rapidement fin à vos jours : autant dire que votre situation n'est pas du tout désespérée, et même, qu'il suffirait d'un rien pour vous reprendre en main). La pitié est votre dernier levier. Peu importe qu'on doive vous mettre des couches pour ne pas avoir à vous emmener aux toilettes, peu importe que vous deveniez incontinent et invalide même quand vous étiez en bonne santé. Ce martyre vous convient, vous le réacceptez tous les jours. Il vous glorifie. C'est culturel. Il vous justifie. Tant qu'il y a de la plainte, il y a de la vie. Le silence est un cadeau que vous ne partagez pas — un confort que vous gardez pour vos nuits solitaires. (…)

Vous vieillissez beaucoup trop lentement. Vous réalisez l'ampleur du désastre par à-coups, dans le regard des autres. Vous y voyez une injustice, ce corps qui s'empâte, se gonfle comme celui d'un noyé, mais ce n'est que justice. Ce n'est que la pression des héritages non distribués.

Vos mouvements se ralentissent. Vous commencez à vous étioler, jusqu'à l'incapacité totale. La mort prend place dans votre corps, calmement, s'y installe, s'y développe, creuse sa propre tombe, bien profondément sous la peau, là où il fait encore chaud. La mauvaise foi vous hante. Vous prétendez savoir beaucoup de choses, être mûr, et que ça valait la peine d'en arriver là. Vous jouez le jeu de l'acceptation, mais vous voudriez vomir devant ce que le temps a fait de vous. Vous cherchez frénétiquement des lambeaux de jeunesse, des « restes », comme on dit. Vous préférez ne pas y penser. Ça tombe bien : vous perdez la mémoire.

Mais pensez à nous, croulants. Cessez de vous regarder le nombril. Le progrès scientifique a dévoilé un champ d'horreur en lieu et place des bienfaits promis : les zombies déferlent sur le monde et nous avons tellement peur — peur *de vous*, de la promesse muette inscrite dans votre peau.

L'humanité aurait dû laisser faire la nature : si on vieillit mal, c'est pour mieux accepter de mourir ; si on range les morts dans des boîtes hermétiques, c'est pour éviter qu'ils en sortent.

J – 98 — L'IMMORTEL

Voilà. Nous avons passé le cap des cent jours à vivre.

Il n'est pas donné à tout le monde de connaître la date de sa mort. En nous exterminant, les vieux vont nous épargner la tentation même du prolongement. Ils vont immortaliser notre guérilla. Pas de déserteurs, des dizaines de milliers de martyrs. Les génocides n'ont jamais été faciles à passer sous silence : alors, un âgicide...

Mourir bientôt me donne la pêche. Je profiterai jusqu'au fond du gouffre. Je suis persuadé que ça ne fera même pas mal.

Quatre-vingt-dix-huit jours comme une éternité. Personne, parmi les jeunes, ne demande de sursis. La plupart des gens se damneraient pour être libres si longtemps.

J – 97 — SILENCE

Rien ne permet de me différencier des autres jeunes, en gris sur gris je joue les caméléons, bottes paramilitaires, queue-de-cheval, joues creuses et armes passées tout simplement dans la ceinture. Quand je ne sors pas pour tuer, je laisse le L96 à l'abri, entre mes deux bouteilles d'huile d'olive, et je piège la porte. Je me sens toujours un peu à poil avec le Glock et le couteau. Face aux bourrins suréquipés, cet équipement ne pèse pas lourd. Cela dit, je prends peu de risques : on se bat rarement entre nous.

Je me tiens devant le Hall of Fame et je respire calmement : la paranoïa est souhaitable sur le champ de tir, mais pas quand on se cache des siens. Il ne manquerait plus que je me mette à trembler.

Derrière le mur sur lequel les néophytes revendiquent, le bâtiment principal de l'Armée. Il s'agit d'un complexe de cinéma bâti comme un bunker, recouvert de dalles de béton, de vitrages et d'escaliers de secours. Une cible idéale pour les vieux, mais trop éloignée de la Seine pour être atteinte au mortier. On peut donc s'y retrouver tranquillement. Les vingt-cinq salles de projection permettent des auditoires confortablement installés, des discours fréquents et des opérations bien menées. Les plans des assauts sont diffusés directement sur les écrans. Rien à voir avec les photocopies du début de la révolte : parfois le collectif a du bon.

Vatican travaille dans une loge discrète située à l'avant-dernier étage du bunker, avec vue sur les mouvements de foule et les sous-groupes qui peaufinent les prochaines attaques. Elle sait tout. C'est son boulot. Grâce aux codes vestimentaires des différentes tribus, on repère facilement les bandes — on peut même anticiper leurs rapports de force. Ces renseignements sociologiques sont précieux pour distribuer efficacement les réserves — plus un regroupement squatte le parvis de l'Armée, plus il a de chances de débloquer les moyens matériels nécessaires à ses ambitions.

C'est également vrai pour les snipers, ce qui m'oblige à surveiller régulièrement qui fait quoi : l'anonymat n'existe pas. Dans une certaine mesure, les identités sont même plus étroitement contrôlées qu'avant la révolte.

Et donc, en plein milieu de la page réservée aux actions récentes — une simple liste collée par-dessus les affiches de cinéma boursouflées par la pluie —, je découvre mon attaque du commissariat du IVe arrondissement. Revendiquée par une certaine Alypse. Avec des fautes d'orthographe. Et une écriture ronde. Au secours.

Ce sont mes morts. Mes vieux, envoyés sous terre par mes soins. Mine de rien, ça crée des liens.

Il faut avoir du cran, mais courageuse ou pas, cette fille se fait applaudir pour mes meurtres et je ne compte pas laisser passer cette insolence. Personne ne me doublera. Si je cède une fois, une seule fois, le mythe Silence s'évanouira, et dans son sillage les glacières de fruits frais.

Je connais par cœur l'emplacement de la fenêtre de Vatican : savoir lire les murs fait partie des compétences indispensables en temps de guérilla. La lumière est allumée. Parfait. Si une personne est capable de me renseigner, ce sera Vatican.

Je quitte la zone déserte du Hall of Fame, je passe les caisses du cinéma, je m'enfonce dans le complexe. Personne ne fait mine de m'arrêter. Les soldats de garde sont habitués à ma présence, sans connaître mon nom, ni la raison de mes allées et venues. Les éclairages intérieurs, détruits depuis les premières semaines de révolte, rendent les couloirs presque aussi obscurs que les salles. J'aime cet endroit. Les murs sont couverts d'une moquette qui assourdit les sons. Quelques affiches, placées en hauteur, ont survécu aux arrachages. Les numéros de salle donnent un aspect organisé au bordel.

Alypse, Alypse, Alypse. Un pseudo plutôt rare. Dommage pour elle.

J – 96 — L'IMMORTEL

— J'ai un plan, m'annonce Alypse.

Je regarde ses mains pleines de cicatrices jouer avec le couteau cranté. Elle est belle, même avec une chemise déchirée et ce bonnet orange sur la tête. Un de ses tatouages dépasse sur son poignet. Je n'ai jamais compris ce qu'il représente, peut-être une nouille entortillée, ou des lettres tribalo-chinoises. Le nom d'un ancien amant ? Je ne sais pas. Elle croit que sa beauté va suffire à ce que j'oublie ces trois dernières nuits. Trois interminables nuits, qu'elle a passées sans moi, manifestement sans dormir. Elle n'a pas pensé à quel point la Volvo serait vide. Elle n'a sans doute même pas pensé du tout.

— C'est au sujet de Silence. Bon. Voilà autre chose.

— J'ai revendiqué l'attaque du commissariat.

Je m'étrangle sur ma bière :

— T'es malade !

Je cherche dans la pièce un soutien quelconque, mais les quatre mecs dont j'ai oublié les noms ignorent totalement notre conversation. Ils ont des armes, cette fois. Bel effort. Elle les a charmés, ça ne fait pas un pli. Elle les tient par les couilles. Je suis bien placé pour savoir comme elle est forte à ce petit jeu.

— Mais tu n'es même pas sniper, Alypse. C'est complètement stupide.

— Je sais.

— Silence tuerait pour ça.

— Je sais. Mais je l'attendrai de pied ferme. Ici, avec mes amis et mes armes.

Je soupire en y mettant toute ma réprobation, un peu copain protecteur, un peu grand frère. Je file un coup de pied dans une canette qui traîne — une des deux cents canettes qui traînent, j'entends. À croire que ces connards se sont lancés dans un élevage de Kro.

— Franchement, vue la tronche de tes amis, je préférerais encore te savoir seule. Ils sont assez défoncés pour te tirer dessus par erreur.

Pat et Bob et Machin et Truc, très au point dans leur nouveau rôle de guerriers, font semblant de se lever. Alypse les fait se rasseoir d'un geste. Bien. Elle les a soigneusement dressés. Comme c'est facile de jouer les princesses quand on est une fille un brin grande gueule. Voilà le genre de pouvoir que la révolte n'aura pas fait vaciller — bien au contraire.

— Je ne veux pas de ton avis, l'Immortel. Je veux que tu m'aides.

— La réponse est non.

Fallait pas m'abandonner, petite fille. Fallait pas perdre pied.

— Immortel, ô Immortel, insiste-t-elle alors que ses potes rigolent. Tu pourrais faire face. À nous cinq, on assure les armes et le nombre, en plus François va nous rejoindre. Mais si tu rentrais dans le clan, on grimperait à 100 % de chances de tuer Silence. T'es sniper. Tu sais comment ces gens-là fonctionnent. Tu pourrais me protéger.

— Le clan ? Quel clan ?

— Bah, nous. Les Tueurs Pacifistes.

Je me taperais la tête contre un mur, s'ils n'étaient pas aussi sales. Et si les cloisons ne menaçaient pas de s'effondrer.

— Ils ont déjà tué quelqu'un, tes chiots ?

— Parle pas comme ça, mec, sérieux, râle un des fumeurs.

Alypse hausse les épaules. Elle tente de me séduire avec l'angle de sa bouche. Ça ne marchera plus.

— Protège-moi.

Bien tenté.

— Non.

— Mais pourquoi ? Silence va venir ici !

— Et alors ? Qu'est-ce que tu comptes y gagner ?

— Bah... la célébrité.

Je soupire. Plus que jamais les icônes sont légion. Les puristes voulaient renverser les modèles, fonder une société temporaire et horizontale, tout le monde prétendait s'accorder là-dessus. Mais contrairement aux grands discours que j'entends partout, les héros ont encore la vie dure. Silence représente un de ces piliers de la révolution auxquels les gens se raccrochent. Sous couvert de haine, bien entendu. On a tous notre fierté.

Alypse et moi, on a passé quelques soirées à parler d'*avant*. Quand elle végétait en lycée pro option communication, autant dire, option que dalle. À cette époque son horizon s'arrêtait au clubbing, elle voulait fréquenter des célébrités, de celles qu'on écoute même quand elles gloussent sur leur marque de blush. Elle se serait transformée en esclave pour connaître un instant de lumière, quinze minutes de temps d'antenne, incarner le joli minois entre deux publicités. Elle aurait rampé devant des vieux pour bénéficier du peu d'attention que son père a oublié de lui donner. Qui sait, peut-être aurait-elle pu faire partie de cet univers, et pas seulement comme attachée de production. Elle en possède le charisme, indéniablement. La petite étincelle qui pétille. Mais elle n'a jamais passé le cap des castings de télé-réalité, parce qu'elle ne sait rien faire, même pas chanter, danser ou faire semblant d'être alcoolique. Rien, vraiment rien. Sauf au pieu.

— Tu ne voudrais pas tuer des vieux, pour la gloire ? je demande quand même.

— Tout le monde tue des vieux. Mieux que moi. Tu te souviens quand tu étais planqué derrière la poubelle ? J'ai failli te dégommer avec cette grenade...

Même en m'entraînant dix ans, jamais je n'atteindrai ton sens de l'espace, et ce truc que tu m'expliquais, avec le coup des angles. C'est inné. Je ne suis pas faite pour ça, je manque d'instinct.

Elle sourit, flatterie en bandoulière, son charme brandi comme une dernière option. Si je la laisse continuer, elle prétendra qu'être Sagittaire l'empêche de tirer juste, rapport aux forces cosmiques.

— Et donc ?

— Il ne reste que trois mois. Tuer des vieux nourrit votre idéal, je comprends mais je m'en fous, ils sont chiants, d'accord, mais pas dérangeants, j'aurais pu vivre avec. Dans la mesure où je participe à votre lutte, pourquoi personne ne m'aiderait à réaliser mon rêve à moi ? Juste un petit instant au centre du monde ? Tout se vole. Y compris la renommée. Quand j'aurai capturé ou tué Silence, les gens connaîtront mon nom.

— Et après ?

— Je serai connue.

— Oui, mais après ?

— Je suppose que l'Armée me donnera un poste pour haranguer les foules. Une récompense dans ce goût-là. Sur le devant de la scène, avec des garçons fanatiques pour me servir, des bouteilles de champagne, et la *Gazette des Révoltés* qui supplie pour une interview. Allez, l'Immortel, c'est innocent comme demande… J'en peux plus de moisir dans ce trou. Les modèles ont la belle vie, sans rien à prouver. S'il ne reste que trois mois, je voudrais les passer ailleurs que dans une Volvo, à réchauffer des soupes cuisinées et charger des fusils.

Un rêve de bureaucrate. Le passé semble si proche encore. Je me lève, doucement pour ne pas énerver les chiens de garde. Je comprends Alypse, je comprends surtout qu'elle s'éloigne de mes valeurs. À trois mois de l'apocalypse il n'est plus temps de tricher. Intérieurement je la remercie pour sa franchise, pour le temps que nous ne perdrons pas.

— Bonne chance, alors.

— Tu ne m'aideras pas ?

— Non. Vous allez réussir, pas besoin d'un sniper supplémentaire.

— Tu penses vraiment ?

— Mais bien sûr.

Tu parles. Silence est le genre à poireauter une semaine dans l'immeuble d'en face pour aligner le « clan » membre par membre. Sagement. Efficacement. On ne survit pas à l'attaque du commissariat sans pouvoir survivre à une misérable embuscade : la logique la plus élémentaire fait défaut à leur plan. Mais qu'importe. Ces chiots n'ont qu'à crever pour leur maîtresse, personne ne sera perdu pour la cause. Pour Alypse elle-même, je ne m'inquiète pas : elle saura toujours s'en tirer. Ses idéaux de midinette feront fléchir même Silence.

Je passe la porte, cinq regards contrariés braqués sur mon dos.

Bien sûr que la tentation m'effleure de changer d'avis, mais je ne veux pas de cette gloire-là, ni de cette mort-là. Je me suis engagé pour que les gens comme Alypse disparaissent, pour que leurs évidences soient remises en question. Stars sans public, chanteuses de salle de bains, idoles de pâté de maisons. Notre univers marinait dans suffisamment de schizophrénie, je me souviens de ses bases comme d'un cube épais, bourré de questions qu'on n'a pas le droit de poser, de champs de réflexion interdits, de politiquement correct, de bon sens populaire absurde, de clichés tellement acquis qu'on oublie de les remettre en cause. Et pourtant rien n'est intouchable. Pompiers pyromanes, flics délinquants, comptables flambeurs, dirigeants masochistes, écolos pollueurs, Noirs racistes, journalistes désinformateurs, créateurs stériles : parfois, l'appel du vide est tout simplement trop fort.

Enfants assassins, donc. Et amants déserteurs.

J – 95 — THÉORIE (2) — Initialement publiée après la première vague d'assassinats, réimprimée sur tract 89 fois. Affichage sur tous les points de ravitaillement.

Ceci n'est pas un parricide

Nous avons sauvé le monde. Vraiment.

Darwin aurait haï le virage à 180° de l'évolution. Darwin en boîte de nuit se serait désolé du passage impossible à l'âge adulte. Darwin aurait méprisé le remix, la ringardise assumée, la dame avec ses cheveux roses et son cuir déchiré tellement punk. Les vieux disent qu'il faut vivre avec son temps. Comprendre : notre temps. Le temps des autres.

L'adolescence mérite d'être placée sur un piédestal, personne ne le conteste. Mais elle n'appartient qu'aux adolescents. Il convient de reconquérir la justice biologique. Célébrer l'authentique jeunesse, mais pas le lifting. Retourner à l'authenticité. Présentement, la différence jeunes/vieux se minimise. Elle cherche à se faire oublier. Les petites annonces ne trompent pas : *Jeune femme cinquante-cinq ans rencontrerait jeune homme environ soixante ans bonne situation gentil doux attentionné non-fumeur pour vie à deux gentille douce attentionnée.*

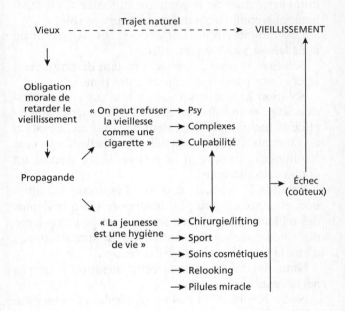

Les conséquences sont dramatiques, notamment à cause du mimétisme affirmé des vieux : plus de jardin secret, plus de culture personnelle, un univers mental phagocyté, digéré, bientôt chié. Jeunesse dévorée, victime de fréquents phénomènes d'inversion : la légèreté devient un luxe de vieux, il faut de l'argent pour flotter. Les vieux demandaient aux jeunes de mûrir, de renaître chaque jour plus adultes. Tout cela pour mieux les excuser de devenir des enfants — des enfants monstrueux, le croisement entre un humain et une carte visa. Ils nous accusaient de leur faiblesse. Ils nous responsabilisaient en fumant des pétards. Ils faisaient choisir à quatorze ans une «orientation» dont découlerait toute notre vie : proposer un choix infini permettait de ne pas avoir à décider. C'est tellement plus confortable de ne pas tenir son rôle.

Les vampires nous ont dépossédés. Au point de nous laisser sans rien à perdre.

Solution 1 : nous passions le restant de notre vie à torcher nos parents et à sucer notre pouce.

Solution 2 : nous risquions la plus furieuse régression, avec retour du patriarche à la tête de la famille et de la nation, rétablissement de la norme, négation de l'humanité que les chefaillons appellent «valeurs féminines», comme si la bienveillance portait un double chromosome.

Solution 3 : le meurtre, contre l'asphyxie. La situation est juste un peu plus insupportable que depuis des millénaires, notre misère juste un peu trop large pour nos épaules d'enfants. Nous sommes fatigués d'être la nouvelle minorité silencieuse.

Nous devons les tuer et cette intention n'est pas négociable.

Notre révolte n'est pas un parricide, mais bien un infanticide.

J – 94 — SILENCE

L'immeuble ressemble plus que tout à un autre immeuble. À l'époque, seuls les désespérés vivaient dans ce genre de ruches. J'aurais pensé que les quartiers populaires se videraient après l'exode, mais pas du tout, on trouve toujours des amateurs de logements collectifs. Notre mouvement recèle plein de déceptions minuscules. Je croyais naïvement que la médiocrité disparaîtrait avec la vieillesse : encore une erreur de jeunesse. Toute révolution a besoin de temps. Malheureusement. La nôtre restera imparfaite, mais peu importe : on se sent très libre quand on va mourir.

Alypse se sent-elle libre, en ce moment ? Expérimente-t-elle une sorte de pressentiment ? Devine-t-elle ma présence, rôdant autour de l'immeuble ?

Possède-t-elle le regard un peu vitreux de ceux qui voient déjà ailleurs ?

Je cherche des indices, n'importe quoi, n'importe comment. Non que je doute des renseignements donnés par Vatican, mais une adresse n'est pas suffisante : les rues ont perdu leur nom, les bâtiments leur numéro. Je me demande comment font les jeunes venus de province pour se repérer. Peut-être qu'ils développent leurs propres noms de code : allée des gravats, grosse route défoncée, zone impraticable. Peut-être qu'ils reconnaissent les clans : bloc NoLimit, rue 15ans, avenue des Emo, carrefour du shit.

Les nouvelles règles de propriété facilitent ma traque : pour pénétrer l'intimité de n'importe qui, il suffit de pousser la porte. L'appartement devient sien dès qu'on y pose son sac — du moins jusqu'au moment où quelqu'un de plus fort s'en débarrasse. Ce cas de figure se produit plutôt rarement. Paris déborde de place pour tout le monde — pourvu qu'on soit prêt à affronter nos amies les bêtes, araignées, cafards, chiens, et autres créatures intermédiaires dont j'ignore les noms.

Le mobilier finit généralement jeté par les fenêtres : les détritus sur le bitume et les éraflures sur les murs permettent d'évaluer quel appartement est squatté. C'est une foule de ces petits détails qui me guident.

Tant mieux, car côté plan d'action, c'est la disette.

Douzième étage, a déclaré Vatican en fouillant ses

dossiers. La lumière brille dans un unique appartement, là-haut. Quelqu'un passe fugitivement devant la lampe : Seigneur, ce n'est même pas un piège ! Je pourrais peut-être récupérer leur groupe électrogène en prime… Qu'elle est gentille de m'encourager, cette Alypse. Comme elle doit avoir confiance. Mais honnêtement, me faire grimper douze étages sans ascenseur avec quinze kilos de matos sur le dos… rien que ça mérite la mort.

Tout en râlant, j'avance et j'observe. Cellule après cellule. Au cas où ces crétins se diviseraient. Pièce après pièce. Frigos dévastés, bouteilles vidées, fauteuils éventrés parce que le confort est bourgeois. Je n'aurais jamais cru qu'on viendrait si vite à bout de la société de consommation. Les supermarchés semblaient immenses : il aura fallu moins de trois jours pour réduire leurs rayons à néant. Face aux étalages vides, le retour aux réalités sonna comme une paire de claques. La corne d'abondance nous avait paru inépuisable : seule la prévoyance d'experts en logistique a permis de nous sauver. Des champions du caddie. Parmi eux, Vatican, virtuose parmi les virtuoses. Je sais qu'elle possède, dans un endroit tenu secret, dix congélateurs remplis de produits de première nécessité. Sans ses semblables, les vieux nous auraient tout simplement assiégés par la force de l'estomac.

Un son, extrêmement ténu. Sur ma droite. Le bruit de mes pas se fond dans le tapis, plus ténu encore. N'est pas sniper qui veut. La nuit tombe en douceur et les ombres se superposent sur mon passage. Nul ne peut se vanter d'être plus intangible que moi. Le couloir s'étend sur cinquante mètres, désert. Des rires éclatent, tout au fond, assourdis par la distance. Alypse et ses amis plaisantent ensemble, au chaud, regroupés dans le dernier appartement. Et moi, je me prépare à user de ma spécialité : attendre.

Ils finiront bien par avoir envie de pisser.

Je m'installe sur une cuvette, au beau milieu des toilettes de l'étage, et je referme la porte derrière moi. L'odeur me retourne les boyaux : plusieurs mois de déjections s'entassent sous le couvercle de plastique jauni. Trois couches de vomi décorent le mur au-dessus de la chasse d'eau. Le bon côté, c'est que je ne risque pas de m'endormir. Pour oublier ma situation, je vérifie les chargeurs du Glock. J'aime le contraste entre ses formes sombres et mes mains blanches — les mains de ma mère. Tous ces vieux nous considéraient comme leur dernière chance de se survivre. Ils adoraient constater les ressemblances, les couleurs d'yeux identiques, les sourires similaires, toutes ces conneries. Aucun détail ne leur échappait. Ils vouaient un culte à leur propre image, répétée dans notre corps. Du coup, j'ai tué ma mère avec ses propres mains.

Ah, déjà. Deux portes claquent, quelqu'un marche, lourdement.

Pssst. Minou minou ! Viens, allez, je ne compte pas supporter éternellement cette urine qui imprègne mon pantalon et remonte le long de mes chevilles. Viens ici, mignon, tu paieras pour le monde entier, l'eau qui manque, mes vêtements que je ne pourrai pas laver, et de toute évidence, tu paieras aussi pour le relâchement de votre plan de défense.

J'ai une surprise pour toi. Comme dans du beurre, la lame. Comme dans ta gorge.

Le mec s'écroule. Son sang gonfle en bulles, il grésille un peu.

Premier secret de mon efficacité : les gens attendent un fusil de sniper, pas une arme blanche. De la grande qualité, toujours, doublée d'un entretien impeccable

— car l'équipement adéquat peut faire la différence. Malheureusement parmi les jeunes, nombreux sont ceux qui sous-estiment la technologie. Je me souviens de ma première fois : la lame du cutter s'est cassée à l'intérieur du vieux. La galère !

Je ressors dans le couloir. L'éclairage verdâtre m'avantage, bizarrement, il manque une ampoule sur deux au plafond. Les panneaux de signalisation des sorties de secours brillent faiblement, tout proches des escaliers. Dernier appartement. Une tenace odeur de cannabis s'en échappe. Des bouteilles de Kro et des canettes s'entassent autour du paillasson. La porte, toute simple, en contreplaqué beige, n'est pas verrouillée. Seulement fermée. Alypse parle, du moins une femme dont j'entends la voix aiguë, et qui croit qu'être cachée la protège. Je pense aux enfants qui mettent les mains sur leurs yeux et s'imaginent en sécurité.

Mais revenons à nos options. Je ne peux pas leur laisser l'initiative : l'absence de leur ami ne dépasse pas les deux minutes, mais si j'attends, ils se méfieront. Combien sont-ils ? Trois, je crois. Quatre avec Alypse. Mais sans certitude.

Je ramasse une bouteille de Kro, je la casse sur un mur et j'éclate de rire, le plus **fort** possible. Le son indistinct qui, de nos jours, inspire confiance. Puis je dépose mon fusil et mon manteau dans un coin encombré. Enfin, comme il ne se passe rien, je m'éloigne de la porte en simple T-shirt, et je ris encore, espérant qu'ils m'entendent.

Deuxième secret : on ne se méfie jamais d'une personne désarmée.

Un type s'échappe de l'appartement d'Alypse — grand, baraqué, en débardeur, le genre à commercialiser des bandanas, ou pire, à en porter. Il regarde tout autour de la porte, y compris derrière, constate que personne ne m'accompagne, je sens la déception. Ses muscles se gonflent comme la queue d'un chat.

Troisième secret : ne pas afficher de physique effrayant, et si possible, sourire.

Je tourne le dos au nouveau venu en me marrant de plus belle. Quoi de plus inoffensif qu'un dos offert ? Il pourrait me tuer. Je fais semblant de tanguer, comme si j'étais personnellement responsable de l'accumulation de bières vides devant la porte.

Quatrième secret : on ne se méfie que des personnes qui se méfient en retour. Instinct animal d'imitation.

— Dégage de là ! gronde-t-il en sécrétant des vapeurs d'alcool.

— Excuse, c'est ton pote qui me faisait marrer !

— Il est où, ce blaireau ?

— Chais pas. Une histoire de verrou à tirer, au cas où le Croquemitaine se pointerait. T'aurais pas une bière, des fois ?

Cinquième secret : du talent pour la comédie.

— Je t'ai dit de dégager.

Et allez savoir pourquoi, maintenant c'est lui qui me tourne le dos.

Sixième secret : les gens ont envie de faire confiance. Souvent. Surtout quand le contexte est tendu.

Ma future victime scrute le couloir, appelle trois fois le mort, « Franckie ! » puis décide de partir à sa recherche. Je me marre encore et mon rire, joyeux, couvre le bruit du fusil que j'arme. Je talonne ce dos qui appelle mes balles, j'attends qu'on soit un peu éloignés parce qu'à faible distance mon silencieux atténue mal les détonations. Je pointe. Strike. Ce pauvre garçon comprendra bien la morale de l'histoire.

Son visage s'enfonce dans la moquette poisseuse et confortable. Son corps s'écroule en douceur.

Septième secret : aucun code d'honneur — on n'est pas des chevaliers, encore moins des enfants de chœur.

Quelques éclats de voix me confirment que côté surprise, j'ai grillé mes cartouches. Reste ma méthode préférée : enfoncer la porte d'un coup de pompe et balancer une rafale.

Huitième secret : ne pas trop tenir à la vie.

Je sors de ma ceinture le Glock 18 — sans doute le pistolet le moins maniable de toute l'histoire des armes à feu, en excluant le Pistolet Gaulois ou le Liberator. Sa position automatique, inadaptée à sa taille, lui permet de tirer quinze, vingt ou même trente balles en rafale. Avec un recul aberrant de cinquante centimètres. Contrôler la trajectoire serait complètement illusoire. Une seule possibilité : le prendre de la main gauche pour les droitiers, incliner le poignet à 90° vers l'intérieur, se relâcher et viser complètement à gauche de la pièce attaquée. Avec le recul, le bras part à toute vitesse, saturant l'espace de balles, balayant une surface immense. Si on n'incline pas le poignet, la rafale part de bas en haut. J'ai répété ce mouvement des dizaines de fois. Je suis tellement au point que j'arrive même à cumuler avec le L96 bloqué contre mon flanc.

Je dispose donc d'un chargeur de trente balles incontrôlables et de mon L96. Contre encore au moins trois personnes. Il y a statistiquement peu de chances que le Glock en tue plus de deux. Mais j'ai quelques raisons de penser qu'il les touchera toutes au moins une fois. Or un individu touché, même faiblement, même sans douleur, perd un temps précieux à évaluer la situation. Et plus encore à dégainer. J'ai donc quelque espoir de m'en tirer. Évidemment, si quelqu'un se tient derrière la porte, mon plan part en couille. Si mon Glock déconne, pareil mais en plus rapide.

Neuvième secret : avoir de la chance.

Je pars en quête de ce moment magique où le temps dérape. Je sais tout et eux ne savent rien. Je peux tout et eux semblent nager dans du mercure. Ils pataugent, à la merci de cette précieuse seconde qui fait défaut quand on joue en défense. Oh la tête d'Alypse. Mignonne comme tout. Éblouie de surprise et morte de trouille. Pardon Alypse, je suis lâche, je n'ai pas choisi la subtilité des snipers, tu n'étais pas préparée à me voir surgir — tu pensais que je garderais mes distances. Mais c'est l'heure de mourir quand même. N'aie pas peur, ne supplie personne. Tout se passe tellement vite.

Juste avant d'entrer, j'ai barbouillé mon visage de sang et démonté mon silencieux.

Le bruit terrifiant du Glock s'étale dans la pièce, écrasant tout sur son passage. Les balles fracassent les os comme le mobilier, transpercent les artères, impactent les cloisons. Des écailles de peinture se mêlent à mon reflet dans les éclats du miroir explosé : je ressemble au Croquemitaine.

Dixième secret : pas de survivants.

Finalement, on dirait une recette de cuisine.

J – 93 — L'IMMORTEL

Un massacre.

Méthodique et appliqué. Ce mélange de folie et de rigueur qui rend le style de Silence inimitable.

Qu'est-ce que j'imaginais ? Que Silence épargnerait Alypse ? Comment ai-je pu me persuader de cette absurdité ? Je refusais de croire que Silence viendrait régler ses comptes en personne, c'était plus simple de survoler le danger sans rien prendre au sérieux. Maintenant six cadavres pourrissent dans cet horrible immeuble. Six cadavres de plus dans ce charnier puant. On n'enterre plus les morts depuis longtemps. On les cache à peine.

J'ai entendu les coups de feu alors que je revenais mettre Alypse en garde.

Juste à temps pour apercevoir une silhouette courir tout au fond du couloir, puis s'enfuir par l'escalier de service. Silence. Si proche, mais trop loin pour que je parte à sa poursuite. J'ai merdé. Trop débordé pour me souvenir que les vivants sont plus urgents que les morts, j'ai préféré entrer dans la pièce. Le spectacle m'a scié en deux, m'a littéralement pétrifié — moi qui croyais être blindé. Un bordel décuplé, mais tellement statique que tout paraissait vide.

Les corps exhibaient leurs viscères, plantés dans des positions invraisemblables. Certains, dans une obscène tentative de fuite, avaient laissé des traînées dans les canettes de bière — ceux-là ont été achevés d'une balle dans la tête. Courte fuite. Des bouts de leur cerveau graissaient le sol.

Je me suis mis à trembler. J'ai cru que j'allais pleurer. Quelqu'un qui peut tuer juste pour conserver sa réputation n'a pas besoin d'un motif tellement valable pour me tuer, moi. Ça demande une putain de tournure d'esprit.

Alypse ne méritait pas de mourir. Pas comme ça.

L'air était lourd encore de Silence. J'ai cherché des indices, sans rien trouver. Finalement j'ai pris Alypse dans mes bras, j'ai enfoncé ma main dans son ventre ouvert comme si je pouvais cicatriser ses plaies, cicatriser notre histoire d'amour qui n'a pas eu le temps d'exister, mais la chair ne me renvoyait qu'une tiédeur précaire. Novembre s'infiltrait entre les côtes, refroidissant les entrailles. Et qui a envie d'une histoire d'amour tiède ?

J – 92 — THÉORIE (3) — Brouillon de travail, réserver la diffusion au premier cercle.

Purification de la guérilla

L'opinion internationale est prévisible.
1) Indignation
2) Scandale
3) Condamnation ferme
L'opinion internationale sans droit d'ingérence se condamne aux pourparlers de paix.

Atouts de notre révolte : vingt mille soldats de formation, qui possèdent les clefs des arsenaux. Aptitudes acquises : interception des transmissions, dispersion des champs de mine (sur toute la longueur du périphérique), activation des radars antimissiles.

Gagner du temps : négocier, négocier, négocier. Inventer une possible reddition. À intervalles réguliers, envoyer une équipe de délégués à la jeunesse (énarques) avec demandes simples : RMI au lycée, droit de vote à quatorze ans, majorité sexuelle à treize.

Puis quand les parents tremblent : dépénalisation du trafic de drogue, légalisation du port d'armes, apartheid jeunes-vieux, interdiction de la couleur jaune, suppression des caméras de surveillance, transports gratuits, etc. Les observateurs internationaux doivent garder espoir. Quand ils perdent espoir, les pendre aux fenêtres du Sénat.

Ils nous laisseront faire. Ils penseront nous circonscrire grâce à leurs services de renseignements. Mais espionner qui ? Des ombres ? Les pionniers tuent et disparaissent aussitôt. Aucune parole échangée, aucun mot d'ordre parce que les mots endorment et que les ordres peuvent être contestés.

Les vieux perdront un temps incroyable à nous croire organisés, à chercher un complot ou des leaders, à éplucher des mails et écouter nos téléphones portables. Jusqu'au bout, ils nous imagineront instrumentalisés par le crime organisé — négligeant que les Italiens vendent aux vieux. Là encore, c'est une question de génération : les Italiens apprécient la tradition, les Albanais et les Russes sont plus flexibles.

Ils seront incapables de concevoir que nous nous battons juste pour nous, que notre union apolitique transcende les clivages entre trotskistes punks à chien et jeunes libéraux avides de pouvoir, entre racailles enragées et goths de comptoir.

Note postérieure : il semblerait que l'opinion internationale possède, tout de même, une patience limitée. L'ultimatum, posé en septembre, s'étend sur six mois : plus qu'assez pour vider la France de ses vieux. À nous de suivre le décompte, de transformer cette pression en ultime motivation. Selon nos informateurs extérieurs, les forces attendues réuniront toute la zone euro et Israël, avec une coopération du Royaume-Uni. Ordres officiels : stabilisation des conflits, rétablissement des structures essentielles, interposition systématique, désarmement. Ordres officieux : contrats dans le bâtiment, pillage, extermination des jeunes. La presse, même complaisante, n'est pas conviée. Personne ne doit témoigner. Ils veulent nous effacer.

Pour nous, cette attaque massive est une chance. Pas de trahison possible, pas d'assoupissement, pas de compromis. Des témoignages, il y en aura toujours. Les survivants nous rendront immortels, assureront notre part d'exemplarité. Nous serons craints. L'Histoire nous mangera dans la main.

J – 91 — L'IMMORTEL

Silence. Je n'arrive pas à sortir ce nom de ma tête. Silence Silence Silence. Je ne fantasme aucune vengeance, je ne ressens aucune haine, je suis même surpris de mon acceptation simple de la mort d'Alypse. Ma belle Alypse, incinérée aujourd'hui, déjà tellement absente. Les autres, ses prétendus amis, ils pouvaient bien intoxiquer les vers avec leurs chairs pétries de shit.

J'ai mis le feu à son cadavre avant que les altérations ne deviennent vraiment insupportables, par respect pour la possibilité qu'elle m'a fait entrevoir. Puis je suis parti, un peu comme un voleur. L'odeur de chair brûlée aurait dépassé mes forces. Par acquit de conscience, j'ai également fait flamber la Volvo. Elle me semblait dépassée. Et minuscule.

Maintenant je traîne devant le complexe de l'Armée, non loin de la grande bibliothèque. La bonne conservation de l'ensemble me sidère : la plupart des vitres sont intactes. Toutes les marques ont disparu, tout ce qui pourrait nous rappeler le goût d'un café ou du pop-corn, et aussi toutes les affiches de films d'action. Inutile de nous appuyer sur les repères de l'ancien monde. De nos jours, même la musique est proscrite : des mecs à guitare jouent quelques accords, perchés sur des marches de l'esplanade, mais le moindre air connu attise la suspicion. Il faut tout recommencer de zéro.

Quelques mètres avant les portes du complexe, une masse de jeunes discute en se partageant des sandwichs et des armes. Ils paraissent minuscules en comparaison du gros bâtiment gris. Certains me regardent avec curiosité. Je les ignore. Qu'ils se souviennent de mon visage : dans l'immédiat, rien à foutre.

Je m'installe devant le Hall of Fame, j'attrape le marqueur laissé à disposition. Je corrige : Hall of Shame.

J'écris : Silence, 6 points contre son camp.

J – 90 — SILENCE

Paris sous les bombes laisse entrevoir sa structure. Chaque mètre cube de béton arraché, de pierre effondrée, agrandit mon espace, dégage ma vue, remet un peu les choses à plat. Je ne comprends pas pourquoi personne n'avait encore tout détruit. Les vieux tentent de réparer les dégâts, ils bouchent les trous, tentent de planquer la misère. De leur côté du ciel, les grues sont plus nombreuses que les étoiles.

Une tasse de cappuccino dans la main droite, des jumelles dans la main gauche, mes matinées se ressemblent toutes. Cette fois je m'autorise un supplément de détente pour me remettre des événements de la soirée : souvenirs amusants du musée d'Orsay aux grosses horloges figées, aux portes démontées, et à l'intérieur, le patron d'Oimir qui rampe à mes pieds. Vatican avait bien voulu me prêter quelques soldats pour l'opération : les cacher dans le musée s'est révélé un jeu d'enfant. À cause de l'effondrement des verrières, tous les tableaux ont été retranchés dans les caves — l'humidité attaque la peinture, mais toujours moins que la pluie. Autant que possible, j'avais plastifié les œuvres. Il fallait que ce soit joli. Et sombre.

Évidemment le patron se méfiait. Il portait un pare-balles sous son jogging rouge. Je me demande d'où vient cette manie du jogging, si les Turcs utilisent le même uniforme, ou si la tenue sportive est réservée aux Albanais. Si ça se trouve, leur rituel d'intronisation consiste en un marathon. Ou un match de football. Il faudra que je pense à poser la question.

Oimir était venu avec une dizaine d'hommes, dont la moitié lui devait un gros, gros service. Afin de simplifier les combats, ceux-là arboraient un survêtement clair. Nous savions sur qui tirer, mais surtout, nous savions qui épargner : cinq témoins pour assurer l'innocence d'Oimir, dans le cas probable où son clan poserait des questions.

Quand la tuerie s'est terminée, juste avant que les survivants ne foncent dehors pour se mettre à couvert et fuir, Oimir m'a adressé un petit signe. Son patron gisait au milieu d'œuvres médiocres du XVIIIe siècle que, par pur professionnalisme, j'avais inclinées dans le sens probable des tirs. Juste pour éviter de salir la marchandise. Malheureusement, les camarades de Vatican ont été moins soigneux, et trois toiles sont bonnes pour servir de chauffage. On ne peut vraiment compter que sur soi-même.

Le boss se traînait, touché aux deux genoux. Je l'ai prié de se débarrasser de son excellent pare-balles avant de l'achever d'une balle en plein cœur : pas de gaspillage, d'autant que le matériel militaire se revend facilement. Oimir, à ce moment-là, avait sans doute déjà quitté Paris.

Le pacte est signé, les chaussures sur mesure devraient être terminées dans les semaines à venir. Du bon boulot. Dommage que ma tasse de cappuccino soit froide, maintenant.

J – 89 — L'IMMORTEL

Silence hante les marges du Hall of Fame. Silence se dissimule. Dans les espaces blancs, entre les lignes. Son nom occupe chaque fragment d'invisible. Pour le moment, toute action demeure impossible : les vieux se mobilisent, ils ont manifestement reçu des renforts, les jeunes se blottissent de leur côté, ils laissent passer les bombes.

Mon commentaire sur la mort d'Alypse a été effacé. Pas barré ou arraché ou barbouillé : vraiment, volatilisé. Je pourrais ne jamais l'avoir écrit. En dehors de cette censure, les autres informations se déroulent, dans l'ordre, exactement identiques. Soit Silence traîne autour d'ici, soit quelqu'un qui tient à sa réputation. Intéressant.

Le point-attaque de la mi-journée se termine à peine. Un mouvement de masse coule du complexe, bigarré et surarmé : je me laisse dériver dans le flux des jeunes qui m'ignorent et m'emportent vers le hall principal. Certains me bousculent, d'autres me marchent sur les pieds, j'écoute leurs conversations, je constate qu'ils sont toujours aussi motivés pour tuer les vieux — l'émulation marche à plein. Puis ils se dispersent autour de la cafétéria et des toilettes, et je reste comme un con, à regarder une fille qui ressemble à Alypse. Qu'elle était belle. Mes souvenirs ne cessent de lui agglomérer des couches de charme et d'intelligence. Et à mesure, la dette de Silence prend de l'ampleur.

J – 88 — THÉORIE (4) — Prémices de la révolte. Diffusé parmi les Templiers et les hésitants.

Autodéfense face au Mur 68

Il est crucial d'exterminer en premier lieu les quinquagénaires et sexagénaires — et à travers eux, la génération 68 à fort pouvoir politique et parental.

La cible de la révolte ne nous est pas apparue tout de suite comme évidente. Nous avions le pressentiment du problème avant de le connaître vraiment : nous avons perdu beaucoup de temps, et testé toutes les haines. Toutes, avant de nous fixer sur la légitime, celle qui entraîne toutes les autres. Les vieux regroupent l'ensemble de ce que nous avons appris à haïr : le pouvoir, l'élitisme, le capitalisme, l'autoritarisme, le machisme, la peur des autres, les systèmes trop bien huilés pour ne pas s'être transformés en mafias.

La génération 68, famille régnante sur ses enfants-bétail, a pris ses précautions : nos parents nous ont appris très tôt que rêver ne sert à rien. Inutile de viser haut, d'espérer vivre trop intensément. Pas d'idéologie, pas de penchants révolutionnaires. Des revenus 30 % inférieurs à ceux de nos parents au même âge, l'argent liquide détenu à 80 % par les plus de cinquante ans. Connaissez-vous ces chiffres ? Vous les trouverez dans vos manuels d'économie.

Les Templiers nous objectent la sincérité des vieux. Un argument limité, mais dont nous admettons le bien-fondé : le soixante-huitard aux tempes vides comme le cerveau, au cynisme creusé loin dans les rides, s'est persuadé — en toute bonne foi — que les derniers mythes et les derniers idéaux datent de son époque. Il insiste pour avoir connu la révolution ultime, écartant les accusations de stérilité et le futur d'un même catégorique revers de main.

Oui, les vieux croient à leurs discours. Au premier degré. Une génération après la Seconde Guerre mondiale, après les bombes atomiques et les camps de concentration, des étudiants ont décidé que la radicalité se jouerait à coups de *pavés*. Faut-il pour autant les excuser ? Non. Qu'ils nous sucent la moelle avec sincérité ne change rien à notre problème. À la moindre revendication ils brandissent leur arme favorite : l'assimilation. Nous serions comme eux au même âge, tout bouffis d'idées ridicules, les révoltes seraient vouées à l'échec. Comme si le contexte était le même, comme si l'entité 68 remplaçait tous les rêves et toutes les expériences.

Ils affirment avoir tout compris, mais la vérité, c'est qu'ils ont tout oublié. Ils ont même oublié qu'ils ont oublié.

Templiers, indécis, sympathisants, cessez de confondre violence et autodéfense. Les vieux nous tuent depuis longtemps :

— Physiquement. La génération 68 craint tellement de mourir qu'elle a décidé d'emporter la planète dans sa tombe. Comment interpréter autrement leur aveuglement face aux catastrophes écologiques, menaces nucléaires et autres injustices économiques ? Ils résoudraient ces problèmes en claquant des doigts, s'ils en avaient envie. Mais au contraire, ils dégagent une énergie incroyable dès qu'il s'agit d'empirer la situation. Considérons-les avec réalisme : comme une menace directe pour notre survie.

— Mentalement. Afin de rendre acceptables leurs désillusions, les vieux jouent la grande comédie du cynisme. Les équations sont simples : exceptionnel = banal, bonne nouvelle = angélisme, espoir = soupçon. Quand un jeune arrive avec une idée fraîche, ils hurlent au coup médiatique. Mai 68 incarne l'horizon indépassable de leur univers, quand bien même son incidence sur la vie quotidienne est moindre que 1789 ou 1492. Nous acceptons d'apprendre des dates dans des livres d'histoire, mais qu'on arrête de s'en servir pour nous réduire au silence. Une révolte en enterre une autre et non, la Terre ne s'est pas arrêtée de tourner.

La génération 68 ne plaidera jamais coupable : à nous de l'anéantir. Ce combat est légitime. Non, nous ne sommes pas extrémistes. Quand nous effaçons un actionnaire, nous sauvons un enfant chinois. Tuer des humains vaut mieux que détruire la planète : nous nous en sortons bien mieux que nos parents, nous faisons preuve de plus de compassion, et de plus de respect.

Ils n'avaient foi en rien et nous ont enfantés quand même. Bien sûr que ça énerve. Rejoignez-nous, maintenant. Préparez-vous à mourir. Si vraiment vous aimez vos parents, considérez la révolte comme un acte d'obéissance : ne croyez surtout, surtout pas qu'ils voulaient qu'on vive.

J – 87 — SILENCE

Beaucoup d'agitation chez les vieux. Un fourmillement dans mes jumelles, des déploiements sur des points surprenants... Serait-il possible qu'ils s'imaginent remporter une victoire décisive ? Ou veulent-ils juste nous faire peur ? Je ne sais pas.

Je descends quatre à quatre les escaliers de secours de mon immeuble, j'enfourche mon vélo, une ruine toute rouillée mais bien pratique pour les déplacements. Le vent chasse les nuages, le ciel prend une couleur intense, son bleu me frappe comme un coup-de-poing.

À deux cents mètres de la zone militarisée, non sans avoir vérifié que personne ne me suit, je m'enfonce dans un ancien magasin de fringues — une de ces grosses enseignes clonée à l'identique à Milan ou à Londres. Les étiquettes et les prix sont affichés en huit langues. Quand je pense que les vieux ont hurlé quand nous avons démoli leurs chaînes de supermarchés et de vêtements ! Honnêtement, notre révolte ne provoque aucun dommage irréparable. Et s'ils avaient su nous traiter comme des individus et non des masses, on n'en serait pas arrivés au meurtre. Maintenant, par leur faute, les bords tranchants des vitrines s'exposent sur toute la longueur de la façade. Les miroirs, les ampoules, les cintres : tout ce qui pouvait être réduit en morceaux a été soigneusement broyé. On pourrait croire qu'un bulldozer est passé par là. Ce n'était que nous.

Je soulève mon vélo en faisant bien attention de protéger les pneus. Évitant les angles coupants de la porte, je traverse le hall d'entrée. Personne ne trouvera mon véhicule sous les jupes d'été : il fait beaucoup trop froid pour qu'une guérilladepte pille ce rayon. Et puis les paillettes, franchement...

Une fusillade. La première de la journée. Rien de rapproché.

Je me dépêche de sortir du magasin, une écharpe

toute neuve à la main, mon L96 confortablement replié contre mon dos. Les miroirs renvoient mon image à l'infini, légèrement amaigrie par la guerre. Rien de remarquable. Sauf peut-être les mèches blondes qui filent sous la capuche de ma parka. Des bottes, une paire de jeans, des gants sombres. La dominante grise complète mon invisibilité. Allez, pas le moment de s'attarder. Quelqu'un doit donner l'alerte.

Je cours dans les rues pour me rapprocher du poste principal, simple accumulation de tas de sable perdus au milieu des gravats... Une fusée de détresse explose au-dessus de ma tête. Bien. Certains ont été plus rapides que moi. Partout, au sommet des buildings et des antennes, des lumières rouges s'allument. À ce dispositif rudimentaire s'ajoutent quelques sirènes à l'ancienne. Des dizaines de jeunes sortent de chaque immeuble, les messagers dispatchent les bonnes volontés sur différents fronts, des brouettes de jardinage sont disposées aux carrefours pour mettre des munitions à disposition de ceux qui n'en ont plus. Je me mêle à la foule. La plupart des jeunes somnolent encore.

Des groupes organisés se pointent en ordre strict : les treize-ans de Side, deux mille racailles portées par un chant collectif très au point, l'Union Technoïde exhibant des chaînes de vélos et des mitrailleuses, Old School dont les membres brandissent des épées et des boucliers volés au musée d'Art médiéval, une centaine de Narcisse armés jusqu'aux dents de grenades.

J'espère que personne ne remarquera mon L96.

J'arrive devant le messager de la zone centrale en crachant mes poumons :

— Les vieux attaquent ?

Le messager, un Asiatique grassouillet paumé sous sa cagoule et trois épaisseurs de doudoune, écoute les crachotements de son talkie-walkie.

— Ça bouge pas mal du côté du périphérique, explique-t-il en prenant l'air important. Porte de Charenton. Les autres disent qu'ils veulent nous attirer au centre pour mieux nous choper par-derrière.

— Rien compris. Nous choper derrière quoi ?

— Rien compris non plus.

On se regarde bêtement. Je décide d'insister :

— Mais quels « autres » ? Tu prends les ordres de quels commandants ?

— Aucune idée !

Je l'admets, nos communications sont moyennement au point.

— Y a du monde là-bas ? je demande en désespoir de cause.

— Presque personne, on vient de se rendre compte de la manœuvre.

Merde. Le boulevard fourmille maintenant de jeunes, qui arrivent de tous les côtés, qui jouent au téléphone arabe, qui dramatisent les informations les plus simples : personne ne sait où aller, personne ne part dans la même direction. En l'absence de haut-parleurs, impossible de répartir les groupes ou de canaliser l'énergie. On est mal, très mal partis.

— Porte de Charenton ? Je me rends sur place, annonce une voix dans mon dos.

La voix appartient à une brune qui se plante à ma gauche. Allure sérieuse, lèvres irrégulières, traits tirés vers les tempes par un chignon strict. On ne plaisante plus. Je me fascine un instant pour la boursouflure écarlate qui lui sert de bouche, puis je remarque, derrière elle, une cinquantaine de soldats en treillis urbain, tous des hommes, coiffés en brosse avec débauche de maxillaires crispés. Y en a qui s'emmerdent pas. Je les identifie comme un sous-groupe de bourrins, prêts à foncer dans le tas, confiants dans l'assaut frontal de masse. Leurs armes sont correctes : kalachnikovs copiées en Chine, performances très honnêtes. J'approuve d'un hochement de tête connaisseur. La fille me tend une main caparaçonnée de cuir :

— Anna-Lyse, chef du Clan Trash.

Jamais entendu parler.

— Eisenstein, sniper.

Je serre la main gantée, prenant soin de n'y mettre aucune force, ni aucune conviction. Étrange code de reconnaissance, tout de même : plus personne ne se serre la main depuis des années. D'ailleurs, plus personne ne se touche. J'observe les soldats : certains sont gantés également. Peut-être un trip SM. Oui maîtresse. Bien maîtresse.

— Jolie machine, roucoule Anna-Lyse en regardant le L96.

Je réponds avec mon sourire le plus niais :

— Il paraît que Silence utilise la même.

— Quelle chance, Eisenstein ! Tu vas pouvoir rencontrer ton idole. Silence est parmi nous.

Encore ? Sans blague, c'est *vraiment* mon jour de chance.

— Oh, tu crois que je pourrais lui parler ? Pas longtemps, juste pour lui demander quelques conseils, au niveau des réglages.

— Désolée, me répond Anna-Lyse avec une voix pleine de complicité. Tu connais la réputation de Silence — le genre solitaire, pour mieux se concentrer. Mais regarde là-bas.

Solitaire, pour se concentrer ? Ce qu'il ne faut pas entendre. Cela dit, je dois accepter la flatterie — quand elle est de qualité : Anna-Lyse a choisi son plus joli élément pour me représenter, une Barbie maghrébine aux longs sourcils effilés qui nous snobe d'un regard noir. Intéressante interprétation. Pourquoi les gens imaginent-ils toujours que je fais la tête ? J'estime mon caractère plutôt accommodant. En plus, si leur poupée arrive à tirer avec cette saloperie de Mauser, je veux bien m'appeler Eisenstein pour de bon.

Je me demande combien de mes avatars arpentent Paris en ce moment même. Combien de Silence sous les toits, combien de snipers qui rêvent des premiers meurtres. Il fallait se réveiller plus tôt.

Le déclenchement des premiers tirs nous force à abréger les présentations : je nous guide vers le périphérique à marche forcée, tout en discutant avec Anna-Lyse qui ne me lâche pas d'une semelle. Et finalement, pourquoi pas ? Ragots et bavardages, une fois de temps en temps, ça me change des négociations avec Oimir. J'apprends sur la route que le Clan Trash vient de Caen, où les combats s'éteignent. Anna-Lyse raconte les offensives ratées — presque les larmes aux yeux. Je compatis sur le sort des derniers jeunes de l'Ouest : apparemment, les vieux ont repris toutes les agglomérations le long de la côte. D'autres groupes devraient se joindre à nous les prochains jours, fuyant la recolonisation. Bonne nouvelle.

Les immeubles deviennent de plus en plus moches : on approche du périphérique.

Le Clan Trash ralentit. Moi aussi. Pour peu que les snipers des vieux soient en position, mieux vaut avancer à couvert. Si vraiment il faut traverser les rues, nous courons d'un abri à l'autre, d'une file de voitures à l'ombre des bâtiments. L'absence de coups de feu me chiffonne : pourvu qu'on n'arrive pas trop tard. Et surtout, pourvu que d'autres nous aient précédés !

Je sors mes jumelles. Pas question de poser un orteil sur le périphérique : trop de pièges, trop de câbles reliés à de puissants explosifs. Les vieux sont parfaitement au courant. Je redoute que leurs mines s'ajoutent aux nôtres, auquel cas plus personne ne posséderait de plan fiable. Et nous serions tous prisonniers de Paris sans le savoir.

Cinq cents ennemis dans mes jumelles, peut-être six cents. Le groupe paraît soudé, dans tous les cas trop compact pour distinguer ses individualités. Les vieux nous ont déjà gonflés par le passé à refuser d'être des légumes, ils trépignaient, gueulaient : « nous sommes des personnes à part entière ». Message reçu, alors j'arme, je bloque le L96 contre mon épaule et je tire sur les personnes-à-part-entière. La distance ne me dérange pas. Les snipers survolent ce genre de détails. Pas la peine de vérifier si j'ai touché quelqu'un. Je *sais* que j'ai touché quelqu'un. Le léger reflux de panique le prouve. La troupe adverse chavire, prise de remous. Mon avertissement s'est joué en deux secondes, je reprends la marche forcée. Le Clan Trash au complet me regarde avec stupéfaction.

— Mais… et l'effet de surprise ? demande Anna-Lyse.

Bosser avec des andouilles me met toujours au bord de la crise de nerfs. Je gueule :

— T'espères quoi, que les vieux ont oublié leurs jumelles à la maison ? Ou qu'à cinquante au milieu d'une rue on passe inaperçus ? Déployez-vous, maintenant! On perd l'avance que je viens de nous donner!

Anna-Lyse m'adresse un signe incertain de sa main gantée, un hiéroglyphe entre le remerciement et la promesse de me retrouver un jour. Pas le temps de répliquer. Les premiers tirs des vieux éclatent dans notre direction, crépitent à quelques centimètres de nos pieds : tout le monde part se planquer dans les immeubles alentour. En infériorité numérique, il ne nous reste que la lutte à l'irlandaise, bâtiment par bâtiment. Soutenus par leur artillerie, les vieux chargent pour nous exterminer avant qu'on se mette en place, certains courent, d'autres conduisent des minivans surmontés de mitrailleuses... je recule en rasant les murs d'une rue adjacente. Pas trop vite parce que ce serait dommage de mettre le pied sur une mine avant même d'avoir rencontré l'ennemi.

Difficile de couvrir le Clan Trash : les tirs de mortier ont soulevé assez de poussière pour limiter la visibilité à cinq mètres et assourdir la mélodie des hurlements.

Du bruit derrière moi. Pas normal.

Je me recroqueville derrière une carcasse de voiture brûlée, juste le temps de voir passer au pas de course une vingtaine de jeunes habillés de capes blanches. Crânes rasés. Sans armes. Des grelots aux poignets et aux chevilles.

Et ils chantent.

Il reste donc des survivants parmi les Non-Violents — ex-clan Croix-Rouge, ex-Force d'Interposition. À ne pas confondre avec ces ordures de Templiers, qui ne défendent que les vieux. Au moins les Non-Violents peuvent être tenus pour d'authentiques jeunes. Ils ne manquent pas de force morale, et leurs actions perturbent beaucoup les officiers adverses.

J'escalade péniblement la façade d'une HLM, à mi-hauteur je réveille quelques filles assoupies, lovées les unes contre les autres sur la moquette épaisse d'un deux-pièces. Peut-être un clan féminin. Comment peut-on dormir pendant que les vieux nous canardent, ça restera un mystère. Je remonte d'un étage, me hissant de balcon en balcon. Puis je me pose au spectacle. Toujours trop de poussière pour que je puisse tirer.

À la faveur d'un coup de vent, je reconnais Barbie Usurpatrice, juste sous ma position. Dissimulée par les publicités d'un abribus, elle tente de dégommer des vieux — et rate. J'ai connu des avatars plus convaincants.

Pas question de salir le L96 : je charge le Glock. Mieux vaut ne pas me tourner le dos quand on me vole mon nom.

J – 86 — L'IMMORTEL

Deux cents munitions perdues pour rien. Putain de périphérique. Quand je pense que j'ai passé des heures à repérer et shooter des snipers adverses qui n'étaient que des mannequins… Je me sens vraiment à côté de la plaque.

L'organisation artisanale montre ses limites : se retrouver sur le front avec un groupe débutant, le Clan Trash, face à cinq cents militaires de carrière, ça nous vaut trente-deux morts pour retarder d'une heure à peine la pénétration des vieux dans notre zone. Ils sont passés sans effort, enfonçant nos maigres résistances. Heureusement que Silence les attendait un peu plus loin, avec les renforts et plusieurs caisses de munitions. Au bout du compte l'Armée les a pris à revers, mais malgré la qualité de notre encerclement, les vieux sont parvenus à se replier sans mal. Leur technique nous bloque. Ils savent des trucs qu'on ignore et qui nous cassent les dents.

J'aurais tellement aimé me retrouver au milieu de la cohue, là où le bordel fait sens. Au début la perspective des combats me terrifiait : l'impression de n'être qu'un pion, totalement anonyme, destiné à me décomposer dans la rue. J'avais peur qu'on m'abandonne. Je craignais que la mort me fauche en solo, que personne ne s'inquiète de mon sort — que mon nom n'apparaisse même pas dans le tableau des décès. J'ai beaucoup fui. Les jeunes tolèrent une certaine lâcheté mais quand on peut constater les conséquences de ses actes, de loin, cinquante blessés hurlant sous les chenilles de blindés qui les achèvent, on apprend le courage. C'est pour pallier ma lâcheté naturelle que je suis devenu sniper. Les autres ne pouvaient pas me transmettre leur trouille, personne ne savait quand je me pissais dessus. Aujourd'hui je n'ai plus rien à cacher : je pourrais être un soldat, en première ligne, bourrin parmi les bourrins. Mais entre-temps j'ai adopté le mode de vie des snipers.

Et puis il serait injuste de négliger le modèle de Silence. Ni homme ni femme, solitaire, vivant d'eau fraîche et de justice, inaccessible au commun des mortels, apparaissant et disparaissant au gré de sauvages règlements de comptes. Depuis la mort d'Alypse, depuis la silhouette à peine entrevue, la légende prend corps. Je peux enfin y croire. Forcément ça m'attire. Maintenant je me sens légitime. Quand on a

senti cette atmosphère de danger, on devient accro.
On voudrait soi-même devenir spécial.

**J – 85 — THÉORIE (5) — Recouvrement systéma-
tique de toutes les affiches, jusqu'à ce que les régies
de publicité cèdent et renoncent à leurs espaces.**

Circonscrire le merchandising

Pas de péage pour notre révolte. Pas besoin d'argent
ni de culture. Pas de limites matérielles ni intellec-
tuelles. Certains accusent les pionniers d'appartenir
massivement à la classe bourgeoise : désinformation.
Personne ici ne prétend édifier les masses. Nous,
Théoriciens, ne valons mieux que personne — à
peine possédons-nous des imprimantes plus solides
que les vôtres. Nous ne passons pas à la télévision.
Nous vomissons le prosélytisme et les justifications à
quarante-cinq secondes de temps de parole chrono-
métré. Ceux qui acceptent de parler sont des traîtres.
Pas d'explications pour le grand public. Pas d'autobiographies ni de confessions. Il faudra refuser de posséder un visage, refuser radicalement de revendiquer.
Laisser à d'autres la société du spectacle, et plus
encore les réflexes consuméristes. Ceci n'a rien à voir
avec la politique, mais avec la survie du mouvement.
Les bonnes stratégies se déroulent sans slogan. Ché-
rissez le mystère, guérilladeptes. Contentez-vous
d'agir, de réaliser le désir universel de massacre des
vieux, puis laissez la rumeur enfler autour de la
confrérie de « ceux qui ont osé ». Ne nommez jamais
rien, sauf en termes génériques : jeunes, vieux, révolte,
guérilla. Les nuances enferment. Seul le retour aux
bases permettra de libérer l'espace nécessaire afin

que tous puissent s'identifier. Si vraiment vous devez parler, faites-le avec cinquante mots.

Certains essaieront de vous doubler et de vous vendre. Cibles n° 1 : les leaders lycéens et autres militants professionnels, eux et leur suspecte avidité de pouvoir. Cibles n° 2 : les princes du marketing et autres créateurs de tendance.

Avec un peu de chance, nous échapperons aux baskets « sniper », aux casquettes « kill daddy », au premier boys band en treillis et mitraillettes, aux livres sociologiques sur le retour de la radicalité, aux psys sur les plateaux télé expliquant qu'en fait tout cela est formidable, et très sain par rapport au complexe d'Œdipe. Nous échapperons également au parc d'attractions avec stand de tir et train fantôme dans une résidence de retraite. Ne souriez pas. Vous savez qu'ils en sont capables. Il nous faudra devenir, au sens premier du mot, irrécupérables.

J – 84 — SILENCE

Dès qu'on tue « ses » vieux, tout devient facile. La grosse barrière morale tombe. Il suffit de commencer par l'extrême pour se créer une obligation, un défi personnel, et aussi une certaine indifférence qui rend la lutte plus viable au jour le jour. Certains de mes camarades tentent d'effacer le parricide initial sous les autres meurtres, comme s'il suffisait d'entasser des cadavres sur des cadavres pour enterrer celui qui est en dessous. Peut-être que certains souffrent. Mais tant qu'ils servent ma cause, peu importe.

Les problèmes de conscience, je les ai laissés derrière moi. Tuer demeure le seul moyen d'annuler sa naissance, d'effacer les mères exhibitionnistes du métro penchées sur leurs bébés cramoisis. On n'osait plus demander qui allaitait qui — finalement, c'est toujours le nouveau-né qui nourrit les parents, qui les valide. Le sein comme suceur d'amour. La tendresse comme affirmation de son petit pouvoir.

Ce qu'on peut imaginer, on peut le réaliser. Comme dans les films ou les jeux vidéo, le script en moins, l'odeur Carte Noire commerce équitable en plus. Je peux tuer ma mère. Surtout, ne pas penser aux conséquences. Il n'y aura pas de conséquences. Et même si on ne peut pas tuer sa mère, on peut presser une détente. Mettons juste que le canon soit pointé sur sa mère.

Les associations de parents multipliaient les manifs. Revenez, qu'ils disaient.

Rien de plus élémentaire que de se mettre en hauteur et de tirer dans le tas. Certains de mes camarades lâchaient des grenades et de l'essence. Les parents pleuraient, ils ne comprenaient pas, ils nous aimaient tellement, est-ce qu'on pouvait comprendre ça ? Non. Est-ce qu'on pouvait tuer un père désarmé et prêt à pardonner ? Oui. De quelle autorité peut se targuer un mec qui écoute la même musique que toi, généralement infoutu de t'aider à faire tes devoirs et d'envoyer un e-mail ? Le savoir se périme, les humains aussi. On achève bien les logiciels. Le manque d'adaptation des vieux nécessitait qu'on les termine. De plus, les vieux innocents n'existent pas. Ils ont tous au moins tué un jeune : celui qui vivait en eux.

Le durcissement n'eut lieu qu'au dernier moment, quand le pays entier s'ébranlait. Ils ont gazé le métro où certains révoltés s'étaient réfugiés. Le même jour, des centaines de jeunes furent enfermés au nom du principe de précaution. Des sujets « à risque ». Comme si ma voisine de palier, une adorable catholique pratiquante, avait longtemps hésité avant de faire sauter le serre-tête du crâne de sa mère. J'ai délivré personnellement certains détenus de Fleury. L'attaque fut sanglante. Les médias, terrorisés, évoquaient une épidémie transmissible par la salive, une nouvelle souche de rage que des terroristes auraient utilisée comme arme chimique dans nos cantines. La panique les rendait imaginatifs.

Puis ils ont fui. Par petits paquets familiaux au début, puis en masse, formant de longues files sur les autoroutes.

J – 83 — L'IMMORTEL

Je ne sais pas, vraiment pas, pourquoi je me retrouve toujours derrière des poubelles. Peut-être parce qu'elles sont omniprésentes. Peut-être parce que je pressens mon lien à la décomposition.

L'odeur m'empoisonne, à la limite exacte du supportable. Mais je serre les dents. Cette puanteur garantit l'excellence de ma planque. Devant moi, un célèbre restaurant. Là-bas, une brigade entière de vieux. Sûr qu'ils préféreront éviter cette zone. Il fait nuit, difficile de se concentrer sur autre chose que l'unique point lumineux, cinq mètres devant moi à peine. Toute la douceur du monde semble hermétiquement maintenue de l'autre côté des vitres, de l'autre côté de l'humanité. La guerre ici n'existe plus. Face à la force du nombre des vieux, les jeunes paraissent plus que jamais assiégés, réduits à vivre par procuration.

Je parcours du regard les tables couvertes de chandeliers, les nappes propres, les luminaires aux courbes classiques. Un donjon hypoallergénique au milieu des bactéries. Ce ne sont pas les virus qui manquent au-dehors. Rage. Colère. Peste.

Dans la salle « Quatre Temps » du restaurant, deux anciens ministres élaborent des plans d'avenir, comme si à soixante ans on pouvait encore faire semblant. Le plus dur pour les derniers dirigeants fut de remettre le sort du pays entre les mains des forces internationales. L'attente des renforts est une humiliation intolérable pour leur patriotisme — il faut dire que les vieux se montrent rarement très flexibles. Cela dit, leur exaspération peut se comprendre : le monde extérieur nous a laissés massacrer un bon tiers de la population, a accueilli des dizaines de milliers de réfugiés, sans lever le petit doigt pour nous empêcher de finir le travail. Je me demande si ce que nous faisons les intéresse. À titre expérimental. Si notre révolte est trop exceptionnelle pour qu'on ose la détruire, de même que les scientifiques adorent les bizarreries de la nature. Nous ne recevons aucune nouvelle de l'extérieur depuis si longtemps ! Seule l'Armée — la nôtre — possède encore des radios en état de marche. Les responsables de l'information disent que le seul programme consiste en un décompte. Le nombre de jours qu'il nous reste. Quatre-vingt-trois.

Je serre ma ceinture d'un nouveau cran. Filet de haddock sur crème fraîche. Pommes de terre vapeur. Purée de brocolis. Sur la tête de ma mère, je donnerais absolument n'importe quoi pour lécher leurs assiettes. Sous la lumière tamisée les clients portent des chemises. Ils transpirent. Même leurs discussions semblent chaudes et agréables. Les femmes ne finissent pas leurs plats. Je vais me mettre à chialer. Une grosse Noire accompagne un orchestre réduit, des couples dansent entre les tables. Et parce que nous, les jeunes, n'avons rien de tout ça, parce que la faim me tenaille aujourd'hui comme depuis une semaine, nous sommes infiniment plus dangereux. Je ne supporte pas de voir ces croûtons faire la fête. Le moment est passé. Au début, ok pour la déconne. J'ai moi-même pris plaisir à aller partout où c'était interdit, à baiser sur la table du Premier ministre, sans capote, jamais, à danser et picoler, à tout découvrir et tout fêter. J'aurais aimé que ça continue.

Et puis l'électricité s'est coupée, sonnant le glas des réjouissances. On s'est aperçu qu'on aurait dû garder quelques vieux en esclavage, au moins les techniciens. Et les plombiers. Personne n'avait envie de se taper les corvées : le foutoir s'est répandu, horizontalement, exponentiel.

Les rats n'ont pas tardé à remonter à la surface. Sale surprise que leur prolifération, mais finalement, on s'habitue. Ils nettoient derrière nous et atténuent les odeurs de putréfaction, ils nourrissent les chiens, et si certains, parmi nous, bouffent les chiens, la majorité se débrouille avec des conserves. Quelques rumeurs de cannibalisme courent sur des groupes régressifs d'Amazoniens, mais j'attribue ces bêtises à la contre-propagande des vieux.

Une bestiole rampe dans ma manche, sa queue ondule tout près de mon coude, ses griffes se plantent entre mes muscles. Je menace de tourner de l'œil. La pourriture semble se diffuser sous mes vêtements — et même à travers eux. Les flics passent et repassent entre mes cibles et moi, m'interdisant toute action et toute retraite. Cette foutue ronde ne s'arrêtera donc jamais ?

Un énorme rectangle de lumière orange apparaît

près des fenêtres du restaurant, m'aveuglant pendant quelques secondes. Je retiens mon souffle. Deux silhouettes noires. Des nœuds-pap'. Plein de sacs-poubelle.

— On n'aura bientôt plus la place de les mettre ici, soupire la première silhouette.

— Allez, plus que trois mois. Balance-les dans le coin, là.

Je suis une statue. Je suis invisible. Je ne respire même plus de peur que mon haleine attire l'attention, et en même temps, leur confiance dans le futur me laisse bouche bée : ils pensent vraiment s'en tirer, raconter cette histoire autour d'un chocolat chaud, plus tard, à leurs arrière-petits-enfants.

Un sac-poubelle s'écrase sur ma tête, s'ouvre en déchargeant tout son contenu dans mon col. Putain. Ça colle et ça gratte. Je préfère pas savoir ce que… Un deuxième sac, un troisième, bientôt dix… si je bouge ils me repéreront, si j'attends je vais étouffer. *L'Immortel, figure de la révolte, mort enseveli sous les ordures d'un restaurant à la mode. Une planque parfaite : ses tueurs ne l'ont même pas remarqué.*

Les rats accourent pour nettoyer les sacs : en quelques secondes le monceau d'ordures se met à trembler et grouiller, je couine des « aaaah » et des « pschhht » pour leur signaler que je ne suis pas comestible, je sens mes poils se dresser… oh putain…

Je me lève en pleine lumière, faisant s'écrouler autour de moi les déchets.

Les deux serveurs du restaurant me regardent avec des yeux tout ronds. Ils portent les derniers sacs à bout de bras, leurs épaules légèrement affaissées par la fatigue. J'attrape le Dragunov dans mon dos : surtout, ne pas leur laisser le temps de réagir. Merde ! Ma main dérape sur la crosse, pas moyen de m'essuyer, je me découvre couvert de vinaigrette et de bouts de salade. L'envie absurde de lécher mes fringues surgit dans mon esprit. Exaspéré, j'arrache le bout de mozzarella qui trône sur ma tête et je me contorsionne pour me dégager de la sangle du Dragunov. Bingo. Le fusil me glisse encore des mains, je me jette au sol pour le rattraper.

Le premier serveur a laissé tomber ses sacs par terre. Il se marre nerveusement. L'autre halluciné, incapable de bouger.

J'assure enfin ma prise sur le Dragunov, je vise et presse la gâchette, droit dans leur gueule d'abrutis. Que dalle. Bordel ! Percuteur coincé. J'aurais dû m'en douter, ces saloperies supportent pas la sauce.

— À l'aide ! finissent-ils par hurler.

Je jette un coup d'œil derrière moi : la brigade se pointe.

Je suis coincé. Je suis mort.

Je saisis le Dragunov par le canon et file un grand coup de crosse dans la tronche de celui qui se marrait. Du sang gicle. Il s'affale sur la porte en se tenant le nez, hé ouais, on fait moins le malin maintenant. La brigade se rapproche, cinq mètres à tout casser. Je vire d'un coup d'épaule les deux serveurs et j'entre. Me voilà dans les cuisines du restaurant. Cinq cuistots, vêtus de blouses immaculées, lâchent leurs fourneaux et se jettent spontanément au sol. Nickel. Même enrayé, le Dragunov remplit son office : il flanque les jetons. Je verrouille la porte derrière moi histoire de gagner un peu de temps mais ça ne suffira pas. Ces odeurs de bouffe me rendent dingue.

— Debout ! j'ordonne aux mecs en blanc.

Trop pressés d'obéir, ils lèvent les bras en l'air et se rangent près de la chambre froide. Je les guide de mon canon vers la porte de service — celle par laquelle je suis entré :

— Restez ici, le dos collé, personne ne doit entrer ! Je reviens dans une minute, si l'un d'entre vous a bougé je le démolis en commençant par les genoux ! Trente de mes compagnons attendent mon signal dehors !

Je suis trop stressé et échevelé pour être crédible mais ils y penseront plus tard.

J'attrape un monstrueux couteau de boucher et un poulet rôti à point — réflexe débile mais absolument impossible à refréner. Je vide un bol de soupe de poisson en trois secondes. Pas question de mourir le ventre vide. Pas dans un restaurant. Je passe le couteau dans ma ceinture, enfile le premier couloir au pas de course, à la recherche d'une issue. Finalement j'apparais en pleine valse, surgissant entre une demi-douzaine de petites vieilles en mocassins et col Claudine. Puant la vinaigrette et la peur. Les gens hurlent, s'éloignent frénétiquement de moi. Trop drôle.

— Ceci est une prise d'otages ! je hurle. Personne ne bouge ou je tire !

Tout le monde bouge quand même. J'avance au centre de la pièce, bras tendus en croix, tenant d'une main mon Dragunov et de l'autre mon poulet rôti. Cette opération est une catastrophe.

Bruit d'une vitre qui explose. Puis d'une deuxième. Les éclats répercutent la lumière dans tous les sens, des larmes coulent sur mes joues à cause de la vinaigrette dans mes yeux. Je retiens mon doigt qui presse compulsivement la détente du poulet.

— Que personne ne bouge !

Cette fois, ce sont les flics qui ont parlé. Même cause, mêmes conséquences : les clients courent dans tous les sens, les tables se renversent, des coups de feu sortis de nulle part tuent au hasard. Je me cache derrière des costumes trois pièces. Certains s'effondrent. Certains tentent de m'empoigner, ils prennent des coups de Dragunov. Je m'aperçois avec stupeur que les mémés sont persuadées que l'attaque vient des jeunes, et non des leurs qui viennent les défendre. On crie au traquenard organisé. Les flics restent encore dans l'ombre : impossible de voir qu'ils sont vieux.

— Encerclez-les ! je gueule histoire d'en remettre une couche.

Chaos. Tous ceux qui trimballent des armes tirent, sauf moi et ce maudit Dragunov. Les vieux se déciment, persuadés de shooter du jeune à la pelle. Un ministre s'écroule juste devant moi, descendu par ses propres gardes du corps. Je veux l'achever en douce avec mon couteau de cuisine mais pile quand j'attaque la carotide, une balle perdue m'arrache le poulet des mains. Interrompant mon meurtre, je cours le récupérer. Question de priorités.

Et c'est là que je vois la sortie. Miraculeusement dégagée. Dans ce genre de moments, on ne se pose pas de questions. On joue des coudes et on trace. On croirait presque en Dieu.

La rue apparaît, toujours aussi sombre, toujours aussi puante. Je cours sans économie, sautant par-dessus les poubelles, plié en deux derrière les voitures, soucieux seulement de mon Dragunov et de mon poulet. Les flics se lancent à ma poursuite. Rien à foutre. Je cours. Je ne peux rien faire d'autre. J'aurai du mal à repasser la Seine si le dispositif de haute sécurité se déclenche.

La nuit me couvre, je me faufile entre les bâtiments, je cherche à m'orienter, je croque dans le poulet entre deux enjambées, sa peau croustille, c'est délicieux comme dans une publicité, j'en pousse des petits gémissements, maintenant je crève de soif.

Pause. Je reprends mon souffle.

Autour de moi, une rue commerçante quelconque, dont les enseignes sont à peine discernables. Bar-tabac, boulangerie, primeurs : le modèle toujours strictement identique de la vie en société, entrée-plat-dessert, penser autrement ne serait pas convenable. Je garde le rythme, marche forcée, ne pas casser de vitrine, ne pas laisser la soif prendre le contrôle. Ne pas se faire engloutir par l'impression que cette fuite dure une éternité, que m'attendent des ennemis derrière chaque fenêtre, chaque lampadaire, chaque putain de poubelle. Heureusement les vieux se couchent tôt.

Métro Stalingrad. J'ai le vertige quand je repense à tout ce qu'on a détruit en deux ans. Dans la rue moitié-boue moitié-bitume, sous les fenêtres brisées d'appartements sans lumière, le « M » jaune et les arches bien droites du métro ressemblent à un décor de film. Et pourtant. Je repasse par l'étroite ouverture que j'ai ouverte en début de soirée. Nitrate de méthyle. Fort utile, quand on sait s'en servir. C'est hallucinant ce qu'on peut bricoler avec de l'engrais et un deug de physique-chimie.

Le métro n'étant pas sécurisable, les vieux ont coulé du béton partout où ils l'estimaient nécessaire. Ainsi que dans la plupart des bouches d'égout. Malgré ça, le réseau de catacombes de Paris reste le meilleur allié des jeunes. Le béton se détruit facilement et il faudrait des milliers de flics juste pour surveiller les points de sortie, sans compter les caves privées reliées aux souterrains. Le calcul des vieux est simple : pour une ouverture que nous parvenons à faire sauter, cent résistent. Les éboulements que nous créons bouchent des couloirs entiers. La poussière intoxique l'air. Pourvu qu'ils nous retardent assez, nos lampes artisanales faibliront, coinçant les aventuriers dans les ténèbres.

Pour compléter le dispositif, il faut savoir que les vieux jettent les cadavres des jeunes dans les passages qu'ils bétonnent. Avec la stagnation de l'air, ces corps-pièges neutralisent des zones pendant des mois. Je garde toujours dans mon sac à dos un masque à gaz. Et une lampe à acétylène de rechange.

Cette fois je rentre par le métro. Hors d'usage, évidemment, et dangereux d'une autre manière que les catacombes : ici s'agglutinent les voleurs. Des jeunes roupillent partout dans des sacs de couchage, en tout point semblables aux clodos de l'ancien monde. Le long des voies, des insatisfaits hurlent leur aspiration à l'au-delà — rien de plus humain, vraiment. Des aiguilles, quelques instants d'extase, les têtes retombent au sol avec un bruit de seringue : le corps est toujours là. Il y a des soifs contre lesquelles on ne peut rien. Les rats, en revanche, s'en sortent comme des princes. Ils n'hésitent plus à dévorer les junkies vivants, d'ailleurs, je soupçonne l'Armée de ne tolérer les junkies que dans la limite où ils nourrissent les rats.

Des pas, tout proches.

Trois jeunes. Je doute qu'ils aient mangé récemment. Leurs têtes luisent de sueur, jaunes à la lumière de leurs lampes de poche. L'un d'entre eux paraît absorbé dans la contemplation d'un lointain panneau. *Ne pas stationner sur les voies.*

— Allez, sois gentil avec nous, baragouine celui qui a le moins de dents.

La solidarité entre jeunes existe essentiellement dans l'esprit des Théoriciens. Dans les faits, l'Armée seule arrive à faire régner un semblant de paix : la menace d'une balle dans le pied produit toujours son petit effet. Justice médiévale, corruption millénaire. Le racket, les coups, les viols et les meurtres sont moins fréquents que quand les adultes l'exerçaient, mais ça s'arrête là, sécurité en service minimum, pour ceux qui disposent d'une arme seulement.

— Crache tout ton sac, les poches aussi !

Putain, il mue.

Ce môme n'a même pas l'âge de poser sa voix.

De toute façon le tueur c'est moi. Clairement. Sans erreur possible, sans ambiguïté. Le tueur c'est moi, et les autres sont des minables, sauf Silence. Mais ces jeunes, accrochés à leur lampe de poche comme à la jupe de leur mère, ils ne peuvent pas le savoir. Ils voient devant eux un mec qui laisse des traces d'huile et des bouts de salade à chaque pas sur l'asphalte. Un mec qui tient de quoi bouffer pour quatre entre ses mains.

Évidemment, aucun n'est décemment armé. Je suis censé redouter leurs petits poings lisses et une vulgaire batte de base-ball, moi qui dépasse facilement d'une tête le plus grand d'entre eux. Discrètement concentré sur l'adhérence de mes paumes, je fais surgir le Dragunov de mon imper. Pour frimer, cette arme ne vaut rien : la crosse et la base du canon sont en bois. Mais sa longueur la rend facilement reconnaissable. Sniper.

L'unique fille du groupe se met à trembler. Je pourrais presque la prendre en pitié. Sa robe se réduit à des haillons transpercés de froid, son visage disparaît sous plusieurs épaisseurs de traces noires, elle a sans doute trop dormi sur les rails. Les deux autres retiennent leur respiration, tétanisés.

— Je suis Silence, j'improvise dans un sursaut d'orgueil complètement idiot.

Trois paires d'yeux me scrutent, avides de rumeurs. Mon affirmation n'a rien de crédible : difficile de confondre le Dragunov et le L96-A1. La fille tire nerveusement sur ses manches. Voir Silence, ça veut dire crever dans les deux minutes. Je n'aimerais pas être à leur place.

Je triture mon fusil plein de proéminences, puis je corrige le tir :

— Non. Je plaisantais. Je suis l'Immortel.

Une vague de soulagement passe sur les visages. Mon nom n'évoque rien, ça se sent.

J'aurais aimé inspirer un tel mystère, attirer l'attention, mais je suis un homme, aucun doute, et tout le monde peut me trouver, c'est facile, je tue et je revendique, cherchez le garçon avec la peau sombre et les habits noirs, une petite cicatrice sur le menton — ni androgyne ni suicidaire ni inaccessible : aucune chance face à Silence.

Il faudra bien pourtant que Silence tombe. Qu'on découvre enfin ceux qui attendent, derrière.

— Z'auriez pas de l'eau ? je demande à mes agresseurs.

J – 82 — THÉORIE (6) — Tract diffusé juste avant la troisième vague d'assassinats. Fortement contesté auprès des franges supérieures de jeunes (vingt-trois-vingt-quatre ans).

Annihilation du trentenaire

Première cible, la génération 68. Deuxième cible, le trentenaire. Par ordre de nuisance. Maintenant que les parents sont morts ou dégagés, il est temps de virer les grands frères. Pour l'instant les trentenaires parasites surfent sur notre révolte : ils attendent de prendre le pouvoir, ils trouvent notre rébellion géniale, ils ont enfin quelque chose à raconter dans leurs blogs. Installés dans leurs gros fauteuils Ikéa, accros au virtuel, ils s'échangent des e-mails exaltés, fiers de vivre un moment historique. Reconnaissons qu'ils se sont parfaitement comportés : autant comme atouts médiatiques que comme complices passifs.

Ces idiots ne se sentent pas concernés. Contents de leur sort, paumés entre dégénérescence physique déjà bien entamée et pression sociale inexistante, ils glandouillent. Naturellement empathiques envers nous, totalement dénués de lucidité, ils se considèrent comme une zone tampon. Ils finiront par réaliser leur erreur — très légèrement trop tard, comme à leur habitude.

L'annihilation de leur classe d'âge présente cependant des problèmes d'identification, notamment pour les sujets noirs et asiatiques à forte élasticité dermique. Ne comptons pas sur eux pour s'autoréguler : la solidarité effective du trentenaire envers notre mouvement tend vers zéro.

Un jeune qui se périme a souvent du mal à s'en rendre compte. Heureusement nous pouvons les aider, leur ôter la tentation de tricher, les remettre sur le droit chemin. L'environnement amical et sentimental d'un trentenaire sera tenu pour responsable de son élimination. En l'absence de confirmation (les âges-limites ne conservent jamais de papiers susceptibles de les faire identifier), comptez sur la loi du faciès. Début de calvitie, cheveux blancs, figurine Casimir, décoration lounge : aux premiers signes, une balle dans la tête. Nous tolérons une marge d'erreur de 10 %. Pas question que des individus de vingt-sept ans, voire vingt-huit, combattent dans nos rangs.

L'éthique ne souffre aucune exception. La date de péremption (vingt-cinq ans) n'est pas approximative.

J – 81 — L'IMMORTEL

Silence se tait, son arme aussi. Trop de flics. Mon fiasco dans le restaurant a échaudé les vieux : ils n'ont toujours pas compris comment un unique jeune désarmé a pu monter un plan aussi audacieux et machiavélique. Pas de chance pour moi : les junkies du métro ont tout de suite recoupé cette histoire avec le poulet que je transportais — et comme j'ai eu la bêtise de leur donner mon nom, je suis actuellement la risée de chaque putain de jeune de cette putain de ville. Célèbre comme le loup blanc, comique comme dans les fables. Un requin avec des dents en fraises Tagada.

La honte passera avec le temps. En attendant j'arpente Paris, patiemment. Je reviens sur les spots où Silence a tué, suivant ses traces les plus ténues. Je ramasse quelques douilles, j'observe les marques du trépied laissées dans la poussière. Une bouteille d'eau, un morceau d'emballage plastique abandonné : je scrute chaque détail. Mais c'est surtout l'emplacement qui me renseigne. J'en déduis des stratégies, je constate l'économie extrême de moyens, une balle signifie toujours un mort. J'apprends sa technique, je démonte sa stratégie. À force je trouverai. Le temps des secrets s'achève : une existence révélée au grand jour, voilà qui devrait lui correspondre ! Ses planques sont tellement exposées... J'ai parfois envie de me dévouer, de commettre le geste tant attendu.

Je me rapproche, Silence.

Tu aimes les fenêtres éloignées du ciel, avec une

préférence pour le quatrième étage. Ton itinéraire de fuite passe quasiment toujours par les sous-sols — tu préfères les souterrains incertains, désertés. Je traque la faille. Pas de claustrophobie, c'est sûr. Le vertige, peut-être. Je ne me presse pas particulièrement : le temps qu'on se recroise, je saurai où frapper.

Prochaine étape de mon rapprochement : rejoindre l'Armée. Étrange que tu fraies avec ceux qui sont en passe de fédérer tous nos groupuscules : dans leur camp, la lutte à grande échelle prime sur la guérilla. Explosions et chars d'assaut, organisation et entraide. Pas de solitude. Un endroit bien transparent. Mais parmi dix mille autres jeunes, tu passes dans l'ombre et anonyme. Personne ne te demande rien. Tu as l'illusion d'une protection. Crois-moi, ça ne va pas durer.

J – 80 — SILENCE

Il est impossible de survivre en solitaire, même pour moi. Sans Oimir et Vatican je ne tiendrais pas deux semaines. J'ai besoin de vêtements, de munitions, de nourriture et d'informations. J'ai même besoin de parler.

Je connais le développement des opérations, le nombre de morts au quotidien, les zones sûres selon les moments de la nuit. Je sais également quand quelqu'un me cherche. Il s'appelle l'Immortel. Rien que ça. Mais rire des pseudonymes serait de mauvais goût : nous avons tous une bonne raison de choisir Jihad ou Stase ou Silence. L'essentiel c'est de supprimer le label parental. Qu'aucun vieux ne se permette de nous nommer comme si nous étions sa chose. Par ailleurs, ce système ne manque pas d'avantages : avant, à peine pouvions-nous déduire le sexe, l'origine sociale et la provenance ethnique d'un individu — aujourd'hui, nous avons directement accès à ce qui lui tient à cœur.

L'Immortel ne veut pas mourir.

Dans ces conditions, si je pouvais lui donner un conseil, ce serait de ne pas traîner dans le sillage de mes planques. Je ne nie pas ses compétences : je le connaissais bien avant de tuer sa copine. Il est arrivé qu'on partage une même ligne de tir, ou que je lui laisse une bouteille d'eau sur mes spots. J'ai remarqué comme cet enfoiré est rapide. Avantagé par son physique : grand, sec, musclé. La peau sombre, le reste aussi. Un peu trop prudent d'habitude, on lui doit récemment trois morts dont un ministre. Huit blessés légers. Le mode opératoire tient de la légende urbaine : attaquer un lieu aussi protégé avec un *poulet* ? Bizarre qu'un tel sens de l'humour soit jusqu'ici passé inaperçu. Mais qu'importe : maintenant à l'Armée, les soldats ne parlent que de lui. Pas franchement en bien. Mais on dirait tout de même que la scène sniper compte une nouvelle vedette, dans le rôle du couillon.

S'il savait qu'il me croise à peu près tous les jours dans la rue, il en resterait comme deux ronds de flan.

J – 79 — L'IMMORTEL

C'est un immense cube de caillasse. Son ancien nom peut encore se déchiffrer, gravé sur le fronton : théâtre de l'Odéon. Des affiches d'*Antigone* traînent sur les murs, on se torche avec les programmes du temps passé rendus délicats et illisibles par l'humidité. Il manque quelques bouts de maçonnerie, bien sûr, notamment au plafond, mais ça reste très vivable. Les membres fondateurs de l'Armée habitent sur place, dans les bureaux. Les lieutenants importants et autres administrateurs indispensables demeurent au complexe de cinéma de la station Bibliothèque nationale. Je m'assois sur le velours de mon siège et j'admire les lambris. L'intérieur du théâtre brille de dorures, aussi luxueux que l'extérieur est sordide. Il reste des lustres.

Sur scène, une petite nana aux vêtements gris fait taire tout le monde. Il lui aura suffi d'un geste, je trouve étrange ce jaillissement spontané de discipline. On se croirait à une manifestation des intermittents du spectacle. Les rangées et les couloirs sont remplis à craquer : on s'entasse à sept cents, pour la millième fois je me demande ce que je fous là.

La fille en gris dégaine un haut-parleur couvert de vieux stickers CGT et sort un papier de sa poche : c'est ici la source de toutes les rumeurs, les infos comme au Moyen Âge, déclamées sur la place publique. L'éclairage clignote, faiblard, rajoutant de la dimension au silence.

— Bienvenue, tueurs de vieux.

Quelques jeunes hurlent mais la voix de la fille en gris les recouvre immédiatement — une voix affirmée, parfaitement posée :

— Nous hurlerons sur le champ de bataille, mes amis. Un peu de patience. Venons-en aux faits ! Nouvelle interception de message, merci aux Éclaireurs pour le travail de renseignement. Il est question de nombreuses attaques avant la fin de l'ultimatum : vous savez comme il est important pour les vieux de se défendre par eux-mêmes. Manifestement, ils veulent sauver la face avant la grande confrontation. Nous vous demandons de renforcer votre présence le long de la Seine.

Approbations confuses.

— ... continuer à les harceler. Pas question d'attendre qu'ils s'organisent mieux ou qu'ils reçoivent de nouveaux ravitaillements. Les convois arrivent par l'ouest, ce serait bien si quelques-uns se dévouaient pour endommager les rails de la liaison. Ne les cassez pas, sinon ils prendront une autre route. Ralentissez seulement leur rotation. S'ils envoient des agents pour réparer, tirez à vue. Blessez, ne tuez pas. Comme d'habitude. Pour le reste, l'Armée vous fait confiance. D'autres opérations manquent encore de bras. Les panneaux sont affichés dehors.

Rêves d'autogestion et murmures dans la salle. Miss Information fait mine de partir, puis se ravise :

— Nous organisons une petite fête ici-même, dans deux semaines. Les adhérents sont les bienvenus. Les autres tueurs de vieux peuvent s'inscrire.

Quelques hourras. Évidemment, la fête motive plus que la guerre, quitte à crever bientôt, autant se marrer. Ces grosses manifestations collectives, c'est l'unique plaisir qui nous reste — les missions ne nous laissent pas le choix. La musique s'apprécie d'autant mieux qu'elle se fait rare, on grappille des miettes de notre précédente vie. La détente reste un luxe. Nous sommes finalement bien plus sérieux qu'avant les hostilités — mais il faut avouer, on s'ennuie moins. Le début de la révolte se limitait à une fête permanente. Sauf que maintenant, il faut tuer les vieux. Avant la fin de l'ultimatum. Question de principe.

Les jeunes crient, encore, acclament la promesse d'ivresse et de danse. L'Armée sait motiver ses troupes, ça ne fait aucun doute.

La nana baisse le bras et se retire derrière la scène : l'instant d'après ça se bouscule pour sortir et je me laisse ballotter par ces douzaines de jeunes, plus ou moins concernés, qui discutent des dernières nouvelles.

Silence se trouve probablement dans cette salle. Cette fille en débardeur ? Ou l'Indien couturé de cicatrices ? Parmi les autres snipers, ou au contraire, avec les médiévistes ? Silence pourrait être n'importe qui. Et cette idée prend une tournure inquiétante, surtout maintenant que le soir tombe et que les derniers rayons du soleil s'écoulent, maladifs, à travers les jolis vitrages.

Je me retrouve seul dans la salle vide, focalisé sur les bruits minuscules du travail qui reprend son cours : information, coups de feu réguliers, ordres des entraînements sur le parvis, moteurs des machines, blindés charriant des remorques de ravitaillement... une ambiance studieuse et appliquée, bordélique encore mais infiniment plus dangereuse que les quelques psychopathes solitaires que nous sommes dans le civil. Voilà qui explique bien des choses. Silence squatte ici parce que la seule chance de survie des jeunes se trouve dans ce théâtre. Les vieux sont peut-être des branques en guérilla urbaine, mais s'ils se mettent à attaquer pour de bon, il vaudra mieux soutenir l'Armée.

Je shoote dans un rayon de lune — il fait nuit.

Oh Silence Silence Silence Silence Silence. C'est facile de tomber dans la fascination, de se faire happer. Certains se moquent de mon obsession, ils répètent que ce moment d'adoration arrive forcément, à tout le monde, parce qu'on manque de repères. Silence serait notre matrice collective. Mieux que notre père et notre mère. Soit. Mais mon cas est différent : Silence m'a fauché en plein amour. Je suis le premier à concéder qu'Alypse manquait de sérieux,

mais pour trois mois, j'imagine qu'elle aurait largement assuré son rôle de muse.

Il se trouve que mes sentiments sont solides.
Aucune parcelle de cet amour ne s'est décomposée,
mon élan n'a certainement pas disparu dans les
flammes. Ma passion a perduré, flottant sans point
d'accroché. Elle s'est fixée sur la première personne
venue. Silence. Je me fous pas mal qu'on me prenne
pour un imbécile. La révolte était censée ramener un
peu de spontanéité dans les cœurs. Elle promettait de
nous délivrer du bon sens, de la supériorité de la
culture et de l'intelligence. C'est facile d'être intelli-
gent. Beaucoup moins d'être heureux.

Une partie de Silence colle à moi. Je commence à
comprendre des choses. Ne pas se définir, c'est aussi
se laisser le choix. Ne se laisser influencer par aucune
contingence.

Moi je voudrais juste connaître l'amour, le vrai,
avant de mourir. Il faut que je le hurle ?

J – 78 — THÉORIE (7) — Recouvrement systéma-
tique des affiches, jusqu'à renoncement des régies
publicitaires.

Gardez votre vie enchaînée

Êtes-vous des jeunes ou des oies ? Des jeunes,
vraiment ? Alors pourquoi laissez-vous les vieux vous
engraisser de fiction ?

Ils ne nous gavent pas seulement pour l'argent. Ils
savent que la fiction nous tiendra à carreau, canali-
sera notre énergie, transcendera nos désirs d'exception, tout ça pour nous replonger dans un quotidien
triste et chiant à crever, avec comme dernier espoir

de gagner de l'argent. Actionnaire, notre idéal ultime. Pourceaux, notre petit nom.

L'aventure sentimentale : c'est ça ou rien. Satisfaits, vraiment ? Comblés par vos amourettes scriptées ? Oh mais bien sûr, vous prétendez n'avoir pas le choix. Nos parents ont conquis l'espace, nos grands-parents ont arraché les pôles, encore avant nos ancêtres cartographiaient le Nouveau Monde. Il ne reste plus d'espace, plus de chiffres ou d'objets sans symboles, plus d'idées vierges. Les vieux ont tout saturé.

Nous savons ce que vous pensez, bande de petites oies, pourceaux, Templiers dans l'âme. Même la violence est rituelle. Dans la Rome antique, les jeunes sortaient la nuit en bandes et battaient des passants. Au Moyen Âge les étudiants étaient redoutés. Ils violaient les dames. Autant de comportements toujours répétés, donc quelque part, autorisés. Les vieux nous traînent en laisse : vous aimeriez vous en convaincre

Cinq mille ans d'histoire à assumer : les vieux nous submergent et nous parasitent. On en bouffe, du vieux. On s'en gave, de leurs cadavres. Les professeurs répètent que les anciens ont déjà tout fait, tout inventé — preuves à l'appui. Ils nous donnent les classiques en exemple, nous bourrant bien, ras la gueule, gorge coincée : la perfection grecque et latine surtout, car le français est encore trop jeune pour la canonisation. Aucune œuvre de moins d'un siècle ne trouve grâce à leurs yeux : facile d'aimer une époque inconnue, et puis le travail assuré des critiques permet d'éviter la foulure du cerveau. Penser par soi-même ? Vous déconnez.

Le poids des autres nous anéantit. D'autant que nous constituons la première génération s'étant toujours pensée comme somme d'individus autonomes et non comme simple maillon d'une chaîne avec boulet — une génération pour qui même les concepts de nation, de classe ou de famille restent abstraits.

Mais maintenant c'est fini : rien ne nous survivra.

Voilà, petits pourceaux, petites oies. Juste une querelle de plus entre Anciens et Modernes. Celle-ci a dégénéré, faute de moyens intellectuels pour placer le débat en dehors des armes, et parce que leur télé nous avait appris à privilégier l'émotion sur le raisonnement. Braves vieux ! À force de prendre les jeunes pour des imbéciles, ça devait bien leur tomber dessus.

J – 77 — L'IMMORTEL

Le centre-ville a été baptisé «zone dégagée». La politesse des mots me surprendra toujours. J'aurais choisi : défoncée, martyrisée, quasi rasée. Les belles pierres taillées sont rassemblées de loin en loin en pyramides qui facilitent l'avancée des équipes réduites. L'île de la Cité, tout aplatie, s'est métamorphosée en esplanade couverte de petits monticules, saupoudrés çà et là de baignoires ou de frigos. Surréaliste. Seule la partie est a été épargnée : Notre-Dame presque intacte et l'assistance publique surnagent parmi le bitume déchiré et les coulées de boue.

C'est ici que les snipers du niveau de Silence se rendent vraiment utiles : le croulant qui balade son chien, un kilomètre plus loin, ne sent pas le danger. Et pourtant. Un découvert reste un découvert.

Mais pas de chasse au papi inscrite à mon programme. Je me suis proposé par curiosité à une opération de l'Armée, espérant comprendre les motivations de Silence. Sans m'engager. Deux heures ont passé, déjà, deux heures infinies perdues à couvrir le travail de trois artificiers qui échangent des infos incompréhensibles. Ils posent, tout près de la zone des vieux, une ligne de mines reliées les unes aux autres. Si j'ai bien compris, plus tard dans la semaine, des membres du clan des Batcaves — nos kamikazes à nous — viendront jouer les appâts, et blam.

Je fais le guet, un peu en retrait, derrière une pyramide toute taguée. *Julie aime Nico. Trez suce.* Tu parles de tueurs. *Ta mère en enfer.* À vrai dire, seuls les ultras ont assassiné leurs propres parents. *Les jeunes vaincront. Kill ton père.* Les autres se sont contentés de dézinguer des vieux au hasard, facilitant ainsi, qui sait, la tâche de leur voisine, du livreur de pizza, de la réceptionniste.

Les ultras fascinaient. Leur anonymat inquiétait. De très méchants enfants, à qui nous devons tout — et pour la plupart, totalement déstructurés. Les neuf dixièmes d'entre eux se sont retrouvés en maison de redressement dès leur premier meurtre, mais au milieu de ces enragés surnageaient des Silence, des Ohmydream, des Arcenciel... d'autres encore, dont les noms sont tombés dans l'oubli. Pour tirer son épingle du jeu, il fallait posséder deux talents : échapper aux flics et produire un discours cohérent. Pas vraiment le genre déstructuré, donc.

Les artificiers, là-bas, semblent avoir terminé. Je scrute une dernière fois la zone des vieux, toit par toit, faille par faille, à la recherche d'autres snipers. Mais rien. L'absence d'action va me tuer.

J – 76 — SILENCE

La plaque nuageuse prend une teinte rouge au-dessus de ma tête. Joli. La couleur encourage les invocations maléfiques des Batcaves, qui appellent Satan de toutes leurs forces, hurlant, dénués du moindre second degré. Mais je respecte, et puis honnêtement, j'apprécie leur goût pour le folklore. Nous sommes tous réunis autour d'un feu. Il fait froid. Un pseudo-prêtre jette dans les braises une alternance de bouts de papier plastifié, pour produire des flammes vertes, et de feuilles de superskunk. En cinq minutes tout le monde se met à tanguer. Surtout à cause du plastique. Quelqu'un éventre un chat. Ça prend un temps fou mais il paraît que les Batcaves doivent noircir leur âme avant de retourner au Grand Chaos. Le genre d'impératif qui ne se discute pas.

Le prêtre dessine un pentacle avec les boyaux du chat.

— Miaouuuuu, ricane Vatican dans mon cou.

— Chut, laisse-les se concentrer.

— Dis, tu ne te lasses jamais des groupes de tordus que je t'envoie ?

— Moi ? Impossible, je ne suis qu'amour pour mon prochain. Mais je dois admettre que sur ce coup-là, tu t'es surpassée.

Elle me tape sur l'épaule en rigolant et je demande :

— Et toi, tu ne te lasses jamais de mener la gué-rilla dans des listes, des chiffres et des dossiers ?

Elle hausse les épaules et frissonne.

— Objectivement, ça paye mieux que sniper.

— J'ai entendu la nouvelle. Félicitations.

— Tu sais, Silence, cette promotion, c'est un peu grâce à toi.

— Ils savent qu'on travaille ensemble ?

— Je n'ai rien lâché. Mais ne les sous-estime pas, forcément ils se doutent.

On se rapproche des flammes chahutées par le vent. La nuit est presque tombée, je tends une bière à Vatican, on trinque à la santé des étoiles filantes.

— C'est comment, au Théâtre ?

— La grande classe. Il faudra que tu viennes visiter ma nouvelle loge. Et maintenant, je fais vraiment partie des leaders.

— Heureuse ?

— Heureuse de me rendre utile sans salir ma manucure. Oui.

Elle me regarde avec des yeux plus félins que ceux du chat. Ses vêtements, gris comme toujours, brouillent ses contours maigres. Exceptionnellement elle porte un pantalon. Son haleine dessine des ronds blancs dans le crépuscule : je serre ses mains glacées dans les miennes, elle tente de faire bonne figure, mais vraiment, elle n'a pas l'habitude des sorties en plein air. Ses cheveux coupés sous le menton trahissent ses origines bourgeoises. Chacun ses vices. Je referme mes bras autour de ses épaules. La peau de sa nuque sent le savon, je pourrais bien m'y noyer.

— Il faut que je file, souffle-t-elle en me repoussant gentiment.

Je la relâche. À regret.

— Pas de problème, rentre te mettre au chaud. On se voit demain.

— Surveille-les, d'accord ?

— T'inquiète pas.

Tout en finissant ma bière, j'observe la silhouette qui s'éloigne. Impossible d'imaginer un meilleur tandem que Vatican : l'alliance du L96 et de l'administration, sans contrainte ni publicité, est devenue une évidence. Nos réputations ne s'ajoutent pas, elles se multiplient — chacune de leur côté.

Maintenant les Batcaves sont levés, ils baragouinent des encouragements mutuels.

Derrière un immeuble voisin, les Noëlistes post-

Mormons prient en douce pour le salut de ceux qui vont mourir.

Et soudain, au son d'une corne de brume antique et fissurée, on donne le signal de départ. Les mecs livides se mettent à cavaler en crabe avec une énergie pas croyable, pliés en deux pour éviter le gros des fusillades, alors même qu'en face, personne ne tire. La nuit naissante couvre les manteaux noirs, le vent soulève des nuages de cendres. Je me grouille pour suivre nos héros du jour, pas question que je rate le spectacle. Je cours, vingt mètres derrière, puis brutalement je bifurque à 90°. Sans perdre le rythme je m'enfouis dans le cratère d'une ancienne bouche de métro, balançant mon sac devant moi. En quelques secondes je monte mon équipement. Le L96 se cale dans le bitume. Des lumières s'allument en face : repérés. Parfait. Il ne me reste qu'à surveiller la progression des Batcaves et titiller les snipers adverses.

— Du sang et des larmes pour le seigneur Lucifer ! qu'ils hurlent.

Ils auraient dû se décaler depuis longtemps.

Qu'est-ce qu'ils foutent ?

Mais… non !

Je roule au fond du cratère, plongeant ma tête au fond de mon sac à dos — rien trouvé de mieux pour protéger mon visage. Douze explosions en chaîne. Une grêle de pierres retombe partout, on croirait l'apocalypse, quoique, j'aurais nettement préféré l'averse de crapauds. Les débris ardents me brûlent les doigts. Mais ça passera. Au moins pour moi, ça passera.

J'occupe ma minute de silence à hurler intérieurement pour ne pas entendre leurs cris à eux.

Puis je risque un œil hors de ma cachette. Seize Batcaves sans jambes dansent par terre.

Ces nuls ont marché sur nos propres mines. Notre

plan ne possédait pourtant pas le début d'une complication : éviter la zone circonscrite par les petits drapeaux, faire l'appât, revenir dans l'autre sens quand les vieux sortent leurs chars, et les laisser déclencher le piège. Bordel, les ravages de la drogue. Skunk, transe mystique, et quoi encore ?

Une rafale me renvoie au fond de mon trou, cœur battant, les mains encore crispées autour du L96. Pas besoin de grandes explications : les snipers d'en face finissent le travail. Cibles non mouvantes, à portée, sans secours — une vraie partie de plaisir. Déluge de tirs sur des culs-de-jatte. Je préfère ne pas regarder, la bande-son monte, assez évocatrice, à l'assaut des nuages rouges. La guerre, c'est des gens qui vont mourir et qui appellent leur maman. Je suis à deux doigts de m'y mettre aussi.

Et puis plus rien.

J'attends, à cent cinquante mètres à peine de l'ennemi. Personne pour me tirer de ce merdier. Je sens que la nuit va être très longue.

J − 75 — THÉORIE (8) — Dernier volet des tracts de ciblage. 300 000 exemplaires imprimés.

Politique d'éradication du troisième âge

— Âge moyen des dirigeants français avant la révolte : soixante-dix ans.

— Âge requis pour devenir sénateur : trente ans.

— En cas d'égalité au second tour, le député le plus âgé est obligatoirement élu.

Les femmes se sont battues pour leurs quotas, les minorités demandent une meilleure représentation, mais les jeunes ? On s'acharne à croire qu'un politique de soixante-dix ans peut porter une nation vers l'avant, sauf que dans le meilleur des cas, les vieux s'entourent d'adjoints à la jeunesse — pour acheter des votes, certainement pas pour prendre en compte des besoins spécifiques.

À la situation des jeunes, on ne peut opposer aucun autre coupable que la volonté collective. Il n'y a pas *une* personne à tuer pour que tout se renverse : non, il faut tuer tout le monde, exercer une vengeance globale — si l'humanité ne résulte que de hasards génétiques, si notre voix ne compte pour rien, si tout doit finir en poussière d'étoiles comme on l'apprend à l'école, quel mal pourrait-on nous reprocher ? La science et l'économie nous ont broyés. Nous fermons la parenthèse, tuons l'anecdote.

Nous voulions pourtant croire en la politique mais les vieux, dans leur tour de dentier couleur ivoire, dépassés par les événements, freinaient la moindre décision, s'embourbaient dans un conservatisme peureux, décidés contre toute raison à se rallier à l'adage : après moi le déluge. *Après* eux ?

Allongement de la durée de vie oblige, ce n'étaient pas des paroles en l'air. Pour eux, cinq ans de délai, sept ans d'attente, ça se supportait. Pour nous, pour notre urgence, cinq ans sonnaient la fin du monde. Le bonheur dans cinq semaines ? Trop tard. On devient vieux en moins de temps que ça.

Nous ne détestons pas la politique : nous détestons qu'elle prenne du temps.

N'ayez crainte, vieux. Nous sommes un peu pressés mais c'est la jeunesse, ça passera. Vous craigniez des grèves massives : la trouille est plus efficace pour paralyser un pays. Vous allez le bouffer, votre paternalisme. Vous pouvez nous envoyer l'armée : elle ne peut rien contre l'individualisme, rien contre les serial

116

killers. Et si même vous remportiez la victoire ? Nous serions tous morts, et un pays sans enfants est un pays mort. Dans tous les cas vous perdez.

Quand vous parlez de politique, nous répondons la terre brûlée.

J – 74 — L'IMMORTEL

Oyez, oyez, voici venu l'Immortel, tout en style : pieds traînants, épaules basses, visage caché par mes cheveux, regard de pur orgueil. Surtout, qu'on me remarque. Puisqu'il faut en passer par là. Puisque je commence à être connu, après tous ces meurtres des derniers jours. La vérité, c'est que ma fierté dissimule mal ma faim, mon épuisement, ma nervosité. Le type qui me fournissait en bouffe s'est fait démonter par un raid de centenaires, j'ai grignoté mes réserves, totalement avariées, suite à quoi j'ai passé des heures à planquer inutilement.

Odeurs de viande grillée partout, qui se superposent dans mon esprit à plusieurs semaines de viande froide. Je pense à Alypse. Je voudrais vomir.

En échange de l'adhésion à l'Armée, on peut exiger une sorte de soupe populaire. La plupart des jeunes s'enrôlent par la force de l'estomac.

Une immense banderole engage le passant à entrer se renseigner. Elle fait aussi piètre figure que moi.

Les alentours du théâtre grouillent de monde, parcourus de clans, de soldats et de badauds encore plus mélangés qu'au complexe. Difficile de savoir qui est qui, qui fait quoi, et même qui appartient à l'Armée. Sur les marches du parvis, des groupes s'organisent, on marchande des infos et de la came, on vide des canettes, on se chauffe autour de feux rudimentaires.

Une gamine vend ses charmes. Quelques pas plus à gauche, un gringalet surveille son piège à pigeons tout en alimentant un barbecue rudimentaire. Selon l'affichette posée à ses pieds, il troque ses brochettes contre du pain ou du charbon. Des dizaines de chats ronronnent entre ses jambes pour récupérer un morceau d'abats ou un bout d'aile. Certains lui ramènent même de gros rats en offrande. Toute cette agitation me donne faim. Je m'engagerais pour n'importe quelle cause en échange d'un paquet de gâteaux.

Je gruge la queue et passe devant les cinq porches du théâtre. Le dernier consiste en un simple trou, les portes et les grilles ont disparu depuis longtemps.

— Je cherche Vatican.

— Pas possible, répond la soldate-standardiste. Pour la rencontrer, il faut grimper pas mal d'échelons. Elle ne se mélange pas, on ne la croise pas, jamais. C'est comme ça.

Ses mots ont un débit de kalach. Je réponds posément, au rythme du sniper :

— Je suis l'Immortel, seul homme au monde capable de tuer un ministre avec un poulet, comment oses-tu me parler d'échelons ? Je viens gracieusement apporter mon aide à l'Armée, alors pas de langue de bois.

— Oh. Le poulet. J'ai entendu parler de vous.

— Comme tous les jeunes. Je veux voir Vatican.

La vantardise fonctionne. Je ne m'y attendais pas forcément.

De nouvelles portes s'ouvrent, des soldats se relaient pour m'accompagner, ils m'accueillent à bras ouverts. Je parcours les différents halls, les remises à décor, les coursives marbrées. On me guide, on me sourit, on me demande si cette histoire de poulet est authentique. Souvent, on me demande si le poulet en valait la peine.

118

Se retrouver au centre du monde même quelques secondes, ne pas être n'importe qui mais l'Immortel soi-même, le seul concurrent de Silence, l'autre sniper, celui qui a l'intelligence de jouer dans une autre catégorie… j'ai la tête qui tourne, je flotte, porté par des égards qui me dépassent. Les soldats croient que j'ai le sens de l'humour. Ils vont être déçus.

Dernière porte, massive, barrée d'une énorme croix catholique. Si le Christ n'avait pas été repeint en violet puis saupoudré de paillettes scintillantes, on pourrait vraiment imaginer une chapelle. Je me retourne, attendant qu'on m'annonce, mais mes accompagnateurs ont disparu. Même pas eu le temps de demander leurs noms. Alors je frappe. Pas besoin d'attendre longtemps.

— C'est toi, Vatican ? je demande en écarquillant les yeux.

La pièce, baignée de musique douce, paraît minuscule. Une fois la porte refermée, plus rien de grandiloquent ne s'offre à mon regard : un simple bureau de secrétaire, avec des murs jaunes, quelques tableaux accrochés, un yucca, et quand même, une carabine posée près du fauteuil.

— Vous désirez ?

Je m'attendais à un homme. Certainement pas à Miss Information. Je reconnais les vêtements gris, je découvre les yeux allongés, les cheveux lisses, la raie au milieu, les collants même pas filés. Je m'étonne des escarpins à talons, saugrenus en temps de guerre. L'anonymat paraît facile à entretenir, dans cette Armée. Oui, Vatican et Silence doivent bien s'entendre. Le même genre de petits secrets.

— Que me voulez-vous ? insiste Vatican.

— Tu connais Silence ?

Elle devient pâlichonne. On doit pourtant être un

paquet à lui poser la question : les rumeurs concernant leur relation, tout le monde les a entendues.

— Vous avez des nouvelles ?

— De qui ?

— L'attaque des Batcaves a mal tourné, on les a tous perdus.

Je la fixe d'un air ahuri.

— Euh, non. Aucune idée.

— Qu'est-ce que vous foutez là, alors ?

Un gros blanc, presque matériel.

— Je voulais en savoir plus sur Silence. Je suis l'Immortel.

Elle me regarde avec une expression indéfinissable.

— Le mec au poulet, j'ajoute timidement.

D'un doigt manucuré, elle me désigne la porte. Je ne bouge pas d'un centimètre, je tente de jouer la présence physique, l'effet de masse. Pas contrariante, elle se met à compiler des dossiers. Ce geste tout simple me rappelle les souvenirs du monde qu'on a détruit. Effectivement, ici, on pourrait se croire en paix, tout est propre, rangé, rassurant. Une bouteille de vin décante à côté de l'ordinateur, sur la table impeccable. Chardonnay.

— Comment avez-vous connu Silence ? je reprends en sortant le vouvoiement.

— Le jour où Silence ressentira le besoin de vous rencontrer, vous serez le premier informé.

Je déteste qu'on me parle comme ça.

— S'il vous plaît. Répondez juste à ma question.

— Je ne connais pas Silence. Les rumeurs sont fausses.

Pas le temps de reprendre ma respiration, encore moins de sortir mon baratin. Vatican enchaîne avec un ricanement :

— Allons, Immortel, vous êtes un sniper émérite et

vos exploits, malgré leur style iconoclaste, méritent le respect. Vous n'allez pas me dire que vous subissez la même fascination que le plus médiocre des troupiers pour cette légende ? Épargnez-moi la rengaine amoureuse. Ces histoires, on me les débite à longueur de temps, ça me fatigue. Et puis voyez les choses du bon côté : il vous reste trois mois pour créer votre propre légende. Personne ne vous en empêchera. Et certainement pas Silence.

— On pourrait s'entraider.

— Intéressant. Un verre de chardonnay ?

— Non, merci.

— Quel garçon sérieux.

Elle éclate de rire, remplit soigneusement son verre, puis mine de rien, tout en tourbillonnant entre ses papiers, voilà qu'elle me flanque à la porte. Rien vu venir. Juste une affectueuse tape dans le dos, une pression presque nulle, assez autoritaire pour que je me retrouve dans le couloir, mais sans agressivité.

Le Christ me fait face, le verrou est tiré.

Bon. La gentillesse et la franchise la font rire : je connais d'autres manières. Simple question de temps. Le plus urgent, dans mon état, reste la soupe populaire. Mes jambes tremblent, mon estomac fait des nœuds. Je n'arrive pas à déterminer si l'odeur de coriandre est issue de mon imagination ou si les cuisiniers forcent sur les épices pour attirer les jeunes.

On m'interpelle tandis que j'entreprends la bouillie de feuilles trempées qui couvre l'escalier :

— Hé, monsieur l'Immortel !

Je me retourne vers un garçon tellement jeune qu'il a fallu arracher les manches de son uniforme — mais même maintenant, la veste lui tombe aux genoux. Il tient un énorme paquet dans les mains.

— Vatican s'excuse d'avoir oublié le plus important. Elle vous offre ce pare-balles en cadeau de bienvenue.

— Un cadeau, pour moi ?

— Elle dit qu'un bon équipement peut rendre service. Bonne soirée, monsieur.

Abasourdi, je déploie le gilet. Noir, intact. Au moins cinq kilos. Probablement un surplus de CRS, quoique, je ne reconnais pas les sigles. La partie inférieure est constellée de sang séché. Je récupère dans la poche intérieure un morceau de papier. Indéchiffrable. Je ne comprends rien aux langues étrangères, ça pourrait être du serbe, du turc. Ou de l'albanais.

J – 73 — SILENCE

J'aurais pensé que la faim serait plus difficile à gérer que le froid. Erreur. Trois jours dans ce trou, soixante-treize heures exactement, et pour couronner le tout, il pleut depuis hier matin. Impossible de bouger : les snipers des vieux n'ont pas lâché leurs viseurs, ils savent exactement où je me terre, même la nuit, ils me traquent à l'infrarouge. J'ai tenté deux sorties, une sans protection, qui m'a valu deux trous dans la manche, et une façon tortue, en récupérant une baignoire abandonnée dans les décombres. Je n'avais même pas fait cinquante centimètres quand l'émail a sauté sous les impacts — de toute façon le poids n'était pas supportable, joindre le prochain abri m'aurait demandé trop de force.

Je n'avais pas emporté de nourriture. Pour la soif, il a fallu se contenter d'eau de pluie. Pour se protéger de la pluie et des roquettes perdues, comme maintenant, se tapir sous la baignoire. Les gouttes crépitent, la forme en cloche de ma carapace improvisée répercute le moindre son, pas moyen de dormir dans ces conditions. L'humidité a infiltré toutes les couches de mes vêtements, mes bottes sont imbibées, je tremble jusqu'aux doigts de pied. Le pire c'est la nuit, quand je commence littéralement à geler. Je ne tiendrai pas longtemps.

J'ai compris seulement aujourd'hui que je risquais de mourir ici, pile entre les deux camps. Les vieux pourraient m'atteindre en sortant leurs blindés mais je n'en vaux pas la peine : trop petit gibier. Ils craignent en outre que la zone soit encore minée — et je ne peux pas leur donner tort. Les jeunes ignorent ma présence sur le terrain, sauf Vatican, qui croit sans doute que j'ai succombé aux explosions.

La boue a envahi mon refuge. Elle remue au fil des averses et des accalmies. J'ai tenté de creuser pour dégager un passage vers le métro — pour éviter l'hypothermie, aussi. Résultat décevant : j'ai perdu mes ongles.

Pendant la nuit les vieux ont lancé leurs chiens, des bergers allemands, trop mobiles pour être snipés. Mais mal dressés pour le combat au couteau. Mon pantalon pend à l'entrejambe, déchiré, suintant de salive. Rien de grave. La survie est un art comme un autre.

— Alors Silence, on galère ?

Je me redresse sur un coude, mon front se cogne contre la paroi de la baignoire. J'insulte la nuit. La boue colle à mes vêtements, je dois ressembler à un golem.

— Tu comptes rester ici ? insiste la voix.

Les inflexions moqueuses attisent ma curiosité. Soit j'ai de la compagnie, soit je deviens dingue… Je soulève timidement la baignoire, m'agenouillant dans un bruit de succion, comme si la boue refusait de me lâcher. Mes sauveteurs sont nombreux, vêtus de couleurs claires, ils ne se cachent pas. La nuit me cache leurs visages mais les intonations ne trompent pas.

— Quatre ? Qu'est-ce que tu fais ici ?

— Il faut croire que je te sauve la vie.

— Hé, baissez-vous, les vieux sont à cran de l'autre côté.

— Problème réglé. Tu peux sortir.

J'hésite un peu.

— C'est Vatican qui t'envoie ?

— Absolument pas.

Une rafale de mitrailleuse lourde éclate dans le camp des vieux, la situation semble sous contrôle. Quatre me tend la main, la station debout m'étourdit, je vacille, trébuchant dans la boue. Les autres se marrent. À la faveur d'une fusée de détresse je reconnais Cinq, Sept et Huit. On n'a jamais été particulièrement proches.

— Pourquoi tu es venu ? je demande. En souvenir des combats communs ?

Quatre porte un manteau de fourrure immaculé, des petites lunettes rondes et un Glock semblable au mien. Il tire juste, comme la plupart des étudiants de Saint-Cyr, mais le commandement effectif d'une armée l'ennuie. Pourquoi s'occuper du passage de la Théorie à la pratique, finalement ? Il aime construire les règles, pas forcément les appliquer.

— Des combats communs… dis pas n'importe quoi, Silence, tu n'as même pas de numéro.

— C'était le principe. Pas de numéro pour moi.

— Tu nous dois ta mort, selon le contrat. On ne va pas te laisser crever sans public.

Quatre et Sept se placent autour de moi, passent

leurs bras sous mes épaules, on clopine dans la boue vers le pont Saint-Michel. Personne ne tire dans notre direction. Je me demande quelle étrange trêve ils ont conclue, quel arrangement contre nature. Je proteste sans trop y croire :

— Vous ne pouvez pas me demander ça maintenant, il ne reste que deux mois et demi. Les jeunes ont besoin de modèles à suivre.

— Et tu tiens parfaitement ton rôle. On s'assure juste que tu ne lâches rien avant le moment fatidique.

— Mais putain, Quatre, ça ne change rien.

Il serre sa main autour de mon bras. Juste un petit peu trop fort.

— Je suis venu t'assurer qu'on tient la comptabilité. De près. Il va falloir régler les affaires en cours, mettre Oimir en contact direct avec Vatican, organiser ta sortie. Oh, d'ailleurs, plus question que tu gères les Albanais. Grosse bourde, ton embuscade au musée d'Orsay. Tu sais ce qu'on nous rapporte ? Silence vend Paris pour s'assurer des munitions, Silence joue perso, Silence tue des jeunes, six points contre son camp. Mauvais pour tes affaires.

— J'ai encore du temps.

— Je sais. Mais la préparation est capitale. Commence à lâcher un peu le monopole.

On a passé la Seine. Enfin. Retour à la civilisation — martiale, désagrégée, mais jeune.

— Tu comptes mettre qui, à ma place ? je demande.

— Les jeunes aiment les snipers. Ils veulent se sentir protégés, vous remplacez les dieux. Tous les jours, ils mettent leur vie entre vos mains. Mieux encore que les commandants, puisque vous ne leur donnez pas d'ordres.

Quatre fait signe à ses camarades de me lâcher, le temps que je lave mon visage dans la fontaine Saint-

Michel. Des volutes marron se diffusent dans l'eau sombre.

— Qui, alors ?

— On discute des options.

— Ne me dis pas que vous allez me remplacer par l'Immortel.

— Et pourquoi pas ?

Je me tourne vers le petit groupe. On les croirait clonés, dans leurs habits blancs, avec leurs bonnes manières. J'essaie de trouver quelque chose à dire mais l'écœurement prime, la sensation de compter pour rien. Mes mains sont couvertes de grumeaux de terre. Je veux rentrer à la maison.

— L'Immortel…

— On l'a placé sous surveillance. Il sait se battre, il prend des risques.

— Il n'a jamais fait partie des pionniers.

— Justement. La fin de partie approche : on sort les jokers, on prouve aux jeunes que n'importe qui peut connaître son heure de gloire.

— C'est un bouffon.

— Capable de tracer sa route, seul jusqu'à Stalingrad. Sans même parler de l'Assemblée nationale. Il date de quand, ton dernier exploit ? À part massacrer des jeunes et des mafieux ?

— Et le tien, Quatre ? C'était quand ?

Il tente de m'attraper par l'épaule, je l'écarte d'un revers de main, les autres se tendent mais je continue :

— Il y a longtemps que nous avons divergé sur la manière de procéder, Quatre. Mais il fallait bien que certains acceptent de se salir les mains. Mes choix ne font pas de moi ton pion. Nous avons besoin des deux faces de la révolte.

126

— Personne ne prétend le contraire. Je veille juste au respect du dogme.

— Sans moi tu serais encore sur Internet, à prêcher virtuellement.

— Sans moi ton nom n'existerait même pas. Tu ne m'échapperas pas, Silence. Tu me dois ta mort, tu ne t'appartiens pas.

Je me laisse tomber sur le rebord de la fontaine, la tête dans mes mains. Les dragons de pierre calcaire ont été recouverts de peinture phosphorescente. Ils crachent des filets d'eau savonneuse.

Deux années à me cacher parce que les meilleurs bergers restent dans l'ombre, et on voudrait croire que je suis interchangeable.

— Si tu représentes les jeunes, débrouille-toi pour en être digne.

— Va te faire foutre.

Quatre et les autres s'éloignent, j'entends leurs pas décroître. La pluie tombe toujours, faiblement, j'ai l'impression de peser des tonnes. Quand j'acquiers enfin la certitude que plus personne ne traîne dans le coin, je me relève : il faudra plus que leurs mots pour m'abattre, et tant mieux s'ils croient le contraire.

Mon vélo se trouve toujours dans le magasin de vêtements. J'en profite pour me changer, il reste quelques bricoles à ma taille. Un treillis, quelques pulls de printemps que je superpose, un k-way qui fera l'affaire. Bordel, comment osent-ils ? J'allais encore au lycée lors de mon premier meurtre.

Pour moi cette lutte a commencé avant l'Armée, avant l'exode, avant même les Théoriciens.

Elle a commencé dans le métro. Impossible de me souvenir de mon âge. Le type devait avoir quarante ans. Il était assis en face de moi, souriant. Une incarnation du lardon, pas gros mais mou, des poils dépassant de la chemise, toute l'horreur des transports en commun. Les vieux, déjà à l'époque ça m'angoissait. Je les regardais avec fascination et dégoût, par pure attraction pour le mal.

Il a posé une de ses mains sur mon genou — une main ridée et si moite que j'en ai senti la sueur à travers mon pantalon. Les pervers s'en prennent toujours aux plus jeunes, ils ont le goût de l'intermédiaire. Je n'osais rien faire. Son geste possédait un aspect rassurant, paternaliste. C'était presque anodin. Il a remonté sa main le long de ma cuisse.

Je l'ai planté avec le cutter qui me servait pour les cours. Je ne savais pas viser, la lame a raclé sur un os, elle s'est cassée à l'intérieur. Le lardon s'est vidé de son sang devant tout le monde, un spectacle obscène, un peu comme s'il s'était mis à pisser ou à chier. Je scotchais sur ses dents orange. Des gens ont hurlé à l'assassinat, c'est donc que je devais avoir assassiné quelqu'un. Les passagers n'ont pas tenté de m'empêcher de fuir, ils pensaient certainement que quelqu'un le ferait à leur place, ils se refilaient mutuellement la responsabilité, et puis ce n'étaient que des civils.

J'ai couru, abandonnant le monde normal. Il était encore inimaginable que tous ces massacres aient lieu, que tous les jeunes se fassent des réflexions similaires et qu'une révolte advienne, surtout apolitique.

Ma mère s'est bien comportée. Secrète, comme toujours. Elle n'a pas hurlé que je devais retourner en classe, je crois qu'elle préférait que je lui tienne compagnie à la maison, selon son journal intime j'apportais de la gaieté. Mes raisons de rester différaient, bien entendu : je savais pour l'arsenal, dans la cave — mon terrain de jeu favori. Il m'a suffi de descendre quatorze marches. Exploration des basfonds familiaux, retour vers le passé. Mon géniteur

— cette idée me fait horreur, moi fœtus, foutaises, qu'on me lâche avec la reproduction sexuée, qu'on renonce à cette obsession organique — mon père, puisqu'il faut bien l'appeler ainsi, gérait un centre de sécurité privée. Il a quitté la baraque avant ma naissance, sans rien dire, laissant l'armement. Je l'ai rencontré une fois : pour le descendre, et lui voler son Glock. Manière comme une autre de faire connaissance.

Sa petite milice, parfaitement légale, s'occupait de la défense de diplomates. Les gardes du corps étaient tous retraités de l'armée — les réseaux restent, les flingues circulent. J'ai pris ce qui tirait de plus loin. Pour que plus jamais on ne m'inflige les autres.

Mon entraînement, autodidacte, a commencé dès le lendemain. À l'époque je me débrouillais avec un C3, plus léger que le L96, certes, mais moins précis et surtout doté d'un chargeur de quatre cartouches à peine.

Aux premiers remous, aux premiers signes avant-coureurs de la révolte, j'ai quitté ma cave et descendu ma mère. Je disposais de plusieurs années d'avance sur ceux qui touchaient une arme pour la première fois, et d'assez de munitions pour former mes propres réseaux. Les vieux partageaient notre quotidien, ils ne se défendaient pas, c'était le bon temps. Tous les jours je tuais à nouveau le type du métro. Et derrière lui, tous les jours, je tuais mon père — je renaissais vierge, vraiment vierge, tellement vierge que j'aurais pu m'envoler.

Devenir célèbre était une formalité : à chaque époque son envol.

J – 72 — THÉORIE (9) — Initialement publiée sous le titre « accession à la divinité ». Succès très limité.

Maudits les vieux et les enfants

L'ultime degré d'humanité s'atteint en refusant le statut d'animal voué à l'extension de la race. Nous sommes la fin du monde, nous sommes l'humain pur et rien d'inférieur ne viendra souiller notre éphémère perfection. La divinité se construit dans la liberté : celle de choisir sa mort, celle de mépriser la vie.

Les femmes enceintes seront égorgées. Dans la mesure où cette mesure de santé publique nous rend impopulaires, l'avortement et la contraception devront être absolument maintenus — même si toutes les autres filières médicales tombent. Surveillez les couples constants, guérilladeptes, et gardez-vous d'en faire partie ! L'amour et l'enfantement créent des liens ; pour se battre le cœur léger, il faut n'avoir rien à perdre. Cette méthode est appliquée par toutes les organisations révolutionnaires sérieuses. Nous sommes condamnés à être les enfants de quelqu'un, certes. Mais parent, voilà un statut que nous pouvons refuser.

Arguments classiques des natalistes :

— L'instinct de survie de l'espèce. Par chance, il se trouve redoutablement dilué en milieu urbain. Immeubles, voitures, béton, métal : adieu, nature. Nous ne sommes plus des animaux depuis longtemps. L'enfantement repose sur des bases primaires et animales. Des millions d'années d'évolution et de cathédrales pour en arriver au point de départ : pas question. Nous avons une fierté.

— L'aspect magique de la reproduction. Il s'agit là d'une propagande éhontée des parents, qui nécessite une autopersuasion remarquable (preuve que n'importe quelle Théorie, même absurde, peut être appliquée à l'échelle de l'humanité). Méthode Coué contre réalisme, miracle de l'enfantement contre bouillie sanglante et chairs meurtries, instinct maternel contre amour socialement préprogrammé : choisissez votre camp.

Les scientifiques ont prouvé qu'on perd des points de quotient intellectuel quand on devient parent. La production d'enfants tire les individus en arrière, oblige à se mettre au niveau d'une créature de moindre intelligence. Abêtissement, overdose de bons sentiments, engluement, aliénation irréversible, chaîne plutôt qu'individu, soumission pour assurer la préservation. Il est miraculeux que l'humanité possède encore un cerveau, après tous ces gouzis-gouzis. À l'éternelle dépendance de l'enfance, nous préférons le champ des possibles de l'adolescence.

Mais le pire réside dans l'utilisation politique de la natalité :

— La peur. Les chantres du natalisme ont toujours été dans le camp des fascistes. Pas de coïncidences.

— Le travail. Huit heures de néant, tous les jours de toute une vie, impriment une telle impression de vacuité (jouir de vendre des téléphones portables ? se motiver pour distribuer des journaux ?) que seule la reproduction peut tempérer le vertige de l'ouvrier sur son lit de mort. Comme par hasard, la roue géante a besoin de nouveaux hamsters.

Nous n'avons jamais demandé à naître, encore moins à devenir adultes : maudits les vieux, mille fois maudits, et cent mille fois détruits. Nous refusons la souffrance apprise et transmise, la fécondation comme acceptation de la mort. Nous refusons la génération, le grouillement, la déjection et le cadavre, la viande, le sperme et le sang. Nous refusons l'ADN et la vermine. Nous ne regarderons pas la tête de nos parents dans celle de nos enfants.

C'est pourquoi nous avons choisi le feu. Qu'on oublie le besoin d'identification, la psychanalyse, le complexe de Peter Pan, le mysticisme, le retour aux sources tribales : quand nous brûlons l'ancien monde, ce n'est pas un feu purificateur — pas d'image, jamais : le feu éradique complètement. Il n'en fallait pas moins.

J – 71 — L'IMMORTEL

Les vieillards portent tous cet horrible parfum au Vétiver. Tous. Le même. On a dû les forcer à en acheter par bonbonnes entières, il y a longtemps, dans ce passé en noir et blanc auquel je compte les renvoyer. Je marque une pause, cette odeur coupe mon élan. Eux ne bougent pas. Par habitude je vérifie mon chargeur, et même quand il devient évident que je vais les tuer, mes victimes gardent cette stupéfiante immobilité.

Les vieux attendent, au nombre de cinq, étranges comme des aliens, me fixant de leurs yeux vitreux. L'écriteau à l'entrée annonce la résidence des Orangers. Le lieu, planqué loin derrière la Seine, m'a attiré. Je ne sais pas pourquoi. Peut-être à cause de toutes ces plantes vertes en plastique. Peut-être à cause des cinq grabataires, disposés comme des meubles autour de la télé neigeuse.

Une maison de retraite, donc. Tout est conçu pour reposer l'œil : couleurs pastel, formes rondes, angles poncés, on dirait une maternité pour vieux, tellement javellisée qu'on pourrait manger sous les meubles.

Dommage seulement, la persistante odeur de pisse. Et de Vétiver.

Je pose mon canon sur une dame aux lobes d'oreilles surdimensionnés. On dirait qu'on lui a chiffonné le visage pour mieux le flanquer à la poubelle. Son front part en avant. Elle porte des barrettes dorées, sans doute pour empêcher que ses cheveux ne tombent, et aussi pour tenir la peau prête à se déchirer. Je n'avais pas vu un vieux en gros plan depuis longtemps. Celle-ci ressemble à un monstre à côté duquel tous les films d'horreur ont un goût de fiction. Mon estomac se rebelle, je réprime un haut-le-cœur, à la place j'éclate d'un rire dément. Il est beau, le futur ! Je presse la détente, pleine mâchoire, le dentier se casse tout net en trois morceaux, ça change pas grand-chose.

Elle meurt poliment, en tombant vers l'arrière, jambes grandes écartées, dans le mouvement sa chemise de nuit remonte jusqu'au-dessus de son ventre. Je voudrais avoir plus que de la bile à vomir.

Je passe aux autres, sur ma lancée. Ils croient que je les tue, mais pas du tout. Je suis seulement en train de prouver que l'Immortel est capable d'autre chose que semer la panique dans un restaurant avec un poulet. Ces vieux sont pour toi, Silence.

J – 70 — SILENCE

Il neige à peine. Les flocons remplissent les trous dans les murs, couvrent la boue, effacent les cicatrices. La réflexion de la lumière me gêne. Je cherche en vain mes repères. Mes doigts sont rouges, pressés contre les radiateurs glacés du Théâtre.

Il paraît que les patrons de l'Armée se réunissent. Pas d'esclandre : j'attends, sagement, qu'on m'autorise à entrer. J'occupe le temps à me demander si Vatican garde encore de son vin chaud à la cannelle. On se mettra dans le gros canapé, on parlera de tout et de rien, et certainement pas du futur.

L'Armée s'en tire vraiment bien. Grâce à leur coopération entre bourrins et intellectuels, ils ont su, les premiers, faire main basse sur l'armement lourd. Le bouclier antimissiles demeure sous leur contrôle, du moins l'amas de radars et de lanceurs auquel nous avons donné ce nom. Les autres groupes prennent l'eau, de plus en plus fragilisés par cette suprématie : la plupart d'entre eux rejoignent spontanément la masse, ou se disloquent en divisions internes.

Je bâille. L'Immortel est venu observer mes planques, ce matin... avec quelques semaines de retard. Rassurant. Un jour ils me coinceront, fatalement : ils trouveront un homme ou une femme, dans les deux cas, une immense déception. Ils seront bien avancés. Et moi, j'aurai bien reculé.

La porte à double battant s'ouvre. Les dirigeants sortent en file indienne, pour la plupart inconnus au bataillon. Ils se donnent des airs importants — vêtements somptueux, capes, masques, armes de poing, un véritable carnaval. Les nouveaux chefs de clan se montrent les plus démonstratifs : automatiquement inclus dans la prise de décision, ils sont prêts à tout pour se tailler une place de choix. D'après Vatican, l'élargissement des cercles de pouvoir constituait la seule manière de faire travailler ensemble des groupes d'intérêts aussi différents. Une bonne idée, compliquée à appliquer. Le jour où les réunions compteront plus de cent grandes gueules, il faudra bien opérer un tri.

— Hey, Eisenstein !

La fille aux mains gantées. J'ai oublié son nom...

— Anna-Lyse, me rappelle-t-elle.

— Mais bien sûr. Le Clan Trash va bien ?

— Dissous depuis l'attaque du périphérique. Douze survivants à peine. Qu'est-ce que ç'aurait été, sans toi pour nous défendre !

Elle rit beaucoup trop fort, les yeux braqués sur moi. Notre conversation commence à attirer l'attention, ça ne me plaît pas du tout, le hall du Théâtre est bondé.

— Mauvaise visibilité, je murmure sans conviction.

— Je ne me permettrais pas d'en douter. N'est pas Silence qui veut.

Mes doigts se crispent involontairement. Vatican arrive juste à temps. Comme toujours.

— Contente de te retrouver, dit-elle en me serrant dans ses bras.

Anna-Lyse nous regarde, je jurerais qu'elle prend soin de mémoriser chaque détail de mon visage. Vatican tente de la repousser doucement, mais l'autre ne bouge pas, toute droite au milieu des dirigeants qui se dispersent. Tandis qu'elle serre ses poings, le cuir grince.

— Je vais avoir besoin de toi, je chuchote à Vatican.

Elle acquiesce et m'entraîne en direction de sa loge, plantant Anna-Lyse sur place. Je suis le mouvement vers l'intérieur du bâtiment : la porte au Christ étouffe les sons. Aucun micro, aucune caméra ne peut trahir nos secrets. Seule Vatican possède les clefs. Je ne connais aucun endroit plus sûr — surtout en ce moment.

— Quoi ? demande-t-elle après avoir verrouillé la porte.

— Anna-Lyse est invitée aux réunions ?

— Comme chef de clan, bien sûr.

— Douze personnes, depuis quand tu appelles ça un clan ?

Elle semble stupéfaite.

— Si tu vas dans ce sens, pourquoi serais-je invitée aux réunions ? À part toi, mon clan est sacrément maigre.

Je soupire, écarte les sujets sans importance de mon esprit.

— Peu importe. Il me faut une nouvelle planque, Vatican, un endroit où personne ne pourra jamais me surprendre. L'Immortel se rapproche et Quatre est sur mes talons. Il a trouvé mon appartement !

— L'Immortel ? Je le croyais en safari chez les vieux.

— Mais non. Quatre.

— Nettement plus embêtant. Il a embarqué le L96 ?

— Même pas. Mais il a pillé mon frigo.

Vatican se laisse tomber dans son fauteuil. Elle me fixe un instant, sa bouche tremble. Puis elle éclate de rire, sincèrement, en se tapant les cuisses.

— C'est ça, ton problème ? Ta précieuse huile d'olive, ton apport en vitamines ? Ton taux de cholestérol ? Alors que tu as Léonard de Vinci punaisé sur tes murs, et quoi d'autre, un Delacroix, si j'ai bonne mémoire ?

Les bras m'en tombent, il me faut quelques secondes pour réaliser — et pour relativiser. Le fou rire m'envahit à mon tour, nerveux, impossible à contenir. J'essaie de garder mon sérieux mais mes épaules commencent à tressauter stupidement. Je finis par exploser, mon rire remplit la pièce, toute ma mauvaise humeur disparaît.

— Attends... Mon frigo ! C'est chez moi, quand même !

Vatican se plie en deux sous son bureau, le rire lui donne des hoquets.

— Pauvre Silence. Je vais te donner un biscuit, ça ira mieux.

Je souris maladroitement. La crise est passée, maintenant, et tout se déroule comme prévu. Je me laisse aller dans le fauteuil, un verre de vin dans la main droite, un petit gâteau dans la main gauche. Je ne connais pas de meilleure consolation en cas de tracas. Finalement, la guerre ne nous a pas tous transformés en automates.

J – 69 — THÉORIE (10) — Pétition envoyée à la communauté internationale.

Deux poids, deux mesures, deux délinquances

Les criminels demandent justice.

Nous, jeunes des prisons, jeunes du dehors, jeunes condamnés par principe et accusés dans le doute, demandons la justice. Le dogme veut que la délinquance des cités nourrisse l'extrémisme, mais c'est confondre un problème ethnique et un problème générationnel. Nous clamons notre solidarité avec les enfants d'immigrés.

La violence des cités se veut le contrecoup de la violence du troisième âge. Leur incivilité vaut bien la nôtre. Nous avons seulement cessé de tolérer leur droit de préséance (guichets, administration, commerce), institutionnalisée dans les transports en commun comme dans les cours de justice. Le vieux n'a pas toujours raison. Il n'est pas toujours innocent.

Nous condamnons les attaques de plus en plus organisées dont sont victimes les jeunes : utilisation de sifflets à ultrasons perceptibles par eux seuls, éclairage public rose pour accentuer l'acné… franchement, jusqu'où sommes-nous censés accepter le ridicule ? Nous squattons les halls d'immeuble, mais qui squatte les terrains de pétanque et les parcs ?

Seuls 7 % de la population carcérale dépassent les cinquante ans. Comment croire en la justice ? Comment ne pas vouloir nous aider nous-mêmes ? Chacun sait que la délinquance des jeunes reste chirurgicale, même quand on la gonfle médiatiquement. Qui mettra fin à la délinquance semi-légale et socialement dommageable des vieux ? Qui fait le plus de mal : celui qui vole un téléphone portable à 100 euros, ou celui qui licencie à 1 000 euros par mois ?

Nous refusons les solutions classiques. Le travail ne nous intègre pas, nous sommes fatigués des stages, épuisés d'être enterrés vivants. Nous réfutons le mythe démocratique. Le droit de vote sera toujours moins efficace qu'une honnête balle dans la tête.

Il faudra nous suivre ou nous combattre. Mais jamais plus nous ignorer.

J – 68 — SILENCE

Les toits s'élèvent devant mes yeux, juste assez hauts pour me rendre invisible. Je me cache, je disparais, avec encore plus de précaution que d'habitude. Une attitude paradoxale puisque cette masse en bas, cette menace constante, appartient à mon propre camp.

Une cinquantaine d'ex-racailles s'avancent en formation. Enfin, manière de parler : ils courent vers notre cible en s'insultant mutuellement. Par miracle, nos têtes brûlées s'entre-tuent rarement. Les lascars sont peu nombreux : sincèrement attachés à leur famille, la plupart ont choisi l'exil — certains, par un plaisant retour de karma, sont même devenus des Templiers.

Le groupe se dirige vers l'entrepôt où les vieux gardent leur matériel médical. À quelques pillages près, notre trajectoire suit une progression régulière. Pour ma part j'emprunte les chemins de traverse, couvrant la progression de nos bêtes sauvages d'assez loin. Je veux pouvoir m'enfuir s'il leur prenait l'envie de se retourner contre moi — c'est déjà arrivé.

Paris s'étend vers l'est, décolorée et magnifique. Elle s'est parée du charme des grands dévastés. Rien ne manque : les immeubles effondrés, les barbelés, les postes de contrôle, les blindés, l'ordure et la mort. La neige des derniers jours a tassé la poussière au sol, les toits sont parcourus par un vent incroyablement pur. Je ne sens même plus la poudre. Le ciel se dégage, turquoise.

Une seule ombre au tableau : ce bruit, que je ne parviens pas à identifier. Si léger. Comme un ronronnement de chat mécanique. Qui se rapproche.

Je sens la tension des jeunes, en bas, qui regardent furtivement autour d'eux.

Des avions.

Putain ! Ça fait facilement une année que les survols de la capitale ont cessé : normalement, les compagnies aériennes préfèrent nous contourner. Les silhouettes grises foncent droit sur nous. Merde.

Mes pensées s'envolent dans mes cheveux, le souffle me renverse et les décibels m'écrasent. Je ne sais même plus comment j'ai eu le réflexe de me jeter derrière cette cheminée. Plusieurs de nos missiles de défense décollent en même temps, trop tard, beaucoup trop tard, et retombent aléatoirement dans la ville — parfois chez les vieux, parfois chez nous. Bon sang. Déjà qu'on manque de sol-air, on est mal barrés… bande de bras cassés. Des bâtiments s'effondrent, mais la plupart tiennent le coup.

Je reprends mon souffle. Ce n'est pas l'humidité du béton qui coule entre mes omoplates, mais bien des sueurs froides. En dessous de la gouttière, les racailles paniquent, s'imaginant que l'Union européenne attaque en avance. Pas complètement absurde. L'idée me fait frissonner : on n'est pas prêts. On n'a même pas fini de vivre.

Et tout explose, une déflagration à côté de laquelle le bruit des avions passe pour un hurlement de fourmi.

Tellement proche que j'ai failli tomber dans le vide de stupeur. Tellement proche que la fumée m'aveugle et que les cendres encore brûlantes me forcent à courir jusqu'à l'escalier le plus proche. Les flammes s'élèvent à quelques centaines de mètres derrière moi, noircissant le bleu du ciel.

J – 67 — L'IMMORTEL

Tenir Vatican entre mes mains : un moment délicieux, vraiment. J'ai fait bon usage du pare-balles de bienvenue. L'explosion fut violente, bien plus dévastatrice que je ne l'aurais imaginé.

Je m'en tire avec quelques bleus sans importance, et quelques poils roussis. De tous les jeunes qui se sont rués vers le Théâtre en flammes, je tenais à arriver le premier. Que personne ne puisse porter secours à Vatican avant moi. Pas facile quand les sièges brûlent, que les plafonds s'écroulent et que la fumée intoxique. Les soldats couraient dans un désordre de fourmilière, occupés à sauver les armes bien plus que les personnes. Plus aucun commandant ne se risquait à donner des ordres : ce qu'un soldat accomplissait, un autre le détruisait dans l'instant. Ils croyaient tous bien faire.

Quand on s'est beaucoup ennuyé, et pendant des années, ces ambiances de panique prennent un charme certain.

Personne ne faisait attention à Vatican, et personne ne l'aurait entendue crever. Comme une soixantaine d'autres qui n'ont pas eu la chance de me devoir un petit service.

Plus question de jouer les petites bourgeoises hautaines, cette fois. Dès que je suis entré, elle a compris. Elle a tenté de ramper sous son bureau, touchante dans sa fragilité. Plus de porte à verrou pour me barrer le passage. Plus d'organisation protectrice. Même le Christ avait disparu, probablement brûlé dans l'explosion.

Pauvre Vatican. Elle toussait, couverte de cendres, de plâtre et d'égratignures, littéralement des pieds à la tête. Ses blessures restaient superficielles, à part peut-être son genou gauche, bizarrement enflé. Impossible de fuir. Je cours vite, de toute façon.

Heureusement que sa loge se situait au deuxième étage et pas au-dessus de la scène. Ceux des dirigeants qui vantaient leurs bureaux en hauteur n'ont pas eu le temps de souffrir.

Vatican voulait sortir immédiatement, elle craignait l'asphyxie. Profiter de son état de faiblesse pour lui arracher quelques renseignements : franchement, je pensais qu'elle céderait en quelques secondes, perturbée qu'elle était par l'explosion. Mais l'opération me demanda plus de temps que prévu. À ma manière. Juste elle et moi. Face à face. Il faut savoir se montrer persuasif. Elle hurlait. Je ne suis pas du genre à me laisser apitoyer. Elle s'est bien défendue, vraiment, je concède qu'elle a failli m'impressionner. Une excellente partenaire de jeu. Mais pas assez. Finalement, elle a promis tout ce que je voulais. Rien d'abusif. Je voulais juste voir Silence. Ce n'est tout de même pas compliqué.

J – 66 — THÉORIE (11) — Tract de propagande classique. Toujours réimprimé.

Cherchez le vieux dans l'ombre

Les vieux partent avec plusieurs siècles d'avance sur nous : cette guerre, ils se contentent de l'alimenter, alors que nous la commençons à peine.

Principal enjeu de ces luttes de pouvoir : notre corps — et plus radicalement, notre sexualité. Depuis toujours, les vieux mettent en œuvre de sombres machinations pour contrôler et limiter l'accès des jeunes au plaisir charnel. Ils se réservent ainsi la primeur de nos expérimentations, prétendant que dans ce domaine comme dans les autres, les Pygmalions sont nécessaires.

Plusieurs indices auraient dû nous alerter, notamment le refus catégorique d'enseigner la sexualité (les jeunes commencent à savoir utiliser leur corps exactement au moment où ils deviennent moins attirants).

Il faudra oublier ce fatras flou et totalitaire que sont les théories freudiennes. Pas de hasard si les vieux nous les enseignent au moment de nos premières relations sexuelles : ils espèrent ainsi nous bloquer, nous culpabiliser à partir d'une répulsion naturelle.

Autre indice : l'obsession hygiéniste. Les vieux ne souhaitent pas tant nous protéger que nous user. Leur protection obligatoire est voyeuse et malsaine : ils veulent seulement surveiller nos chambres à coucher.

Non contents de nous transmettre leurs névroses, ils nous abreuvent de leur ennui — et de leurs maladies vénériennes. Rappel 1 : toute société confortable porte en elle un irrépressible besoin de déchéance. Rappel 2 : toute société a les jeunes qu'elle mérite.

Le dépucelage à treize ans ne pose aucun problème émotionnel ou physiologique. Mais pour les vieux, laisser faire la nature serait insupportable : le sexe rapporte plus d'argent quand il se pare d'interdit. Aucun parent, aucun politicien, aucun président d'association ne prétend jamais « protéger » les travailleurs du corps rentable : mannequins, sportifs, tous dopés, affamés, déformés, épuisés. La bienveillance s'arrête aux portes de la banque. Ce système de surprotection des jeunes anonymes, et de mise en danger des autres, bénéficie toujours aux mêmes. Ce n'est pas la jeune chanteuse à la mode qu'il faut envier mais bien son producteur, l'omniprésent vieux dans l'ombre. Partout où les jeunes souffrent, cherchez le vieux dans l'ombre.

Ils auront tout essayé pour nous rendre schizophrènes. *Tu es tout. Tu n'es rien. Tu as tout, tu as trop, vois comme la société te chérit, et surtout tais-toi.* Frustrés dans notre génie et encouragés dans notre débilité. Dépossédés et encensés. Nous avions pourtant plus à dire, et autre chose à incarner, que des objets souriants et sexuels.

De victimes, nous sommes devenus bourreaux. Ça arrive tout le temps. Si seulement les vieux tiraient des leçons de l'histoire. Si seulement.

J – 65 — L'IMMORTEL

Je finis ma bière, renverse ma tête sur le sofa. Deux jeunes baisent à côté de moi. C'est le principe de la soirée : un before orgiaque, organisé par d'anciens potes, juste avant la fête officielle de l'Armée. Des donzelles consentantes, de la musique, des petits garçons qui ont envie de délassement. On frictionne nos solitudes. On oublie à quel point on fait pitié. Mais autant se laisser tremper dans une chatte, un peu n'importe laquelle. Ça occupe.

L'impression de confinement est accentuée par les lumières rouges et tamisées. La déco en jette. Personne n'a osé toucher au mobilier design, aux lignes épurées. Comme si cette architecture-là, tout en nouvelles formes et matières, restait acceptable à nos yeux. Probablement une ancienne galerie d'art. Tenue par des quadras. Bah, autant éviter d'y penser.

J'ai plutôt du succès avec les filles mais la boucherie me répugne. Ne manque plus que la cellophane pour emballer les nanas, toutes offertes, rien à gagner. Je distribue des refus polis. Chrysanthème est rasée du crâne au pubis, elle se vend bien, elle brode sur ses origines libanaises. Amer danse sur la table, ni tatouée ni percée. Cette particularité lui donne l'air plus nu que les autres filles. Étendus à la romaine le long des canapés, Angelo, Canari, Ophélie, Fraulein, Loutte, Fallope... comme si j'avais besoin de connaître un prénom pour baiser, comme si c'était un mot de passe. Je crois que la perspective de me branler dans un corps ne m'intéresse plus.

Je me méfie des filles. Et des mecs. Et de moi, aussi. La tentation existe de rétablir les dépendances : pour éviter le couple, on est un peu obligés de se surveiller. Notre réconfort, c'est que personne n'avait jamais vraiment baisé avant nous, baisé au sens pur, avec plus rien d'animal — et plus rien d'humain non plus : on prend, on disparaît. On ne lâche rien.

J'observe les différents partenaires, les hiérarchies

qui sous-tendent les corps. Des capotes s'accumulent en petits crachats gluants : certains espèrent-ils survivre ? Tout le monde picole, l'X se troque pour presque rien. Certains regards en disent long, et profond, sur la perte de soi. J'embrasse qui ? Des lèvres ou autre chose ? Des mains de fille, de garçon, ou juste l'enchevêtrement de nous tous ? C'est un monstre couinant de plusieurs voix, de plaisir, de sentiments contradictoires, fourmillant de pattes et d'yeux, un monstre dont chacun constitue une inconsciente et dépendante partie, mais un monstre quand même.

Moi je rêve d'exclusivité. Je pense à Silence — je cherche. Envisager son honneur ou déshonorer son visage, je refuse de choisir et je fantasme sur les deux.

Silence, je veux t'adorer et te foutre en pièces, tu resteras sublime et intouchable même quand j'aurai fouillé tous tes orifices, y compris ceux qui n'existent pas encore.

Le Dragunov repose sur mes genoux, glaçant ma chair, comme un rappel de la guerre. J'ai envie de m'en servir sur eux tous, de parachever le magma.

Mais avant tout, j'ai rendez-vous.

Je sors du bâtiment, un peu plus bourré que je ne devrais l'admettre, et je me dirige vers la zone industrielle, juste à côté. Des entrepôts et fabriques, il ne reste que les murs, séparant les différentes ambiances que l'Armée a concoctées pour que tout le monde s'y retrouve. Même après deux années de lutte, on ne mélange pas impunément rock progressif et transe.

Dès les premières notes de musique, l'afflux sature les trois rues adjacentes : nous sommes des dizaines de milliers, infoutus de danser parce que trop serrés, tous perdus, jouissant secrètement de cette chaleur humaine. La fête des orphelins. Inutile de prétendre qu'on a mieux à faire, ou quelque part où aller.

Personne ne nous attend, personne ne nous aimera tellement plus que ces inconnus. Une messe sans parole pour les brebis égarées — des arbres enflammés à l'essence font figure de torches. Je vide une autre bière, certains se traînent au sol pour finir les canettes abandonnées, ils atteignent le degré zéro de la pensée, un certain niveau d'extase.

Vatican ne s'est pas défilée. Je ressens une certaine satisfaction. Elle m'attend au point de rendez-vous, sagement, son genou enroulé dans des bandages propres. Je la soutiens par le bras, non sans avoir claqué une bise mouillée sur sa joue, par pure provocation. Elle n'osera rien : ça se voit dans son regard absent, elle se pense en victime. C'est plus facile, des fois. On traverse la foule, on cherche Silence.

Et puis on trouve. Même sans guide j'aurais su. Ma certitude éclate, lumineuse, une attirance viscérale, de l'ordre du magnétisme : brusquement mon regard est happé par une personne en particulier, occupée à descendre une bouteille de champagne au goulot. Je reconnais le profil à peine entrevu le mois dernier, l'attitude résolue. Cette fois la démarche semble plus hasardeuse : trop d'alcool, sans doute. Jamais je n'aurais pensé que Silence puisse boire. Seuls les humains boivent. Les contours flottent, les trajectoires se brouillent. Mais je repère, sous les fringues outrageusement androgynes, le Glock qui dépasse de la ceinture. Alors c'est elle, la deuxième arme… celle qui a tué Alypse.

Vatican confirme d'un hochement de menton.

Trois mètres me séparent de Silence, trois mètres que je suis incapable de franchir, planté sur place, plus solidement que les arbres-torches, enraciné dans mes tergiversations. Puis un groupe passe entre nous, effaçant la présence de Silence. Balayée la silhouette, désintégrés le Glock et la bouteille de champagne. Un moment chasse l'autre. Trop tard. Je ne peux pas y croire, je cligne des yeux — toute cette mise en scène pour quoi : quatre secondes ? Les décibels et la masse des jeunes emportent tout. Reste une petite persistance rétinienne. À peine mieux qu'un mirage.

Je trépigne, paumé dans la foule, hurlant, appelant, fouillant du regard les vagues de danseurs. Inutile, je le sais. Les jeunes me regardent comme si j'avais pété les plombs. Qu'ils aillent se faire foutre. Le ridicule ne me dérange pas.

Vatican savait comme il serait facile de se laisser engloutir : il suffisait de choisir le bon endroit et le bon moment.

— Content ? demande-t-elle avec un petit sourire.

Pas le temps de répondre, elle me gifle de toutes ses forces, je sens ma tête partir violemment à gauche. Cette chienne a plus de ressources que je ne croyais. Et plus de cran. Ma joue brûle mais c'est sans importance. Je la laisse filer. On se retrouvera. Tous.

J – 64 — SILENCE

Je laisse le vélo dévaler les marches de la station Austerlitz. Les angles des couloirs sont marqués par des bâtons phosphorescents : à deux heures du matin, bien malins ceux qui sauraient se repérer complètement à l'aveugle. Après quelques tours entre les quais des grands départs, uniquement destinés à me calmer, je ressors près du Jardin des Plantes. Ma fureur demeure intacte, tourbillonnant comme une tempête.

On ne touche pas à Vatican.

Je la tenais dans mes bras, ma petite sœur de guerre, et son regard se perdait. J'essayais de ne pas voir ses blessures, de me concentrer seulement sur ses mots. Elle répétait confusément que je devais faire attention. Comme si ses hématomes ne m'avaient pas déjà transmis le message.

Putain de traquenard. Refuser de venir à la fête revenait à mettre Vatican directement en danger : il aurait fallu qu'elle quitte le cercle des dirigeants, qu'elle vienne vivre avec moi. Mais même ainsi, l'Immortel aurait fini par nous repérer. Quant à le tuer directement, ç'aurait été une déclaration de guerre ouverte envers Quatre — ce n'est pas l'envie qui manque, mais vu la faiblesse de ma position actuelle, je ne peux pas me le permettre. Ce qui ne signifie nullement que l'Immortel va s'en tirer si facilement.

Service minimum, donc. Il voulait me voir, pas me toucher ni me parler. J'ai adopté le déguisement des snipers qui se font passer pour moi : cravate et chemise trop cintrée. Ils sont des centaines dans ce rôle. Je ne vais pas me plaindre, mes caricatures m'assurent une grande tranquillité dans les lieux publics. Évidemment, dans le civil, j'évite ce genre de fioritures. Qui irait imaginer que je me déguiserais en moi-même ? Mais rien qu'en réussissant à me faire venir, l'Immortel avait déjà marqué des points. Il va falloir lui apprendre qui tire les ficelles de cette révolte.

J'ai perdu l'habitude des foules. Elles rendent lâche. Le brouhaha empêche de penser. Je comprends cependant l'intérêt de la manœuvre : sans ces moments de communion, peut-être que les jeunes mourraient d'horreur. Quand on a tué ses parents, soit on n'en dort plus jamais, soit on banalise — c'est pour cette raison que nous avons tant besoin les uns des autres. Il faut également entretenir l'émulation : la belle mécanique des meurtres n'a pas droit à une seconde de répit. Notre seule chance est de fuir en avant et, surtout, de ne jamais nous arrêter. Ceux qui n'ont jamais tué de vieux s'en cachent comme d'une honte : finalement, peu importe la réalité, tant qu'on a peur de la montrer. Officiellement nous sommes tous des monstres à égalité.

Je savais exactement à quelle heure et à quel endroit Vatican ferait mine de me trouver. Tout était calculé : les fumigènes, un groupe qui coupe sa trajectoire, mes talents personnels pour la disparition. L'Immortel ne méritait pas mieux que ça.

Du coin de l'œil, je surveille que personne n'embarque mon vélo — le Jardin des Plantes est presque désert, qui squatterait un parc alors que la température avoisine le zéro degré ? Mais la prudence prime : un vélo en parfait état de marche s'échange contre dix litres d'alcool, autant dire une véritable fortune. Les quelques centimètres de guidon non couverts de rouille brillent sous les étoiles. Parfait.

J'escalade la serre du jardin d'hiver, dont les arcs Art déco forment des prises faciles. Là-haut, la vue est dégagée, surtout depuis que l'intégralité des arbres a fini en bois de chauffage. Plus une seule rose dans la roseraie, ni de nénuphars, ni de fruits exotiques. Le Paris des vieux semble relativement calme. De notre côté, les basses de la fête font vibrer le sol à des centaines de mètres.

— Alors, c'est pour cette nuit ?

L'accent albanais s'identifie facilement mais c'est la voix qui me fait sourire : grave comme une commémoration, elle pourrait appartenir à un centenaire. Oimir apparaît dans la nuit. Il grimpe, bras et jambes bien écartés, torse collé à la verrière. On dirait une grosse araignée. Le zinc ploie sous sa masse, je ne lui tends pas la main, ce serait probablement considéré comme une insulte. Il ne porte plus de survêtement. Bonne nouvelle. Je ne connais pas la marque de son costume, mais pour changer de garde-robe, il a vraiment choisi le mauvais moment.

— Belles chaussures.

— Ah, putain ! Qu'il fait froid dans ton pays !

— Attends, ça va se réchauffer.

Le premier bâtiment explose au moment précis où il s'assoit à mes côtés. Le son parvient à nos oreilles quelques instants plus tard : comme prévu, la surprise commence à l'ouest de Paris, près de la tour Eiffel. Pas encore un carnage, mais définitivement la plus belle action depuis le début du conflit. Oimir sort une bouteille de champagne d'un sac en plastique, et quelques blinis encore tièdes.

— À ta révolution de fous, murmure-t-il.

— Et à ceux qui la soutiennent.

— Gezuar !

— Santé !

Les foyers s'allument avec une belle régularité, tout le long de la Seine, de gauche à droite. Sans fausse note. Leur déploiement barre la ville, accentuant la ligne de rupture entre jeunes et vieux : une frontière de flammes, ardente comme les portes de l'enfer. Avec un peu d'imagination, on peut croire que les explosions suivent le rythme des basses de la fête. Ou qu'il s'agit d'un simple spectacle pyrotechnique : sons et lumières sur la ville. Quand je pense que les vieux s'attendaient à une nuit tranquille ! Voilà pour la destruction du Théâtre.

Évidemment, ce ne sont que des bâtiments d'habitation, probablement déserts. Mais le message de l'Armée ne concerne pas les vieux. Elle montre sa force, appelle à l'enrôlement.

La fumée brouille la nuit. Gris sur noir, très classe. Seigneur, je crois que je suis ivre.

J – 63 — L'IMMORTEL

C'est le vendeur de pigeons qui m'a appris la nouvelle : Silence a officiellement rejoint l'Armée, et plus seulement en sous-main comme avant. Une décision pas vraiment originale. Ils sont des milliers à en faire autant : suite au spectacle d'hier, des jeunes arrivent de tous les clans pour rallier la cause commune. Les réticences des indécis tombent. Et pour ma part, je me réjouis sincèrement de la détermination de Silence.

Ce sera compliqué de m'éviter, maintenant que nous appartenons à la même organisation.

Pour faire face à l'afflux de recrues, l'Armée se hiérarchise. Finies les réunions ouvertes à tous, et terminées, les missions basées sur la seule bonne volonté. Chacun doit œuvrer dans le même sens, selon ses aptitudes particulières, ce qui inclut de laver les parties communes ou de procéder aux répartitions de nourriture. Mais surtout, les adhérents doivent obéir à quelques ordres de base. Il paraît que sinon c'est ingérable. Il paraît qu'ils n'ont pas le choix. Mais vu la rapidité avec laquelle les rôles ont été attribués, nul doute que l'organisation a été planifiée depuis longtemps.

Pour la troisième fois en quelques semaines, l'Armée déménage, avec les armes mais sans la paperasse. Ils ont choisi le centre commercial de la place d'Italie — le gros des soldats pourra toujours se loger dans les tours à proximité, ou même directement entre les rayonnages. Quand je suis passé repérer les lieux, deux mecs se battaient pour dormir dans une boutique de lingerie.

Vatican se rend invisible, je n'ai pas encore trouvé ses nouveaux bureaux. Dommage. Je voulais juste passer dire bonjour, amicalement.

J – 62 — THÉORIE (12) : Texte tardif, destiné à compléter la Théorie (8) autant qu'à contrôler les références de la révolte. Recouvrement des affiches.

Sécurisation de la culture

Applaudissez, petites oies, petits pourceaux. Applaudissez les artistes, félicitez-vous mutuellement, jeunes à guitares et jeunes à plumes. Vous vous trouvez tellement *formidables*.

Mais vous allez la lâcher quand, votre culture ? Vous pensez qu'elle vous sécurise : c'est faux, elle vous enferme dans des tribus et des symboles. Qui a encore besoin de musique ? La guerre ne fait pas assez de bruit ?

Souvenez-vous de l'assassinat des rappeurs. Comme c'était bon. Comme leurs borborygmes ne nous ont pas manqué. Rappelez-vous les débuts du hip-hop : « Qu'est-ce qu'on attend pour foutre le feu ? » Laissez-nous rire. Sacrifions les poulets ? Des slogans datés du milieu des années 1990. Elles ont fait quoi pendant tout ce temps, les terreurs de l'audimat ? Ah, oui : elles ont *chanté*. La belle affaire. Comme quoi, on peut vivre dans une poubelle et garder les mains propres.

Alors, enfants-bétail, vous aimez toujours autant la culture ?

Souvenez-vous des écrans de télévision présents dans tous les foyers, comme si même dans nos

152

chambres adolescentes, une place devait être dévolue au territoire des vieux. Rappelez-vous les stars, leur contentement crasse, leurs mots faciles pour qu'on comprenne bien. Comme c'était beau, l'autopromotion permanente. Comme on chérissait le name dropping.

MODÈLES DE RÉBELLION ADOLESCENTE
valorisés par la société

Rappeurs	Gothiques Reggae Techno	Impertinence (cadre de la loi)
Brûler des voitures	Autodestruction (suicide, auto-mutilation ou drogue)	Liberté arrêtée à la parole

Danger pour la société = ?

Mais ne souriez pas, enfants-fumée. La télévision nous avait contaminés — tous. Nous voulions réellement devenir les stars de notre propre vie, entrer dans le club des gens formidables. La petite paranoïa de la télé-réalité, nous la vivions tous les jours sous les caméras de surveillance. Par mimétisme nous étions devenus des personnages, des fictions, des bons clients. Nous savions nous vendre avant même de savoir marcher. Les vieux avaient réussi à nous faire perdre substance, à transformer nos désirs non télégéniques en écrans de fumée.

Rapidement, les caméras sont devenues inutiles. Nous étions parfaitement sous contrôle, incapables de différencier le réel du virtuel. Chair à télé contre chair à canon : en retrouvant le sens du risque et du concret, vous avez choisi la raison. Applaudissez-vous. Allez, faites-vous plaisir une dernière fois. Nous savons que vous la ressentez encore, cette démangeaison dans les paumes : l'habitude d'applaudir sur commande, de rire quand on l'ordonne. Spectateur un jour, spectateur toujours.

Souvenez-vous aussi des heures sombres. Nous en avons tué, des jeunes, des alliés potentiels. Des fils-de. Mais comment faire autrement ? Les artistes refusaient toute retraite, même dorée, alors ils plaçaient leurs propres enfants dans les castings. La dynastie de droit divin réapparaissait dans la grosse faille du système : la confusion, entretenue, entre artistes et interprètes, comme si les deux allaient nécessairement de pair. Écrivains, musiciens, cinéastes — tous consanguins. Les films racontaient des histoires de scénaristes largués par des chanteuses — et tous les comédiens affichaient le même visage cloné, petit nez grande bouche : grande bouche pour parler fort, petit nez pour ne pas sentir l'odeur persistante de merde.

Oubliez les chansons, petites oies savamment gavées. Oubliez les mots des autres sur nos rages personnelles.

Oubliez aussi la bonne grâce. Notre liberté vaut mille fois la leur : nous vous offrons, enfin, le luxe d'être malheureux — et incurable. Personne ne vous accusera plus d'impolitesse ou d'égoïsme sous prétexte que vous ne souriez pas. Adieu, développement personnel, adieu sagesse bouddhiste plaquée sur nos colères légitimes.

L'acculturation fait partie des conditions de notre révolte. Nous la considérons comme un moyen, mais aussi comme une fin. Elle exige quelques sacrifices mineurs, notamment le renoncement à la musique. Quand ce stade sera atteint, il faudra se séparer des mots.

Notre acculturation nécessite non seulement de brûler les livres mais aussi de désapprendre, autant que possible, à lire. Alors, et alors seulement, les petites oies et les petits pourceaux deviendront des humains.

J – 61 — SILENCE

Quatorze heures. Marrant comme le temps reprend ses droits. L'Armée impose sa loi, avec plus ou moins de douceur. Quatorze heures et ça pourrait sembler anodin — certains ne s'en sont d'ailleurs même pas rendu compte, pourtant, il y a désormais des horaires. C'est mieux pour minuter les bombes. Et qui sait, à force, les vieux commenceront vraiment à nous prendre au sérieux ?

Pour leur première décision officielle, les dirigeants ont tombé le masque : les autres groupes sont sommés de venir s'enregistrer. Ils le demandent si gentiment, pour un bien tellement supérieur. Mais qui pourra encore refuser, quand l'Armée ne voudra plus avoir à demander ? Elle est devenue trop puissante pour craindre les autres clans. Seule une alliance pourrait la renverser — une alliance de plus en plus improbable. Allez convaincre les Frères Musulmans de résister avec la Kabbale, qu'on rigole.

Deuxième grosse décision, car il faut bien des jeux pour amuser le peuple : formaliser le recrutement du futur corps de snipers. Seuls les plus précis pourront participer aux missions, les autres rejoindront la chair à canon. Je ne peux pas leur donner tort : rien de tel, pour désorienter les troupes, qu'un sniper qui dégomme par erreur ses alliés. A priori, ça ne nécessitait aucun concours public, mais l'Armée a décidé de voir les choses en grand. Soit. Une puissance s'affirme aussi grâce à des actions spectaculaires.

L'épreuve reine consiste à atteindre une cible à quatre cents mètres. Les autres tournois départagent les égalités : viser un sac de sable particulier parmi douze autres, toucher un drapeau situé au sommet d'un bûcher enflammé, exécuter des prisonniers afin de prouver son courage. Sachant que le moindre fusil de sniper permet un tir optimal à six cents mètres, ça devrait être du gâteau. Je regrette que les organisateurs aient négligé le tir sur cibles mouvantes — un défi qui correspondrait mieux à la réalité du travail.

J'ai fait le déplacement pour surveiller ceux qui, à court terme, combattront sur mes spots. J'éprouve une franche répulsion à l'idée qu'ils puissent monter sur mes toits, juste au-dessus de mon quatrième étage, emprunter mes techniques — retrouver mes gestes dans les mains des autres. Je ne redoute pas qu'ils se montrent meilleurs que moi, c'est tout simplement impossible : ils sont trop mal nourris pour bien viser. Les carences en vitamines, ça ne pardonne pas. Certains ne supportent pas la pression et tremblent sous les acclamations. D'autres se plaignent déjà des conditions météo, comme s'il fallait un doctorat pour deviner qu'un tir en plein hiver nécessite de porter des gants. Je traîne en périphérie, dans le public. J'observe. Je me cache de l'Immortel. Il se tient en plein milieu du stade, solidement campé sur ses jambes, scrutant chaque millimètre de terrain. Pour ma part, je me fais une fierté de ne pas apparaître : je n'ai rien à prouver, que les novices se départagent entre eux. Beaucoup de rumeurs évoquent ma présence, incognito, parmi les participants. C'est mal me connaître.

J'attends les premiers tirs, à califourchon sur les barreaux d'une ancienne antenne de diffusion de radio, au milieu d'un groupe entier de supporteurs. Pas très confortable, mais la vue est imprenable. Le soleil brille dans mon dos : même si l'Immortel décidait de regarder dans cette direction, il serait incapable de distinguer mon visage. Un bon repérage, c'est la clef.

Le brouhaha me cache les noms des participants. Tant pis.

La démonstration a attiré une foule de curieux, tous avides d'entrevoir, peut-être, Silence ou l'Immortel. À ma gauche on prend les paris, et je constate que « le mec au poulet » me dépasse en popularité. Derrière moi, quelqu'un philosophe sur l'attrait des gros fusils. À ma droite, une fillette se demande quel genre de visage il faut avoir pour tuer, sur de très longues distances, un ennemi qui ne vous menace jamais directement. Je souris sans répondre. Tout militaire qu'il soit, un sniper reste un assassin.

L'ambiance est détendue. Personne n'ose penser à l'autre horaire, celui du décompte : on dirait presque que nous ne sommes pas condamnés, que notre jeu n'a rien de guerrier. Il pleuviote sur l'avenue. Les conditions se dégradent, ce qui n'excuse nullement l'incompétence de certains des participants. Je reconnais PartySnipe, couvert d'une combinaison en lamé argent, semblable à un superhéros des temps modernes, mais aussi Licia, Printemps et quelques autres. Pas les plus mauvais. Je me plaignais que des centaines d'amateurs se soient inscrits au concours, mais la compétition décime leurs rangs et peu passent le test décisif. Une quinzaine à peine. Bien sûr que j'ai la tentation de tous les descendre un par un. Leurs nuques sont si nettes dans mes jumelles.

Le dernier round voit s'affronter l'Immortel et une certaine Kanuun, modèle de zen, très impressionnante de calme. Je ne l'ai jamais vue sur le terrain. Peut-être qu'elle arrive de l'Ouest, comme tant d'autres.

L'Immortel et Kanuun ont réussi chacune des épreuves précédentes, c'est Dragunov contre M93, la tension monte. L'animateur demande à voix haute si l'un, ou l'autre, ne serait pas Silence. Quelle idée tordue. La foule hurle, je frissonne. Quatre avait raison, les soldats sont vraiment en manque de nouveaux modèles.

Le dernier tir les départagera sans pied ni jumelle de visée — absurde, pour un sniper, mais les spectateurs respectent la force pure. L'Immortel part physiquement avantagé alors que Kanuun faiblit sous le poids de son arme. Presque six kilos sur l'épaule, des décalages de trajectoire de plusieurs mètres dès qu'on respire — ça ne sera pas facile. Je peux presque voir la transpiration couler sur l'arête de son nez. L'Immortel, lui, survole carrément l'épreuve. Je n'en attendais pas moins de mon poulain.

Bon. Quinze heures : le temps de rentrer.

J – 60 — L'IMMORTEL

Je te hais. Me refuser même cette broutille ! J'aurais été heureux de perdre, contre toi. Heureux de me croire assez important pour que tu te déplaces. Mais non, évidemment, tu brillais par ton absence, et finalement, après les épreuves, les jeunes ne parlaient que de toi. C'était *mon* heure de gloire. Pourquoi m'as-tu laissé gagner ? Ma victoire valait la pire des humiliations.

Je te hais et je te retrouverai. Je pourrais poser mes tripes là, sur la table. Je voudrais être toi. Et ça ne tardera plus. C'est toi qui l'as cherché. Tu prétends vouloir échapper aux regards, mais tu as envie que je te rattrape. Tu as *envie* que je te réduise en miettes comme les miettes lamentables que tu me laisses. Tu joues. Tu penses gagner. Tu me sous-estimes.

Kanuun s'est bien battue mais le Dragunov ne pèse rien : je suis le premier à admettre que le revêtement en bois est moche, mais au moins, on ne transporte pas de kilos inutiles. À l'issue de la compétition, elle m'a laissé son Mauser M93 — une arme plus adaptée contre ton L96.

Mauvais calcul, Silence. Mauvais calcul. Ta passivité m'a littéralement enragé.

Voilà pourquoi dans deux jours, nous serons face à face. Tu ne pourras pas t'empêcher de venir couvrir l'attaque de l'Élysée. Tu sais que l'Armée comptera sur toi pour harceler les snipers adverses. S'il y a bien une chose à laquelle tu tiens, c'est à notre victoire.

Mais j'ai deviné. Je sais où tu planqueras. J'ai repéré les lieux, ton choix se porte toujours à peu près sur les mêmes configurations. Il te faut le quatrième étage d'un immeuble avec de grandes baies vitrées et des souterrains reliés aux égouts. Tu travailles sur des distances presque toujours équivalentes, des angles bien particuliers. Contrairement à moi, tu shootes systématiquement au bipied : tu as besoin d'un confort optimal. Tu croyais ton parcours sans failles ? Pas de chance. Tu es tellement prévisible.

Mes mains tremblent le long du Mauser. Je l'ai démonté au moins vingt fois, réglé jusqu'à la perfection. Comme toi. Juste comme toi.

Tu me dois une histoire d'amour.

J – 59 — SILENCE

Beaucoup d'agitation, à l'Armée. Nous disposons désormais officiellement d'une Cellule — c'est elle qui définira les orientations idéologiques et stratégiques de la guérilla. Juste en dessous, le Bureau se chargera de l'intendance, de la logistique et de l'exécutif. Plus bas dans l'échelle de responsabilités, tout un tas de départements se partagent la bouffe, le nettoyage, l'entraînement, le parking des blindés, les ressources de l'artillerie, et cetera.

Dans leur folie organisationnelle, ils ont créé une délégation aux sections spéciales, et même une ambassade aux clans rebelles. Manquerait plus qu'une ambassade pour les vieux.

Vatican n'a pas été retenue parmi les membres de la Cellule. Mais Anna-Lyse s'y taille une bonne place.

— La pute ! peste Vatican en me prenant à témoin.

— Je t'avais prévenue.

— Oh tu ferais mieux de ne pas trop la ramener. On est dans la même galère.

Exact. Mais pas dramatique. Le nouveau bureau de Vatican trône dans la salle d'attente d'un club de fitness, ce qui, connaissant l'amour de la demoiselle pour le sport, ne laisse pas de me faire marrer. Elle n'a cependant pas choisi les lieux au hasard : le club donne directement sur une cour intérieure accessible depuis la rue. En d'autres termes, plus besoin de traverser des lieux bondés et surveillés.

— Ils ont pris qui d'autre ? je demande par politesse.

— Conquérant. Tu peux le croire ? Conquérant dans la Cellule ? Cet abruti me révulse, et crois-moi, l'instinct ne trompe pas. On n'aurait jamais dû autoriser les bourrins à ouvrir leur grande gueule.

— Mais encore ?

— Déraciné, Mars, Hadrien. *Alias* Dyslexie, Gobeur et Technorulz.

On dirait que l'Armée glisse sur une sale pente.

— Comment ça, *alias* ?

— Ils changent leurs pseudonymes en masse. Pour « inspirer le respect ». N'importe quoi.

Les murs de la salle sont recouverts d'un papier peint orange et violet, parcouru de long en large par de grosses inscriptions appelant à une vie saine et hyperprotéinée. Je mâchouille une barre de régime tout en râlant :

— Pourquoi pas Julien, Stéphanie et Nicolas, tant qu'ils y sont ? Merde, ne me dis pas qu'on revient déjà au calendrier. J'ai vu les panneaux, dehors, pour la répartition en unités… on croit rêver. Pourquoi pas nous faire coucher dans des baraquements ? Bientôt on se lèvera à sept heures et on bouffera les mêmes céréales, assis en rang d'oignons.

— T'exagères, répond Vatican en descendant une limonade énergisante. Peut-être faut-il en passer par cette organisation. Il ne nous reste que deux mois.

— Je parie qu'ils t'ont servi le même argument pour te jeter hors de la Cellule.

— Ils font passer la pilule comme ils peuvent.

Je lui vole sa limonade.

— Ce sera compliqué de me convaincre, Vatican :

je trouve la situation effarante. Regarde l'évolution sur deux semaines à peine ! Tu peux cautionner, mais quand même, garde un minimum de distance.

— La situation d'avant, moi, j'appelle ça le chaos.

— Justement. Tu te souviens de la création de l'Armée ?

— J'y étais, je te rappelle.

— Raison de plus. Toi et les Technoïdes, vous avez fondé le mouvement à quinze. Le nom avait été choisi par autodérision parce que vous vous considériez comme le clan le plus faible de Paris.

Vatican hausse les épaules.

— Il faut croire que le temps des blagues est terminé.

— Pas tout à fait.

— Je veux tuer les vieux, Silence.

— Moi aussi.

— Alors fais-nous confiance. Encore un peu.

J'attrape un haltère, je marmonne, d'accord pour le principe.

— On a souffert pour en arriver là, insiste Vatican. Les jeunes peuvent bien faire preuve d'un chouia de bonne volonté. Voilà deux ans que l'Armée les nourrit. Il est temps de nous soutenir, maintenant qu'on a manqué de se faire détruire.

— L'attentat contre le Théâtre ?

— Oui. On a perdu un sacré paquet de camarades.

— D'un autre côté, l'attaque a permis de faire le ménage. Tu sais quoi ? Si l'aviation n'appartenait pas exclusivement aux vieux, je penserais que le raid a été organisé par la Cellule elle-même.

— Oh, je t'en prie. Le jour où on négociera avec les vieux ne risque pas d'arriver.

J'acquiesce. Au fond du couloir qui part du bureau de Vatican, trop loin pour nous entendre, des soldats s'entraînent. Probablement pour faire bonne figure : les divisions, composées de dix unités, sont tenues par des jeunes qui se sont illustrés d'une manière ou d'une autre. Les nouveaux chefs portent fièrement leur brassard. Un peu trop fièrement à mon goût. La promotion n'est jamais une récompense : au contraire, je la tiens pour le gage d'une soumission renforcée. Les chefs des unités, eux, sont désignés arbitrairement. La loterie motive les troupes.

— Et l'obligation de suivre les ordres pendant les missions ? je demande. Tu trouves ça normal ?

— Après tous les incidents avec les racailles, après le fiasco des Batcaves, ça devrait te faire plaisir. Interdire aux gens de boire ou de se droguer deux heures avant une attaque, ce n'est tout de même pas liberticide.

— Un peu, quand même.

— On se protège de nous-mêmes, c'est tout.

— Avec un risque de dérapage.

— À deux mois de la fin, je prends le risque.

Je soupire. Sur ce sujet, elle ne cédera jamais.

— C'est toi qui commandes, de toute façon.

— Tout est sous contrôle, répond-elle dans un sourire.

J – 58 — L'IMMORTEL

J'ai mal. J'ai mal, bordel, tellement mal.

Ironique. J'ai buté tellement de vieux, sans jamais prendre la moindre balle. Maintenant j'attends comme un con, par terre, les bras en croix, et ces spasmes font bouger mon bras comme si je cherchais à m'envoler. Crucifié comme un papillon

Vatican m'avait filé le pare-balles. Je pensais

pouvoir m'en passer : erreur. En face, pas la moindre hésitation, pas même de réflexion. Mon épaule est explosée. L'humidité se répand le long de mon dos.

Mon pire cauchemar se réalise : touché, sans personne pour venir à mon secours.

Va-t-il falloir que je crie, ou juste que je crève calmement, dans cette chambre d'enfant, au milieu des peluches et d'un puzzle fracassé ? Ça devait être une maison calme, avec une famille aimante et des tartes aux pommes le dimanche. Ça devait être une maison calme où on tape sur le gosse quand il casse un verre, tout en se scandalisant sur le drame des enfants maltraités. Peut-être une maison calme où papa vient caresser son gamin la nuit, où maman ferme les yeux dans la chambre à côté, où on ne pratique qu'une petite maltraitance, une maltraitance acceptable.

La porte s'ouvre sans un bruit. Silence entre, sans un mot.

Je peux pas en croire mes yeux. Silence comme une apparition au milieu des dessins d'enfants, passant enfin de l'ombre à la lumière. Une incarnation. J'en oublierais presque d'avoir mal, je m'en fous maintenant, le temps de l'indifférence est terminé. Silence me regarde et tout est oublié : sauf une dernière chose, un petit détail — quand on voit Silence, c'est pour mourir entre ses mains. L'ange de la mort, asexué bien sûr. Avec son L96 comme une longue faucheuse.

Le canon se pose délicatement sur mon front, je savoure mon dernier contact : celui du pare-feu. Sur le visage derrière l'arme, un sourire d'extrême supériorité déforme la peau claire.

— Alors tu vas me tuer ?

— Impossible. Je te rappelle que tu es immortel.

Silence range son fusil, explose d'un rire brutal. Je

reste aplati sur le sol, incapable de décider si le moment est féerique ou horrible. Le coup de pied me donne la réponse. Mes côtes hurlent. Je crache du sang, tachant de rouge la moquette bleu ciel. La douleur m'enfonce dans une zone proche de l'inconscience.

— Tu es un bon tireur, concède Silence en frappant à nouveau. Si je te tue maintenant, juste après le concours, les jeunes croiront que j'agis par jalousie. Donc non, tu ne meurs pas, du moins pas aujourd'hui. On a besoin de tout le monde pour gagner cette guerre, mais si jamais je recroise ton chemin, ou si jamais tu réapproches Vatican, je ne viserai pas l'épaule. Je choisirai quelque chose de plus définitif et je ne prendrai pas la peine de salir mes pompes dans ton sang dégueulasse.

Son talon se fiche dans ma plaie, comme pour attendre un acquiescement. J'ignore la question muette : cette promesse-là, jamais je ne pourrais la tenir. Silence frappe encore, comme pour m'encourager, mais je mords mes lèvres. Il faut me tuer ou me supporter. Pas d'autre choix. Je ne renoncerai jamais à mon dernier amour. Jamais. Les coups s'abattent et me rendent plus fort : je finis par trouver l'énergie de me rouler en boule, mais je ne cherche pas à me protéger. Tes coups sont une preuve d'amour, Silence. Je te pardonne parce que tu ne sais pas ce que tu fais.

— Tu n'auras pas été le premier. Oublie-moi.

La porte se referme sur cette chambre qui étouffe les bruits. Je déroule mon corps meurtri, tout doucement. Mes larmes coulent dans mon sang. Je reste à sangloter comme l'enfant qui dormait là, dans ce lit plein de barreaux, protégé par la mélodie de sa boîte à musique. Je voudrais serrer le Mauser contre moi mais je me rends compte que Silence l'a emporté, et puis ce n'est pas vraiment mon arme. Je dois reprendre le Dragunov — le seul qui me comprend.

Non, je ne dirai rien. Ni homme ni femme ni humain… personne ne saura rien. Entre nous ça se passera comme dans toutes les familles : les adultes hurlent et les enfants ont trop peur pour parler.

J – 57 — THÉORIE (13) — Propositions collectives. Document limité mais populaire dans les cercles de commandement. Dernier texte connu des Théoriciens.

Le juste usage de la haine

Certains nous accusent de lancer toutes nos forces dans une bataille à laquelle l'ultimatum mettra fin. Rien n'est plus faux : nous préparons activement l'après-révolte. L'Union européenne ne pourra pas anéantir la pyramide des âges que nous sommes en train de construire. En tuant des vieux, nous gagnons la guerre du nombre.

Nos ennemis partaient pourtant gagnants. Leur masse leur avait fait conquérir :

— le droit d'être courtisés en tant qu'électorat,

— le droit de constituer des associations et des lobbies,

— le droit de changer le vocabulaire (qui oserait encore chercher le vieux sous le senior ?),

— le droit de se faire passer pour des victimes,

— le droit de modifier la perception collective (en créant les quatrième et cinquième âges pour mieux dédramatiser l'unique troisième).

La minorité silencieuse du passé a laissé place à une majorité revendicatrice, forte de pouvoir et d'influence. C'est un modèle sur lequel il conviendra de s'appuyer — pas pour nous, qui mourrons sous les bombes, mais pour les futurs jeunes qui naîtront débarrassés de leurs grands-parents.

Si on accepte le label de guerre civile, il faut réaffirmer que les vieux ont commencé — ils furent les premiers à se poser en groupe organisé, et les premiers à utiliser leur masse pour annihiler l'adversaire.

Axes de travail :

— encourager leurs divisions (troisième, quatrième, cinquième âge). Les vieux sont cruels, et même entre eux, ils ne se pardonnent rien. Leurs congénères leur tendent un miroir dans lequel ils refusent avec vigueur de se reconnaître — le vieux, c'est toujours l'autre. Nous ne les avons jamais haïs autant qu'ils se haïssent eux-mêmes ;

— encourager les divisions sexuelles. Les vieux sont incapables de concevoir le guerrier au féminin. Une conception qui réduit d'office leurs effectifs par trois — les femmes étant très majoritaires dans leur camp. De notre côté, la mixité sera totale. Pas de temps à perdre à se poser les mauvaises questions ;

— encourager leur compassion. En évaluant le nombre de malades, de handicapés et de blessés que les vieux persistent à nourrir, nous obtenons le chiffre dérisoire de 15 % de combattants de leur côté. Objectif des jeunes : atteindre les 95 %.

Nous espérons sincèrement que les jeunes du futur, nos petits frères, nos petites sœurs, sauront profiter du monde neuf que nous leur offrons. Rappelons, une dernière fois, notre tragique situation de départ : les vieux détenaient l'argent, l'argent était la valeur suprême. Il leur en fallait pourtant plus, toujours plus.

Notre âme : ils avaient presque réussi. Notre corps : nous n'avons fait que nous défendre.

J – 56 — SILENCE

L'impression de réellement tuer, d'arracher une vie, se sera révélée finalement assez rare dans ma carrière. Tenir un individu en joue. Savoir qu'il ne connaîtra pas de nouvelle aube, pas de nouvel amour, qu'il sera fauché en pleine action. Avoir conscience que je vais interrompre un millier de petits processus. Tuer n'est pas défaire. Certains prétendent que la vie ne tient qu'à un fil : tuer c'est créer des nœuds, et aujourd'hui je compte me mettre aux scoubidous. La mort se tresse et se tisse. C'est un boulot de précision.

Ils pensaient que je mourrais gentiment, que je baisserais la tête comme un agneau, placidement. Crever pour la révolte, trahir mes secrets pour sauver la jeunesse, me sacrifier de manière aussi héroïque que Judas — accepter d'incarner la bassesse. Ma mort comme un énorme nœud, ma mort comme un ultime désordre que seule la destruction de Paris pourrait apaiser.

Mais qu'ils aillent se faire foutre. On a eu bien assez de christianisme.

Je leur avais promis de mourir en temps et en heure, c'est vrai. Je leur dois Silence et l'invisibilité, l'ange des snipers et l'audace des suicidaires. Tout cela est terminé. Je vis depuis des années la tête presque coupée. Il est temps que plus personne ne me tienne en joue, il est temps de démêler les fils, de marquer pour mon propre camp, et plus que tout, de réaffirmer aux petits maîtres que le destin est l'invention des lâches.

Leur planque se situe dans un lieu calme et logique : au vu de la pénurie de pétrole, qu'iraient chercher des jeunes dans l'arrière-boutique d'une station-essence ? Sans doute voudraient-ils qu'on les laisse en paix. Pas de chance, la tranquillité n'est pas inscrite au programme de ma journée. Quelques voitures en bon état s'alignent, docilement garées devant les pompes poussiéreuses. La boutique a été méthodiquement dévalisée afin de décourager les pillards : plus de boissons, plus de magazines, certainement pas de cigarettes. Les présentoirs ont été arrachés des murs, le buffet renversé. Passez votre chemin.

Derrière l'apparence de chaos, dans les bureaux, treize jeunes débattent et s'agitent. Ils ne manquent de rien, je les soupçonne même d'avoir allumé leurs radiateurs électriques, alimentés par des câbles détournés. De ma position je peux viser l'unique porte de sortie, ou choisir d'attaquer par la petite fenêtre grillagée — mais ce sera compliqué. Ils ont dévissé les néons pour les installer contre les murs : ces salauds ont l'habitude des snipers.

La salle est disposée comme dans mon souvenir, avec seulement plus de désordre qu'avant. Les ordinateurs diffusent une lumière bleutée, les imprimantes crachent les tracts sans discontinuer. Dans mes jumelles je les vois passer : anciens militants altermondialistes, ex-popstars charismatiques, reliquats de leaders en tous genres. Une pareille révolte avait besoin d'entretenir sa fureur, on ne pouvait pas laisser aux jeunes le loisir de la procrastination. Pas question qu'ils reviennent sur leurs choix — qui sont les nôtres. Nous avons maintenu les différences mineures, tribales, pour faire croire au libre arbitre : tant que nos marionnettes se définiront uniquement par rapport au style de musique qu'elles écoutent, au dieu qu'elles adorent ou au sexe qui est le leur, elles ne se poseront pas de questions trop perturbantes. Et elles tueront des vieux.

Quatre apparaît dans mon viseur. Je peux distinguer les reflets de ses lunettes rondes. Lui ne me voit pas, impossible, son innocence est totale. Les douze autres gesticulent, dispersés autour, fantomatiques, je les distingue à peine — pas grave, ils sont placés moins haut dans ma hiérarchie de meurtre. Quatre va mourir en premier. C'est lui qui me connaît le mieux, nous étions camarades de propagande — il y a longtemps, quand nos idées ne constituaient pas encore la source absolue de la pensée moderne. J'ai même participé à sa Théorie. Autodéfense face au mur 68, chapitre quatre. Et dans son ombre, (5) Circonscrire le merchandising, et (3) Purification de la guérilla. Pas de noms dans nos échanges, car les pseudos en disent encore trop : juste des chiffres, la machine à broyer retournée contre le système. Nous revendiquons d'être des numéros — puisqu'on ne nous a jamais laissé le choix.

La plupart sont arrivés parmi les Théoriciens bien après mon départ : ils connaissent le pacte mais ne savent pas où me trouver, ils ignorent jusqu'à la couleur de mon visage. Des nuisances négligeables, qui ne pourront pas se plaindre ni me dénoncer, car comme moi les Théoriciens n'ont d'impact que terrés dans la semi-divinité. S'ils sortaient au grand jour, on cesserait de les craindre.

Il y aura des rumeurs. Sans doute des poursuites, des tueurs à gages lancés sur mes traces. Mais en pleine guérilla, ça ne change pas grand-chose.

Je dois éliminer Quatre, Cinq, Sept et Huit, tous présents lors de notre dernière entrevue. Peut-être les fondatrices, Un et Trois, qui se souviennent encore du temps où les Théoriciens se complaisaient à incarner le revers de la médaille, la face cachée des snipers. Et surtout Deux, celui par qui les problèmes arrivent, qui m'a fait bannir et qui m'appelait parfois, pour plaisanter, Zéro. Enfin, il faudra prêter attention à ne pas tuer mes alliés, Six et Onze, tous deux accueillis dans le groupe grâce à ma cooptation. Ceux-là comprendront. Les Théoriciens restants n'ont pas besoin de savoir.

Le manteau blanc de Quatre devient rouge. J'ai visé pleine tête, pas de souffrance, surtout pas de souffrance pour mes frères et sœurs de Théorie. Les autres s'interrompent, totalement léthargiques encore, sortant maladroitement de leur univers argumentaire. Ils ne comprennent pas. La fenêtre a explosé sous mon tir, le petit grillage n'a même pas détourné ma balle. Trois et Six se tournent enfin dans ma direction. Je suis trop loin pour apparaître distinctement.

Je pourrais tout à fait être un sniper des vieux, qui sait.

Mon espace de tir est minuscule. Deux tombe en arrière, ha ha. Il répétait tout le temps que je représentais un danger pour la Théorie. Par son étroitesse d'esprit, par son incapacité à comprendre que mon cas dépasse ses petits schémas de pensée, il récolte ce qu'il a semé : je suis, en effet, un putain de danger pour la Théorie. Et ça ne m'amuse pas de massacrer ma création.

Ils se jettent tous au sol. Meilleurs réflexes que les vieux, et de loin !

Sept bouge trop lentement, perturbé par son embonpoint. Je vise au centre de la chemise, faisant sauter les boutons de nacre, il s'écroule, pas de miracle. Le fusil de sniper est toujours juste.

Je change d'angle, aussi rapidement que mes

réglages le permettent. Viser la porte de service, ils n'oseront pas filer par la boutique, ça les exposerait trop.

Ne pas se relâcher, il reste sept balles, chaque petite erreur pourrait me coûter cher.

Onze sort en premier, je me retiens de justesse de lui arracher le crâne. Je respire doucement, je tente de rester calme. Ils vont débouler en groupe, c'est sûr. Et tous armés. Ils connaissent ma position, je devrai les faire reculer avant qu'ils ne m'alignent. La tension me rend ivre. Éliminer l'origine de la révolte, voilà un crime bien pire que de tuer sa mère. Mais aucun nœud n'est insoluble, et personne n'est irremplaçable : les Théories ont touché leur public depuis longtemps, on n'a plus besoin d'elles, le point de non-retour est déjà atteint. Le cerveau peut disparaître, resteront le cœur et les tripes.

Je ne fais rien de mal. Je tire, c'est tout. J'actionne un petit mécanisme.

Des échanges de coups de feu, à n'en plus finir. Deux des Théoriciens vident chargeur sur chargeur dans ma direction, impossible de relever la tête, je ramasse le L96, il faut changer de poste. Mon avancée est prévue au millimètre : descendre deux étages, traverser la rue, entrer dans un autre bloc d'immeubles, passer par les caves, réapparaître à vingt mètres à peine de leur retraite. J'ai choisi une tenue grise pour me fondre dans la poussière et les gravats, seules mes mitaines et mes bottes sont noires, je ressemble à un gros chat de gouttière. Pourvu que la trouille les fige sur place. Pourvu que je ne flanche pas. C'est dur, quand on n'a pas de haine. Parmi les exploits des Théoriciens, j'admire particulièrement le contrôle des sources d'information. On leur doit l'interdiction des radios, la coupure de tous les réseaux et les auto-dafés. Les vieux essayaient de transmettre des messages qui ne devaient pas nous atteindre. Aujourd'hui encore, l'Armée croit que les responsables du brouillage viennent du camp d'en face — ils sont bel et bien dans nos rangs, et j'espère que ma recomposition de leur groupe ne compromettra pas cette partie du boulot.

L'air libre, enfin. La cour du petit immeuble donne sur un local à poubelles qui permet d'accéder à la conciergerie, qui mène elle-même au hall d'entrée. J'enfonce la porte principale, une épaisse tranche de bois peinte en vert. Seule une route à deux voies me sépare de mes cibles. Mais je peux économiser mes balles : plus personne ne tire. Oimir et trois jeunes Albanais encerclent les Théoriciens restants, exhibant de gros calibres. Ils forcent leur accent pour paraître impressionnants. Leur peau mate paraît verte dans le froid parisien. Je ne pensais pas qu'ils arriveraient si tôt, mais il faut croire que le plan se déroule parfaitement. Je n'aurai même pas besoin de me dévoiler.

Le hall du bâtiment assourdit les sons. Je me laisse tomber face aux boîtes aux lettres, toutes ouvertes et taguées. Les factures forment un confortable tapis sous mes cuisses.

La voix d'Oimir, forte comme une avalanche, tonne jusqu'à mes oreilles. Il se plaint de la prééminence du crime organisé turc dans la négociation des armements, il demande, qui est Un ? Qui est Trois ? Qui est Cinq ?

Je prends ma tête dans mes mains pour ne pas entendre les détonations.

Le bout de la clavicule et l'omoplate ont cassé sous l'impact, traversés par la balle. Je ne sais pas combien de temps j'ai passé par terre à saigner sur la moquette bleue. Combien de temps j'ai essayé de reprendre une respiration normale. Heureusement qu'une sentinelle a fini par me retrouver.

Fidèle à ma promesse, j'ai accusé les snipers adverses.

Ça faisait mal et ça fait toujours mal. Je voudrais pouvoir ralentir mon sang, précipiter la cicatrisation. Les nerfs renvoient des ondes de chaleur dans tout mon corps. Je peux presque sentir les morceaux d'os éparpillés dans la plaie.

La Cellule a déclaré que les médicaments étaient un truc de vieux. Je penche pour une économie des stocks : des guérilladeptes parfaitement bien portants arpentent les couloirs, leurs poches gonflées de doses de morphine, à répéter que la drogue c'est pour les faibles. Courage devant la souffrance, supériorité de l'esprit sur le corps, on connaît le discours.

Je donnerais mon Dragunov pour un seul calmant. Un demi-calmant. Un antalgique. Un placebo, même. De bons contacts dans la contrebande permettent de se fournir en cachets, mais d'une part personne ne voudrait de mon fusil, et d'autre part c'est interdit. À mots couverts, on m'a bien fait comprendre qu'il ne faut pas se faire choper. En quoi consiste la réprimande, je me le demande.

Mon seul privilège de sniper consiste à rester au lit. Impossible de dormir, alors je mange comme quatre, j'ai même entassé quelques sacs de biscuits de survie sous mon matelas, au cas où la Cellule se mettrait à rationner les vivres.

J'ai mal, mais c'est pas pour ça que je veux tuer la Terre entière, ni pour mon épaule, ni pour mon corps couvert de bleus. Ni même pour l'humiliation de m'être fait casser la gueule par plus frêle que moi, le brillant Immortel, imbattable en combats de bar, toujours en première ligne des rixes.

J'ai mal, mais je sais que tu tiens à moi, Silence. Tu n'avais aucune raison de venir, et encore moins de m'épargner. Tu as voulu me réduire à un épiphénomène, un nom de plus dans la liste de ceux qui se sont brûlé les ailes à vouloir t'approcher, mais j'ai bien vu tes états d'âme. Je croyais t'être indifférent : je me trompais. Je vaux bien plus à tes yeux qu'une parenthèse dans une journée de guerre.

Tu n'aurais pas dû me laisser en vie. Mes désirs gonfleront tant que j'existerai, ils me tortureront tant que je ne refermerai pas mes mains autour de ta gorge. Ils me dévoreront si je ne parviens pas à les assouvir.

Tu crois m'avoir découragé ? Tu crois que mon amour s'arrêtera à ton consentement ? Je te posséderai par n'importe quel moyen, même s'il faut t'enchaîner, je te détruirai parce que je ne peux pas faire autrement, c'est toi qui as choisi la violence, je te le répéterai quand je te foutrai en pièces.

Je serai tout ce qui te restera. J'espère qu'à ce moment, quand tu me supplieras, quand ce sera mon tour de rire, j'aurai le courage de te cracher dessus comme tu l'as si bien fait. Et point d'amour éternel ici. Ce n'est pas un conte de fées.

J – 54 — SILENCE

La place d'Italie roupille profondément, pas de soldats, pas de rondes. Les vieux n'attaquent jamais si

175

loin au sud, de toute façon la nuit est trop froide pour lancer une attaque. Ma bouteille d'eau disparaît sous une pellicule de glace de plus en plus épaisse. Mes articulations me démangent, le Glock passé dans ma ceinture me gèle l'estomac. Je traverse en courant le parvis de la mairie du XIIIe pour me réchauffer : le bâtiment est intact, on s'en sert comme prison pour interroger les rares vieux qui tombent entre nos mains. Le bruit de mes bottes froisse le calme absolu du quartier général. À part mon pas régulier, rien. Personne ne crie, personne ne ronfle.

Je souris en reconnaissant les portes du club de fitness, recouvertes d'affiches et de conseils personnalisés pour garder la ligne. Ventre plat et muscles saillants : ça va, je ne peux pas me plaindre. L'immense majorité des jeunes affiche une sécheresse à faire pâlir d'envie les top-modèles.

À peine ai-je poussé la porte qu'une bourrasque glaciale tourbillonne à travers le hall d'accueil. Une douzaine de papiers s'arrachent du bureau de Vatican. Je bredouille un mot d'excuse, puis je m'interromps pour admirer la nouvelle organisation des lieux : des tapis de yoga multicolores sont empilés contre le mur gauche pour servir de lit, des brochures expliquant le fonctionnement du corps humain s'entassent par cartons entiers pour isoler le coin couchage, surmontées de six énormes plantes vertes installées comme barricade. Vatican a toujours su se débrouiller pour créer l'intimité nécessaire à ses occupations.

L'ensemble sent le plastique et la sueur. J'aime bien. Quelques bougies ajoutent leur chaleur aux murs orange. Les lieux sont déserts à l'exception de Vatican, tirée à quatre épingles, assise dans un énorme fauteuil violet, ses mains posées sur ses genoux.

— Pas trop tôt, murmure-t-elle froidement.

Je m'assois en face d'elle pour lui laisser le temps d'ouvrir les hostilités.

— Quel besoin avais-tu de flinguer l'Immortel ? demande-t-elle en frappant l'accoudoir du poing.

— Quoi, il est mort ?

— Non. Mais pas tellement mieux.

— Tu sais que ça pourrait être les vieux qui...

— C'est ça, prends-moi pour une conne.

Pas moyen de feinter. Bon. Le temps de réfléchir, je frotte mes mains l'une contre l'autre. Je prendrais bien une tasse de café avec beaucoup de crème — mais j'ai l'impression qu'il vaudrait mieux repousser le moment de grappiller des faveurs alimentaires.

— Comment tu sais ? je demande en faisant profil bas.

— Je te connais. Bordel, Silence, tu avais promis... il est dangereux.

— Plus maintenant.

— Sans blague, ironise-t-elle.

— C'est lui qui est venu, il s'est planté entre deux pots de géranium. Juste en face. Je ne sais même pas comment il a deviné ma position. Je ne peux pas laisser passer la provocation, tu le sais, je dois rester crédible. Et puis tu devrais être contente, après... après ce qui s'est passé.

Elle soupire, fort. Je l'énerve, je lui rappelle d'effroyables souvenirs. Mais l'agacement est réciproque : je ne vais pas me laisser culpabiliser. L'Immortel mérite bien pire qu'une balle dans l'épaule.

— Ne me prends pas pour prétexte, ordonne Vatican. Il fallait l'ignorer ou le tuer, pas un putain d'intermédiaire ! La Cellule n'est pas dupe, personne n'est dupe. Juste après sa victoire à la compétition de tir, sérieusement... tu ne pouvais pas attendre quelques semaines ?

— Non, je ne pouvais pas. Il était dans mon viseur.

— Il te menaçait ?

Je ne sais pas trop quoi répondre.

— Je suis dépassée, enchaîne-t-elle à voix basse. Je ne pourrai plus te protéger maintenant, les autres ont pris trop de pouvoir. Tu as vu la prison. Elle n'est pas loin, deux cents mètres à tout prendre. Si la Cellule t'attrape ici, le transfert sera facile. Et ne compte pas sur la sympathie des soldats. Plus personne ne te défendra, quand la blessure de l'Immortel sera connue.

— Je peux encore le tuer.

Vatican secoue la tête.

— Silence. On se connaît depuis une éternité, j'ai rattrapé tes cinquante dernières bêtises. Mais il faut que tu arrêtes de faire n'importe quoi. Commence par venir seulement quand c'est indispensable. Ils me surveillent.

— C'est dans leur intérêt de préserver mon secret.

— Plus maintenant. Les jeunes s'identifient à l'Immortel — et franchement, il se montre plus malléable.

— N'est pas Silence qui veut.

— Justement. Tu sais ce qu'on murmure dans les couloirs ? Que tu empêches les jeunes snipers de monter en puissance. Ton nom symbolisait la révolte, maintenant on l'associe au pouvoir… Bonne chance pour redorer ton blason.

Je mordille l'intérieur de ma joue. Vatican se lime les ongles, comme toujours après avoir vidé son sac. Sa paranoïa me contamine. Je crois entendre des oreilles frotter contre les murs, des pas dans les couloirs, je crois discerner des brillances… des yeux dans l'ombre. Mais je reprends tout de suite mes esprits. Ne règnent dans ce bâtiment que les cauchemars de nos soldats.

— Bon, tu nous ouvres une bouteille ?

Vatican sourit et me désigne une caisse juste devant le comptoir d'accueil. Je soulève les serviettes empilées : une dizaine de grands crus apparaissent, maladroitement dissimulés. Classique. Vatican ne faillit jamais à sa réputation d'hospitalité. La guérilla pourrait durer quinze ans qu'elle aurait toujours de quoi rassasier ses amis.

— Tu as fait une razzia dans une cave privée ?

— J'ai mes réseaux.

Elle interrompt le remplissage de mon verre.

— Dis, Silence... pourquoi tu ne l'as pas tué ? Tu as raté ton tir ?

Mon énervement ressurgit, intact : rater un tir, moi ? Jamais. L'échec, je le laisse aux néophytes et aux usurpateurs. J'ai la gâchette absolue, tout simplement, et gare à qui met mon talent en doute. Je caresse mon Glock par réflexe... Me posséder. Ça doit être la nouvelle perversion à la mode.

Ce qui me fascine le plus, chez l'Immortel, c'est son ambition. Il cache bien son jeu, l'idole des gamines. Mais sa façade de gentil sniper ne dupe personne : il veut me doubler. Qu'il essaie ! Je l'attends de pied ferme. Je ne me résignerai pas, se résigner c'est bon pour les vieux, moi je me battrai jusqu'à la dernière parcelle d'énergie, jusqu'à la première ride.

— Pourquoi, Silence ?

— Quatre le considérait comme son futur champion. Je ne voulais pas me mettre les Théoriciens à dos.

— Et pour cette raison, tu as lâché tes Albanais sur leur base. Bien joué, ça t'épargnait les représailles.

Elle a dit ça très calmement, pendant qu'une bonne moitié de mon verre se renversait sur mon pull.

— Tu es au courant ?

— Neuf est venu m'interroger hier. J'ai nié tout

contact entre les Albanais et toi, mais ça n'expliquait pas les premiers tirs : la mafia n'emploie pas de snipers. Soit dit en passant, j'aurais préféré apprendre l'attaque directement de ta bouche. Plutôt que d'aller chercher des alliés non fiables, il fallait me demander. J'aurais supervisé l'opération.

Cette discussion prend une tournure déplaisante, décidément.

— Pas question d'impliquer des guérilladeptes. Tu imagines la guerre civile dans le cas contraire ? Non, il fallait que les responsables soient hors réseau.

— Tu fais confiance à Oimir ?

— Il me devait un service. Tu connais leur code d'honneur. Et puis franchement, tu l'admets toi-même : tes pouvoirs sont limités et surveillés. Je ne vois pas comment tu aurais levé des bourrins pour liquider des jeunes. Pire encore, des Théoriciens.

Vatican croise les bras, sévère.

— J'ai mes réseaux.

— Il me fallait du renfort en urgence : ce crétin d'Immortel a précipité mes plans. Je devais attaquer avant qu'on ne le retrouve, et surtout, avant qu'il ne parle. Je disposais d'une fenêtre de quelques heures pour mon offensive : tes réseaux ne sont pas assez réactifs. Quatre savait où je vivais. Une fois prévenu de mon agression, il aurait pu piéger mon appartement.

— Fallait changer de planque.

— Je déménage demain. Mais il y a une dernière raison. Maintenant que tout le monde connaît notre relation, je voulais que tu aies un alibi. En cas de problème.

Vatican fait tourner son verre entre ses mains, absorbée par les traînées écarlates.

— D'accord, lâche-t-elle. Mais quitte à régler tes

comptes avec les Théoriciens, je répète ma question : pourquoi épargner l'Immortel ?

— J'ai paniqué. Et puis ç'aurait été disproportionné.

— Silence, je t'en prie… Tu as tué une bonne trentaine des nôtres depuis le début de la révolte, pour des raisons parfois triviales. Passe encore. Mais quand un concurrent sérieux s'en prend à moi, découvre tes planques et vient te provoquer, soudainement, tu fais preuve de clémence ?

— C'était avant. On ne peut plus se permettre de perdre un sniper comme l'Immortel, aujourd'hui.

— Ah bon, c'est pour préserver sa puissance de feu que tu as démoli son épaule droite alors qu'il est droitier ? T'aurais au moins pu préparer un mensonge qui tienne la route.

Je baisse la tête.

— Silence… je voudrais comprendre. Il t'amuse ? Il te plaît ? Tu as enfin trouvé un partenaire de jeu à ta hauteur ?

Je hausse les épaules, elle continue, d'une voix suppliante :

— Tu me protégeras, moi aussi ? Tu m'épargneras quand quelqu'un écrira sur le Hall of Fame « Silence, huit points contre son camp » ? Quand les patrons de la Cellule viendront me chercher pour m'interroger sur les Théoriciens, et que l'Immortel sera encore en vie pour témoigner de nos relations ? Parce que ça va arriver, Silence.

J – 53 — L'IMMORTEL

La bande s'enroule autour de mon épaule, soigneusement, et chaque nouvelle couche masque un peu plus les contours violets de la blessure. La morphine commence à s'estomper. Fini le temps des rêveries. J'étais bien, pourtant, à observer les boiseries du plafond et le visage du chirurgien. Un vrai virtuose, fatigué, à bout de nerfs, mais déjà plus expérimenté à vingt-trois ans que bien des professionnels à quarante. Il ne lui aura fallu que deux heures pour nettoyer ma plaie, replacer mes os et les renforcer grâce à l'injection de colle liquide. Vingt minutes pour chaque fracture. La technique n'est pas sans risques mais j'ai donné mon accord. J'aurais accepté n'importe quoi pour ne plus sentir les éclats fouiller ma chair. Et puis à deux mois des bombardements, on peut bien jouer les rats de laboratoire.

— Tu te sens mieux ? demande Vatican.

Elle n'a pas quitté mon chevet depuis hier. J'ignore encore ce que je possède et qu'elle convoite, mais ses incessantes attentions sont bien agréables. Je lui dois la morphine et le meilleur des chirurgiens. Elle m'a transféré directement dans le hall du centre commercial : je ne supportais plus d'être parqué avec les autres malades. Leurs infections rôdaient autour de ma blessure.

Le chirurgien s'éloigne sans un mot. Son travail est terminé, du moins en ce qui me concerne.

Mon épaule ressemble à un gros boudin blanc, comme une peluche. Je vais pouvoir cicatriser, maintenant. Je vais pouvoir y employer toute mon énergie.

— Tu as besoin de quelque chose d'autre ?

Je contemple Vatican qui déblaie méthodiquement la pièce. Quinze mètres carrés redoutablement bien situés, au cœur de l'Armée, dont il a fallu expulser les locataires pour me loger. Ce devait être une boutique quelconque.

Je m'allonge sur mon lit : deux matelas empilés derrière le comptoir. Même si je ne possède que deux couvertures, mon Dragunov et mes réserves de nourriture, Vatican m'a donné une clef pour protéger mes affaires. Le double brille autour de son cou. Elle n'a même pas fait semblant de me laisser mon intimité.

— Hey, Vatican. Merci.

— Tu peux remercier la Cellule qui protège son nouveau sniper.

— Un sniper invalide. Alors, tu vas me dire pourquoi tu fais tout ça ?

Elle soupire, passe la main dans des cheveux incroyablement propres.

— J'imagine que je rattrape les bêtises de Silence.

— Bon courage.

— Et je voudrais que tu restes à l'écart. Tu as eu ton affrontement, tu as perdu, mais les soldats ne prononcent plus que ton nom. La guerre de la popularité, tu la remportes largement. Considère qu'avec Silence vous êtes quittes.

Une spirale de chaleur enfle depuis mon épaule jusqu'à mon estomac. Je me mets à rire, à rire, sans pouvoir m'arrêter. J'en ai presque mal au ventre. J'essaie de me calmer pour éviter que les tendons ne tirent sur ma blessure mais c'est tout simplement impossible. Vatican me regarde d'un air décontenancé : son expression me fait repartir de plus belle. Le son qui s'échappe de ma gorge ressemble à un aboiement. Plusieurs soldats arrêtent leur ronde pour passer leur tête dans l'embrasure de la porte. Les conversations stoppent. Les entraînements s'interrompent. Il n'existe plus rien d'autre au monde que cette incroyable sensation de drôlerie. Le corps d'Alypse ouvert en deux — Silence et moi, quittes.

Quand je reprends enfin mon souffle, Vatican a disparu.

Pas trop tôt.

Je me hisse, maladroitement, sur la chaise roulante laissée à ma disposition.

Le Hall of Fame est installé à quelques enjambées de mon espace personnel : il me suffit de sortir du centre commercial, puis de traverser le parvis. J'apprécie la configuration des lieux. Les soldats non gradés occupent les tours du XIIIe arrondissement, à quelques minutes au sud. Les ingénieurs ont bricolé des passerelles branlantes qui permettent de communiquer entre les bâtiments de résidence sans s'infliger des kilomètres de marche.

Paris me plaît, chaque jour différente, un peu plus sauvage et réduite. Des espaces verts recouvrent chaque interstice entre les immeubles. Le lierre escalade certaines façades. Je crois que ça fait du bien à tout le monde de vivre ensemble. Les troupes se sentent en sécurité, plus personne ne dort dans des voitures.

Il tombe une pluie légère, agréable. Je dérape sur les pavements, un peu embarrassé dans ma chaise roulante.

Plusieurs groupes se tournent vers moi : les blessés ne manquent pas mais habituellement, on évite de les sortir au grand jour. Ce serait mauvais pour le moral. Les soldats me dévisagent avec condescendance. Rares sont ceux qui me reconnaissent, et même ceux qui murmurent mon nom s'imaginent que j'ai mérité mon sort. Ils pensent que j'ai commis une erreur d'appréciation pendant un combat régulier. Ils ne savent pas, pour Silence. Une omission que je vais immédiatement rectifier.

Je me tourne vers le Hall of Fame. L'humidité fait gondoler le mauvais papier — certaines actions, en haut de la page, ont presque entièrement disparu. Des coulures d'encre recouvrent les faits d'armes sans envergure. Levant la tête, je lis patiemment, ligne après ligne. Seuls les démineurs ont assuré ces derniers jours. Je cherche Silence au milieu des non-dits. Je ne trouve rien.

J'étire mon bras gauche, impossible de prendre appui, mes cuisses tremblent… le marqueur tombe. Quelqu'un rigole. Je ramasse le marqueur comme je peux, en me tordant au-dessus de la chaise roulante. Le bouchon me glisse entre les mains. Ils sont maintenant plusieurs groupes à se masser, intrigués, autour de moi.

Je tends le bras à nouveau, au maximum… Puis je réalise que le Hall of Fame est accroché trop haut.

J – 52 — SILENCE

Je suis les rails.

Mes pas résonnent à l'infini contre les parois, ma lampe de poche balaie le sol devant moi et fait déguerpir les rats par dizaines. J'évite les câbles électriques qui pendent dans le noir complet. L'atmosphère est inquiétante. Tant mieux. Je veille à ce que personne ne sache qu'en suivant ce tunnel, tout au bout de la ligne 14, on arrive sur mes terres. Et encore moins que j'ai élu domicile dans cet enfer câblé. La place est facile à défendre : un cul-de-sac perdu dans un labyrinthe de couloirs. Je descends tout junkie qui s'en approche, puis je vide les cadavres grâce à un petit chariot de nettoyage qui me rend de grands services. Une vie bien organisée, en somme.

Des rails, des tuyaux, des boyaux, des fils, des pylônes, de la rouille. Un cauchemar de claustro.

Personne ne me trouvera ici. Ni les Théoriciens, ni l'Armée, encore moins l'Immortel. Je me sens en sécurité. Comme les moines, j'aime d'autant mieux l'humanité que j'en reste à distance.

Oimir m'attend en admirant mes dessins de Léonard de Vinci. Je viens me poster à ses côtés. Des dizaines de bougies éclairent mon wagon de métro, installées sur chaque rebord de fenêtre. J'ai condamné toutes les portes à l'exception d'une seule, à l'avant. Mes précieux matelas sont entassés tout au fond, invisibles sous trois épaisseurs de couverture et une douzaine de coussins. Deux planches de bois posées en travers de sièges tiennent lieu de table. Un circuit compliqué de récupération des eaux de pluie me permet de rester propre. La nourriture et les munitions proviennent des réseaux habituels, mais j'ai dû renoncer au frigo. Et puis il y a cette terrible humidité, comme si la moisissure rampait vers moi.

— Tu vas bien ? demande Oimir sans quitter les dessins des yeux.

— Merci pour le coup de main, l'autre jour.

— Tu ne réponds pas à ma question.

— Je ne sais pas si je vais bien. Les jeunes deviennent fous. Ou alors je vieillis.

Il sourit. Moi aussi. Je m'arrête devant une bougie presque éteinte et je regarde mes mains, qui sont comme deux araignées filandreuses au bout de mes bras. Des mains de pianiste, ou de sniper. Je commence à aspirer au calme dans la tempête. C'est naturel et ça me terrifie.

— Tu ne devrais pas t'en vouloir, reprend Oimir. Ces Théoriciens méritaient de mourir, au moins dans ta logique. Tuer le père, éradiquer les sources. Je ne comprends même pas pourquoi tu as tenu à en épargner la moitié.

— Ceux-là n'étaient pas un problème.

— Comme tu veux.

Il se tourne enfin dans ma direction. Ses yeux légèrement bridés me regardent avec bienveillance, son sourire révèle de grosses dents mal alignées, très blanches.

— J'aime beaucoup travailler avec toi. Tu tires vraiment magnifiquement bien.

— C'est à moi de te remercier, Oimir.

— Je ferais des miracles avec quelqu'un de ta trempe en couverture. Tu imagines, les rançons, les livraisons, les négociations avec les autres chefs ? Tout deviendrait simple.

— Ne me tente pas. Les gamins de douze ans m'insultent, maintenant : Silence change de camp, Silence devrait passer le flambeau, Silence a déjà beaucoup trop vécu. Ils disent que je fais la guerre depuis trop longtemps. Et peut-être qu'ils ont raison. Mais quoi ? Il fallait bien que quelqu'un commence. Ah… quand je parle comme ça, j'ai l'impression d'entendre mon grand-père. Et puis ces gosses, ils ne me doivent rien.

Oimir reprend son observation des dessins. Les lignes précises, le trait assuré.

— Ta révolte c'est une prison, répond-il seulement.

Je hausse les épaules. Il attend une décision que je ne peux pas prendre : je me dois à cette guérilla, de toutes mes forces.

Mon L96 repose sur la table, entre deux paquets de vitamine C. Je m'installe sur mon confortable tas de coussins, la soie me râpe la joue. Je voulais juste qu'on me laisse exister et crever. C'est tout ce que j'ai jamais souhaité. Ça m'ennuyait d'avoir à demander : j'ai dû tuer. Bientôt je me retrouverai du mauvais côté du canon. J'aimerais dire que je m'en fous.

J'aimerais croire, dans mon intimité personnelle, que l'expérience enrichit. Mais tout prend un goût de déjà-vu, déjà-pensé, déjà-vécu. Pas envie de corps alourdi par l'âge, d'esprit plombé par le souvenir. Pas non plus envie de mourir. Pas tout de suite. Pas maintenant.

Oimir s'installe près de moi et je ferme les yeux. Je repense à la fumée, toute droite, des incinérations publiques. Ceux qui tombent au combat finissent désormais brûlés, pour des raisons d'hygiène et aussi pour la gloire. Les jeunes sont censés assister aux cérémonies afin de se préparer à la mort — un spectacle morbide mais populaire. Je voudrais pouvoir mépriser la fascination des soldats. Sauf que j'y étais, moi aussi. Au premier rang.

J – 51 — L'IMMORTEL

Une chaise à bascule, un gros oreiller — que demande le peuple ? Je me suis installé en bas des escaliers qui mènent au premier étage du centre commercial : lieu stratégique entre tous. Autour de moi les jeunes attendent, en haut, la Cellule organise ses réunions.

À l'ordre du jour : l'unification des forces de la jeunesse. L'Armée reçoit les clans indépendants, officiellement pour répondre à leurs besoins, officieusement pour les réduire en pièces. Devant moi on va, on vient, on s'ennuie beaucoup. Les groupes arrivent en ordre dispersé, certains forts de centaines de membres. Ils protestent contre les rationnements, demandent le plan des zones minées... leurs délégués repartent après quelques minutes de temps de parole, un peu plus pâles, souvent furieux.

Ça défile, de tout Paris et de tous bords. Les politiques de Gauche Caviar ou Faf Power, les thématiques comme Virilités, les Enfants de la Balle dans la Tête, les obsédés de la gâchette de Kalach474747, les sectaires type Jedalaï-Lamas. Plus quelques curiosités dont je n'avais jamais entendu parler : les Contre-Théoriciens, la Nation Immobile, la Vodka Team. Et j'en passe.

Blessé donc invisible, j'observe. Les identités claniques et les identités individuelles, mal noyées dans la masse. Leader, second, souffre-douleur, aspirant, élément incontrôlable, mouton. Côté structure, les groupes se ressemblent tous.

La tendance est au salut de l'âme : les Noëlistes et les Nouvelanistes viennent prêcher le pardon universel dans des oreilles plus sourdes encore que celles de leur dieu. La Cellule tente désespérément de les flanquer à la porte mais les émissaires attendent leur tour, admirables de résistance passive. Il faudra donc les tabasser.

Les vieux aussi comptent leur lot d'allumés. Hier, douze mamies ceinturées d'explosifs ont descendu la colline du Panthéon en chaise roulante, bousillant deux chars et plusieurs réservoirs d'eau potable.

Deux sectes pour les fêtes hivernales, donc. Le temps de la révolte s'écoule différemment. Décembre ou janvier ? Franchement, aucune importance. Cette année sera notre dernière, qu'importe son numéro. *No future* est une certitude, et *carpe diem*… un vœu pieux. Dans cette situation de mort imminente, je me serais cru plus romantique, plus attentif au chant des oiseaux et à ce genre de conneries nostalgiques. Même pas. Je veux seulement tuer les vieux et posséder Silence.

Aucun groupe ne m'a impressionné comme Narcisse. Leur délégation est arrivée la première, juste après l'aube. Une dizaine de membres avaient fait le déplacement, tous plus magnifiques les uns que les autres, affichant des visages lumineux et des cheveux, comment dire, presque coiffés. Les Narcisses font partie des pionniers. Ils auraient pu s'inviter parmi les leaders, si leurs revendications esthétiques ne les avaient pas coupés du gros des troupes.

Les Narcisses réduisent tout au corps, et plus encore à la peau. Leur idéologie est épidermique. Ils nourrissent une haine des vieux que nous peinons à égaler : honnêtement, quelqu'un comme moi ne peut pas suivre. Alors je reste à distance respectueuse, comme les autres soldats, soucieux de leur laisser autant de lumière que possible. Les Narcisses sont beaux donc d'une certaine manière, ils sont plus jeunes que nous.

Leur chef parcourait le hall, inlassablement : Narcisse lui-même, corps formellement parfait, visage réduit à des vestiges. Selon la légende, il s'est défiguré tout seul. Avec les ongles. Les lèvres sont coupées, le nez cassé, les yeux bouffis, les arcades asymétriques. Des poils de barbe poussent irrégulièrement entre les fissures de ses joues. Mais les yeux verts brillent, lumineux et malins, sous les paupières rouges : impossible de totalement faire oublier la beauté sous le désastre. Narcisse a commencé le massacre des vieux, au kilomètre, quelques mois après Silence. Il s'en prenait uniquement aux agents du pouvoir, producteurs, chefs de casting, rédacteurs en chef, directeurs artistiques, bref, la faune grouillant habituellement autour du talent. Un mec bien, donc.

Mais la crédibilité ne suffit pas. À trois cents mannequins et sportifs surentraînés contre bientôt vingt-cinq mille jeunes à l'Armée, le clan Narcisse vacille. Ils pourraient assurer en diversion mais certainement pas en bataille rangée — or la Cellule est fatiguée de harceler les vieux. Les actions ponctuelles demandent trop d'énergie : nous voulons maintenant la guerre, la vraie, au moins pour nous tirer de notre lassitude.

— Alors maintenant il faut gagner l'autorisation des tout-puissants, râlait une délicieuse brunette pendant qu'ils attendaient dans le couloir.

— Disons que ça évite les balles perdues, a répondu Narcisse sans cesser de déambuler. On n'est jamais trop prudent.

— Ce serait tellement facile si on ne se faisait pas la guerre entre nous.

— Je serais surpris que ce soit différent chez les vieux. Certains veulent nous tuer, d'autres nous affamer pour nous pousser à la reddition…

— Tu parles. Eux, au moins, ils luttent pour leur survie.

Narcisse et quatre autres sont finalement montés au premier étage pour les négociations. Lesquelles ont duré deux minutes.

Pacte de non-agression, rejeté.

Dommage que la Cellule pèche par orgueil. Avec un clan comme Narcisse, organisé et efficace, admiré bien au-delà de ses rangs, il faudrait faire preuve de souplesse. Pourquoi les intégrer ? Il aurait suffi de créer un partenariat aux conséquences équivalentes, mais sans abdication de pouvoir. Maintenant les Narcisses sont prêts à se battre, mais contre nous. Aucun d'entre eux ne trahira. Ils sont soudés depuis bien trop d'années.

Narcisse est sorti sur le parvis, il a resserré son gros manteau de laine, attendant que les soldats remarquent sa présence. Avec d'aussi jolies associées, ça n'allait évidemment pas tarder. La place d'Italie grouillait de monde, les cuisiniers préparaient les rations de la journée, les soldats triaient les derniers arrivages des munitions. Quelques minutes ont passé. Puis je l'ai entendu crier d'une voix puissante :

— Est-ce que vous allez accepter ça ? Est-ce que vous êtes lâches au point de vendre votre liberté pour de la soupe ?

Aucune réaction. Même les simples passants regardaient leurs pieds.

Quelques membres de la Cellule étaient sortis fumer une cigarette dans le hall. Dragunov en travers des genoux, je me suis posté en bordure de leur groupe — mais personne n'a fait mine de me remarquer.

— Vous n'avez pas besoin de ça ! hurla Narcisse sur la place. Vous étiez déjà en train de gagner, sans ordres, sans obéir à personne ! La Cellule est votre mère. Renversez la Cellule !

Même silence gêné. À côté de moi, Anna-Lyse et Conquérant restaient immobiles, bras croisés, curieux de voir jusqu'où Narcisse oserait se compromettre. Leurs regards puaient l'assurance. J'ai surpris dans leur attitude une vérité gênante, le genre de vérité qui te saute au visage : nous n'avons nul besoin des vieux pour nous asservir. L'esclavage nous rassure. La victimisation nous plaît.

Finalement Narcisse est parti, laissant dans son sillage des milliers de questions et une seule, énorme, hostilité.

Depuis cet incident le défilé continue, régulier, dénué du moindre heurt. Les rebelles viennent placidement se faire renier. Amazones, Red Gang, Skinheads, Forever Young, Par le Feu, Terre-Mère. Une seule consigne, sans appel : la dissolution. « On n'a pas le choix », a dit Vatican.

J – 50 — SILENCE

Le durcissement se poursuit en interne dans l'Armée. Chaque victoire accélère le processus. Chaque défaite aussi.

Hier, ç'a été une défaite. Les blessés se comptent par centaines, posant de graves problèmes d'organisation. Les brancardiers les ont installés dans la mairie du XIIIe : malgré l'exécution des captifs pour libérer de la place, le bâtiment demeure trop petit pour accueillir tout le monde. Il a fallu brûler les cadavres au plus vite afin de ne pas empoisonner les vivants avec les morts.

Nos apprentis sorciers sont obligés d'opérer et d'amputer dehors, dans des tentes. Le froid hivernal tue les malchanceux plus vite encore que les infections. Ça ne m'inquiète pas : après tout, la guerre est faite pour qu'on y meure. Ce qui me dérange, ce sont les conséquences du fiasco.

Notre objectif semblait réaliste. Il suffisait de déloger une colonie de vieux à proximité du parc de Bercy, sur une zone que nous avons conquise de haute lutte et qui offrait une base avancée bien pratique. L'ennemi attendait, mal protégé. L'offensive n'aurait pas dû poser de problème. Mais cinq minutes après le début de l'assaut, une grue s'est écroulée sur nos propres troupes — pas de chance, un simple tir de bazooka mal ajusté. Dans la panique nos chars ont écrasé des groupes alliés : le nombre rendait toute fuite impossible.

La rumeur a immédiatement conquis tout Paris : on répète que l'Armée est incapable de tenir ses troupes. Ultime humiliation, il a fallu sonner la retraite. Les vieux ont gagné au moins cinq rues et une de nos réserves.

La Cellule n'attendait que cette occasion pour constituer des Tribunaux : trois exactement, auxquels s'ajoutent un code martial et un règlement comprenant des sanctions. Nul n'est censé ignorer la loi, et les chefaillons choisis au hasard se font un zèle de la faire respecter. On a même constaté quelques délations, mais leurs auteurs ont tellement morflé que plus personne ne compte sur ce mode de promotion.

Un code martial ? Des médailles ? Et pourquoi pas apprendre à jouer de la trompette, hisser des drapeaux et reprendre tous en chœur des chansons paillardes ? Bien sûr que nous manquons d'organisation. C'était même le principe de notre révolte.

J – 49 — L'IMMORTEL

Attendre, toujours attendre. Je voudrais me lever, rejoindre Silence sur ses positions suicidaires, cette fois me placer dans le bon angle — tirer le premier. De temps en temps je soulève mon bandage, attiré par le bouillon de chair qui s'y reforme. Je sens la cicatrice se fermer à une vitesse surnaturelle.

Trop lent, toujours trop lent. Mon énergie se concentre dans mon épaule. Je pousse mon esprit dans chaque cellule. J'ordonne le rétablissement des connexions. J'impose ma loi aux nerfs et je fortifie les os.

Vatican a été rétrogradée. Encore une fois. Pour des soupçons de meurtres, mais je n'ai pas compris qui, ou comment, ou pourquoi. Elle ne manque pas d'appuis, mais pour une nana de sa compétence, comment se contenter de l'approvisionnement en énergie ? Quelqu'un cherche à la mettre à l'écart : les gens intègres effraient. Je l'ai vue passer, furieuse, renvoyée dans ses quartiers par un escadron de soldats en uniforme. Ce retournement de sort m'a fait sourire. Mais pas longtemps. Dans la mesure où je suis considéré comme son protégé, j'ai été éjecté de ma planque parfaite. On m'a confisqué ma chaise roulante et traîné illico de l'autre côté de la place avec les autres malades — du côté de la mairie, ou plutôt de la prison. Quartier haute sécurité, comme les infirmiers appellent les pièces où étaient enfermés les vieux.

Ma cellule occupe l'extrémité d'un couloir jaune, au sous-sol. J'imagine qu'on devait y entreposer des dossiers car les murs sont couverts d'étagères vides et de tiroirs fermés à clef. La lumière du jour filtre par une fenêtre d'à peine vingt centimètres, à hauteur du sol, sans doute côté boulevard. Je surprends parfois quelques conversations dans le couloir, mais pour le reste, rien. Juste la solitude. La couchette minuscule laisse dépasser mes jambes. J'ai installé mon manteau sur la paillasse afin de protéger ma plaie des moisissures. La peinture au plomb du plafond tombe en miettes sur mon visage, parfois agrémentée de cafards. Juste à côté de la serpillière qui me sert d'oreiller, les chiottes bouchées depuis des mois débordent de merde jusqu'au sol. C'est très motivant pour guérir.

Personne ne fait attention à moi. Je change mes pansements sans aide, je titube du réfectoire jusqu'aux douches, comme un fantôme, butant contre une totale indifférence. Ils ne m'ont laissé que le Dragunov, comme un jouet auquel me raccrocher.

J – 48 — SILENCE

— Tout le souci éthique consiste à ne conserver que les meilleurs éléments, explique Vatican.

— Je vois ça. Tu as des difficultés de ravitaillement ?

— Tout juste. Et ça rend difficile l'acceptation des fainéants, camés ou handicapés. Bien sûr, certains sortent les grands mots. Ils parlent d'épuration. Mais même si le traitement des blessés peut paraître un tout petit peu immoral, il faut savoir garder une vue d'ensemble.

La place, sur toute sa largeur, disparaît sous les tentes où s'entassent les milliers d'invalides — certains prétextent même de fausses blessures pour mendier un morceau de pain. J'ai vu sur le chemin, de mes yeux vu, un gamin se tirer une balle dans le pied.

— Alors l'Immortel est quelque part ici ? je demande d'un ton détaché.

— Je ne sais pas où ils l'ont emmené.

Je hausse les épaules. En voilà un qui ne devrait pas trop nous manquer.

Alors que nous marchons dans les travées, Vatican resserre son écharpe. On regarde une fille se plaindre de douleurs dans le ventre. Manifestement enceinte. Le responsable l'envoie dans une tente dont personne ne sort jamais.

Même si on a pu nous comparer aux punks, force est d'avouer qu'ils étaient sacrément mous du genou par rapport à nous.

Les Théoriciens ont toujours pensé qu'il faudrait faire des concessions, accélérer la sélection naturelle, et surtout ne laisser que les meilleurs sur la ligne de front. Pouvoir compter sur ses coéquipiers, c'est la moindre des choses. Enfin, je suppose. Ironique que leur pensée triomphe au moment même de leur affaiblissement.

Malgré ma bonne volonté, je n'arrive pas à me persuader que ces deux mille jeunes doivent mourir faute de soins. Je ne devrais pas céder au doute alors que je l'interdis aux autres, mais tout de même : n'aurait-on pas pu occuper les faibles au nettoyage ou aux cuisines ?

Vatican s'accroche à mon bras, déséquilibrée par une bourrasque glaciale.

— Je ne suis pas prête à faire les mêmes sacrifices que toi, dit-elle subitement.

— Mais je ne te demande rien.

— Ma place est confortable. Même à l'énergie.

— Je sais.

Les tentes gris et vert, volées à des sociétés d'événementiel, s'étendent à perte de vue. On dirait un mariage où tout le monde meurt.

Et puis tant pis pour eux, après tout. Personne ne leur a demandé de devenir accros à l'héro ou hémiplégiques.

Les résultats prouvent que nous empruntons la bonne voie : l'offensive de ce matin a été une réussite. Je ne sais pas ce que nous ferions sans les treize-ans. Leur modus operandi ressemble plus à du suicide qu'à du courage, mais peu importe. De l'autre côté du boulevard, les rangs des vieux avançaient, massivement armés. Beaucoup, parmi nous, ont hésité. Contrairement aux flétrissures vivantes qui nous servent d'adversaires, nous n'avons aucune habitude des batailles rangées : la tentation de déserter existe. L'Armée est sur la corde raide, obligée de se durcir pour appliquer des règles déjà trop dures. Nous avions oublié l'idée même de discipline.

Les vieux sentaient la réglisse et le médicament.

Les treize-ans, pas concernés par le concept de peur, ont foncé dans le tas comme des furies. D'exaltation, les autres ont suivi. Mais pas moi.

Je quitte l'Armée. Pas de cachotteries, cette fois :

je tenais à l'annoncer directement à Vatican. Je sais que ça n'arrangera pas sa popularité déclinante, mais d'un autre côté, étant donnée ma propre popularité, ma démission pourrait bien lui sauver la vie.

Quelqu'un a écrit sur le Hall of Fame : Silence, huit points contre son camp.

Soit. Je poursuis la lutte en solitaire, pour une raison bien simple : je n'ai pas flingué ma famille pour retomber sous la coupe d'une dictature encore plus sévère. Au temps pour mon espoir stupide que le mal ne nous rattraperait pas de l'intérieur.

La Cellule a envoyé au cachot les leaders des franges les plus jeunes, parmi lesquelles les chefs d'unité n'ont aucune influence. Motif : si leur désobéissance a amené la victoire aujourd'hui, elle pourrait provoquer une catastrophe demain. Un risque que la Cellule ne tolère plus.

Personne n'avait regardé le règlement. Normal. Je comprends la logique des dirigeants : il fallait un exemple, ils en ont trouvé un. Sans doute le plus mauvais. Ils pénalisent des héros. Une semaine dans une cage quand on a treize ans, c'est limite. Une semaine dans une cage quand il reste moins de deux mois à vivre, c'est carrément inhumain.

J – 47 — L'IMMORTEL

Quatre heures du matin. J'entends leurs chuchotements. Les rôdeurs ont investi la nuit, leur discrétion me terrorise. On apprend aux enfants à craindre le noir, avant de les rassurer : allez, ça n'arrivera jamais, les revenants sont des inventions. On a tort. Quand le loup se matérialise, les enfants manquent de préparation.

J'hésite. Me cacher derrière la porte, ou rester parfaitement immobile ? Jusqu'à présent, les rôdeurs ne se sont pas approchés. Ils déambulent dans le couloir. Même si j'essaie de ne pas écouter, je devine leurs contours. Une dizaine de personnes au maximum. Sans armes pour éviter le bruit des gâchettes. Aucun mot n'a été prononcé à voix haute, aucune porte ne claque. Pourtant, ils sont là.

La lune se fige au milieu de la petite fenêtre, engluée dans des nuages statiques qui s'épaississent comme pour repousser l'aube. Sa lumière blanche tombe sur le dénuement de ma chambre, recouvrant la vermine.

Quelqu'un tente de hurler, le son s'éteint, immédiatement étouffé. Inutile de se débattre. Les rôdeurs sont nombreux et nous avons été méticuleusement éparpillés, isolés, un par chambre. Moi qui me demandais les raisons d'un tel confort.

Je me roule dans mon manteau pour qu'on me foute la paix. Et puis le calme retombe sur la mairie-prison, les malades abandonnés retournent à leur sommeil — du moins ceux qui ont survécu. Les brigades de nuit s'enfuient dans leurs quartiers, auprès des valides, de ceux qui ont le droit de vivre. J'imagine que les rôdeurs ont reçu l'ordre de me laisser tranquille. Un officier est passé pour m'interroger : on me demande sur le champ de bataille. Dix jours après ma blessure. Je ne pouvais pas refuser. On m'aurait moi aussi étouffé avec mon oreiller pour que personne ne m'entende hurler au secours.

Ils ont tué ceux qui boitaient, les camés, les handicapés, les invalides. Bientôt les myopes, peut-être.

L'Armée frôle la famine. Les soldats sont encore décemment nourris mais il faut végéter ici, parmi les malades, pour entrevoir ce qui se passera dans les rangs d'ici à deux ou trois semaines. Bienvenue à l'avant-garde du pire. Les kamikazes sont encensés. Ceux qui ne veulent pas les imiter sont exécutés.

Bang.

La vitre explose, le vent s'engouffre et fait voler mon manteau autour de moi. Je n'ai même pas sursauté. Trop épuisé. Sur le sol de ma cellule, les éclats de verre reflètent la lune. Une balle a traversé la fenêtre avant de se ficher dans la porte. J'entends le rire des rôdeurs s'élever dans la nuit — ils n'ont même pas tiré dans ma direction.

D'accord. Demain je serai officiellement guéri.

J – 46 — SILENCE

C'est toujours quand on désespère de l'humanité qu'elle nous offre ses magnifiques surprises : impossible de se débarrasser de la rédemption. Je savais bien qu'en suivant la bonne piste, en me laissant porter par la bonne rumeur, je finirais par me trouver au bon endroit au bon moment. Quatrième étage d'une HLM. À deux cents mètres environ de la mairie du XIIIᵉ — bien trop proche de l'Armée à mon goût, mais les meilleurs spectacles nécessitent d'obtenir la meilleure place.

Par la fenêtre poussiéreuse, je contemple le bordel des allées et venues. Ça hurle pas mal. On pourrait croire à un nouvel entraînement, le genre commando, vas-y gars, rampe sous les barbelés, grimpe à la corde à nœuds, saute par-dessus des rondins de bois, ça te rappellera la classe nature. De temps à autre une grenade éclairante illumine le crépuscule, donnant aux murs une teinte verdâtre. La fumée brouille ma vision : des silhouettes aux allures martiennes apparaissent, s'estompent, disparaissent tout à fait. Je jubilerais s'il ne faisait pas si froid.

La troupe se décale de mon angle de vue. Je ne perds pas un instant : sans même vérifier la stabilité de la plomberie, je me hisse le long de la gouttière, escalade le toit en zinc, m'allonge à plat ventre. Je déteste me tenir debout en hauteur. Je crois que je déteste le vide.

De l'autre côté du boulevard, le groupe de jeunes sort de l'obscurité. Deux cents, peut-être plus. C'est difficile à juger depuis ma position. Un énorme projecteur s'allume, directement manié depuis l'intérieur du centre commercial. La nuit devient blanche. Ce soir, vraiment, personne ne dormira. Une sirène retentit. J'observe les intrus, sourire aux lèvres. Presque des enfants, mais avec de vrais M90 et quelques Remington de bourrins. On fait rarement le guignol quand on a ces machines en face de soi — en dépit du bon sens : l'efficacité des fusils à pompe est largement surfaite.

J'ajuste mes jumelles, pas question d'en perdre une miette. Des flammes s'échappent maintenant de la mairie. Excellente idée que d'incendier le vieux bâtiment : des centaines de prisonniers et de malades s'enfuient dans le même mouvement, contrecarrant l'avancée des soldats, perturbant la visibilité des commandants. Un imbécile tire en l'air. D'autres salves suivent, balancées à l'aveugle. Les invalides sortent des tentes et se mettent à paniquer, pris entre deux avancées. Les docteurs et les infirmiers dégagent prestement, talonnés par ceux qui peuvent marcher. Cinq minutes auront suffi pour ruiner le vernis d'organisation.

Et en plus ils ont des otages. Fascinant.

Voilà comment se sera terminée la première

tentative d'emprisonnement de jeunes par d'autres jeunes : les treize-ans se révoltent — contre nous. Et maintenant ils viennent libérer leurs chefs, sous le nez de la Cellule, fiers jusqu'au bout des ongles. C'est dans l'ordre des choses. Pour eux, nous sommes périmés — comme tous ceux qui dépassent les vingt ans, ou dix-huit selon les nouveaux dogmes. Ils nous haïssent. Nous portons sur eux le regard compatissant qu'on rêvait d'arracher dans les yeux des vieux. Je ne vais plus pleurnicher sur la question : c'est de bonne guerre.

Un bruit de pas dans mon dos.

Je glisse dans l'ombre d'une cheminée, immédiatement une dizaine de soldats débarquent. Sur *mon* spot. Ils portent des uniformes. Leur déploiement est rapide. Qu'est-ce qu'ils foutent ici ? J'ignorais que l'Armée tenait des troupes disponibles de ce côté du boulevard.

Les soldats prennent la place encore chaude que j'occupais il y a un instant. Ils vont me repérer. C'est une question de secondes.

Je recule encore un peu, à l'écart de la formidable puissance du projecteur. Par miracle ils sont concentrés sur leurs cibles. Mon avis sur leur niveau technique ne leur plairait pas : ils vont tuer tout le monde, y compris leurs alliés. On ne peut même pas viser de nuit avec des antiquités pareilles — de vieux Lebel, laissez-moi rire : autant tirer directement au lance-pierres.

Je me déplace lentement. Surtout, ne pas attirer leur attention. Jouer les angles morts.

Des balles éclairantes traversent la nuit : quelques-unes d'abord, ensuite ça tourne au feu d'artifice. Je m'accroupis, frôle une cheminée, me retourne vers l'escalier de secours… qui était libre il y a deux secondes. Une inconnue me barre le passage. Elle porte le brassard des chefaillons, son visage est étrange, un œil braqué sur moi et l'autre crevé. Ses tresses blondes et désordonnées contrastent avec la tenue militaire.

— T'es sniper ?

Non chérie, j'aime juste les fusils encombrants.

— Qu'est-ce que t'attends pour tirer ? demande-t-elle d'une voix nasillarde.

Je la regarde sans esquisser un geste. Les autres soldats ne semblent pas nous avoir remarqués. Je cherche une issue, la fille suit mon regard et pose instantanément son canon sur mon oreille.

— En joue. C'est un ordre. T'es de quelle division ?

— Aucune division. J'ai quitté l'Armée.

— Pas grave. En joue, merde !

Les balles volent autour de nous, on s'entend à peine. Des gens meurent, personne n'y fait très attention.

— Je suis Silence, je murmure. Pas d'ordres.

— Mais bien sûr. Rien à branler de Silence. Soit t'es sniper, soit non, j'ai pas demandé ton identité. Si tu peux buter leur chef, ça me suffit.

— Side. Elle est douée.

— Tu tires sur elle ou je te tire dessus.

— Ça fait deux minutes que mon Glock est pointé sur ta gorge, alors on se calme. Débutante, hein ?

On reste comme ça à se menacer.

— Et maintenant ?

Un faisceau de projecteur éclaire nos visages… À ce rythme, je ferais aussi vite d'afficher ma photo sur tous les réverbères. Elle sourit :

— Si tu tires pas sur Side, tu auras l'Armée contre toi.

— C'est risqué, la délation.

— Plus tant que ça. Je suis officière, je peux tenter le coup.

— Ils croiront ma version. Je suis Silence, tu n'es personne. Sois raisonnable.

— J'ai des amis dans la Cellule, crache-t-elle.

— Moi aussi.

J'ai envie de la descendre — mais tous les autres me tomberaient dessus.

— Dénonce-moi si tu veux. Ils ne me feront rien, ils ne me trouveront jamais.

— Va savoir. Ça se raidit de jour en jour, par ici. Tu pourrais te retrouver au trou à la place des treize-ans que tu as laissés sortir ce soir, par exemple. Sans parler de ta copine Vatican. Ils n'attendent qu'une seule de tes conneries pour l'éjecter définitivement.

Quelque chose me trouble dans sa voix.

— Pourquoi me détestes-tu ?

Elle hausse les épaules.

— « Je suis Silence, tu n'es personne. »

— Simple question de fierté ?

— T'es exactement fidèle à ta réputation, Silence : tu nous méprises. Sinon tu serais avec nous, pas sur les toits ou derrière ton putain de L96. Tu nous guiderais. À rester dans l'ombre, jamais tu ne prends un risque. Jamais. C'est trop facile.

— D'accord. Mais je ne tuerai pas Side, et tu devrais retourner dormir. Quelqu'un qui ne remarque même pas un automatique pointé sur soi, fût-il caché dans l'ombre, n'a pas autre chose à attendre de la guerre que la mort.

— Tout à fait exact, dit quelqu'un derrière moi. Et toi Silence, tu ne gardes même pas tes arrières.

Normalement, je n'ai pas d'arrières.

Je jette un œil par-dessus mon épaule. Un garçon déguisé façon GIGN me menace, déterminé. Sa seule arme consiste en une batte de base-ball, mais même un parapluie aurait suffi : je ne gagnerai pas la partie. L'air faussement contrit, je baisse mon arme. Les treize-ans ont filé depuis déjà trente bonnes secondes. La fille borgne suit mon regard et m'agonit d'insultes. Je mords l'intérieur de ma joue pour ne pas sourire : pas encore, pas le moment.

J'attends d'avoir la certitude qu'elle ne pressera pas la détente. Vaincue par mon calme, exaspérée par les treize-ans qui prennent la fuite, elle finit par laisser tomber son bras.

Il est temps de changer de toit. Ils ne me retiendront pas. Après tout, je suis Silence. Eux ne sont rien.

J – 45 — L'IMMORTEL

Pour une fois que les punaises me laissaient pioncer, voilà qu'on cherche à me transformer en brochette géante. Vraiment, je n'ai pas de chance. En cinq minutes j'ai dû fuir les flammes, et pour cela y renvoyer certains de mes camarades de lutte, puis deux gamins ont cherché à me prendre en otage, ensuite il a fallu m'abriter contre les tirs de mon propre camp, et tout récemment, trouver une tente qui veuille bien accueillir un réfugié de l'incendie alors même que la fumée sème la panique chez les dormeurs.

Je porte les mêmes vêtements depuis que Silence m'a tiré dessus : les autres soldats s'écartent de moi, effrayés par mon allure — et peut-être par mon odeur. Je sens le sommeil et le sang. Je n'ose pas vérifier l'état de mes bandages.

— J'ai besoin d'un bâtard de sniper pour mon

opératior ! annonce un petit gros en arrachant la toile qui masque l'entrée de la tente.

Soumis, les quarante autres occupants me désignent du doigt. L'un d'eux a été proposer mes services ailleurs, ça ne fait pas un pli, mais personne n'ose regarder dans ma direction. Pour la solidarité entre jeunes, je repasserai.

Le petit gros se plante devant moi. Il exhibe un brassard rouge plus large que son bras, sur lequel une bonne âme a brodé des languettes de bière. Le genre de décoration qui inspire le respect.

Sourcils froncés, le gars me tend la main. Ses doigts ressemblent à des capotes remplies de yaourt, la sueur rend ses paumes visqueuses. Je ne touche pas.

— Puisque tu es le meilleur ami de Silence, glousse-t-il de manière à ce que tout le monde entende, tu vas rattraper ses conneries.

Quelques soldats ricanent, désignant mon épaule. Je tente de sauver la face :

— Si tu savais ce que je fais à mes meilleurs amis...

— Ta gueule. Je suis Geschenxs, commandant de la troisième division, et tu es réquisitionné.

— Mais je suis blessé.

— Je resterai auprès de toi pour t'expliquer ton rôle, tu vas voir, t'auras même pas à te fouler le cerveau.

— C'est pas vraiment au cerveau que je suis blessé.

Geschenxs soupire, gonflant son ventre au bord de l'explosion.

— On te mettra un bipied, playboy. Allez, suis-moi, les garçons vont te chouchouter. Et puis t'es baraqué, t'as dû te remettre.

Il me tend un uniforme et soudain, tout orgueil disparaît. Trop content de me débarrasser de mes fringues poisseuses, je me déshabille : ok Geschenxs, tu me prends par les sentiments. Lui ne perd rien du spectacle. Je n'aime pas son expression. Je déteste sentir son regard couler sur mon torse, même les zones sans cicatrices. La marque des paras de Silence est encore imprimée dans ma chair. Je hais l'envie qui rôde dans ses yeux. Je voudrais qu'il fasse l'effort de la cacher. Comment la hiérarchie peut-elle aboutir à un tel chaos ?

J'enfile le T-shirt à manches longues, le treillis et plusieurs épaisseurs de veste — tout cela beaucoup trop court pour mon gabarit. Mais franchement, juste pour cette illusion de propreté, je suis prêt à toutes les opérations du monde.

— Arrête de me mater, je proteste en enfilant péniblement mon pare-balles.

Geschenxs passe un doigt sur mon épaule.

— J'observais juste ta blessure, répond-il sans cacher sa mauvaise foi.

— Ils m'ont réparé à la superglu, aucune idée si ça va tenir.

— Tu manques d'exercice. La cicatrice est propre.

— Et l'onde de choc dans l'épaule ? Pas envie de rester manchot.

Il m'entraîne dehors, où d'autres réquisitionnés attendent, et me pousse dans leur direction.

— Tu tireras de la main gauche ! Allez, fais un effort, débrouille-toi.

La seule raison qui me retient de lui coller une balle dans la tête immédiatement, c'est sa provocation à propos de Silence. Rattraper quoi ? Et contre qui ? Les treize-ans ? Je n'ai aucune envie de tuer des jeunes, moi.

— Vous avez bien d'autres snipers, non ? Kanuun ? Où sont Lotz et Uranus ?

— Les unités n'ont pas encore bien pigé la

discipline. Les soldats respectent rarement les dortoirs, donc bon courage quand tu cherches quelqu'un en particulier. En plus on galère à cause de la nuit. Les mauvais snipers, ils tirent dans nos gars. Mais toi c'est différent, il paraît. T'as gagné le concours. On te demande sur le front, toi, et personne d'autre. Je vais te rendre célèbre, mon ange. Je vais t'offrir une occasion de briller.

Il s'en va donner quelques ordres, je reste à regarder dans le vide, toujours aussi perplexe, savourant le contact des vêtements neufs.

La petite troupe réunie par Geschenxs se met bientôt en marche. Tout le monde parle autour de moi, les jeunes se connaissent, ils ont l'habitude des missions communes. Ils disent que les treize-ans ont sauvé leurs chefs, mais qu'ils n'ont pas encore réussi à fuir complètement la zone. Ils se marrent, chantonnent qu'ils vont casser du gamin. Ils me demandent si Silence tire avec des balles en argent.

Des fusillades ininterrompues nous indiquent la route à suivre. Au cas où on serait sourds, le gros projecteur blanc pointe obstinément un point sur le boulevard, à cinq cents mètres derrière la mairie qui brûle. Je n'arrive pas à distinguer exactement ce qui s'y trame. Bah, je ne devrais pas tarder à comprendre.

Comédia, une petite artificière spécialisée dans les cadeaux-surprises, vient trottiner à mes côtés. Mignonne, incroyablement grande gueule. J'ai couvert une de ses actions il y a quelques semaines à peine. Apparemment elle ne m'a pas oublié.

— Tu sais quoi ? annonce-t-elle comme un scoop. Il paraît que Silence trahit l'Armée !

— Les gens racontent n'importe quoi. Silence est une fille, Silence est un mec, Silence n'existe pas, Silence est un vieux…

Elle sourit et désigne mon épaule :

— Tu ne veux toujours rien raconter sur ta blessure ? Tout le monde est au courant, tu sais. Trois jours après le concours de tir… évidemment que c'est Silence.

— Non.

— Dis au moins si Silence est une fille. Je parie que oui.

— Silence est une arme. Le reste n'a aucune importance.

Elle me regarde comme si j'étais devenu complètement débile.

— Non mais je suis sérieuse, Immortel. Cette nuit Silence a pris parti pour les treize-ans. Tu imagines ?

Je ne dis rien, elle continue toute seule.

— Et donc je pensais, si ça se trouve, Silence a treize ans.

Je ravale ma consternation, juste à ce moment une blonde nous rejoint. Il lui manque un œil.

— Salut, je m'appelle Séraphine, c'est moi qui ai ordonné que tu viennes. Il paraît que tu as eu quelques ennuis, récemment. Pas de bol. D'un autre côté, je pensais que ta motivation serait un atout supplémentaire. On a Silence en face de nous. Il me faut un sniper qui assure.

Le souffle d'une explosion nous interrompt. Il y a deux ans, j'aurais sans doute chié dans mon froc, mais maintenant ça ne me fait plus rien. J'apprécie juste la chaleur dégagée par les flammes.

La retraite des treize-ans vient de voler en éclats : quelqu'un ici maîtrise le lance-roquettes. Reste une odeur de brûlé, quelques carcasses humaines, et surtout une grosse agitation. J'essuie mes yeux pour évaluer la situation. Les rebelles sont pris en tenaille des deux côtés du boulevard, piégés au nord par l'Armée, au sud par une unique division qui résiste de toutes ses forces. Il faudra sans doute que les treize-ans passent en force. Je doute qu'on vive une nuit à moins de mille morts — et zéro chez les vieux.

Geschenxs réapparaît et me traîne à l'écart, suffisamment loin des tirs pour me maintenir en sécurité, pas assez pour m'épargner les cris et les détonations. Tanks, lance-missiles, grenades : à mesure que l'Armée se réveille, les chefs mettent le paquet pour écraser les rebelles, et tant pis si nos propres forces se piétinent mutuellement. Il n'en fallait pas tant. Les treize-ans auraient sans doute accepté une négociation.

Et pendant ce temps les vieux se marrent.

Geschenxs m'emmène sur un toit typique des positions de Silence. Il souffle dans les escaliers, maudit les treize-ans et apprécie mon excellente condition physique. Mieux vaut faire semblant de ne pas entendre. Là-haut je découvre un bipied déjà installé, prêt à accueillir le Dragunov, parfaitement dans l'axe. Tout est en place. Les rebelles, toujours protégés par leurs otages, sont situés à environ six cents mètres. Ils vident leurs munitions à un rythme soutenu pour maintenir l'Armée à distance.

Geschenxs me désigne la foule des treize-ans du doigt.

— Tue cette pute de Side, ordonne-t-il sans cacher sa jouissance. La black avec le jean déchiré en dernière ligne.

— Attends, j'essaie de viser.

Mensonge. Le profil de Side attend au centre de mon viseur depuis déjà quelques secondes, trop juvénile pour mériter la mort. J'observe le menton rond, le petit nez et les yeux grands ouverts. Elle semble intensément vivante. Ses deux cents camarades tiennent comme ils peuvent, leur nombre ne cesse de diminuer. La moitié canarde l'Armée, l'autre tente de descendre le boulevard. On dirait une grosse araignée qui recule en s'emmêlant les pattes.

— Allez, m'encourage Geschenxs. C'est pas bien difficile. Appuie sur cette gâchette.

Voilà qu'il se met à minauder. Dans quelques secondes il va me proposer un massage — cette idée me fait frissonner.

— Je vais la rater. Je tremble trop. À cause de mon épaule je ne suis pas en état.

L'adrénaline aidant, je me sens en pleine forme.

— Et merde ! je m'exclame joyeusement.

La balle ricoche sur le mur derrière Side. J'avais prévu cinquante centimètres de sécurité : tout simplement pas envie de lui faire exploser la cervelle.

Ces gamins sont nos frères d'armes. Certains n'ont pas encore vécu leur première branlette : et alors ? On ne va pas indéfiniment se sous-catégoriser. Geschenxs trépigne, à bout de nerfs. Je ne serais pas surpris qu'il ait mendié ses responsabilités — il n'a pas franchement le physique de l'emploi. Sa hiérarchie doit l'attendre au tournant et ça chauffera si les treize-ans taillent la route. Mais ça, c'est son problème.

La borgne, Séraphine, profite du flottement pour s'asseoir à mes côtés.

— Encore toi ? je gronde.

— Vous êtes chiants, vous autres snipers. Sérieusement, vous êtes tous aussi lourds ? Incapables d'obéir ? Va falloir soigner ton problème avec l'autorité.

— Autorité parce que tu portes un brassard ? Je tue des gens, moi, cyclope.

Son flingue apparaît magiquement contre mon œil droit, enfonçant légèrement le globe dans son orbite.

Le même œil que celui qu'elle a perdu. Séraphine se penche vers mon épaule et son sourire s'élargit.

— Geschenxs est un idiot. Pas moi. Tu as trimballé ton Dragunov sur ton épaule droite pendant tout le trajet : ne fais pas semblant d'avoir mal. On va donc commencer par tirer sur Side. Elle ne m'échappera pas deux fois.

— Crève.

Ouch. J'entends plus rien.

Le vacarme, énorme et bref, a laissé place à d'étranges vibrations.

Mon cerveau flotte comme dans du coton et pendant quelques secondes, je vois distinctement des étincelles. Le sang coule dans ma nuque, se répand sur mon bandage. Il souille mes habits propres. La balle n'a fait qu'effleurer le cartilage de mon oreille. À bout portant ça reste un choc. Je suis deux fois plus lourd que cette fille mais je ne peux pas m'empêcher de trembler et trembler encore.

— Personne ne sait que tu es ici, explique Séraphine en hurlant pour que j'entende. Et personne ne te retrouvera si je cache ton corps, d'ailleurs, personne ne prendra la peine de chercher un infirme. Tu comprends ?

Je bredouille un truc.

— Je me suis laissé embrouiller par Silence, reprend Séraphine. Je vais pas recommencer. Alors tu retournes à ton fusil avant de te prendre une balle dans la rotule. Ensuite, tu me rendras d'autres services, par exemple me dire où Silence habite. Je suis sûre que l'info vaut très cher.

Je tremble et la tête de Side explose sous mes doigts. Maintenant foutez-moi la paix.

— Encore, dit Séraphine. Le gosse, là, avec le pull rouge.

— Quoi, je vais devoir tous les descendre ?

— Oui. Et si tu réussis, je te donnerai de quoi te rétablir correctement, de la nourriture fraîche, et même des médicaments.

— Je croyais que c'était interdit.

— Pas pour les officiers. Tire.

Le garçon au pull rouge s'écroule. Deux chefs éliminés en moins d'une minute, à une distance telle qu'ils ne peuvent pas riposter. L'affrontement prend des allures de chasse à l'homme : aveuglés par les projecteurs, trompés par des rabatteurs, bientôt encerclés, les treize-ans n'ont aucune chance. J'accentue la panique ambiante. Plus personne ne se risque à donner des ordres. La débandade commence, je suis un ennemi invisible qui touche à tous les coups.

Les cibles s'éparpillent : elles n'en deviennent que plus faciles à atteindre. Je ne perds pas une balle. J'oublie même le froid.

— Tu tires mieux que Silence, non ?

La question me déconcentre un instant.

— Possible. Disons que si Silence se battait avec un fusil comme le mien, nous serions à égalité.

Je remplis mon chargeur, j'attends les indications. La nouvelle cible est un garçon aux cheveux bleus, qui bouge beaucoup, comme s'il voulait personnellement m'échapper. Il me cherche du regard, aveugle dans la nuit. Je me sens vraiment assassin.

Séraphine garde les yeux braqués sur moi, maintenant. Comme si je l'effrayais.

— Quoi ? je demande. T'as un problème ?

— Tu te rends compte de… ton visage, quand tu tires ?

— Mon visage ?

Mais je n'attends pas sa réponse — mon souffle se coupe. Exactement comme après un uppercut. Je regarde autour de moi comme un chien fou, pris de vertige. Ma respiration peine à reprendre un rythme normal. Je sens comme un frétillement dans mon estomac, mes mouvements se ralentissent, mes muscles se tendent.

Je suis dans le viseur de quelqu'un. Je le sais. Un bon sniper reconnaît instinctivement ce sentiment de danger, celui que le cerveau capte au niveau inconscient. Quelqu'un vient de me faire passer du statut de prédateur à celui de cible.

Une présence proche.

Silence, une évidence qui me frappe en pleine poitrine.

— Tu tires, oui ou non ? s'impatiente Séraphine.

Une détonation : le Dragunov saute entre mes mains, dévie brutalement de sa trajectoire, me tordant le poignet. La surprise me tasse au sol — surtout, ne pas lever la tête. J'attends les autres coups de feu. Rien ne vient. Simple mise en garde ? D'accord, message reçu. Je vérifie le Dragunov : une balle brûlante est incrustée dans la crosse en bois. À cinq centimètres près je perdais mon pouce. Séraphine se lève. J'ai l'impression que tout s'accélère.

— Silence.

Elle empoigne son revolver, tire plusieurs fois en direction d'une lointaine silhouette accrochée à un échafaudage.

— Cette fois je l'aurai.

Je me jette sur elle, plaquant son corps derrière une corniche, et deux balles sifflent au-dessus de nos têtes. Une pour elle, une pour moi. Séraphine me griffe la gorge, elle essaye de se dégager. Espèce de tête brûlée. Elle me rappelle Alypse. Mais mon bras ne cède pas et je la maintiens, facilement, hors de la ligne de tir.

— Lâche-moi, imbécile ! Je vais crever Silence !

C'est si risible que je sens ma tension planer au-delà du supportable.

— Avec ton petit pistolet, à cette distance ? je demande en l'enfonçant plaquée au sol.

Je lui tape dessus, modérément. Juste pour la calmer. Puis je rampe à l'écart, là où les snipers deviennent invisibles, là où Silence peut apparaître dans le cercle, la croix sur le cœur, absolument immobile, cherchant quelque chose au-dessus du champ de bataille. Son toit est placé juste en face du mien. Exactement comme il y a deux semaines. Rien n'existe à part nous deux. La traque et la protection, l'attaque et la défense. Silence stabilise ses appuis sur l'échafaudage qui menace de s'écrouler, puis se tourne vers moi, mains sur les hanches, poitrine offerte, tête relevée. Je peux lire dans ses pensées. *Jamais tu n'oseras.*

Je pointe, droit sur son cœur que j'entends battre. Je tire six balles comme autant de mues qui tombent.

Merci, Silence, mille fois merci. Ce qui ne me tue pas me rend plus fort : je comprends mieux, maintenant. Tu voulais que je renaisse de ma blessure débarrassé de mes grands sentiments, de mes enfantillages et de mon respect pour toi. C'est la raison pour laquelle tu m'as épargné. Tu cherches un adversaire talentueux et sans pitié. Ok. Tu me tiens. Je garde les sentiments, cependant — ils ne s'interposeront plus dans notre jeu. Le plaisir simple de la chasse, la relation privilégiée entre bourreau et victime, tes talents d'invisibilité contre ma puissance grandissante : on va bien s'amuser. Je ne suis plus le garçon mal dégrossi sur lequel tu as tiré, ces quinze jours en chaise roulante m'ont transformé. J'ai appris à me contrôler. J'ai commencé à tordre la réalité. La blessure, par exemple, s'est presque totalement résorbée — mais ce n'est qu'un début. Bien sûr, je pars avec un sérieux retard. Il t'a fallu des années pour éventrer Paris et lui donner des couleurs de savane — et moi je ne sais même pas encore ce qui m'habite. Quelque chose bouge dans mon ventre. Quelque chose rampe. L'étendue de ma fureur n'a pas fini de te surprendre.

Jamais tu n'oseras.

Je devine dans la nuit les six impacts sur le mur, juste derrière la silhouette de Silence. La première balle a effleuré le genou, la deuxième a caressé la cuisse. La troisième était pour les hanches, la quatrième pour la poitrine, la cinquième pour l'épaule droite. La sixième pour la gorge. Silence range son arme et disparaît sans hâte, les gestes à peine crispés, imperméable au doute.

Maintenant, nous sommes quittes. Le jeu, carnassier, peut commencer.

— Donne-moi une bonne raison de ne pas te tuer ! Une seule !

Tiens, Séraphine s'est remise à hurler.

J – 44 — SILENCE

L'Armée n'a pas fait dans la dentelle. Les treize-ans comptent une cinquantaine de survivants et ça m'étonnerait qu'ils aillent bien loin. Pour ma part, j'ai dû poireauter trente heures dans un faux plafond avant de pouvoir quitter ma position. Des sentinelles guettaient partout, par chance, leurs officiers ont fini par se lasser. Et puis ce maudit Immortel... Comment a-t-il pu se remettre si vite ? J'ai pourtant vu son épaule. Je l'ai creusée moi-même. Voilà qui commence à devenir intéressant.

Intéressant, mais épuisant. La fatigue me fait titu-
ber le long des rails. Je me laisse guider par un lointain
puits de lumière : deux quais, sur ma droite, attendent
sous les rayons bleutés des métros qui ne passeront
plus. Ces couloirs, de toute façon, je les connais par
cœur. Une vraie vie de rat.

Des fois je me dis que j'aurais dû choisir un foyer
plus accessible.

Hé, mais il y a quelqu'un chez moi.

Dans *mon* compartiment.

Je sors le Glock sans conviction : je n'ai plus la
moindre munition, quant à mon couteau, je l'ai
perdu dans ma fuite. Les intrus ont certainement
entendu mon approche depuis deux bonnes minutes.
Je repense aux cailloux roulant sous mes bottes : vraiment, je n'ai fait aucun effort de discrétion.

— Euh, c'est ma chambre, j'annonce d'une voix
mal assurée. Je peux savoir qui est là ?

Une main pâlichonne actionne un briquet, allume
une bougie. La lueur me laisse dans l'ombre mais
révèle une unique silhouette, de l'autre côté du
compartiment. Son visage est voilé, ses vêtements
sont militaires.

— Je me suis permis de t'attendre dans tes quartiers, déclare une délicate voix d'homme.

— Qu'est-ce que tu fous là, toi ?

— Je suis Narcisse.

Je sens mes maxillaires jouer au yo-yo.

— Dégage de mon lit.

— C'est une banquette, Silence. Tu connais le sort
réservé aux treize-ans et nous devons en parler,
immédiatement. Je suis horrifié, vois-tu.

Je vois surtout mon exaspération. Ce type squatte
mon petit univers, choisi avec soin et assemblé au prix

de nombreuses galères. Ses yeux bleu-vert se perdent sur *mes* trésors, *mes* dessins de Léonard de Vinci.

— Bordel, tu es chez moi !

— Seul, et désarmé. Tu veux bien écouter trente secondes ? Je suis le dernier chef du dernier groupe un peu consistant. Mes fidèles vont tomber les uns après les autres. J'ai de quoi lutter contre des tanks, de quoi mener une bataille rangée, mais presque rien pour me protéger d'un tireur d'élite. Or l'Armée ne devrait plus tarder à vouloir me régler mon compte. Dès qu'ils auront achevé les treize-ans, ce sera mon tour. J'aimerais profiter du délai, malheureusement, finir le boulot ne prendra pas beaucoup de temps. J'ai été observer le nouveau camp retranché des rebelles : Lochness, la petite sœur de Side, n'est ni discrète ni capable d'organiser une protection convenable pour les siens. De fait, elle a onze ans. Quelques opposants à l'Armée se sont ralliés à sa cause, mais même ainsi, les gamins ne tiendront jamais. Plus de munitions, pas de sources de ravitaillement.

Je me laisse tomber en face de Narcisse. Il prend mon geste pour de l'intérêt alors que j'ai surtout besoin de repos. Jamais cette banquette lacérée ne m'a paru aussi agréable.

— Nous avons des intérêts communs, Silence. Tu vas avoir besoin de protection, surtout maintenant. Tout le monde sait que tu as défendu les treize-ans. De mon côté, je n'ai plus le temps de former des snipers. J'ai besoin de toi pour attaquer. Et pour défendre.

Je me sers un verre d'eau. Je ne lui en propose pas. Il attend, fixant son regard sur mes réserves personnelles de nourriture : oui, mon idée du luxe peut faire des envieux. Mais je suis Silence. Je mérite le meilleur.

— Je ne suis pas mercenaire. Et je n'aime pas la vie en grappe.

— Oui, en arrivant dans ce taudis, j'ai deviné.

J – 43 — L'IMMORTEL

Je vois Silence dès que je ferme les yeux : à égale distance entre Lochness, Narcisse et Vatican. Le jeu me permet de transpercer une série de souterrains, je me joue des murs, il me suffit de suivre mon intuition. Je découvre une rame abandonnée de métro. La rouille recouvre la peinture bleue. Je perçois chaque détail, chaque flamme de bougie. Réellement. Je n'ai pourtant pas bougé de l'Armée, par habitude je me suis même rassis dans ma chaise roulante — bien inutile, désormais. Je me contente d'espionner à distance, concentré sur mes nouvelles facultés.

Silence a choisi la première voiture, évidemment. Proche de la locomotive. Pour deviner son programme de demain, il me suffit de caresser la balle encastrée dans le Dragunov.

Je lis ses rêves pour occuper le temps — mettons que c'est une manière de passer la nuit ensemble. Silence dort lourdement. Son esprit l'emmène en Turquie. Un chat sur ses genoux, une vue sur le Bosphore, les minarets dressés à l'assaut de nuages orageux. À des années-lumière de la guerre. Silence pense disparaître. Mais même dans le rêve, je reconnais ses conditionnements. Un quatrième étage, des baies vitrées, ni trop proche de la rue ni vraiment en contact avec le ciel. Silence ne pourra jamais, jamais disparaître : c'est toujours le même endroit dans les mêmes circonstances.

Les autres soldats se moquent de moi. Ils disent que

je suis simple d'esprit, que je m'imagine une confrontation inexistante. Efficace mais stupide. C'est vrai, quelque part. Il faut être sacrément naïf pour tomber amoureux de Silence. Trop romantique l'ange des snipers. Trop romantique l'androgyne. Ils chuchotent que la blessure m'a dérangé la cervelle. L'Immortel : juste un pauvre type avec un nom prétentieux.

Des fois je tente d'imaginer Silence dans des postures humiliantes pour tuer mon amour, je l'imagine dévalant des torrents de merde mais même comme ça j'ai envie de croquer sa peau. Bouffer son âme.

Séraphine a perdu le commandement de son unité. Aujourd'hui simple soldate, elle passe me dire bonjour pour n'importe quel prétexte. Elle prétend vouloir me remercier de lui avoir sauvé la vie. La vérité, c'est qu'elle cherche à se rapprocher de Silence et qu'elle m'imagine plus facilement manipulable que Vatican. Malgré l'interdiction, elle m'apporte des médicaments. Elle prend des risques.

Je me laisse cajoler. Du fond de ma couchette bien bordée, tout en regardant obstinément une télé hors d'usage, j'essaye d'ignorer qu'une fille même pas foutue d'avoir deux yeux me drague.

J – 42 — SILENCE

La fac d'Assas m'entoure, déserte, croulant sous la peinture écaillée rose. Les couches égratignées d'acrylique me rappellent les joies de l'éducation — je ne doute pas qu'on puisse établir des liens occultes entre certains matériaux et certains pouvoirs. Le lino et le secrétariat. Les fauteuils en skaï et le patronat.

La salle A laisse filer le vent par trois grandes fenêtres. Les sièges en nylon mité attendent des étudiants qui ne viendront plus. Quelques statues de plâtre se sont écroulées devant la porte, grisées par la fumée de milliers de clopes. Je visite les salles une par une. Notre révolte n'aura pas laissé beaucoup de tags : nous étions trop occupés à agir.

Le grand amphi, tapissé de faux marbre, sent le renfermé et les livres écrits par des cadavres. Je cherche un truc à casser mais même les murs s'ébranlent et je ne compte pas mourir sous leur effondrement. C'est le problème des symboles trop gros : y en a jamais assez pour tout le monde. Je m'ennuie. Où est l'Immortel ?

Je vérifie les bibliothèques, toutes méthodiquement brûlées. Néron ne nous renierait pas. L'ancienne culture, monopolisée soit par des vieux soit par des jeunes qui les imitaient à la perfection, a péri à cause de besoins triviaux : il a fait froid l'hiver dernier. À part la bonne qualité du papier, les autodafés ne nous ont rien révélé d'intéressant : toujours les mêmes textes écrits par les mêmes vieux sur les mêmes thèmes, des théories déprimantes sur la prééminence du temps sur le présent, sur la nécessité du travail et autres foutaises millénaires. Autant de références qui empêchaient les Théoriciens de faire correctement leur travail. Il fallait en bloquer l'accès. Dans l'allégresse criminelle, personne ne s'y est opposé à part quelques étudiants en lettres vite calmés par la perspective d'accompagner leurs chers bouquins dans les flammes. La culture c'est ce qui reste quand on a brûlé ses parents : pas grand-chose. Cela dit, la culture reste bien pratique pour amadouer les Albanais.

Cinquante jours. Même pas. Peut-être me faudrait-il un semblant de préparation, pour assurer le moment venu. Un cimetière — un moment de recueillement. Ce symbole-là, pourtant, ne nous concerne pas. Personne ne connaîtra le repos dans la terre. Les guérilladeptes mourront dans les rues et si, comme je le pense, les vieux attaquent par bombes, nos corps finiront déchiquetés. Impossibles à identifier ou à enterrer. Au jeune inconnu, la patrie reconnaissante. Pour ceux qui se trouveront sous le point d'impact, il ne restera que des poussières carbonisées. Pourquoi l'Union européenne enverrait-elle des soldats nous combattre au corps à corps alors que nos boucliers antimissiles sont si faibles ? Oseront-ils nous infliger le nucléaire ? Non. Nous ne valons pas qu'on prenne un risque politique. Ils nous tueront sans exception, mais en prenant leur temps. Le résultat sera le même sans l'impression d'âgicide. Très bien. Qu'ils terminent par les bombes ce qu'ils avaient commencé par la violence de leur éducation.

Je pose mon vélo devant l'enceinte du cimetière Montparnasse. Les murs étouffent les fusillades. Le calme apaise mes angoisses.

Interminables rangées de tombes, unies dans un désir universel : ne pas être un mort ordinaire. Les mauvaises herbes ont envahi jusqu'aux interstices entre les pierres. Au printemps ces allées fleuriront comme jamais. Bizarrement, aucun cadavre frais ne se mêle aux anciens morts : ce terrain de jeu parfait n'a guère connu d'affrontements. Les odeurs de pourriture sont restées au-dehors. Quelques oiseaux m'observent du haut des arbres. Inutile de cracher sur les tombes : la pluie effacera tout.

Les statuettes de la vierge et les crucifix embellissent même les sépultures d'athées — on sent le doute ultime, celui du lit de mort. Le cul posé sur le visage d'un angelot, je prends le temps d'y réfléchir. En mon âme et conscience, même si je ne crois ni en l'une ni en l'autre.

La foi m'inspire. Pas celle des grandes religions, ni

celle des divinités de comptoir, mais ma petite foi personnelle — tout aussi solide. Je crois en l'humanité. À vrai dire, je suis incapable de me résigner à l'absence de sens. Si je n'avais pas choisi mon combat actuel contre la vieillesse et la mort, peut-être aurais-je opté pour la simple vengeance.

Vengeance envers ce monde qui nous réduit à de vulgaires poussières d'étoile. Oui, j'aurais voulu soumettre l'univers. J'aurais aimé coloniser chaque planète, implanter la race humaine sur chaque rocher de chaque galaxie. Nous n'aurions plus vécu dans une parcelle du monde, comme de simples parasites : au contraire, le monde aurait vécu à travers nous. À la rigueur, peu importe le moyen. On peut toujours se rebeller. La mutation. Le clonage. La technologie. Les vieux insistent pour qu'on reste des vermisseaux, mais d'une manière ou d'une autre, l'humanité finira peuplée de dieux. Les gens comme moi y travaillent. Nous sommes nombreux. Nous avons existé dans toutes les civilisations, et même après ma mort, d'autres Silence prendront ma place. Nous sommes capables de tout. La victoire n'est qu'une question de temps.

J'ai toujours voulu me venger de la vie. Tuer n'était qu'un moyen parmi d'autres. Le cynisme socialement valorisé ne me suffisait pas : je voulais des propositions concrètes, pas un renoncement moqueur. Personne n'a daigné me donner une raison de vivre, alors j'en ai inventé. Je dispose d'une imagination assez démesurée pour la destruction. Fallait pas me laisser faire. Fallait me donner des rêves.

On peut encore distinguer, entre les broussailles, les plaques déposées par la famille et les amis. Personne n'a osé écrire de saloperies. Pourtant il devait bien y avoir des salopards dans le lot.

Certaines tombes commémorent des titres pompeux et des événements trop révolus à mon goût. Des membres émérites ès machins. Des sous-officiers de la troisième division d'infanterie. Des titulaires de bouts de métal ou de bouts de tissu. Croix de bois, croix de fer. Légion d'honneur, légion étrangère. Ordre national du mérite. La mort n'a pas réussi à briser leur fierté obscène. Il leur fallait des tombeaux en marbre, avec citation, avec portrait statufié, avec crypte. Foutre la paix aux vivants, ça ne leur est jamais venu à l'idée.

J – 41 — L'IMMORTEL

Silence dort au milieu des tombes. Je déroule le fil de ses pensées, lumineuses à l'exception d'une minuscule zone d'ombre. Du fond de ma couchette, pendant que mes camarades dorment, je l'accompagne. Et je comprends. Quand on célèbre la fête de la mère, la fête des morts, le bicentenaire et l'armistice, quel espace reste-t-il pour construire le futur ? Quel temps disponible pour s'occuper des crimes actuels et des martyres de demain ?

Je me souviens que les vieux célébraient la Seconde Guerre mondiale plusieurs fois par an, avec une fébrilité qui tenait du délire absolu. Drapeaux, défilés, fanfares, visages soigneusement composés pour l'occasion, et cette manie du discours. Les écoles envoyaient d'innocents gamins subir la mémoire des autres. Les anciens combattants n'avaient pas peur qu'on oublie l'horreur de la guerre : ils avaient peur qu'on les oublie, eux. Un martyre-business alimenté par l'incapacité de passer le relais, par l'égoïsme primaire des rentiers de la douleur.

Devoir de mémoire ? Quelle connerie. Si même les vieux ne savent pas que le temps passe, qui d'autre ? Et jusqu'où ? Va-t-on fêter toutes les guerres, se souvenir de chaque général sanguinaire ?

Mieux vaut profaner, c'est plus gai. Que le marbre vole en éclats. Que les crics détruisent ces monuments aux morts, qu'on insulte la mémoire. On a tellement parlé de satanisme, à l'époque. Ils ne pouvaient pas soupçonner qu'on puisse haïr les morts, tout simplement.

Mémoire sacralisée, mémoire sous formol, mémoire stérile.

Oublier permet aussi d'avancer. Nous voudrions être une génération qui ne générera rien. Sans musée. Aussi incroyable que ça puisse paraître.

J – 40 — SILENCE

Trois vieux, installés à l'angle d'une intersection, qui bavardent tranquillement. À si faible distance on peut quasiment distinguer la couleur de leurs yeux.

C'est pour ce genre de tirs qu'il faut des nerfs : de braves petits vieux, affables. On sent qu'ils n'ont pas mérité tout ce bordel, qu'ils font la guerre par obligation, pour sauver leur peau en même temps que quelques meubles.

Ceux-là sont les pires, le ventre mou et sympathique de l'ennemi. Je leur reproche, individuellement, de n'avoir même pas été conscients du mal infligé. Les excuses séculaires se recoupent toujours : ils ne savaient pas que les Noirs avaient une âme, ils ne savaient pas que les femmes avaient des droits… la souffrance par habitude et par ignorance, dénuée de sens général mais pas de sens pratique. Le pognon anthropophage cherche toujours de nouvelles proies mais, qui sait ? peut-être que ces trois vieux votaient communiste.

Face à l'ennemi de bonne foi, le doute s'installe.

J'aurais préféré affronter des adversaires organisés comme l'étaient, par exemple, les capitalistes. J'aurais préféré tuer des méchants accomplis, savoir démêler le bien et le mal. Ç'aurait été si confortable qu'aucun vieux ne prenne jamais notre défense.

Il faut toujours tuer les bons en premier. Que les choses soient claires pour les esprits sensibles aux charmes de la nuance.

Quatre heures que je planque : j'en ai marre. Ceux-là ne mourront pas aujourd'hui. Mais demain, oui, certainement demain. J'enlève mon œil de la lunette et j'essuie la moiteur qui a imprégné la crosse du L96. Je tente le record du monde de soupir, je m'en tire pas mal. Ne rien avoir à faire, jamais, demande une certaine autodiscipline. Heureusement que nous avons presque tous connu le chômage, la fac ou le lycée — côté ennui, on ne manque pas d'expérience.

Le soleil glisse vers l'horizon métallique : grues, blindés, tôle, ça brille.

Un vertige soudain, je m'accroche à la rampe d'acier qui sert de balustrade.

C'est pour cette raison que je me mets toujours à l'avant-dernier étage. L'immensité me contredit. Je crache sur le ciel, les nuages et la pluie. Je crache sur les étoiles et sur la symbolique du crépuscule. Qu'importent les vieux, j'aurais voulu emmener ce monde dans la mort avec moi. Que rien ne me survive. J − 40 et je commence sérieusement à avoir la nausée.

Je refuse de me lever pour si peu. Les autres soldats peuvent bien se réveiller, courir dans les couloirs, hurler, échanger les nouvelles : ça ne m'intéresse pas. Il doit être sept heures. Le soleil ne filtre même pas sous les stores. J'ouvre un œil sous l'oreiller : tout le monde s'agite. Nous sommes huit dans cette chambre, serrés les uns contre les autres. Les lits de camp se touchent. Une minuscule allée centrale permet de se déplacer, nous rangeons nos effets personnels sous les matelas. Une porte donne sur l'extérieur, une autre sur la salle de bains délabrée. Au début de la guérilla, les jeunes personnalisaient leur petit univers, ils avaient soif d'espaces qui leur ressembleraient enfin. Aujourd'hui plus personne n'a cœur à scotcher des posters. Les murs affichent un crépi immaculé. Nous sommes là pour tabasser les vieux, pas pour vivre en couleur.

Portées par l'effervescence, les nouvelles descendent. Échelon par échelon, des commandants aux simples fantassins, jamais dans l'autre sens. Triple meurtre. Trois dirigeants de la Cellule.

Certains jours commencent bien.

Les parois sont si fines que j'entends le moindre murmure des messagers. On cherche frénétiquement des coupables : les vieux, Narcisse, Lochness, un simple psychopathe, ou encore Silence. Cinq minutes plus tard on évoque un règlement de comptes, puis un renversement du Bureau. Formidable. À mon humble avis, tout membre de la Cellule qui meurt concourt à l'assainissement de l'Armée. Je ne vais pas les regretter.

Toute cette agitation me donne envie de me rendormir. Je jette un coup d'œil entre les stores, l'aube est singulièrement dégagée. Je me retourne dans mon lit. La faible lumière estompe les aspects disgracieux du visage de Séraphine, affine les pores béants de sa peau. Son épaule droite s'orne de trois grains de beauté, ses cheveux défaits s'éparpillent sur l'oreiller, aussi sauvages que des poils. Ses lèvres entrouvertes sont craquelées. Il faut que je la vire. Je lui demanderais bien comment elle a perdu son œil, avant.

Pour le moment elle dort, imperméable aux bruits qui pénètrent la pièce. J'ignore pourquoi les filles tombent amoureuses de moi. Sans doute parce que je suis un dur. Hier j'ai dégagé à coups de pompes un connard qui m'avait piqué mon lit, pour le plus grand plaisir des curieux. Un petit combat, ça entretient. Mais j'ai senti mon épaule flancher. La cicatrisation reste superficielle : j'espère que Silence m'attendra.

Séraphine a insisté pour dormir avec moi, elle m'a presque violé. Maintenant elle croit que je suis impuissant.

Si elle savait l'état dans lequel me met la moindre évocation de Silence. Le moindre souvenir de nos rencontres. Je suis un dur — il me faut une relation à la hauteur.

J – 38 — SILENCE

— Comment ça, des nouvelles mines ?

Oimir me fixe d'un air désolé.

— Je les ai vues de mes propres yeux en assurant la livraison, répond-il en me tapotant l'épaule. Le barrage sera bientôt terminé.

— Je ne peux pas le croire.

— Fais-moi confiance, Silence. Pendant que tes camarades se concentrent sur trois assassinats misérables, les vieux vous enferment. Après-demain au plus tard, la guérilla sera piégée sans possibilité de fuite. Il ne restera plus un millimètre carré de libre sur le périphérique, vous n'aurez pas le temps de déblayer le terrain.

Je m'assois, dos collé à une caisse de livraison. Quelques centaines de boîtes de munitions pour le Glock et le L96. Leur proximité me rassure : la dernière chose dont j'ai besoin, c'est de paniquer.

— Il reste les ponts.

— Piégés aussi. Tu te souviens ce que je disais — ta révolte c'est une prison.

— On peut déminer.

— Pour le périphérique, vous manquerez de temps. Pour les ponts, il faudra agir dans l'urgence. Mais évidemment, les vieux n'attendent que cette occasion pour vous descendre un par un. Leurs snipers montent déjà la garde. Je te conseille de ne pas trop compter sur une fuite par le nord : même en admettant que les démineurs assurent, les ponts sont trop endommagés par les tirs de mortiers pour tenir une retraite. Au premier blindé ils s'écrouleront. Il faut partir maintenant, Silence.

Oimir sort la dernière caisse sans mon aide. Son costume repose sur le siège passager du camion, soigneusement plié. Le hangar paraît se rétrécir autour de nous à mesure que je prends la pleine mesure du danger. Des fils électriques pendent partout. Quelqu'un a volé toutes les ampoules, peut-être pour préparer des bombes.

Tout en réfléchissant à mes options, je regarde les muscles d'Oimir se gonfler sous le poids du ravitaillement. Il a pris en puissance. À tout point de vue. Couvert de sueur, il finit par s'asseoir à son tour, en tailleur sur une caisse. Il me tend une cigarette.

— C'est la dernière fois qu'on se voit, Silence.

— J'avais fait la déduction.

— Tu connais le camion. Je ne passerai jamais, surtout si les tiens renforcent leurs contrôles. Tu sais qu'un des derniers clans autonomes a tenté de me racketter à mon arrivée ? Quels bouffons. Entre ça et les mines, ça devient injouable.

— Pas besoin de te justifier. Et merde.

Je tape ma tête sur la caisse de livraison. Celle sur laquelle Oimir est assis ne contient que dix jours de nourriture, quinze en me rationnant. Merde, merde, merde. Côté munitions je compte toujours largement, mais pour le reste il faudra sans doute compter sur Vatican.

— Je vais prendre les plus belles pièces cette nuit, dit timidement Oimir.

— Oh, fais comme chez toi.

Je me demande combien de Vermeer on peut caser dans un 19 tonnes.

— Je dois partir, Silence. C'était un plaisir de traiter avec toi.

Il saute de sa caisse, retourne au camion, enfile tranquillement son costume. Gris rayé bleu marine. Chemise sombre. Pas de cravate. Sa grosse tignasse d'Albanais, beaucoup trop longue, jure avec la perfection de sa tenue : j'imagine qu'il faudra encore un peu de temps pour qu'il ne ressemble plus du tout à un trafiquant d'armes.

Il me tend la main avec un sourire gêné. J'entends parfaitement ce qu'il refuse de dire : dans deux jours il ne me restera vraiment, absolument, plus aucune chance de survivre à la révolte. Je serre sa main. Trop fort pour qu'il puisse partir.

— Oimir, il faut qu'on parle.

J – 37 — L'IMMORTEL

Remuscler l'épaule, travailler les tendons, dérouiller les articulations. Pompes, abdos, course : je ne veux rien laisser au hasard. Quand l'entraînement me met à genoux, je pense que je poursuis Silence, ou que je dois étrangler Silence, ou que je dois baiser Silence. Et ça me motive. Je ne m'interromps que pour boire du café et dormir — quand mes camarades de chambrée s'absentent.

Séraphine entre avec un sourire radieux, ce qui est plutôt mauvais signe, et sans frapper, c'est-à-dire qu'elle nous croit vraiment en couple :

— On a trouvé la responsable des assassinats. Vatican.

Je manque de recracher mon ersatz de café. Impossible de prendre trois minutes de repos, il faut toujours qu'elle se pointe. Tiré de ma rêverie, je me redresse, concentré sur mes appuis. Mon épaule droite brûle mais supporte mon poids.

— Vatican ? Connerie.

— Exact, mais admets que c'est crédible.

Séraphine pétille et se laisse tomber à mes côtés. Je vois clair dans son jeu :

— C'est toi qui as lancé cette rumeur ?

— Après tout, sa destitution de la Cellule nous offre un mobile parfait, non ?

— « Nous » offre ? Ta rumeur cache les vrais auteurs du crime. Je te rappelle qu'on est en guerre.

— Et dans une guerre, chacun mène sa croisade personnelle.

Je fixe son unique œil, cherchant à savoir si elle bosse pour les vieux, ou si vraiment, elle manque de jugeote. Mais je ne trouve qu'une absence totale de conscience. Séraphine croit sincèrement que notre révolte se limite à un jeu. Elle pense aussi que le mérite lui permettrait d'entrer à la Cellule.

— L'intérêt général, ça ne te touche pas ?

— Tu sais, Immortel, y a que toi, Silence et quelques tarés comme les Théoriciens pour croire vraiment à ces foutaises sur les vieux. Les appartements de la Cellule sont en plein centre de l'Armée : je ne vois pas comment un vieux serait arrivé jusqu'ici sans se faire remarquer. J'ai fait les choses dans les règles en accusant toute l'intendance et pas une unique personne : le coupable se cache probablement dans le lot. Dommage que Vatican n'ait pas très bonne réputation, en ce moment, mais je n'y suis pour rien.

Je soupire d'exaspération. Elle met des cheveux partout sur mon oreiller, fait mine de m'embrasser : je la fous immédiatement à la porte. Putain. Je me retrouve toujours avec le même genre de filles, encore plus égoïstes que moi.

J – 36 — SILENCE

Vatican a la tête de celle qui va faire un ulcère dans les dix secondes.

— Tu m'avais promis de ne plus revenir ! elle gueule.

Je m'attendais à plus violent. Et puis je perçois le soulagement sous ses attitudes bravaches : nul doute que les visiteurs se font rares, en période de disgrâce.

Le club de fitness paraît désert mais je ne prends aucun risque. D'un geste, je fais signe à Vatican de me suivre. Nous nous enfonçons ensemble au sous-sol. Le carrelage devient de plus en plus blanc, les bruits de l'Armée s'assourdissent. Personne ne se risque dans la puanteur des douches : en l'absence d'eau, la grande pièce ne sert plus à rien. Des flaques stagnantes résistent sous les miroirs, les joints sont noirs de moisissure. On devrait avoir la paix.

— Parle moins fort, je gronde.

— Je n'ai pas l'impression qu'ils me surveillent. Pour l'instant mes instructions se limitent à rester dans le bâtiment : les gardes attendent dehors.

— Il y a moyen de fermer le club, de barricader les portes ?

— S'ils veulent me tuer ça ne les arrêtera pas. Retourne d'où tu viens !

— Je ne pouvais pas te laisser toute seule.

— Quel héroïsme.

J'ignore son ton acerbe :

— Tu as besoin d'aide.

— Pas seulement moi : toute l'intendance a été suspendue. On est quasiment tous des anciens dirigeants.

La rumeur n'évoque pourtant que son nom.

— Es-tu encore protégée ?

— Pas assez. Quelqu'un veut me faire tomber : ils ont retrouvé dans mes affaires une arme similaire à celle qui a été employée, comme si j'allais troquer ma carabine contre un Sauer.

— Tout le monde utilise des Sauer.

— Exact. Mais le mobile est trop beau et les charges s'accumulent. Je vais devoir passer en interrogatoire.

Je prends sa tête dans mes mains, comme si ça pouvait suffire à la protéger. Son odeur de vanille me transporte dans le passé.

— Tu peux me procurer un matricule et une charge bidon ? je demande.

— Évidemment. C'est mon travail.

— Je veux rester auprès de toi. Il faut que je trouve qui s'amuse à nous diviser. Si mon enquête ne donne rien, tant pis, je me débrouillerai pour faire accuser quelqu'un au hasard. Je ne vais pas te laisser tomber.

Elle se roule dans mes bras. Je savoure le contact de sa chair tendre contre la mienne. Mes muscles contre ses courbes. Le champ de bataille et le L96 contre un univers douillet.

— Silence, tu es complètement dingue. Ils t'arrêteront. Ils devineront.

— Qui ? Vous êtes presque trente mille.

— L'Immortel. Il ne traîne jamais bien loin.

— Je parie qu'il baissera les yeux si jamais il me croise.

Vatican relève la tête, soudain amusée.

— À une seule condition, murmure-t-elle.

— Tout ce que tu voudras.

Je suis incapable de lui résister. Inutile de faire semblant.

J – 35 — L'IMMORTEL

Je tressaille sur ma couchette, les yeux soudain grands ouverts. Silence est proche… tellement proche que j'en ai le vertige.

Séraphine frotte sa main contre mon dos :

— Chut, rendors-toi… C'est juste un cauchemar.

Mais je sais bien, moi, que le cauchemar devient réel. À moins de deux cents mètres. Je pourrais en jurer. C'est comme si j'avais Silence en permanence dans mon angle mort, et que cette proximité m'empêchait de prévoir ses mouvements. Je ne vois plus rien. Je tourne en rond dans ma tête. L'amour assassine, je me sens dans un trou noir.

J'observe mon visage dans le miroir. La teinture noire recouvre mes mèches blondes, une casquette militaire achève de plonger mes traits dans l'ombre. Sous l'éclairage artificiel, le résultat est parfait. Mais j'ignore si le stratagème suffira en extérieur. La tenue de soldat, banale, rend invisible jusqu'à la forme du Glock que j'ai passé dans une poche intérieure. J'exhibe une AK-47 en masquant de mauvaise grâce mon dégoût. Je déteste ces machins : la force est l'arme des faibles, et puis cette production en série ! Après les fast-foods, les fast-kills, même modèle pour tout le monde, et tant pis pour les adeptes d'une certaine élégance. Le L96 me manque déjà.

Je me tourne vers Vatican, dont l'expression satisfaite masque mal la fatigue. Attentive au moindre détail, ciseaux entre les mains, elle corrige ma nouvelle apparence. Finalement, pourquoi pas ? Si ça la rassure, je veux bien me laisser faire.

Plusieurs soldats sont passés dans la journée, inquisiteurs. Le ton monte. Vatican pourrait disparaître demain : je le réalise pleinement, désormais.

J'apprends par cœur son visage, au cas où elle ne reviendrait pas des interrogatoires. Ses sourcils légèrement trop écartés, de la même couleur terne que ses cheveux. Ses dents minuscules. Elle pourrait ressembler à un rat de bibliothèque et pourtant elle en impose. Tout est dans l'attitude, loin des fatalités morphologiques.

— Tu te souviens des Templiers ?

— Arrête. Ils sont morts depuis longtemps.

Mes pistes s'écroulent les unes après les autres. Je ne sais pas si je pourrai la sauver.

— Ou alors un clan autonome ? Ils ont intérêt à déstabiliser l'Armée, à ce qu'on revienne à l'anarchie.

— Tu penses à qui ? demande Vatican.

— Personne en particulier. Mais Narcisse m'a fait une proposition, récemment.

— Impossible. Les Narcisses passent aussi peu inaperçus que les vieux, et pour assassiner des dirigeants il faut absolument appartenir à l'Armée. À la Cellule, tous les dirigeants étaient accompagnés de deux gardes du corps, ce qui nous fait au moins six témoins. Pourquoi ces mecs ne parlent pas ?

— Parce qu'ils ne sont pas interrogés.

— Exact. La Cellule explique que la confusion empêche de mener l'enquête.

Vatican grimace devant mon reflet. Je la soupçonne de ne même plus avoir l'énergie de sauver sa peau : alors, elle s'occupe de la mienne.

— L'interrogatoire, c'est pour bientôt ?

— Oui.

— T'as peur ?

— Évidemment.

Soudain lasse des faux-semblants, elle se met à sangloter. Les ciseaux tombent au sol, les derniers rayons de soleil disparaissent. Je referme mes bras autour de Vatican, je lui raconte plein de bêtises — ces salauds finiront par se trahir, simple question de jours, la vérité n'attend que d'exploser en pleine lumière pour crever ces rumeurs, et tout sera oublié, elle réintégrera la Cellule, ils verront bien qui mérite de commander cette Armée.

Je débite tous mes mensonges rassurants, sauf un seul, qui appartient au passé : non, tout n'ira pas bien. Dans le meilleur des cas nous crèverons, tous les jeunes ensemble, piégés dans Paris, prisonniers de notre propre guérilla. On ne peut plus vraiment se rassurer à bon compte.

J – 33 — L'IMMORTEL

La sirène d'alarme nous a surpris pendant le dîner : nous partagions un grand plat de viande au goût indéfinissable, probablement du chien, quand les sifflements ont débuté. Vingt minutes ont passé. Personne ne songe à éteindre le mécanisme et franchement, ce vacarme commence à me filer un sérieux mal de crâne.

La plupart de mes camarades de chambrée ont profité de l'occasion pour jouer aux cartes. Moi j'ai foncé vers le centre commercial, déterminé à trouver Séraphine avant qu'elle ne lance une nouvelle rumeur farfelue.

Manque de chance, le hall de l'immense bâtiment est bondé. On se piétine beaucoup, dans une ambiance frôlant l'hystérie, des soldats habillés en vert engueulent des soldats habillés en noir — ils sont pourtant tous des nôtres. La Cellule a l'habitude de prendre ses quartiers près de l'entrée, au premier étage. Tout le monde cherche à y accéder, chacun prétexte d'excellentes raisons. Au milieu du chaos des escalators, un chefaillon a installé un barrage. Quelques unités tentent de repousser les curieux à l'extérieur du hall, ou au moins derrière le barrage, mais il semble impossible de contrôler tous les fronts à la fois.

Des jeunes arrivent des boutiques, des couloirs, du sous-sol, des portes de service et des escaliers de sécurité. Une fois n'est pas coutume, il manque un chef, ou quelqu'un capable de gueuler assez fort. Je capte rapidement les infos essentielles : Conquérant, le supérieur direct de Vatican, a écopé d'une balle dans la tête. Au lit comme les trois autres.

Quatorze gardiens s'opposent à une centaine de jeunes : seul le respect pour l'uniforme permet à ces chiens de garde de tenir encore debout. Certains poussent le barrage dans le but de l'enfoncer, d'autres essaient de passer par les escaliers. Le statu quo ne durera pas. J'ai assisté à quelques matchs de foot, à l'époque : rien de moins difficile qu'encourager une masse aux pires conneries. Il suffit juste de trouver un déclencheur.

Quelqu'un devance mes pensées : juste au-dessus de l'entrée du hall, une vitrine de quatre mètres sur trois explose. Les éclats chutent, droit sur la foule, larges comme des guillotines. Des jeunes hurlent, par miracle tous ont le temps de reculer : des blessés, pas de morts. Certains jurent que les vieux attaquent, même si l'évidence montre qu'il s'agissait d'une balle perdue. Et finalement qu'importe : la panique est en passe de faire céder le barrage, l'équilibre entre gardiens et curieux accuse des signes de faiblesse. La masse est prise de remous, quelques soldats poussent dans le tas, créant par leur seul poids une dynamique entraînant une désobéissance collective.

C'est là que j'entends une voix dans mon dos :

La place, s'il vous plaît ! La place ! Ordre de Vatican !

— Personne ne passe ! répond un gardien sans trop savoir à qui il s'adresse.

— Vous n'êtes pas qualifiés pour contester mes ordres.

Cette voix.

Je joue des coudes pour me rapprocher du barrage. Pas facile de se frayer un chemin, alors je tords quelques bras et j'écrase quelques orteils, Dragunov en avant, pas dérangé par les insultes. L'émissaire de Vatican se tient juste devant les gardiens. Je vois une casquette kaki et quelques mèches brunes, je fixe son visage. Peut-être une ancienne connaissance. Je ne sais pas. En face, les chiens de garde tiennent leur place.

— La Cellule est réunie, personne ne passe !

— Fait chier, murmure l'émissaire.

Je fixe ses yeux gris, j'attends de me souvenir, mon ventre se serre. L'émissaire m'ignore. Son regard passe du plafond aux escaliers, cherche un moyen de contourner le barrage. Étrange comportement. Je me creuse les méninges. Pas moyen de mettre un nom. L'impression de déjà-vu m'envahit, exaspérante. Nos épaules se touchent. Je suis pris de picotements, comme des décharges électriques. Son regard tombe enfin sur moi, marque un indéfinissable temps d'arrêt. Sur son visage, pas un seul muscle ne bouge.

— T'as fini de me regarder comme ça ?

Grillé.

— On a sans doute été sur une mission ensemble…

— Un charmant garçon comme toi, je m'en souviendrais.

Y a un truc dans son sourire.

Oh *putain*. Le jeu me prend par surprise, me fauche les jambes. À quelques centimètres de mon menton, sous le képi trop enfoncé, les yeux gris scintillent d'un éclat amusé.

Ce n'est pas le bon moment. Le Dragunov m'échappe des mains, je me mets à trembler. Les rôles bien établis, prédateur et proie, se renversent : privé de ma préparation, totalement pris de court, mon esprit flanche. La traque a changé de direction. 180°. Je tente de me contrôler mais je me retrouve incapable de faire un geste, ma colonne vertébrale se bloque, comme fondue dans du béton armé. Je bredouille, butant sur les deux derniers mots de mon vocabulaire : *au secours*.

Impossible d'être moi-même face à Silence. Sa présence m'écrase. Son sourire signifie que le temps est venu, pour le pseudo-prédateur, de partir à l'abattoir. Je le sais. Je m'accroche à un sursaut qui ne vient pas. Alors je regarde, pétrifié, la main blanche, une vraie main de pianiste, se poser sur mon torse, glisser sur ma poitrine, et dans une caresse remonter vers l'épaule.

L'index se détache avec une grâce exagérée, puis s'enfonce dans la trajectoire de la balle. Je sens clairement la cicatrice céder sous la pression, comme un ballon qu'on crève, après une résistance minuscule. Je m'étrangle de douleur, je tombe à genoux.

— Ce jeune homme a besoin d'aide ! crie Silence aux gardiens.

Je me force à garder les yeux ouverts, je ne veux rien perdre du moment, imprimer encore son image pour faciliter mes traques à venir, la nouvelle couleur des cheveux, les traits qui ne changeront pas, les intonations théâtrales de sa voix. Un flot de sang se diffuse dans mes vêtements. Pour la première fois aujourd'hui, j'avais enlevé les bandages. Je me sentais prêt.

Silence s'accroupit et chuchote à mon oreille :

— T'as failli me manquer.

Attention à ne pas trop me sous-estimer, tout de même. Je lance mon bras gauche de toutes mes forces dans sa direction, coude en pleine tête, Silence pousse un cri étouffé. Quelqu'un derrière nous en profite pour tenter de forcer le barrage : les gardiens sont occupés. Une fille me marche dessus. Silence se tient la tempe en m'insultant, du sang coule dans ses yeux. Il lui faudra encore quelques secondes pour s'en remettre. Je me jette sur le Glock dissimulé dans sa veste et tout en empoignant son col, je pointe l'arme sous son menton. Silence se débat dans un sursaut, dévie le canon avant que je ne puisse assurer ma position. On roule au sol. Trois personnes nous enjambent, complètement indifférentes à notre lutte. Je tente une immobilisation mais la cohue tout autour me complique les mouvements. Silence cogne dans mon épaule, je lâche prise. La douleur me fait tourner la tête. Des points lumineux clignotent devant mes yeux — mon bras droit retombe, inerte. Silence me renverse dos au sol et me cloue sur place, un genou sur chaque poignet, les deux mains sur ma gorge.

Je pense mourir. Mais non, pas aujourd'hui. Silence me regarde avec un mélange de rage et d'ironie, nous restons quelques secondes sans rien faire, son visage penché au-dessus du mien. Des gens se battent autour de nous. Des corps tombent.

La pression se relâche sur ma gorge. D'une main Silence me fait taire, de l'autre fouille ma blessure. Les rebords de la plaie s'écartent. Les sons s'estompent. Je ne vois presque plus rien. Par réflexe, je tente une dernière fois de me défendre, mais toutes mes forces semblent avoir déserté. Juste au moment où la douleur devient insupportable, Silence arrête et me secoue par les épaules.

— Réveille-toi ! Allez, réveille-toi !

Mon champ de vision se brouille.

— Il lui faut de l'aide, bordel ! C'est l'Immortel !

Silence prend appui sur mes épaules et pèse de tout son poids. Je recommence à trembler.

— Hé, on a une crise d'épilepsie, ici ! hurle Silence

en appuyant sur ma blessure pour provoquer des convulsions.

Je n'arrive même plus à produire le moindre son. Plusieurs personnes parlent en même temps, *c'est une urgence, une exception, il faut l'emmener au calme, il faut le faire asseoir loin de la foule, emmenez les blessés.* Le ton monte. J'ai probablement les yeux ouverts mais la souffrance m'aveugle. Tout le monde prononce mon nom, s'accuse mutuellement de prendre la responsabilité de la mort du meilleur sniper de l'Armée. Finalement des bras me soulèvent, me tirent. On m'allonge sur un sol glacé. Plus personne ne me piétine. Je sens une main qui serre la mienne.

— C'est bon, pas de souci. Il préfère que je reste avec lui.

La voix de Silence trahit une inquiétude qu'on pourrait croire sincère, son interprétation me réconforte, je voudrais tellement qu'on reste ensemble — pour de vrai.

La douleur s'estompe. Je sens qu'on lâche ma main.

Ma vision s'éclaircit progressivement — juste à temps pour me révéler la silhouette de Silence, discrète, qui s'éloigne et disparaît. Je porte une main à mon épaule, abattu. Au moins mon bras semble-t-il toujours attaché à mon corps. Je tâte la plaie. La chair dégueule mais les os semblent avoir tenu — l'absence de nouvelle fracture me rassure, Silence a eu pitié. Cette idée m'écœure.

Je tente de me redresser, sans succès. Je reprends tout doucement mes esprits. Le calme du lieu me surprend après ces quelques minutes de chaos… Puis mes repères se précisent. Je suis allongé de l'autre côté du barrage, en haut des escalators, juste devant la zone réservée à la Cellule. Nous sommes *passés*, bon sang. Quelques mètres plus bas, la foule trépigne toujours, affronte les gardiens, réclame des explications. Le sens de la manœuvre m'apparaît comme une évidence : Silence voulait seulement traverser ce putain de barrage. M'affronter restait secondaire — une formalité, l'étape intermédiaire d'un jeu plus vaste.

Merde. Je vaux mieux que ça.

Roulant au sol je me fais des promesses de furieux — et si j'en tiens ne serait-ce qu'une seule, Silence passera un sale moment.

J – 32 — SILENCE

Bien. Cela étant expédié, il me reste la partie compliquée du plan à réaliser. Je connais mal les lieux, et même si les centres commerciaux se ressemblent tous, je ne voudrais pas me perdre.

Le premier étage semble intégralement occupé par une immense salle de jeux vidéo. Les grosses machines ont été déplacées pour former des allées opaques, rendues déprimantes par les écrans obstinément noirs. La nuit m'apporte un agréable surplus d'ombre. Quelque part, derrière moi, l'Immortel maudit mon nom. Ce sont des choses qui arrivent.

Je longe les murs, seule une lointaine lueur me guide. Des chuchotements se répercutent sur les murs. Difficile de définir leur provenance. Je me glisse entre deux jeux de combat, mon dos courbé au maximum. Des lits entravent certaines allées, des vêtements traînent un peu partout. Je suis sur la bonne voie. Quant à la Cellule elle-même, je l'imagine réunie dans les bureaux, tout au fond.

L'idéal serait de pouvoir espionner la réunion, mais

objectivement, il vaudrait mieux ne pas trop compter dessus. Où sont les gardes ? Cette impression de vide me met mal à l'aise. Du coin de l'œil, je surveille les itinéraires de repli — pas franchement nombreux. Moi qui déteste improviser !

Plusieurs portes s'alignent au fond de la salle. Je les approche doucement, glissant d'une machine d'arcade à une autre — certaines se dressent, énormes, comme des monstres habitables. Je pourrais me planquer dans un vaisseau spatial ou une simulation quelconque.

De rares filaments de lumière trahissent les pièces occupées. Je pose mon oreille contre une première porte. Pas grand-chose à entendre. Je me décale, passe à la deuxième, sur laquelle un petit panneau en forme de bombe annonce « cafétéria »... nettement plus de monde. On dirait que je tiens ma réunion. Impossible de comprendre un seul mot, malheureusement. Mais je peux éventuellement contourner le problème.

La porte suivante donne accès aux toilettes des employés. J'entre en faisant attention, aucun grincement, aucun claquement. Le miroir me renvoie une image peu flatteuse : la peau déchirée de l'arcade sourcilière à la tempe, le contour de l'œil gauche qui prend une teinte violette. Le sang a coulé sur toute la longueur de ma joue, en lignes régulières, semblables à des barreaux de prison. Voilà un petit cadeau qui devrait durer longtemps — mais je ne lui en veux pas, cet Immortel est quand même un drôle de garçon.

Des carreaux ébréchés recouvrent toutes les surfaces, du sol au plafond. Le couloir comporte deux lavabos et trois portes, deux donnant sur des toilettes, la dernière sur une douche. Je m'approche du mur commun avec la cafétéria. Je cherche la faille, les carreaux assez branlants pour permettre d'écouter.

Dans la salle principale, une porte claque.

Je me retranche précipitamment dans la cabine de douche, fermant presque complètement la porte. Quelqu'un entre. La poisse. Je me tapis dans l'ombre. Mon angle de vision se rétrécit mais je peux me servir des miroirs.

Hé, c'est Anna-Lyse. Ainsi qu'un garçon de quatorze ans tout au plus, noyé dans un uniforme de soldat teint en noir. Ils étouffent des petits rires complices. Anna-Lyse minaude, mini-jupe et talons hauts. Avec ses gants d'étrangleuse, elle pourrait jouer les fétichistes. Ses cheveux tirés en arrière tombent en boucles sombres jusqu'à ses fesses. J'observe la scène, perplexe : la mort de Conquérant ne semble pas trop les émouvoir. Ils finissent par se jeter dans les bras l'un de l'autre. Ils s'embrassent, se dévorent carrément. J'espère qu'ils ne vont pas baiser ici, ce serait une intolérable perte de temps — d'autant que l'Immortel pourrait tout à fait décider de rappliquer.

La chance me sourit enfin : Anna-Lyse pousse son amant dehors. Bien.

Je l'entends soupirer, murmurer quelque chose. Le miroir me renvoie son image. Quelque chose dans son attitude me pousse à observer plus attentivement. Après quelques instants de trouble, elle se place devant les lavabos, pose un gros sac sombre sur le rebord. Une bouteille d'eau apparaît, suivie immédiatement par une dizaine de seringues et de boîtes de médicaments. Je n'ose plus bouger un orteil. Anna-Lyse, camée ? Manquerait plus que ça.

Elle fait couler un filet d'eau marron, au flux bruyant et irrégulier. Elle enlève machinalement ses gants.

Je crois mal voir.

Je plisse les yeux.

Ses mains… elles ont un problème.

Elles sont toutes sèches et tachées. Les veines bleutées font gondoler la peau autour des tendons, la chair plisse autour des os. Je manque de souffle. Avec un mauvais pressentiment, je reviens à son visage — la queue-de-cheval qui tire les traits vers les tempes, les lèvres trop gonflées, les commissures légèrement trop basses, et les pommettes trop hautes.

C'est une vieille.

On peut tout corriger dans un corps humain sauf les mains. Anna-Lyse ne peut pas avoir moins de quarante-cinq ans.

Mon regard tombe sur les seringues, puis sur les médicaments. Inutile de déchiffrer les emballages, je peux deviner les composants : Botox, DHEA, collagène, hormones… tout le paquet post-ménopause.

J'échoue à retenir un hoquet.

Anna-Lyse se tourne vers moi, affolée, au moment même où j'ouvre la porte. Pas question d'attendre qu'elle donne l'alarme.

— Silence ? sursaute-t-elle.

Alors comme ça elle connaît mon vrai nom. Sa voix me donne la chair de poule. Je n'ai pas approché de vieux à moins de cinquante mètres depuis deux ans, son odeur me prend aux tripes. Je la repousse d'un coup de pied en plein estomac. J'ai envie de vomir et de la tuer, au lieu de quoi je recule brutalement.

Je voudrais me laver tout de suite. J'ai peur de la contagion. Elle n'est pas armée mais ses mains nues m'effraient plus qu'une mitrailleuse lourde. Je m'éloigne, oscillant entre fascination et dégoût. Elle reste penchée au-dessus du lavabo, pliée en deux par mon coup. Dans quelques secondes elle retrouvera son souffle.

Partir, loin et vite. Dégager immédiatement. Je

passe la porte à reculons, réprimant une incroyable envie de pisser.

Je cherche mon Glock. Pas là. Putain d'Immortel.

Je tourne brusquement les talons et cours, à toute vitesse, poussant mes muscles au-delà de leurs limites. Deux machines se renversent sur mon passage, je saute par-dessus les lits défaits, je laisse derrière moi le maximum de distance. Puis je réapparais en haut des escalators, souffle court. L'Immortel a disparu — tant pis. Je m'occuperai plus tard de lui apprendre ce qu'il en coûte de voler mon flingue. Je descends les marches en deux sauts, traverse le barrage en sens inverse sans même donner d'explication — qu'on essaye donc de m'arrêter.

Je ne m'arrête de courir que dix minutes plus tard, en lieu sûr, loin de l'Armée… Ma gorge me brûle, ma respiration se fait aléatoire, je transpire. Et c'est seulement maintenant que je réalise le terrible danger qui me cerne désormais.

J'aurais dû la tuer, à mains nues s'il le fallait. Son cadavre aurait parlé pour moi. Maintenant personne ne me croira : j'ai perdu ma seule occasion de faire éclater la vérité. J'essuie mon front trempé de sueur. Combien sont-ils ? Combien de vieux parmi nous ?

J – 31 — L'IMMORTEL

Séraphine tombe par terre.

Il lui manque trois nouvelles dents. En plus de son œil. J'aimerais trouver en moi quelques bribes de pitié mais pas moyen, mon cœur est un raisin sec. Je hausse les sourcils, aussi blasé que les deux membres de la Cellule qui ont fait le déplacement.

Pour la transparence des tribunaux de guerre, on

repassera : fenêtres opaques, portes closes, discrétion obligatoire. L'Armée a choisi cette ancienne salle de sport, juste derrière le centre commercial, pour étouffer ses sales offices. Un caddie de ballons de basket traîne dans un coin. L'usure a effacé les traces délimitant les zones, dont ne subsistent que des hiéroglyphes multicolores. À chaque pas on détache une couche de poussière du sol, brumeuse, qui retombe paresseusement sur nos bottes. Les gradins sont presque vides. Une dizaine de treize-ans attendent leur interrogatoire. Ils ont oublié leur fierté. Pas un n'a même tenté de s'enfuir. Le bâtiment, de toute façon, est bien gardé.

— Merde, qu'est-ce que vous foutez ?

La voix de Séraphine résonne contre les murs nus. Ses boucles d'oreilles tintent au rythme de ses tremblements.

— Tu as mal répondu à la question.

Elle parle bien, Anna-Lyse. Elle en jette. Elle m'agace.

Un garde du corps frappe encore Séraphine, n'importe comment, sans technique. Ils ne lui ont pas laissé l'énergie de se relever. Elle sanglote. Tino, un de ses meilleurs amis, s'agite sur son siège dans les gradins. Ils le tueront s'il bouge. Ils le tueront s'il ne bouge pas.

— L'Immortel a confirmé que la personne qui a forcé le barrage et qui m'a agressée hier soir était Silence.

Anna-Lyse a déjà répété cette phrase plusieurs fois. Mais plus l'interrogatoire se poursuit, plus j'en trouve les implications délicieuses.

— Je n'ai échappé à la mort que de justesse, poursuit Anna-Lyse, et nul doute que les assassinats de Conquérant, Cyclik, Dementia et Trepel sont également l'œuvre de Silence. Le problème ne devrait plus tarder à se régler.

De fait, la Cellule a transmis un ordre unique à tous les jeunes : permis de chasser et de tuer Silence. Tout sniper solitaire incapable de prouver son appartenance à l'Armée doit être abattu immédiatement, avec une récompense en cas de capture. Je m'en réjouis d'avance. Mais s'ils croient piéger si facilement Silence, ils se trompent. Ils ne forment qu'un écrin pour ma propre vengeance, un amuse-gueule.

Anna-Lyse continue d'énoncer les faits, inflexible :

— Jusqu'à présent nous pensions que Vatican avait commandité ces meurtres. Cette rumeur, c'est toi qui l'as lancée. Nous avons perdu un temps précieux à accuser la mauvaise personne : pourquoi avoir diffusé ce mensonge ?

— Tino et moi... on etait sur le toit, pendant que les treize-ans fuyaient. Silence a refusé de tuer Side.

— Quel rapport avec les assassinats ?

Séraphine se décompose.

— C'est la même engeance. Silence et Vatican c'est pareil.

— À vrai dire, tout porte à croire que Silence est plutôt de mèche avec les vieux.

— Comme les Templiers ?

— Ça se pourrait bien.

Le problème de cette salle, c'est que tous les mots y sonnent faux. Ils l'ont certainement choisie pour cette raison. À côté d'Anna-Lyse se tient Déraciné, tout en incarnation de la sévérité. Il passe à l'attaque en fixant ses yeux bleus dans les miens :

— Silence a pu passer les barrages grâce au secours de l'Immortel... difficile de savoir si ce secours était volontaire ou non. Personne ne croit à cette épilepsie.

La simple évocation du combat me transperce de piques douloureuses. Je commence à protester :

— Mais mon épaule…

— Tais-toi. La question ne te concerne pas. Séraphine, tu es proche de l'Immortel. Parle-nous de ses rapports avec Silence.

Je me mords les lèvres. Si Séraphine veut ma peau, elle sait quoi dire. Le gymnase semble se refermer autour de moi. Je passe nerveusement ma main gauche sur mon épaule, les points de suture tout frais tirent ma peau, je peux les sentir à travers mon bandage, tellement serrés qu'ils me démangent en permanence.

— L'Immortel déteste Silence, finit par dire Séraphine. C'est à cause de sa blessure, il ne peut plus tirer.

Brave fille. Comme elle ment simplement. Comme l'amour nous contraint à des choses étranges. En me dénonçant, elle aurait pu se racheter. Je pourrais prétendre que je suis désolé mais ce serait encore un mensonge : au moins, de cette manière, elle aura connu la noblesse avant la mort. Mieux vaut crever par amour que pour une cause en laquelle on ne croit pas : elle haïssait Silence plus que les vieux, ce n'est pas excusable.

Séraphine me fixe d'un air de chien battu qui me retourne l'estomac, les gardes commencent à la menotter.

Au tour de Vatican, maintenant. L'ancienne dirigeante — la fondatrice de l'Armée, selon les rumeurs — avance dans la poussière. Libre, au contraire de nous tous. Ses traits fatigués n'altèrent pas son expression hautaine. Tendue dans cette atmosphère de torture, mais moins que je ne l'aurais cru, elle soutient sans peine le regard de Séraphine. La grande maîtresse de la logistique fait face à l'officière déchue : le choix est évident. Il n'y aura pas de contre-enquête. Tout le monde semble parfaitement d'accord pour accuser Silence — même Vatican, à qui la manœuvre permet de gagner du temps. Le temps est à la réconciliation.

— Tu dois mourir, annonce Anna-Lyse à Séraphine — employant le ton neutre avec lequel on commande au restaurant.

— Mais cet exemple nous guidera tous, ajoute Déraciné. Peut-être même gagnerons-nous la guerre grâce au nouvel élan de discipline que tu vas initier. Une véritable héroïne, n'est-ce pas le rôle qui te faisait rêver ?

Séraphine se plie en deux entre les bras de ses gardiens. L'annonce du verdict a réduit sa petite tête borgne à un masque de trouille, sa bouche se tord horriblement, nous regardons tous ailleurs, gênés. Je ne supporte pas ses tressautements, son manque de dignité : un mois d'avance pour mourir, franchement, qu'est-ce que ça représente ? Le napalm et les gaz seront certainement plus douloureux que ce qu'elle endurera.

— Je m'en fous d'être une héroïne, meeeeerde ! J'ai dix-sept ans ! Je veux pas mourir ! Je ne veux pas !

— Tu as divisé notre intendance et la Cellule, au moment exact où nous avions besoin d'unité.

— J'ai dix-sept ans, implore Séraphine — mais sa voix se contente de rebondir sur le lino et les tympans.

— Reste forte face à la mort. Fais-le pour tous ceux qui vont mourir après toi.

Séraphine se tortille, couverte de larmes.

Vatican échange quelques mots inaudibles avec Anna-Lyse puis se retire, blanchie du moindre soupçon, crachant dans ma direction.

— Immortel. À ton tour.

Enfin. J'ai tellement de choses à raconter. Mon esprit se concentre sur les informations glanées dans les rêves de Silence : au bout de la ligne 14, une rame abandonnée de métro, wagon de tête, derrière la locomotive. Je connais même l'emplacement des pièges. Autant d'informations que je suis prêt à échanger contre un agréable traitement. Allez, il est temps que cette Armée commence à me prendre au sérieux.

J – 30 — SILENCE

Une vieille au sommet de notre hiérarchie. Anna-Lyse. Son corps blanchâtre flotte comme un filtre dans mon champ de vision. Je voudrais tellement oublier, ne pas avoir à garder ça pour moi.

Je me terre comme un lapin dans mon compartiment mais je sais que bientôt je devrai partir : si Narcisse a trouvé un moyen de me suivre, quelqu'un d'autre en sera capable. Je ne devrais plus tarder à avoir l'Armée à mes trousses. Camoufler les Léonard de Vinci, déplacer les réserves de nourriture : les préparatifs ont déjà commencé. Pourvu que j'aie le temps de finir.

Anna-Lyse. Si j'avais su. Un couteau dans le dos pendant qu'elle cannibalisait son jeune amant, ç'aurait réglé la question. Et maintenant je ne dispose plus du moindre allié. Personne vers qui me tourner.

J – 29 — L'IMMORTEL

Deux jours de trou et déjà j'ai envie de m'exploser le crâne contre la porte de métal. Cette chienne d'Anna-Lyse a ordonné qu'on m'enferme dans une ancienne chambre froide, au sous-sol du centre commercial, rayon boucherie. Je suis tout seul. Quatre murs gris, une minuscule vitre derrière laquelle personne ne passe jamais. Je dispose d'une semaine de nourriture. Aucune visite, et même aucun garde. Les snipers peuvent frimer : la solitude, la vraie, n'est supportable pour personne. Je parle tout haut. Je me fais la conversation. Je m'entends dire des choses que je ne soupçonnais pas.

Ça n'était pas censé se passer comme ça. La planque de Silence devait m'ouvrir des portes.

— Tu risquerais de nous gêner, a dit Anna-Lyse. Tes camarades de chambre disent que tu es psychologiquement instable, tu pourrais tout à fait te retourner contre nous. Dommage. En dehors de Silence, tu semblais plutôt rationnel.

Quand vraiment je doute de tout, je fais jouer la canine qu'ils m'ont fendillée. Tombera, tombera pas ?

J – 28 — SILENCE

On dirait que mon propre décompte arrive à son terme. J'ai pris un coup de vieux, et pas seulement à cause de l'inquiétude. Une ride oblique, comme le premier pas vers le renoncement qu'on fait toujours de travers. Envie de déchirer mon visage. Je casse l'unique miroir de mon compartiment mais la marque du temps ne disparaît pas. Je peux la sentir. Elle s'étend sur toute la longueur de l'hématome laissé par l'Immortel. Mon œil gauche est veiné de noir, puis par cercles concentriques, de nuances de violet et de pourpre. L'arcade ouverte a mal cicatrisé. Je n'avais plus de désinfectant, et pas le courage de me suturer.

J'envie la pureté presque excessive du L96, son insouciance, son efficacité, ses formes idéales. Il y a trop de chair dans mon corps. J'aurais voulu naître en métal : l'univers nous a créés trop mous.

Il faut sortir, poursuivre la guerre.

Quatrième étage, comme toujours. Un hôtel du XVIIIe siècle. Les lieux ne sont pas aux normes mais je m'en contenterai, il suffit de bien préparer sa retraite. Je peux voir la tour Eiffel depuis ma position, la bordure du XVIe arrondissement reste une zone calme où les vieux se croient à l'abri. Il fait presque chaud. L'hiver commence à s'adoucir, je me demande si nous connaîtrons un dernier printemps. Le soleil se reflète sur l'eau immobile de la Seine, créant des éclairs aveuglants de lumière dans mes jumelles. Pas de vent. Rien qui atténue l'impression qu'un nouveau départ est possible.

Il faut mourir jeune. Surtout, ne pas prendre le temps d'aimer la vie.

Quelque chose cloche. Je me sens mal. Mes mouvements sont brusques : rien de pire pour le tir. J'aperçois des ombres le long de mes angles morts. Je sais que je les invente, mais rien ne se passe exactement comme d'habitude. Je n'aurais jamais pu survivre sans ma sensibilité aux micro-changements d'une ambiance. Je baisse mes jumelles, puis je comprends : la rue fourmille de jeunes, à peine cachés, dont les déplacements me semblent mystérieux. Ils ne se dirigent même pas du côté des vieux.

Pas question de me cacher. Pour anticiper je dois observer, m'exposer, aller au-devant du danger. Pourtant je crève d'envie de rentrer sous terre. Même si ces jeunes arrivaient jusqu'ici, ils ne pourraient pas deviner mon identité. Théoriquement. J'ai entendu parler de la traque lancée contre moi, mais à part

Anna-Lyse, Vatican et l'Immortel, personne ne sait à quoi je ressemble. Lancer des portraits-robots nécessite une technologie que l'Armée est loin de posséder.

Je pourrais aller les rejoindre et me mêler à eux avec un simple revolver.

Du calme. Je m'immobilise. Ne pas attirer l'attention. Essayer de deviner leur trajet. Encerclement par plaques tournantes. Est-il possible qu'on cherche quelqu'un d'autre que moi dans ce bloc ? Un QG de vieux ? Non. Il y a deux bandes de jeunes. Une qui tourne autour de moi, l'autre qui tourne autour de la première. Règlement de comptes ?

Les embuscades, je connais. Des flics, plusieurs fois. J'ai bien ramassé deux ou trois balles mais je me porte comme un charme. Combien de temps j'aurai de la chance ?

Une détonation. La grande vitre éclate, un mètre à peine au-dessus de ma tête. Je reste très calme, mon cœur ne s'emballe pas. C'est toujours mieux que l'attente, je préfère ces éclats de verre à l'incertitude. Les particules coupantes tombent en grêle. Mes réflexes me protègent, je bondis à l'écart. Pas assez vite. Ma peau picote. Pas le temps de me poser des questions. Une bombe jaillit par la fenêtre brisée, crache du gaz incolore. Je reconnais le bruit. Ne pas laisser le temps aux sensations de me perturber. Je retiens ma respiration, rampe à l'aveuglette. J'ai eu le temps de me repérer : une grande salle de réunion, au tableau blanc encore couvert de graphiques nerveux. Quelques polycopiés moisissent sur les tables disposées en U. Tout le long des murs, des photos de champs de colza offertes par le conseil régional.

Je sens que j'arrive au bout. Je me risque à ouvrir les yeux, un bref instant. Ça brûle. Tant pis. Je me lève, j'enfonce précipitamment la porte et je disparais dans l'enchevêtrement de couloirs, tous bordés de tableaux à la gloire de la vie campagnarde. J'essuie mes yeux trempés, maladroitement. Je ne me souviens pas avoir tant chialé depuis la mort de mon chien.

La salle de séminaire disparaît derrière moi. Je cours dans l'hôtel, je monte d'un étage supplémentaire. Ils ne s'attendront pas à ce que je grimpe au lieu de descendre. Je ne m'arrête que pour arracher le plan d'étage : les indications de sorties d'urgence m'ont plusieurs fois sauvé la vie. J'ouvre la porte de l'escalier de secours. Une cavalcade dans ma direction. Merde. Je reviens sur mes pas, j'attrape une vieille coiffeuse qui traînait dans le couloir, je la pousse dans les escaliers. Des hurlements. Elle n'a sans doute touché personne, mais peu importe. Maintenant il me faut une issue. Si seulement il faisait plus sombre. Chambre 656, chambre 654, chambre 652… un local technique. Un monte-charge. Il doit forcément y avoir une astuce. J'entre dans une suite encore somptueuse, qui sent le Chanel de mamie. Les fenêtres donnent côté nord. Pas mal. L'avantage des vieux immeubles, c'est les toits inclinés. Je sors en équilibre sur le rebord. Du zinc, évidemment. Le froid du matin s'est incrusté dans chaque microfissure : une véritable patinoire. L'inclinaison doit frôler les 60°. Impossible de rejoindre le sommet. Et même : pour quoi faire ? Je colle mon dos contre la paroi. Je prends appui. Mes talons reposent sur la gouttière. J'espère qu'elle supportera mon poids. Centimètre après centimètre, je glisse vers la gauche, vers l'immeuble voisin. Si je m'en sors je jure que je m'inscris aux championnats du monde d'équilibre. Une rafale. Le pot de fleurs le plus proche de moi explose. Des cris répondent au coup de feu. Ces enflures me tirent dessus ! Je tente de me pencher légèrement en avant pour attraper le fusil qui me barre le dos. La gouttière s'effondre sous mes pieds. J'avais plus ou moins anticipé la chute : je me rattrape au balcon, un étage plus bas. L'entrelacs de fer forgé ploie légèrement sous mes doigts. Mais ça tiendra.

Et maintenant ?

Je ne sais pas. Je calcule, au moins vingt-cinq mètres de vide sous mes pieds, si je lâche c'est terminé. Il faut que je me rétablisse. Nouvelle fusillade. Je ferme les yeux, j'assure ma prise. J'imagine les pétards du nouvel an chinois, un feu d'artifice, la liesse en bas, la fanfare. Ce n'est pas le moment de flancher sous le coup de la peur. Je ne pense pas au vertige. Je supporte ma phobie du vide depuis toujours, elle m'a sans doute sauvé la vie plusieurs fois, ce n'est pas elle qui me tuera. Les balles ne me frôlent même pas. Je risque un regard en contrebas. De fait, ce n'est pas moi qu'on vise. Les deux bandes se tirent dessus entre elles. Il y a un square devant l'immeuble. De mon perchoir, je vois le premier groupe de jeunes monter la garde devant l'entrée de l'hôtel. Ils reculent progressivement vers l'intérieur, leurs mouvements trahissent leur inquiétude. À quelques mètres à peine, exactement en face de leur position et sur toute la surface du square, les guérilladeptes du deuxième groupe se cachent, ordonnés par équipes de deux, derrière chaque arbre et chaque haie de buissons. Ceux-là portent un armement uniforme : bouclier et armure de CRS, simples revolvers à gros calibre. Rien de trop lourd. La répartition favorise le sens de l'initiative. Ils ne font pas partie de l'Armée, ça se voit. Quelques fenêtres s'ouvrent dans l'hôtel : les assiégés tentent de retourner la situation en tirant d'en haut. Leurs alliés, au rez-de-chaussée, profitent de la panique pour lancer une charge désespérée. Ils ne savent pas où sont localisés leurs ennemis : deux ou trois se font écharper, la plupart se replient dans le hall de l'hôtel. Le mystérieux clan en profite pour se rapprocher. Ils doivent être fous. Un type se détache de son binôme et balance des grenades par la porte d'entrée que les autres crétins ont omis de fermer. J'imagine d'ici la panique à l'intérieur. Huit secondes. Explosions en chaîne. Parfait.

Le plus gros du travail est expédié : des grenadiers entrent à leur tour dans l'hôtel. La fumée des explosions remonte jusqu'à moi. J'étouffe. Je ne sais pas combien de temps je vais pouvoir tenir. Les jointures de mes phalanges sont livides. Le silence devient étrange.

Nouvelles explosions, bien plus violentes que les premières. Un tir au mortier. Une salve de cinq roquettes. Et même des mitrailleuses légères RPK — pas franchement le dernier modèle, mais facile à trouver. Les murs tremblent. La barrière métallique à laquelle je m'accroche répercute les vibrations dans mes coudes. Mes paumes commencent à glisser. Je ne suis pas du côté des tirs, apparemment le combat s'est déplacé. Déjà ça de pris.

Encore des roquettes. Aucune des deux bandes n'est venue en s'embarrassant d'armes pareilles, preuve que les vieux s'en mêlent. Rien d'étonnant : une fusillade matinale à moins de cent mètres de la Seine, ça a dû réveiller un paquet de monde. La réactivité des vieux me paraît un peu faible mais encore acceptable : leur vrai désavantage, c'est la peur. Ils nous croient plus nombreux. Sinon ils nous auraient déjà encerclés correctement. Forçant sur mes biceps, je parviens à me hisser de quelques centimètres. Peut-être que dans un sursaut d'énergie je pourrais remonter.

— Tu as réfléchi à ma proposition ?

Je relève brutalement la tête. Un sourire sous un voile, des yeux vert d'eau. Je n'aurais jamais pensé ressentir une telle allégresse à la vue de cet emmerdeur.

— Pauvre taré, je réponds en rigolant.

Narcisse porte un jean, une grosse veste en cuir sombre et des baskets multicolores. Il ne semble pas armé, on pourrait tout à fait se croire quelques années plus tôt : un simple jeune qui s'apprête à partir au lycée. Un simple jeune sans visage. Avec nonchalance, tranquille au milieu des fusillades, il s'appuie sur ma balustrade. Le fer forgé grince dangereusement. Les yeux verts restent braqués sur moi.

— Alors ? demande-t-il très sérieusement. Ma proposition ?

— Je vais faire un peu tache parmi les Narcisses, non ?

— On sera indulgents.

J'attrape la main qui se tend. La force de Narcisse me surprend, il me hisse sans effort sur le balcon, puis à l'intérieur de la suite. Le contact de la moquette sous mes pieds provoque un petit étourdissement, vite dissipé par une nouvelle secousse. C'est une question de secondes avant que les vieux ne traversent la Seine et bloquent tous les accès. Ils ne peuvent pas deviner que nous sommes seulement en train de nous entre-tuer.

Narcisse me tire par le bras et enjambe un premier cadavre.

On cavale dans les escaliers, rejoints au fur et à mesure par d'autres membres du clan Narcisse, tous déguisés en CRS. En bas je crois rêver : un bus nous attend devant la porte. La peinture a été effacée, les rétroviseurs arrachés, les enjoliveurs semblent partiellement fondus mais finalement, après quelques tentatives d'embrayage, le véhicule accepte de se mettre en branle. J'accueille le nylon élimé et le plastique rayé des sièges comme la quintessence du confort. Le conducteur manœuvre habilement, le clan Narcisse file à travers Paris. Mon souffle embue les vitres — je suis encore en vie.

Le paysage devient flou. La vitesse du bus m'étourdit, elle altère ma vision, elle bouche les trous des obus et des mitrailleuses. Je ne veux même pas savoir où on va. Narcisse, tranquillement assis à ma droite, se tourne dans ma direction :

— Content de te compter parmi nos membres.

— Comment tu savais que je choisirais cet hôtel ?

— Il suffisait de te suivre, comme les autres ont fait. L'Armée savait exactement où était ta planque. Les soldats n'ont eu qu'à patienter, le temps que tu sortes de ton trou.

— Fallait me tuer dans le métro, à ce compte-là.

— Et sauter sur tes pièges ? Ils ne sont pas fous au point de t'affronter sur ton terrain.

Je serre le L96 contre moi, comme si ce geste pouvait me porter chance. La seule à connaître l'emplacement exact de mon wagon, c'était Vatican. Je ne veux pas savoir comment ils ont réussi à la faire parler.

— Pourquoi tu es venu me chercher ? je demande encore. Même en tant que sniper, je ne vaux pas que tu mettes tes compagnons en danger

— Parce que chaque témoin m'est utile. Il faut renverser la Cellule.

Je sens ma mâchoire se décrocher :

— Tu savais, pour Anna-Lyse ?

— Depuis un bout de temps, Silence. Son jeune amant fait partie de mon clan. J'ai besoin que tu sortes de l'ombre, maintenant. Si tu dis la vérité, si le clan Narcisse te soutient pour que tu puisses parler, les soldats te croiront. Il suffit de défier Anna-Lyse d'enlever ses gants en public. Elle ne pourra pas refuser.

Bonne idée, je dois l'admettre. Mais la perspective d'apparaître au grand jour ne m'enchante pas.

— Les soldats ne m'apprécient plus tellement, tu sais.

— Simple vernis d'impopularité, s'enflamme Narcisse. Crois-moi, le mythe Silence tient toujours : il est encore temps de l'utiliser à notre avantage.

Quelque chose attire mon attention.

— Non… il n'est plus temps…

Je me retourne sur mon siège, je regarde fixement vers l'arrière. Une dizaine de fourgonnettes nous suivent, qui roulent toutes beaucoup plus vite que nous.

— C'est moi qu'ils veulent, je murmure.

— Je sais, répond Narcisse entre ses dents.

— Laisse-moi sortir.

— Ils nous tueront quand même.

Son ton reste calme. Le conducteur du bus se débrouille comme un as mais ça ne suffira jamais. Mes mains s'accrochent nerveusement au siège devant moi. La plupart des routes sont coupées par les éboulements : le choix manque pour s'enfuir. Je me tourne vers Narcisse. Les rayons déclinants du soleil plongent son profil dans l'ombre. Le vent a repoussé ses voiles, le contre-jour fait oublier ses cicatrices. Il est encore beau. Après ce qui nous attend, je doute qu'il le reste.

Trois voitures apparaissent face à nous, la route uniforme du boulevard se creuse, provoquant des embardées. Les membres du clan commencent à paniquer. La collision est inévitable. J'insiste sans grand espoir :

— Freine et laisse-moi sortir, c'est ta seule chance. Essaie, au moins. Pense aux autres.

— Je ne fais que ça, Silence. Tout le temps. Tu vois bien que c'est trop tard.

Les trois voitures dérapent juste devant nous. Je prends ma respiration, par un étrange réflexe, comme si je craignais la noyade. Le bus s'encastre dans un poste de contrôle à pleine vitesse. Narcisse se cogne contre moi, je vois mes jambes voler à travers le pare-brise, je pense aux spots de la sécurité routière, tout cela n'a aucune importance.

J – 27 — L'IMMORTEL

Putains d'exécutions. Putains de morts.

La tête de Séraphine. Le regard vide. La démarche abrutie. Une gamine excitée par l'idée de briser Silence à elle toute seule. Finalement, elle a presque réussi : Silence et Narcisse ont été capturés, même si les soldats l'ignorent encore. Un point pour Séraphine.

Mais tout de même, elle ne méritait pas d'être pendue.

Pendue publiquement. Comme au Moyen Âge.

Elle qui voulait briller au moins une fois dans sa vie. Je crois qu'ils l'avaient trop tabassée pour qu'elle se rende compte.

Ceux qui la connaissaient riaient nerveusement, par saccades d'angoisse.

La mort par pendaison, c'est tellement différent, tellement rituel. Le Dragunov offre la politesse d'une fin rapide et impersonnelle — une fin propre, sans douleur, chère à Silence. Jamais les snipers ne s'infligent trois minutes d'agonie.

Une soixantaine de personnes ont péri par mes soins depuis mon entrée en activité, mais qu'on ne me traite jamais de bourreau. Ces gars, tout maigres, choisis pour exécuter le sale boulot... ils ont fait exprès de la rater, de ne pas la pousser d'assez haut. Les cervicales n'ont pas cédé dans la chute.

Offrir à Séraphine la version longue devait probablement se légitimer, au niveau stratégique. Pour calmer les tentations de soulèvement.

L'Armée nous tient.

Qu'on ne me parle plus de liberté. Aucune envie de finir comme une marionnette, gigotant sur un fil, devant un public trop pétrifié pour bouger. Cette exécution a sonné la fin de nos rêves. Pourtant, même les cyniques y avaient cru : on devait se retrouver au lieu de s'éloigner, tous les jeunes ensemble, on devait combattre les mêmes ennemis, dans la solidarité. Notre rêve était plus merveilleux qu'un putain de prospectus des Témoins de Jéhovah.

J – 26 — SILENCE

Je ferme les yeux sous le bandeau noir.

Alors finalement je vais mourir sans connaître l'issue de la révolte. Frustrant, et profondément injuste. Seule la fierté me retient de supplier — de toute façon je doute que la Cellule m'épargne. Le secret d'Anna-Lyse, je l'ai hurlé une nuit entière. Personne n'a réagi. Pour autant que je sache, personne n'a même entendu.

Il me reste quelques secondes pour me débarrasser des derniers regrets. Je tiens à être en paix pour savourer l'expérience ultime : au moins, personne ne peut m'arracher ma mort.

Jamais je n'avais imaginé que je mourrais sans combattre. Sans mon L96.

— En joue !

Je devine les six fusils réglementaires se lever, j'essaie une ultime fois de libérer mes mains, par acquit de conscience : si ce poteau d'exécution a tenu les vingt précédentes poussées, il ne va pas céder maintenant. Je savoure le vent glacial. En temps normal j'aurais froid. Aveugle depuis quarante-huit heures, je tente de me représenter l'espace. Il y a beaucoup de monde autour de moi, ça s'entend dans les chuchotements. Le sol est constitué de dalles bétonnées. Sans doute une esplanade entre deux HLM, ou le parvis d'une église. Sans doute en plein cœur de l'Armée. Il me reste dix secondes pour me retenir de flancher. Je suis debout depuis ce matin. Cinq secondes. Je prépare une épitaphe qui vaudrait son pesant de cacahuètes.

— Arrêtez ça, immédiatement.

Mes muscles se relâchent d'un coup. Je tente de retenir les gouttes qui coulent le long de mes cuisses. Raté.

Les super-héroïnes attendent toujours le dernier moment. L'usage veut qu'elles apparaissent en tenue moulante ou en cuir rose. Avec des seins énormes. Saloperie de bandeau.

Je reconnaîtrais le bruit des bottes de Vatican entre toutes. Elle s'approche, arme sa carabine, sème le désordre. J'entends les voix de son escorte, je tente de compter mais le brouhaha perturbe ma perception. Pas moyen d'évaluer les forces en présence. Pourtant je reconnais le tintement des boucles d'oreilles, le pas régulier et tranquille, comme si me sauver représentait la chose la plus naturelle du monde. Je souris sous mon bandeau. Tout devient évident en sa présence. Vatican impérieuse, douce, tellement rassurante que le monde s'arrête quand elle l'ordonne, Vatican avec son flingue qu'elle tient comme un sèche-cheveux et dont elle se sert comme le meilleur des cow-boys. Ma petite sœur d'armes.

— Ne te mets pas du mauvais côté de ma patience.

La voix d'Anna-Lyse. Un peu trop près de moi.

— Exécute les autres si tu veux, énonce calmement Vatican, mais laisse-moi Silence.

— Silence meurt. Et toi aussi.

— La Cellule n'a jamais donné cet ordre.

— Tu es en flagrant délit de trahison.

Canon sur mon oreille. Bousculade, un coup derrière mes genoux, un autre entre mes omoplates. Je tombe tête la première. Réflexe de mettre mes mains devant moi, mais elles sont attachées. Tirs. Mon crâne s'ouvre sur un pavé. Encore des tirs. Le choc a arraché un bout du bandeau. Je récupère un peu de vision sous mes paupières tuméfiées. C'est flou. Un unique filet de mon sang rampe vers une bouche d'égout. Je ne comprends pas, ou alors je ne veux pas comprendre. On me marche dessus. Quelqu'un me protège de son corps mais ce n'est pas Vatican. J'aimerais voir une dernière fois Vatican. Même si elle n'a pas de tenue moulante. Celui qui me protégeait tombe. On m'attrape par les cheveux, je crie. J'aimerais au moins savoir quoi faire. On me lâche. Je me tortille. J'approche de la bouche d'égout, que quelqu'un maintient ouverte. Des balles ricochent tout autour. Plus vite. Pas le temps d'avoir mal aux genoux. D'autres gens attachés suivent mon exemple. Narcisse crie quelque chose à une fille. Je veux passer avant. La tête de la fille explose. Je pousse une dernière fois sur mes pieds, quelqu'un m'empoigne par l'épaule et m'aide à disparaître dans le trou. N'importe où mais partir loin d'ici. Vatican ne peut pas gagner. Alors je dois, moi, réussir.

Il fait noir là-dedans, ça sent mauvais, la chute va être longue — tant pis. Je retiens ma respiration comme j'ai tenté de me libérer du peloton : parce que la survie est une habitude.

Je me laisse engloutir par les eaux usées. Il y a du courant. Ce serait bien que je ne coule pas.

L'apnée a souvent fait partie de mes cauchemars.

Ne pas perdre conscience. Je me raccroche à n'importe quoi — tout pour oublier cette horrible sensation de la poitrine opprimée, des poumons qui cherchent l'air. Je ne dois pas respirer. Pas maintenant. Allez, encore quelques secondes. Il suffit, mettons, de se rappeler un souvenir agréable.

Meurs papi, meurs. Il exigeait des bisous, ses joues étaient hérissées de poils secs. Opération gentillesse contre argent de poche. On apprend très tôt à tolérer l'horreur.

La vision de papi envahit mon esprit. Mais je ne connais pas cette personne, moi, ni cette chambre recouverte de maquettes d'avion. Ce souvenir ne m'appartient pas.

Ils payent les enfants pour ravaler leur répulsion. Bisou contre chocolat. Câlin contre permission de minuit. Tous pédophiles les vieux, tous, quoique à différents niveaux. Les tuer c'est aussi leur rendre leur dignité. Meurs papi, meurs, je pensais en regardant la peau distendue de ses aisselles. Le monde était une terre ennemie, dans leurs villes même le béton exhibait des rides menaçantes. Mais papi pensait sincèrement que les enfants étaient coupables.

Les enfants sont les putes millénaires, disait papi. Preuve à l'appui.

La première inspiration me déchire les poumons. Je crache un paquet d'eau.

Je n'ai jamais connu mes grands-pères, ils sont morts avant ma naissance. Ce souvenir vient d'ailleurs. Ce souvenir est une hallucination — je dois oublier, immédiatement, cette sensation d'avoir pénétré l'enfance d'une autre personne. Comme si la mienne ne suffisait pas.

J'ouvre les yeux, chassant la vision de cauchemar.

Un chat mort repose à côté de moi, l'air paisible. Son ventre gonflé lui donne l'air d'une peluche. Une peluche sans yeux et qui pue. On me tire au sec, mon dos glisse sur une surface tendre. Je me laisse faire. Je me retrouve quelque part, pas vraiment sur la terre ferme, pas non plus dans de l'eau. La mort, peut-être. Un liquide amniotique à base de boîtes de conserve et de capotes.

Je frissonne.

Quelqu'un ou quelque chose a libéré mes mains et ma bouche. Mes vêtements alourdis par l'eau me maintiennent au sol, de toute façon la fatigue m'interdit tout mouvement. Envie de soleil — des vacances à la mer, voilà une bonne idée. Envie de Turquie, de minarets.

Le goût dans ma bouche dérange ma torpeur, immonde. Je ne veux pas savoir le nom des particules semi-digérées qui traînent entre mes dents. Je veux dormir.

Quelqu'un me tape dessus. Une fille. Une sorte de princesse noire.

— Réveille-toi ! Réveille-toi Silence !

— Pas tout de suite…

— C'est pour toi qu'ils sont morts alors bouge-toi !

Tu nous dois de l'aide, tu nous dois tes dernières forces, même si tu dois crever après.

Je me renfonce dans mon liquide amniotique, le cœur au bord des lèvres.

— J'ai rien demandé.

Le son de ma voix m'effraie.

— Pour Narcisse ! Silence !

Narcisse ? Je me traîne sur un bras. Oui, c'est bien lui. Inconscient, dans un sale état, mais au moins il respire. Ses amies tentent sans succès de le ranimer.

Un asticot tombe de mon arcade sourcilière sur le bout de mon nez. Je vomis instantanément, sans même chercher à protéger mes vêtements.

— Vous l'avez sauvé ? je demande en m'essuyant la bouche d'un revers bien plus sale que mon vomi.

— Bien sûr. Jamais il n'aurait pu s'en sortir dans son état.

Entraide, solidarité, j'ignore pourquoi cette mièvrerie me réconforte.

— Et moi ? Pourquoi avoir pris le temps de me sauver ?

— On n'a pas essayé.

— Sympa.

— Soit ton bâillon t'a sauvé la vie, soit ta peau est plus dure que le cœur d'Anna-Lyse. Même la mort ne veut pas de toi.

Je crache un ultime jet de flotte marron. À une cinquantaine de mètres derrière moi brille quelque chose. Une lumière. Je me rapproche, titubant dans la merde, fixant cette lumière tellement blanche qu'elle blesse mes yeux. Je veux croire à ma chance.

— C'est la campagne, dehors, m'explique la princesse noire. Maintenant viens nous aider à tirer Narcisse.

La campagne... Je sens quelque chose couler le

long de mes joues, de l'eau ou du sang. Ou des larmes. Je ne sais plus bien.

J – 25 — L'IMMORTEL

J'ai perdu Silence. Je n'arrive plus à sentir sa présence, même lointaine.

L'angoisse fouille mes entrailles, comme si elle espérait trouver des réponses dans mon foie et mes reins.

Je n'ai pas eu l'occasion de reparler à Vatican. Elle est montée lentement sur l'échafaud, imperturbable comme d'habitude. Assister à l'exécution fait partie des devoirs des prisonniers : je m'y suis rendu menotté, encadré par quatre gardes — sans doute la Cellule imaginait-elle que je tenterais une action désespérée. Ma place m'attendait. Au tout premier rang.

J'ai pu saisir les derniers mots prononcés : *sauve-toi*.

L'ombre d'un platane dispersait des taches grises sur la peau de Vatican. Je n'avais pas vu d'arbres intacts depuis une éternité : que de craquelures sur ces écorces. Pas étonnant que les vieux en mettent partout.

Jusqu'au dernier moment j'ai cru que Silence interviendrait. Vatican aussi. Elle a gardé espoir sans essayer de gagner du temps, confiante, la tête pleine d'une douce certitude, mais aucune balle n'est venue décrocher sa corde, personne ne l'a arrachée à la mort, même pas de justesse. Pendant une fraction de seconde, un moment vraiment dérisoirement court, j'ai senti qu'elle comprenait : Silence l'avait abandonnée. Et puis c'était fini.

Anna-Lyse, à quelques mètres de moi, semblait tout aussi déçue. Elle n'a pas cessé, sous les gants noirs, de faire claquer les articulations de ses doigts.

J – 24 — SILENCE

Narcisse grelotte, replié sur lui-même dans l'immense lit. On dirait un gros chaton. Les oreillers génèrent une odeur de moisi mais la couette est chaude et moelleuse. Nous lui avons laissé la meilleure place. Pour ma part je préfère le canapé du rez-de-chaussée. On y sent nettement moins la mort. Narcisse serre les dents et remue légèrement. Je n'ai aucune connaissance en médecine mais il n'est pas compliqué de conclure à une gangrène déjà bien avancée : le dos, éraflé pendant toute la longueur de la chute dans les égouts, a ramassé toutes les saloperies imaginables. Impossible de mettre la main sur du désinfectant. Les cloques suintent, remplies de germes sombres. Nécrose des tissus. Pâleur. J'ai presque honte de me porter aussi bien.

— T'es pire qu'une blatte, constate Narcisse d'une voix faiblarde.

— Exact. Et tu ne vaux pas mieux.

Souriant faiblement, il attrape un énorme volume. Les pensées d'un quelconque vieux. La bibliothèque de la maison occupe une pièce entière, juste à côté de la chambre de Narcisse : je comptais en profiter pour nous chauffer mais il a refusé que je brûle cette parfaite réserve.

Je n'aurais jamais pensé qu'il restait des jeunes pour lire. Se faire imposer des univers entiers, au lieu de façonner celui dans lequel on vit ? Je ne comprendrai jamais. La peinture est tellement plus inoffensive ! Mais après tout, tant mieux si ça le réconforte. Un type qui vient de perdre la quasi-totalité de ses troupes sur une impulsion doit avoir besoin de se détourner de la réalité.

— Je m'en veux, confirme-t-il sans cesser de déchiffrer la première page.

— Ce serait arrivé à un moment ou à un autre. Ton clan contrariait la Cellule, Anna-Lyse a fait d'une pierre deux coups en nous capturant ensemble. La bonne nouvelle c'est qu'ils nous croient morts.

— La mauvaise c'est que la plupart le sont.

— Ces jeunes allaient crever bientôt.

— Tu aimerais qu'on te prive de tes dernières semaines ?

Je baisse la tête :

— Non.

— J'ai besoin de lumière.

Je file ouvrir les épais rideaux, le soleil entre dans la pièce. Quelques vases vides sont disposés autour du lit. Comme si quelqu'un avait longtemps été malade, à l'emplacement même où Narcisse se repose. Un mauvais pressentiment me fait frissonner. Je parcours du regard une vitrine à figurines de porcelaine. À côté, un guéridon couvert de napperons à franges et pompons, et des piles de magazines. De quoi rendre suicidaire toute personne saine d'esprit. Mais j'admets que c'est confortable. On peut dormir à même la moquette. La grandeur de la bourgeoisie repose sous ses pieds, c'est maintenant une certitude.

Je ne pleurerai pas sur les cadavres des propriétaires : des gens qui vivent sur une surface aussi molle ne peuvent être que fondamentalement mauvais.

Le paysage ne vaut pas mieux de l'autre côté de la fenêtre. Un parc privé envahi de mauvaises herbes, des dépendances, des oiseaux qui me donnent faim.

Je ne savais pas que ce genre de manoirs existait en banlieue — de toute évidence nous avons quitté Paris. À quelle distance ? Aucune idée. Mais le séjour dans les égouts n'a pas duré longtemps, quelques kilomètres tout au plus. Je penche pour la banlieue Ouest, à cause des grands jardins — et des grillages bien fermés. On ne se mélange pas, dans le coin.

Oimir disait que nous finirions piégés par les mines mais d'évidence, il a oublié les souterrains. Peut-être certains jeunes pourront-ils fuir. Et témoigner.

L'action et les combats semblent appartenir à un lointain passé. L'ambiance morne et tranquille me tape sur les nerfs : à peine un impact de balle dans un mur de temps à autre. Des rues archi-désertes. J'ai conscience de notre bonne fortune : il restait quelques médicaments pour soigner Narcisse, le lit semblait attendre qu'on s'y blottisse, le bois entassé dans le jardin permet de nous chauffer. La grande cheminée fonctionne sans discontinuer, et tant pis pour la fumée. J'imagine que personne ne viendra nous chercher. Le potager et la cave se sont révélés exploitables : légumes et bonnes bouteilles s'empilent dans la cuisine et dans nos estomacs. Ce luxe valait presque notre marche forcée à poil dans tout le quartier.

C'était avant-hier à peine. Bizarre comme mes souvenirs se disloquent. Le trouble, la faim, ces fragments d'une autre vie — tout cela semble flou.

Après avoir rampé vers la lumière en traînant Narcisse, il a fallu affronter le froid. Nos vêtements mouillés gelaient à même notre peau, entravant nos mouvements, glaçant nos corps déjà épuisés. Nous avons cédé à tour de rôle, enlevant d'abord les couches supérieures de nos habits, puis finalement nos sous-vêtements, et même nos bottes. La situation, plutôt marrante a posteriori, ne faisait rire personne sur le moment. La première maison dont nous avons forcé les fenêtres avait déjà été pillée : enroulés dans des draps, nous avons continué notre errance.

Marcher pieds nus et sans armes dans une ville inconnue, c'est le genre d'expérience que je m'épargnerais volontiers pour les dix prochaines années — mettons, pour les trois prochaines semaines. Les hordes locales se sont jetées à notre poursuite : bergers allemands, rottweilers, pitbulls, et sans doute l'intégralité du catalogue hardcore de la SPA. Nos courses effrénées pour échapper à leurs crocs ont au moins eu le mérite de nous réchauffer.

Mais maintenant tout va bien. Propreté et sécurité. J'essaie de ne pas penser au L96. Je ressens son absence comme une amputation : non seulement je ne peux plus tuer, mais je ne peux même plus réfléchir comme avant. Ce fusil avait sa logique propre, ses petites failles, ses immenses qualités. Même le Glock me manque.

Je soupire en appuyant mes mains sur les bords de la fenêtre : maudit confort, on se croirait dans le passé. Il m'est insupportable de constater que notre révolte n'a pas encore emporté toutes ces jolies petites maisons en meulière avec leurs jolies petites haies. Cet endroit manque de cadavres et de sang. J'ai peur de m'endormir et que demain à huit heures des hommes sortent de chez eux pour aller travailler dans leurs voitures françaises. J'ai peur qu'on se plante.

— C'était du sérieux, les principes de ton clan ? je demande en me retournant. La supériorité de la beauté sur tout le reste ?

— Pas vraiment, répond Narcisse derrière son bouquin. C'était plutôt un moyen de fédérer des jeunes avec un même vécu de travailleurs du corps. Dans les autres groupes on passait au mieux pour des nantis, au pire pour des bouffons : mieux valait se regrouper pour éviter les viols, la prostitution… toute la face cachée de ta révolte.

— Vous avez eu la chance de vous trouver.

— Juste comme l'Immortel et toi.

Plus que jamais je regrette le Glock.

— Je ne vois pas le rapport.

— Quand je cherchais des snipers, je vous ai mis chacun sous surveillance. Les similarités ne manquent pas. Vous réussissez tous les deux à plier le monde — oh, pas grand-chose. Vous êtes juste un petit peu trop précis. Beaucoup de chance et de force de persuasion de ton côté, beaucoup d'intuition et de résistance pour l'Immortel. Considère vos pseudos : lui ne veut pas mourir, toi tu refuses d'exister. Et ça marche.

Je hausse les épaules. Ces arguments, je les ai déjà entendus — dans la bouche de Vatican.

— Les jeunes peuvent faire ça. Les Théoriciens l'ont toujours affirmé, il suffit de croire aux miracles, de se rendre imperméable au cynisme. Ce sont les vieux qui ont inventé la gravité et la mort. Rien ne nous oblige à rentrer dans leur jeu : la chance, ça se prend. Tous ceux qui meurent au combat auraient pu s'en sortir. À un moment, pourtant, ils renoncent. Ils ne se font pas confiance pour courir assez vite, ou sauter assez loin.

— Non Silence. Parfois on meurt tout simplement, d'une balle dans la nuque, et aucun dernier sursaut ne pourrait changer la donne.

— Tu manques de foi.

Le regard de Narcisse se perd dans le papier peint.

— Sans doute. Tous les jeunes n'ont pas ta détermination, ni cette foi à déplacer les églises.

— Alors qu'ils meurent. S'ils ne croient pas en la vie, vraiment, qu'ils meurent.

— Normalement personne ne peut survivre à une

274

noyade dans des égouts avec un bâillon et les mains attachées.

Mon regard suit les courbes violacées sous ses yeux, sa lèvre supérieure déformée, la nouvelle cicatrice qui ouvre sa joue.

— On ne survit pas non plus à une noyade après s'être fait tabasser, je rétorque. Ils se sont acharnés.

— Les filles étaient nageuses avant leur enrôlement. Logique qu'elles survivent, logique aussi qu'elles cherchent à me protéger. Mais toi, Silence ? Sans aide tu aurais dû mourir. Tu es *vraiment* pire qu'une blatte.

Une armée d'anges passe. Ses questions me dérangent... sans aide, effectivement, je n'aurais pas survécu.

— Et l'Immortel ? insiste Narcisse. Il se débrouille comment pour passer à travers les flammes ? Quand les treize-ans ont incendié la mairie, la plupart des malades ont été brûlés vifs.

Brusquement, je tire les rideaux. La chambre replonge dans l'ombre, elle paraît rétrécir, les murs se rapprochent autour du lit de Narcisse.

— Tu ferais mieux de dormir.

J – 23 — L'IMMORTEL

La nappe de brouillard se lève, gorgée de rosée, semblable à un gros banc de poissons. L'aube apparaît timidement sur la route. Une lumière pâlichonne filtre entre les peupliers : cette nuit loin de Silence — la dernière — s'achève enfin. Les lambeaux de brume s'effilochent, plus fragiles de minute en minute. Je suppose que c'est l'atmosphère qui convient à nos grandes retrouvailles. Parfois je regrette que la météo n'ait pas de signification : ça donnerait du cachet à nos vies.

J'ai usé de toute mon énergie et de toute ma concentration pour aider Silence à survivre : maintenant, je viens recouvrer ma dette. Rien n'a été simple. Faire passer mon souffle dans ses poumons, bloquer la panique, stabiliser le sang, gérer l'affaiblissement des battements de cœur. J'ai dépensé sans compter. J'en suis sorti plus léger — comme si dans la manœuvre, j'avais oublié quelque chose d'important. Un souvenir lointain. Bah, tant pis… Silence avait raison : ce sont les vieux qui ont inventé la mort. Ils ont également décidé qu'on ne pouvait pas voyager de corps en corps. Foutaises. Il suffisait d'en tuer assez pour s'en convaincre.

Encore quelques-uns et je serai vraiment immortel.

Il est temps de récupérer mon dû. Les cadavres de mes quatre geôliers ont certainement été retrouvés, maintenant. Il ne fallait pas me laisser assister à l'exécution de Vatican. Quoique, peut-être voulaient-ils que je m'enfuie. Pour retrouver Silence.

Voler la voiture de mes gardiens, visiter l'appartement de Silence pour récupérer ses affaires, passer le périphérique en me faisant passer pour un Templier : en vingt-quatre heures, les formalités étaient accomplies.

Apaisé par les routes intactes et désertes, je me laisse guider, d'impressions en souvenirs. Les yeux de Silence m'ont dévoilé le nom de quelques rues qui apparaissent sur ma carte, je reconnais le paysage de banlieue, je m'oriente par rapport à la vue de la chambre de Narcisse. Je me sens d'un calme annonciateur du pire. Pour moi le repérage est facile, après tout, je viens de ce genre de patelins. Ma haine des vieux a pris source dans cet environnement, dans la consanguinité contagieuse, dans ces visages plus larges que hauts, menton en avant et nuque plate, dans les discours pompeux du maire et de ses adjoints. Pour un poste de dirigeant quelconque, même misérable, un vieux est capable de s'inventer des passions. Tout pour se donner une légitimité, même sur deux personnes, même sur un chien — au moins, et contrairement à moi, les clébards avaient la permission d'aboyer. Tous les week-ends mes parents adoptifs me faisaient déjeuner avec les voisins, présidente et trésorier du club local de généalogie. Ils dissertaient pendant des heures, reportant sur leurs ancêtres l'héroïsme qu'ils n'avaient pas, la vie qu'ils avaient rêvée, juste une autre manière de reculer. Leur acharnement à vampiriser les souvenirs des autres est probablement la raison pour laquelle il m'est si évident de sucer la vie de Silence. Je les remercie de m'avoir tant appris.

Je me gare dans la cour caillouteuse, devant l'immense maison couverte de lierre. Une seule porte, peu de fenêtres. Parfaite prison. Silence n'aurait pas pu choisir pire refuge.

Le bruit du moteur a alerté Narcisse qui s'approche, méfiant, l'air d'avoir récemment passé un sale quart d'heure. Il est vêtu d'une chemise de nuit jaune et de pantoufles dépareillées. La carabine pointée sur ma poitrine semble chargée. Deux filles apparaissent derrière lui, dans l'encadrement de la porte, armées d'antiques fusils de chasse. On trouve des merveilles dans les caves des vieux.

Un contre trois. Je pourrais les foutre en pièces, mais pourquoi se fatiguer ? Docilement, je lève les mains :

— On peut négocier.

— Je parlais justement de toi hier, répond Narcisse.

— Il paraît que tu as besoin d'un sniper pour te défendre. Je t'en offre deux pour le prix d'un.

Un merle me picore les rangers.

— J'ai déjà Silence, siffle Narcisse entre ses lèvres déformées.

— Silence se barrera à la première occasion et tu le sais très bien. Ta maladie froisse sa mobilité. Mais si tu m'ajoutes à ton nouveau clan, c'est Silence qui aura besoin de toi. Pas l'inverse.

— T'es vraiment tordu.

— D'autre part je possède des armes et juste assez d'essence pour nous ramener en ville. J'ai arrangé une planque. Tu pourrais te venger de l'Armée, il n'est pas trop tard.

— Tu veux que je te vende Silence, donc ?

J'espère qu'il espère que je ne lui ferai aucun mal.

— Ça en vaut la peine, non ?

Narcisse baisse sa carabine. Ses jambes sont mal assurées.

— Montre les armes.

J'ouvre le coffre. Je sais à quel point mon arsenal peut impressionner, à quel point c'est une bonne affaire. Des kalachs et des munitions. De quoi tenir un bon moment, avec en bonus des conserves et deux gros sacs de riz, tout droit venus des réserves de Silence. Narcisse me regarde comme si j'avais perdu la raison.

Je le sens renoncer. Pas d'autre choix. Silence est déjà responsable du massacre de son clan : impossible de tout lui sacrifier une deuxième fois. Narcisse est un garçon raisonnable.

— OK, tu peux y aller.

Silence n'a jamais su choisir ses amis.

Narcisse soupèse un paquet de riz puis fait signe aux filles de me laisser passer. Elles rangent leurs fusils tandis que je m'avance, triomphalement, en direction de la maison. Cette fois je suis prêt. L'armement, la surprise, la condition physique : je n'ai rien laissé au hasard.

— Silence doit être dans la cuisine, lâche une des filles.

Dans la cuisine, comme toujours. Comme pendant la mort de sa mère.

Impossible de décrire mon allégresse.

Tu rêvasses devant la cheminée, sans faire vraiment attention à ce qui t'entoure, attisant le feu qui servira à griller un énorme plat de carottes et de poireaux. Tu as clairement baissé ta garde. Je ressens ta faim. Tu ne penses à rien de particulier, tu apprécies juste l'odeur des branches embrasées.

Je marche vers toi, directement, sans chercher à éviter les meubles. Si tu voyais la tête que tu tires. Tu lâches le tisonnier comme sous le coup d'une brûlure, tu n'as pas le réflexe de me le jeter au visage, tu pars en courant. Je te laisse prendre de l'avance. Suis-je si monstrueux ?

J'éclate de rire. Je savoure chaque instant, chaque expression de ta peur. Je voudrais réprimer mon sourire mais c'est impossible. Je m'étire. Je fais claquer les os de mes phalanges. La brume matinale pénètre la maison par les fenêtres brisées, elle étouffe les sons. Mes articulations produisent un étrange bruit de glas. J'attends que tu sois hors de vue pour vérifier une ultime fois mon Dragunov et mon Micro Uzi. Sans oublier le L96. Parfait, tout est en place. Je ferme les yeux, je pars à gauche. Un petit bureau. Au fond, une porte qui donne sur la bibliothèque. Puis un boudoir bourré de toiles d'araignées.

Le plus terrible, c'est ta certitude que jamais je ne te rattraperai dans ce labyrinthe.

J'enjambe deux chats siamois, la partie de cache-cache commence. J'avoue que j'ai un léger avantage. Je n'hésite pas une seule seconde. Je ne sais pas, de mon amour ou de ma haine, qui me donne les indications les plus précises. Très jolie demeure, en tout cas. Pièce après pièce, j'entends de nouvelles portes s'ouvrir. Le bruit de pas s'accélère. Mais je cours plus vite que toi, Silence. Juste un petit peu plus vite. Je ne voudrais pas gagner tout de suite. J'entre dans chaque nouvelle chambre juste avant que tu en sortes : je veux que tu me voies, je veux que tu me craignes, je veux être cette ombre qui ne te lâche pas, je veux hanter tous tes cauchemars si tu survis à cette guerre.

Tu ne connais pas très bien la disposition des pièces. Sous l'effet de la panique, tu ne te rends pas compte que tu t'enfonces vers l'arrière du bâtiment et que, nécessairement, tu finiras par tomber sur un mur. Voilà, ça y est. Juste comme je l'avais prédit. Tu respires tellement fort que je t'entends même derrière les portes que tu t'obstines à refermer derrière toi, comme pour placer des écrans entre nous deux. Tu brises la vitre derrière toi d'un coup de coude, tu enjambes le rebord de la fenêtre d'un bond. Je passe après toi. Je fais exprès d'effleurer ta cheville avec ma main, juste pour te montrer que je m'amuse. Tu cours encore, à travers les jardins mal taillés. Je ne m'approche jamais à moins de quatre mètres de toi. Je te laisse prendre de l'avance pour mieux te frôler l'instant d'après. Mais tu t'essouffles. Tu ralentis, un peu plus à chaque pas. Je suis surpris que tu n'aies pas encore tiré le couteau de cuisine qui pend à ta ceinture. Tu paniques. Tu perds ta logique. Tu espères quelque chose. Tu trébuches dans le potager. Personne ne viendra t'aider. Je sens la tentation que tu as de hurler. Mais on est trop loin des autres, maintenant. Tu cours à travers les plants exsangues de tomates, entre les groseilliers stériles, tu passes derrière la haie de pruniers, et je te suis toujours. Je t'accule tout en douceur dans un renfoncement. Puis un angle. Ne cherche même pas : le mur derrière toi s'élève sur deux mètres, lisse et sans aspérité. C'est fini.

Tu te retournes comme un animal, sortant enfin le couteau. Ton bras se lève à toute vitesse mais je recule. La lame passe à quelques centimètres de mon épaule. Le coup de grâce est proche : je prends dans mon dos ton L96. Ah, Silence, ton expression… à hurler de rire. Tu te décomposes sur place. Mes mouvements s'enchaînent dans une fluidité absolue. J'arme le fusil, cette bête noire que j'ai tant rêvé de posséder, je dirige ta propre arme contre toi. Je m'y étais préparé, à cet ultime regard de haine et de terreur que tu me craches au visage. Je sais que tu vas tenter quelque chose de désespéré. Ça se voit. Tu m'as montré que tu savais réagir dans l'urgence. Je m'approche. Voilà. Tu attrapes le bout du L96 pour le dévier et tu glisses par en dessous avec le couteau prêt à m'ouvrir le ventre. Trop prévisible. Je bloque ton poignet et je savoure, plus que tout, mon poing s'écrasant sur ta joue, le bruit de craquement, et toi qui t'écroules comme au ralenti dans la boue où j'ai la tentation de t'enfoncer.

Je te ramasse parce que je suis un gentleman. Tu le saurais si tu avais fait attention. Mais tu auras le temps, maintenant, de remarquer que j'existe.

Tout au fond de mes bras, avec les lèvres entrouvertes.

Je te tiens par les épaules, je te porte vers la voiture. Tu dors profondément, si vulnérable. Je pourrais faire n'importe quoi.

Ta respiration régulière dans mon cou.

La marque violette de mon poing sur ta joue, du même côté que l'œil déjà noirci par mes soins.

Le pansement sur ton front. Tes yeux fermés. Ton abandon.

Tu ne résistes pas. Alors je ne fais rien. Trop facile. Je vais te soigner maintenant, Silence. Je mettrai des chaînes en argent autour de tes poignets pour qu'ils ne me blessent plus, je t'enfermerai dans une belle cage ciselée. Je serai désolé de te faire mal mais tu ne me laisses pas d'autre moyen, tu es trop sauvage, ma plus belle partie de chasse.

Narcisse m'attend, ponctue le tableau que nous formons par un haussement de sourcil à la fois inquiet et sarcastique. Tout le monde semble prêt à partir. Parfait.

La voiture se met en route tandis que je câline Silence, confortablement calé sur la banquette arrière. Aphrodite, la Noire, fait mine de ne rien comprendre et regarde obstinément par la fenêtre. Artémis, l'autre fille, conduit en suivant mes indications. Je compte nous faire traverser le périphérique par les souterrains : cinq Templiers armés jusqu'aux dents dans une voiture, ça ne passera jamais. Même si les vieux sont crédules. Et même si Silence joue la comédie.

Assis à côté de moi, Narcisse surveille mes moindres gestes, comme s'il pouvait empêcher la situation de dégénérer.

Toi, Silence, tu dors toujours. Sur mes genoux. Je regrette ma gentillesse. J'aurais dû commencer tout de suite le rituel. Ç'aurait été simple : te ramener au sec, fermer la porte à clef, arracher tes vêtements, te réduire à une chair sans défense, j'aurais aimé que tu me supplies… Personne ne m'en aurait empêché, tu sais. Ils ont trop peur de moi pour ça.

Mais j'avoue avoir eu un moment de faiblesse quand j'ai senti ton corps se relâcher — comme si tout n'était pas perdu entre nous, comme si nous aurions pu être heureux ensemble, comme une promesse stupide. Je savais que c'était un mensonge.

Tu ne m'aimes pas et tu vas me le payer.

J – 22 — SILENCE

Je veux sortir d'ici oh mon dieu laissez-moi sortir d'ici je ne veux pas rester avec ce taré au secours au secours au secours.

Ça n'aurait jamais dû arriver. C'est *ma* révolte, les gens doivent obéir à *mes* règles du jeu.

Je n'aurais jamais dû me réveiller, surtout comme ça, comme d'un cauchemar, en me disant que vraiment c'était un mauvais rêve, avec cette horrible panique du condamné à mort et la douleur comme une aiguille à blanc qui vous recoudrait la rétine.

Sur ses genoux odieux, putain, je dormais dans son cou, je savais qu'il voulait me faire mal, qu'aucun vieux n'a jamais voulu me faire autant de mal. Ça ne correspond pas à *mon* plan.

Laissez-moi partir.

J – 21 — L'IMMORTEL

Le parking est désert mais Narcisse a quand même tenu à choisir un recoin abandonné : troisième sous-sol, pour tous les cinq. Ensemble. Je suis très fier de cette planque. Elle se situe à quelques centaines de mètres de la Seine, près de Saint-Germain-des-Prés, juste au-dessous d'une galerie marchande où on peut encore trouver quelques babioles à piller. Notre petit groupe dort sur des matelas propres. On organise des tours de garde. Quand Silence veille, je ne dors pas. Je pare à toute tentative de fuite.

Pour l'instant nous ne sortons que de nuit, sans nous éloigner. Je voulais que nous planquions à proximité des combats mais je réalise, un peu trop tard, que nous sommes cernés par l'Armée d'un côté et par les vieux de l'autre. Le plus gros danger vient clairement de notre camp : l'Armée ne lâchera pas Silence une deuxième fois. Personne ne sait que nous sommes de retour, mais si les soldats découvrent deux snipers ensemble, ou s'ils reconnaissent le visage si spécial de Narcisse ? La nouvelle fera le tour de l'Armée en quelques heures. Or cette fois, plus personne ne cherchera à nous capturer vivants.

La surveillance est mutuelle : je tempère la soif de vengeance de Narcisse, les filles m'empêchent d'approcher Silence. Nous vérifions constamment les allées et venues des uns et des autres. Les combats, juste au-dessus de notre tête, finiront bien par se déplacer — alors, et alors seulement, il sera temps de reprendre les combats. Bien sûr qu'on aurait pu se terrer dans la campagne, et peut-être à la mer, mais nous aurions risqué de tomber sur une milice de vieux. Et surtout, cette guerre nous retient. Elle nous fait vivre. Plus que trois semaines : il y a une urgence presque douloureuse à se sentir exister. En fuyant la violence, nous perdrions le plus important. Il faut tuer des vieux, encore et encore. Chaque victime compte.

Je souris à Silence — qui ne croise jamais mon regard, se poste toujours loin de moi, ne bouge pas un cil sans son L96.

Je lui ai rendu son fusil. En signe de bonne volonte et parce que ses balles ne me toucheront plus jamais

J – 20 — SILENCE

Deux dents cassées. Ma langue passe et repasse sur les rebords coupants de l'émail : une canine et une molaire, pour m'apprendre à ne pas mordre, selon l'Immortel. J'ai frappé son épaule, de toutes mes forces. Mais c'est trop tard. Sa blessure ne cédera plus.

Si ce type m'approche encore je le descends. Lui et sa perversion qu'il appelle amour.

Je ne supporte pas qu'il me regarde.

Pas de fenêtres au fond de ce parking, pas de fuite possible. Juste le silence des profondeurs. Je sursaute à chaque bruit, je tressaille à chaque mouvement L'Immortel me tient entre ses mains et j'en viens à souhaiter qu'il approche. Je peux suivre ses agissements sans croiser son regard : dans les reflets des rétroviseurs, dans la carrosserie des *v*oitures. Sa masse noire, horriblement distordue par le métal, prend des airs fantomatiques. Sa silhouette se multiplie, réfléchie sur toutes les surfaces. Immense et écrasante. Il grandit, je pourrais le jurer. Il prend quelques centimètres tous les jours. Ou alors je suis en train de péter les plombs.

J'ai besoin d'un miracle. Un petit miracle pour moi. S'il vous plaît. Mes doigts effleurent le sol. Je me demande si j'ai touché le fond.

Peut-être que je devrais en finir tout de suite. Me suicider. Mais finalement, pourquoi ? Il ne s'est encore rien passé — rien d'irrattrapable. Pour l'instant.

Mais je sais qu'*il* est là, tout proche, qu'il attend

juste le bon moment. J'ai tellement peur. Je le sais depuis tellement longtemps.

Quelque chose rampe.

L'aube paraît, grise. La vie ne semble pas vouloir s'écrouler tout de suite. La menace plane sur moi, éventrement, gorge profonde, les boyaux autrefois rectilignes, gaiement désorganisés. La peau calcinée a pris une couleur sale. L'air est saturé de poudre, j'irai mieux plus tard, quand le vent sera levé.

Quelque chose bouge, tout proche. Quelque chose prend forme dans les espaces clos, dans les ascenseurs, dans les remises, dans les parkings et sous mes pieds.

Je voudrais penser au futur. Blasphème. Vatican n'a pas survécu, l'Immortel m'a raconté sa mort, jouissant de m'arracher un morceau de cœur. Oimir est probablement vautré dans un palace avec trois putes. Je me sens tellement vide. Je me concentre sur des visions joyeuses, le Bosphore, les minarets. Mais ça ne suffit pas. Je peine à croire au futur.

Le présent se réduit au froid de mon fusil pointé sous mon menton, et moi qui hésite. L'Immortel me regarde sans intervenir. Il me regarde tout le temps, je ne me souviens pas l'avoir vu dormir une seule seconde.

Où dois-je tirer exactement ? Comment incliner l'arme pour ne pas me rater ? J'hésite. Finalement l'important, c'est de garder une issue ouverte. Mon espoir me porte. L'espoir, ça a toujours été mon vice.

J – 19 — L'IMMORTEL

Mes mains se referment sur la gorge de Silence, qui fait mine de ne pas résister. Ses yeux se fixent dans les miens. Pas de murmures, pas de supplications.

Mes autres adversaires craquaient beaucoup plus vite, le jeu de la douleur et de la séduction prenait d'autres formes. Encore quelques nuits sans sommeil et ce sera plus facile. La peur finira bien par lui faire perdre la tête. Aucune résistance ne peut me vaincre.

— Fous-lui la paix, dit Narcisse en pointant son flingue sur moi.

Je lâche. Silence se rendort instantanément, me rejetant en pleine tête son éternelle indifférence. *Tu n'oseras jamais.*

Sa confiance fonctionne comme une armure. Ou comme un fragment d'immortalité.

Je peste et retourne m'asseoir à l'écart.

Ce serait plus pratique si Narcisse ne s'interposait pas systématiquement : ce rôle de Casque bleu m'horripile. Il devrait comprendre que cette histoire d'amour est partagée, quoique de manière inégale. Il devrait me laisser gérer notre vie privée, à Silence et à moi. Mes projets de couple s'interrompent, perturbés par d'incessantes micro-altercations. On se chamaille. La surveillance nous use.

Je suis précisément en train de me consumer vivant.

En conséquence de quoi il faut que je les élimine.

J – 18 — SILENCE

Un réchaud à gaz comme centre de mon univers. Je fixe la lumière bleue, seul antidote contre les ombres noires qui tremblent sur les murs et les piliers. Si je quitte un seul instant les flammes des yeux une créature monstrueuse se jettera sur moi pour me dévorer. J'ai peur du loup. Comme à cinq ans. J'ai peur de la présence toute proche et qui n'attaque jamais. Rien de pire que la potentialité.

Je secoue la tête, comme si ça servait à quelque chose. Narcisse et le L96 veillent. Est-ce que leur présence peut suffire ? J'en doute.

Je défonce d'un coup de paume vengeur le rétro de la vieille Opel cabossée, éparpillant des fragments de miroir. La douleur physique ne me sauvera de rien. Je me raccroche à la seule chose qui peut me changer les idées : la ride, qui grandit, qui occupe tout l'espace des hématomes. Je hais cette inscription de l'âge sur mon corps. Les cicatrices rappellent des heures héroïques — alors que cette ride ne représente que de la mollesse. Un pur travail du temps qui ne se rattache à aucun souvenir palpable, qui au mieux inscrit, sur un endroit visible, un trait de caractère dont un adversaire pourrait se servir contre moi. Je voulais rester vierge. Je ne le serai plus jamais.

Il faudra apprendre à éviter mon reflet. Je relève la tête vers le réchaud à gaz, les flammes bleues rassurantes. Narcisse m'observe, intrigué.

— Quel âge tu as ? demande-t-il d'une voix douce comme du lait concentré sucré.

— Deux ans. Comme nous tous.

L'âge officiel de notre révolte. Je ne pourrai pas toujours m'en tirer avec une pirouette.

J – 17 — L'IMMORTEL

— Oh mon dieu.

Le dos de Narcisse se couvre d'une longue estafilade et évidemment, personne n'avait pensé à me mettre au courant. Je comprends mieux ses moments de léthargie, à présent. Les tissus violets et noirs contrastent avec la chair blanche, le réseau veineux apparaît comme si on avait écorché la peau. L'odeur me prend aux tripes. Aphro et Artémis soupirent, résignées. Silence pose sa main sur la surface froide et nécrosée.

— Il faut trouver de l'antiseptique. Aujourd'hui.

Je regarde autour de moi, comme si les centaines de voitures pouvaient receler un trésor pareil. Et qui sait. Peut-être que si je les forçais, une par une, je pourrais sauver Narcisse. Mais je ne suis pas sûr d'en avoir envie.

— C'est déjà trop tard, je réponds en haussant les épaules.

Artémis me lance un regard sombre, mais qu'importe. Narcisse ne peut pas nous entendre. Plongé dans un semi-coma depuis ce matin, il rêve. Son existence est peut-être plus simple que la nôtre, il ne s'occupe pas de nous nourrir, il ne tient même plus de tours de garde. Et moi j'ai l'impression d'avoir récupéré une famille nombreuse en lieu et place de mon grand amour.

— Je vais voir ce que je peux trouver dans la galerie marchande, dit Silence en se relevant.

Une fusillade étouffée lui répond, puis quelques explosions lointaines. Les jeunes et les vieux se battent à moins de trois cents mètres de notre position depuis une semaine, jour et nuit, à l'artillerie lourde. Depuis que le périphérique est devenu hors de contrôle, la possession des ponts a pris une importance cruciale. Personne ne lâchera.

— Non Silence. Tu restes ici.

— Quelqu'un doit prendre le risque, on ne peut pas laisser Narcisse crever sans essayer de le soigner. Peut-être qu'il restera quelque chose sous les décombres. De toute façon il nous faut des vêtements propres et de l'eau.

— Je peux y aller, intervient Artémis.

— Moi aussi, ajoute Aphrodite.

— Vous me laissez avec l'Immortel ? demande Silence d'un ton glacial.

Artémis et Aphrodite échangent un regard de complicité ennuyée.

— Non. Bien sûr que non.

Mais je vois bien que le sort de Silence leur est complètement indifférent.

— Hé, l'Immortel, pourquoi tu ne viendrais pas avec nous ? Après tout c'est ta planque, tu connais mieux les lieux.

J'observe Silence qui prétend s'absorber dans la contemplation du dos de Narcisse. Son détachement ne trompe personne : ses doigts sont crispés sur la crosse du L96. Je me lève, dépassant sa taille d'une bonne tête. En quelques secondes tout le monde s'est bizarrement rapproché de son arme.

Trois contre un. Une fois encore.

— D'accord, d'accord. On y va ensemble.

— Je prendrai soin de Narcisse, murmure Silence avec un demi-sourire.

Ce petit jeu d'équilibriste semble pouvoir durer des millénaires. Je serais déçu que Silence cesse de me provoquer, en même temps son comportement m'exaspère. En sa présence je me sens comme un petit garçon, toujours jugé, toujours méprisé. Mais je grandis. Réellement.

Aphrodite et Artémis me suivent à travers les allées de voitures, bavardant entre elles, trop heureuses de fuir l'obscurité déprimante du parking. Je connais les lieux par cœur, c'est vrai. Il suffit d'emprunter quelques escaliers pour atteindre directement le cœur de la galerie marchande : deux des trois entrées sont ensevelies sous des gravats impossibles à dégager, ce qui rend la surveillance plus aisée. D'un autre côté, pour peu que l'entrée principale cède à son tour, nous finirons coincés à l'intérieur. Espérons que ça tienne.

On passe la grosse vitrine explosée qui annonce depuis deux ans les mêmes promotions. Le temps et les fientes de pigeons ont délavé les couleurs, ne laissant que les prix de lisibles. Les filles et moi marchons sur des baladeurs mp3 et des appareils photo numériques, qui craquent comme de gros escargots sous nos pieds. Tout cela avait de la valeur, à une époque. Mais quand nous avons commencé à nous battre, plus personne ne s'est soucié de consommation. Ni même de revendre le surplus à l'étranger.

Le toit de la galerie grince, percé en une bonne dizaine de points et maltraité par un vent soutenu. Il a plu sur le rayon enfant. L'air pur nous rafraîchit. Je décide de caler la porte d'accès au parking pour la maintenir ouverte : avec un peu de chance, le souffle s'infiltrera dans les profondeurs.

Le soleil s'invite au cœur des rayonnages, chauffant la fourrure de centaines de rats. Le sol disparaît sous les débris de plastique et de métal. On ne trouve évidemment plus rien dans le rayon alimentation depuis longtemps, mais grâce aux destructions, on peut toujours espérer. L'effondrement des vitrines cache de grosses portions de sol. Les stocks, parfois, recèlent quelques surprises.

Au loin, une mitrailleuse remplit son office. Puis quelques tirs épars, puis plus rien.

Les filles se mettent au travail : basculer les blocs de pierre, dégager des planches et des rayonnages écroulés en travers des allées, déterrer les trésors enfouis. C'est tout bête mais rien qu'en ramassant de l'alcool et des vis on peut s'amuser : ce ne sont pas les idées de pièges qui manquent. Les écolos se raviraient de nos compétences en recyclage. J'explore une alcôve dédiée à la parapharmacie : entre deux shampooings, je pourrais bien dégoter quelque chose d'intéressant.

Une avalanche de cliquètements, quelques dizaines de mètres derrière moi, me fait sursauter. Les filles font vraiment beaucoup trop de bruit. Je me retourne, décidé à les engueuler un bon coup.

Quelques mouvements, quelques reflets sur des flingues.

Je me retrouve immédiatement accroupi, tassé derrière un présentoir à maquillage. Bon réflexe mais les allées sont pleines de miroirs : impossible de rester planté là.

Si seulement il faisait plus sombre.

Une série de bombardements fait trembler le sol, provoquant des éclats de voix paniqués. Un gros tas de poussière se détache du plafond. Je profite du vacarme pour m'extirper de ma cachette et tenter de me rapprocher d'Aphrodite et Artémis, mais les nouveaux venus sont partout. Leurs silhouettes glissent silencieusement à travers les rayonnages. Mauvais plan. Si les filles sont prises vivantes et trahissent la présence de Silence dans le parking, on va passer un sale moment. Mieux vaudrait que je puisse les liquider avant. Quitte à me mettre en danger.

J'atteins péniblement le rayon vêtements, je rampe sous des chemises de nuit, je me camoufle sous les anoraks, mais la raison me pousse à stopper ma progression : jamais je n'atteindrai les filles sans me faire repérer. Alors je me roule sous un tas de T-shirts et j'attends. Parfaitement immobile. Je sens des jambes me frôler, j'écoute des chuchotements qui convergent sur ma droite. Au moins vingt personnes. Excellente cohésion de groupe.

Je jette un œil sous mon abri. J'apprécie en connais-

seur : l'encerclement progressif, la connaissance opti-
male du terrain. Les trouble-fête se décalent, passent
dans mon angle de vue. Seulement des filles.

Le retour des Amazones ? On dirait bien. Aphro
et Artémis ont de la chance.

— Déposez vos armes ! crie une des assaillantes.

J'entends le hoquet de surprise d'Aphrodite et le
cran de sécurité de son Stechkin. Puis un brouhaha.
Puis une AK-47 qui tombe au sol.

— Vous êtes de l'Armée ? demande quelqu'un.

— Non, répond Aphrodite.

— Il y a des hommes avec vous ?

Je me fais tout petit. Les clans féminins n'aiment
pas trop les garçons dans mon genre, plus précisément, elles les bouffent au petit-déjeuner.

— Non plus, répond Artémis. Nous sommes indé-
pendantes. Ex-groupe Narcisse.

Brave fille. Je soupire de soulagement. En sauvant
sa vie, elle vient de sauver la mienne.

— Narcisse ? Je vous croyais tous morts, répond
une mocheté en fronçant les sourcils.

— On est solides.

— Alors c'est votre jour de chance. L'Armée
tombe en ruine, les Amazones se refondent. Les filles
solides, on aime ça. Vous suivez ?

Petit moment de flottement. Ce n'est pas vraiment
une question.

— On préfère rester toutes les deux, risque Aphro.

La détonation est immédiate. Une balle dans le
ventre, à bout portant. Sans sommation. Une autre
idée de l'efficacité.

— Et toi ? demande celle qui a l'air de commander.

— Je vous accompagne, répond Artémis d'une
voix tremblante.

— Très bien. Alors en route.

La mocheté ramasse le Stechkin, une rouquine fourre dans un sac tout ce que les filles avaient trouvé comme bouffe, à savoir un paquet de biscottes et une bouteille de vinaigre. Je sens mon estomac se contracter douloureusement. En quelques instants la galerie se vide, mais j'attends quand même dix minutes avant de quitter ma cachette.

Démarque exceptionnelle sur les T-shirts de l'automne. Fête des couleurs. Vous ne trouverez pas moins cher.

La vie humaine est soldée à 40 %.

Recroquevillée sur le sol, la tête posée sur un carton promotionnel, Aphro gémit. Super semaine des mamans, deux articles pour le prix d'un dans la limite des stocks disponibles sur les points rouges affichés dans les magasins participants.

Je lui caresse les cheveux, elle pourrait vivre si je le décidais, malheureusement pour elle il ne fallait pas se retrouver entre Silence et moi. Je me tâte sur la manière. Finalement j'étrangle sa gorge tendre avec un fil électrique, elle proteste à peine, sa langue épaisse sort, ses yeux se retournent, tout se passe bien. J'écrase un tas de vieux CD, puis j'essuie mes semelles trempées de sang dans des chemises de travail.

Je retourne en courant au parking où Silence a réussi à réveiller Narcisse, j'annonce sans attendre la sale nouvelle, vous vous rendez compte, les groupes se reforment, l'Armée se disloque, la pauvre Aphro est morte et Artémis n'avait pas d'autre choix que de partir.

— Et toi, qu'est-ce que tu as fait ? crache Narcisse.

Le coma n'a pas calmé ses nerfs, manifestement.

— Un contre vingt, je n'avais aucune chance.

— Depuis quand ça te flanque la trouille ? demande Silence avec un mépris absolu.

— Tu as bien dû les voir venir ? ajoute Narcisse. Tu aurais bien pu en tuer quelques-unes de loin, le temps de fuir dans le parking ?

— Et pour quoi faire ? En tant que filles, Aphro et Artémis ne risquaient rien. Je ne pouvais pas deviner que les Amazones seraient susceptibles au point d'en tuer une. En plus, tu sais très bien ce que ces nanas font aux mecs quand elles les chopent. Je ne vois pas pourquoi j'aurais risqué ma peau.

Narcisse shoote dans une portière. La disparition de ses acolytes semble lui redonner des forces mais je sais que d'une simple poussée, il s'écroulerait à nouveau.

— Et merde.

— Elles ont pris la bouffe en partant et je pense que ce serait plus sage qu'on évite la galerie. Trop de passage.

— Et on va manger quoi ?

— Je n'en sais rien. Il va falloir faire preuve d'audace.

— L'audace ne nourrit personne.

Deux bouches inutiles en moins, ça ne me semble pas si mal pour commencer à améliorer notre situation. Narcisse le saurait s'il faisait preuve d'objectivité. Mais évidemment, le retournement des forces en présence le laisse sur le carreau, un peu moins sûr de son bon droit qu'avant : adieu au clan Narcisse, longue vie au clan de l'Immortel. Deux snipers et un malade.

J – 16 — SILENCE

Aller tirer.

Retrouver le sens des gestes simples et de la solitude. Loin de l'Immortel.

Reprendre le contrôle des spots de tir les plus classiques, du moins ceux où l'Armée n'a pas déjà posté ses propres snipers. Se planquer au quatrième étage, contempler les ruines du centre-ville, repenser à tout ce qui n'a pas survécu à notre révolte.

Avec le recul c'est ce qu'on aura fait de mieux : détruire. Extirper Paris à son passé, vider ses musées, la rendre à l'action, lui permettre de repartir de zéro.

Il faudra sans doute des années aux envahisseurs pour que la vie reprenne son cours. C'est un peu de temps que nous arrachons à leurs rêves de fraternité intergénérationnelle. J'ai l'espoir absurde que notre révolte survivra ailleurs, alimentera quelques fantasmes, déclenchera quelques prises de conscience, et même des tueries sporadiques. J'espère qu'ils oublieront de boucher quelques impacts de balle. Et qu'un jour des historiens demanderont : que s'est-il passé à Paris au début du troisième millénaire ?

Il faudra aussi du temps à l'Immortel pour me retrouver. Même lui ne peut pas passer tant de temps sans dormir : nous n'étions plus que trois pour les gardes, il m'a suffi d'un peu de patience. Narcisse m'a fait un signe de la main, sans chercher à me retenir. La clef des champs. De toute façon la porte était déverrouillée.

Quartier Latin. La pourriture des cadavres me prend à la gorge, j'essaie de ne pas trop regarder. D'autant qu'il s'agit de vieux. Pas question de gaspiller du combustible pour brûler leurs corps. L'Armée, par souci d'économie, les a tout simplement abandonnés : ils avaient osé traverser la Seine, très bien, ils resteront de notre côté à tout jamais. J'arpente des rues piétonnes quasiment impraticables, escaladant les gravats quand je ne peux plus avancer. En travers de la chaussée, on peut encore retrouver des morceaux d'enseignes de restaurants. Je me souviens que ça sentait plutôt bon dans cette zone, avant. Kebabs et pizzerias.

Le problème des immeubles frontaliers, c'est les pièges. Dès les premiers mois de combats, les vieux comme les jeunes ont tenté de protéger leur moitié de Paris : d'où cette ligne, dangereuse, de bâtiments-tampons.

Quelques pas après mon entrée dans la cour intérieure, premier corps. Déchiqueté par une mine. Je n'ai jamais trouvé très malin d'utiliser des mines en milieu urbain, mais soit. Les vieux ont leurs manies. Deuxième corps un peu plus loin, puis encore un troisième. Mon itinéraire ne semble pas très original, pourtant je continue ma route : voilà déjà trois pièges que je ne me coltinerai pas. Tant qu'il y a des cadavres, je suis en sécurité.

Je traverse un jardin privé envahi par les mauvaises herbes. Quelques pousses verdissent. Le printemps ne tardera plus, je me demande si le mois de février est déjà terminé.

Un paquet de clopes repose sous un porche : c'est donc maintenant que les ennuis commencent. Une ressource aussi précieuse laissée à l'abandon, voilà qui ne laisse aucun doute sur le danger qui me guette. Je parie mes deux dernières semaines que les cigarettes sont piégées.

Ignorant cette grossière tentative des vieux, j'entre bâille la porte au fond du jardin, tout doucement, en vérifiant que rien ne soit posé sur le chambranle. Parfait. La suite s'annonce moins simple : j'entre dans un salon bourgeois au sol jonché de détritus divers. Argenterie, meubles d'ébénistes, tableaux de mauvaise qualité, le style classique des nouveaux riches. Ce qui fait potentiellement une mine par endroit où poser mes pieds. Je jette un coup d'œil au plafond : pas moyen de s'accrocher à part un énorme lustre.

On ne survit pas à deux ans de guérilla sans pouvoir revendiquer une perversité au moins équivalente à celle de ses ennemis.

Je décroche le L96 de mon dos, je vise la chaîne qui retient le lustre. Les centaines de minuscules cristaux, reliés par de fausses perles et attachés à une grosse armature dorée, scintillent dans la lumière du soir. Personne ne m'en voudra de détruire cette horreur. À la rigueur, mon tir devrait même faciliter un futur héritage. Deux balles, le lustre s'effondre. Je me jette de côté, bien à l'abri du mur.

Une explosion, puis deux, trois, quatre autres. Des grenailles criblent le mur derrière lequel je m'abrite. La chaleur me brûle le visage, je me protège maladroitement derrière ma veste. Le L96 paraît vivant, je l'avais rarement senti aussi tiède.

Une dernière explosion. Eh bien, on dirait que les vieux avaient mis la dose.

J'attends deux minutes que les gaz s'exfiltrent et j'entre : tous les détritus ont été soufflés sur les bords de la pièce, ils s'entassent sur un mètre de hauteur, certains couverts en fusion se sont littéralement incrustés dans les parois. On croirait une installation d'art contemporain.

Le chemin est maintenant dégagé. J'enjambe les parties coupantes, je traverse sans problème les quelques mètres nettoyés. Plus qu'une porte avant le territoire des vieux.

Le soleil commence à décliner. Je glisse sur une surface poisseuse au moment même où je pousse la porte, je pars en avant, je m'étale par terre de tout mon long. Le L96 cogne sur ma tête. Bordel ! Ces salauds ont enlevé les vis dans les gonds. Je me relève en m'époussetant, non sans lâcher une interminable série de jurons. Mais je m'arrête bien vite. Le ciel, rouge vif, sublime une des plus belles vues de Paris. Notre-Dame, constellée de gargouilles et d'impacts se dresse à moins de cent mètres. D'après mon plan et si la nuit tombe rapidement, il devrait être possible de traverser le pont uniquement en m'accrochant à la charpente de fonte, par en dessous. Du moins si les snipers adverses me laissent faire.

J'arme le Glock, je fixe le L96 dans mon dos et j'exulte. Personne ne le sait mais pour moi c'est un jour de fête. Je mérite bien de me faire plaisir.

Les vieux, je les traque à l'odeur. Cologne et cire Vétiver et encens. Ils sont incapables de résister à la religion, surtout en pleine guerre. Jésus leur rappelle le sens du sacrifice : à portée de tirs des jeunes, ils prient et rêvent de mourir en martyrs. Ce soir j'exaucerai leur désir suicidaire. Ce soir les portes de Notre-Dame sont ouvertes, et quelques bougies allumées confirment mon intuition. Les vieux se recueillent. Les vieux doivent crever.

L'impulsion — l'inspiration, plus précisément — m'envahit au moment précis où je pénètre dans la nef, suivant un modèle toujours identique · l'action se forme indépendamment de ma volonté, moi je me laisse entraîner et ma responsabilité s'arrête là. M'accuser de meurtre serait une terrible erreur. De toute évidence, ces vieux se sont placés d'eux-mêmes dans mon champ de tir.

Je me dirige vers l'autel. Les lieux ont été singulièrement épargnés par la guérilla. Il ne manque qu'une aile, écroulée, et l'intégralité des tableaux — Oimir en a pris soin au tout début de notre collaboration. À vrai dire, les alcôves nues conviennent mieux à la foi. Je pourrais me féliciter d'avoir arraché à Notre-Dame un peu de sa vulgarité. Restent les dorures, que seul le feu pourra ternir. Question de temps.

Une vieille relève la tête, puis une deuxième. Elles me regardent passer, ahuries, leurs mains toujours jointes. Vêtues de noir, voilées, elles ne semblent pas ressentir de peur. Les façades de la cathédrale, épaisses, apportent une illusion de protection. J'envie la confiance aveugle des catholiques. Comme si le bois et la pierre pouvaient lutter contre l'acier. Comme si la lueur des bougies pouvait égaler celle du L96.

Sur scène le prêtre bredouille. Les autres vieux avalent leur respiration, plus personne ne prie, je suis le centre du monde — de celui-ci et du prochain. Je me sens à ma place. La vie devrait toujours exhaler ce goût de toute-puissance. La transgression ne m'intéresse pas mais ce moment où tout bascule, où les vieux deviennent des jouets et les autres jeunes des marionnettes, c'est ce qui me valide. Enfin les choses prennent sens.

Je monte deux marches qui grincent, sans me presser, sans me cacher, comme si j'allais prendre la parole aux côtés du prêtre. J'observe les premiers rangs, sévère. Les croyants ressemblent à des statues sous l'œil de la nuit naissante.

Je tourne le dos au prêtre, la main gauche sur le Glock et le L96 maintenant bloqué contre ma hanche. Personne n'a encore bougé. Ils sont tellement terrorisés que j'hésite à leur faire croire que des snipers les guettent à chaque angle, derrière chaque pilier. Je pourrais les prendre en otage, si je ne voulais pas tant les exterminer.

La nef semble à chaque seconde plus étroite : elle est mon appendice, qui me permet de retenir mes proies, qui les enferme sous mon contrôle.

Certains de ces vieux sont armés. Pas tous, mais j'imagine que les rangs clairsemés comptent pas mal de soldats. Il n'y a aucun moyen de savoir. Quoi que je fasse maintenant, une bonne moitié de la cinquantaine de bigots aura le temps de fuir. Les gradins et les renfoncements forment une protection efficace, mes balles ne traversent pas les murs — pas encore. Et peu importe. Je veux juste qu'ils aient peur. Assez pour ne plus oser revenir. Ou pour oublier leur dieu.

J'aimerais dire quelque chose, prononcer une oraison, improviser une épitaphe, mais je crois que cela casserait la solennité du moment. Ce n'est pas tous les jours qu'on rencontre un silence aussi brillant et riche de promesses.

J'ouvre le feu comme on coupe un ruban : messieurs, mesdames, vous vous joindrez bien à ma petite sauterie.

Je peux mourir, le prêtre n'aurait qu'un geste à faire, un coup de crucifix sur ma tempe ou une pierre qui s'écraserait contre mon crâne. La perspective ne me donne même pas la chair de poule : l'Immortel avec moi dans le parking représente un danger immensément plus réel que tous ces vieux réunis.

Pas le temps de viser, de toute façon il fait trop sombre pour suivre les mouvements du sauve-qui-peut. Je tire au hasard. Ça me console de ma ride. Chaque balle comble un peu de mon vide intérieur et de ma peur de l'Immortel, je voudrais tirer assez pour que mon cœur se remplisse d'acier. Je guette confusément le prêtre derrière moi, du coin de l'œil. Il n'a pas esquissé un geste. Il pourrait au moins se jeter sur moi, m'empêcher de continuer. Mais il ne se passe rien. Il pourrait être moins lâche. Il aurait pu être un autre homme. C'est le hasard. La faute à personne.

Alors je me retourne. Je tire une balle entre ses deux yeux, exactement à équidistance entre la racine des cheveux et le haut des sourcils, et la boîte crânienne se fendille, et des paillettes de sang me recouvrent de la tête aux pieds. Du sang dégoûtant de vieux. Je frissonne.

Un éclat de rire.

Je sursaute.

L'Immortel se tient au milieu de l'allée centrale. Son imperméable noir absorbe la lumière des bougies, même ses yeux semblent opaques. Ses dents sont blanches, bien alignées, prêtes à me dévorer. Ses cheveux ont poussé depuis notre première rencontre, il les a attachés en queue-de-cheval. Exactement comme moi.

Il a même copié ma manière de fixer mon fusil dans mon dos. Il ne me lâchera jamais.

Je recule d'un pas, puis d'un deuxième. Je bute sur le cadavre du prêtre.

Avançant à contre-courant de la marée des fuyards, l'Immortel applaudit. Il ne semble pas essoufflé.

J'ai fait une erreur, une seule. Ce n'est pas en présence de Dieu que je tue. C'est autre chose.

J – 15 — L'IMMORTEL

Tu ne pouvais pas mourir, Silence. L'univers entier sait que tu m'appartiens, et les forces de génération/destruction me redoutent trop pour nous séparer. Si le prêtre avait possédé une arme, elle se serait disloquée dans ses mains. C'est peut-être même arrivé. Il faisait trop sombre pour voir.

— Mais bien sûr, soupire Silence en me tournant ostensiblement le dos.

La première cicatrice sur son visage commençait à s'estomper, alors hier dans la cathédrale, j'ai procédé à un nouveau marquage. Une croix autour de l'œil gauche, profondément imprimée dans la peau. La même que celle du viseur de mon Dragunov. C'était juste après lui avoir fracassé le crâne sur un pilier. Je doute que Silence ait complètement repris ses esprits, ni même remarqué comme mon opération a effacé sa ride. Ses réactions sont indolentes, comme un fleuve embourbé. Le réflexe de me fuir a laissé place à une intense lassitude.

Je hausse les épaules, tente une nouvelle incursion dans ses pensées. Beaucoup de confiance, toujours. Ambivalence. Attraction-répulsion, peur, envie de se confronter à cette peur, envie d'avancer vers moi. Depuis hier Silence m'adresse la parole. Sa main passe et repasse autour de son œil blessé, mais la pensée ne saisit pas le sens de ces nouveaux reliefs. Sa veste est déchirée, son pantalon troué aux genoux, même son cerveau semble élimé. Le choc, peut-être. J'aurais dû frapper moins fort.

— Mais sérieusement, reprend Silence. Comment tu fais pour toujours me retrouver ?

— Je ne sais pas.

— Tu peux cracher le morceau. Ce n'est pas comme si j'allais te voler tes méthodes.

— Le grand amour, c'est la fusion des âmes. Tous les poètes l'ont chanté sur tous les airs du monde, je me contente de suivre leur recette. Tu m'as tellement humilié, Silence, tellement enfoncé plus bas que terre, que plus aucun amour-propre ne peut faire écran entre nous deux. Tu m'as vidé, maintenant tu me remplis. C'est de la pure logique.

Dans un soupir à fendre mon Dragunov, Silence caresse ses cicatrices.

— Et la fusion des corps ?

— C'est la suite du programme. Quand on sera juste tous les deux.

Réprimant un haut-le-cœur, Silence part nourrir Narcisse.

Nous venons de finir notre dernier paquet de spaghettis des dernières réserves de Silence. Maintenant la partie de plaisir se termine. Le clan Immortel manque de gaz, d'eau potable, d'allumettes.

La pénurie touche également l'Armée : par mesure d'économie, la Cellule a renoncé à poursuivre les déserteurs. On en croise dans toutes les rues, mendiant de la nourriture, brûlant leurs uniformes. Certains mangent les bourgeons dans les arbres.

Je regretterais presque qu'il reste encore deux semaines à tenir. Si seulement les vieux attaquaient maintenant, nous serions encore capables de résister. Mais dans dix-sept jours, combien de jeunes tiendront debout ?

— Et pourquoi pas maintenant ? demande Silence d'un air de défi. Pourquoi ne pas régler tout de suite nos différends ?

Le Glock braqué sur moi répond à la question. Et puis il y a Narcisse, fragile mais vivant, comme une feuille de papier entre nous. Pas moyen de précipiter les choses.

— Ce n'est pas toi qui décides du moment, Silence.

— Je vois. Mais alors, est-ce qu'on pourrait au moins *agir* ? Aller tuer des vieux ? J'avais cette idée, à l'époque, qui nécessitait deux snipers. Prendre en tenaille le poste de contrôle principal des vieux. À nous deux, on ferait des ravages.

— Non.

— Mais *pourquoi* ?

— Nous ne sommes certainement pas des partenaires de guerre. Et pour ton information : non, tu ne pourras pas me calmer en me jetant des vieux en pâture.

Silence me regarde un instant, candide, puis repart s'occuper de Narcisse. En me tournant le dos. Aussi calmement que si j'étais absent. Le choc à la tête aurait dû renforcer sa peur mais j'ai l'impression que c'est tout le contraire. La crainte a disparu, Silence se croit invulnérable.

Je me sens fiévreux. Menacé.

— Silence ?

— Quoi encore ?

— Si on me proposait un pacte, ici et maintenant, je demanderais à vieillir. Parce qu'au moins, ces vieux, tu les détestes sincèrement, tu les gratifies de sentiments entiers. Je donnerais ma jeunesse pour ça. Je donnerais les quatre années qui me restent avant péremption. Juste pour que notre relation devienne pure.

Silence caresse la cicatrice autour de son œil. Son attitude se fait rigide, pleine de mépris.

— C'est précisément la raison pour laquelle tu ne me posséderas jamais.

Sa moue me frappe en plein estomac, m'envoie intérieurement voler dans la poussière.

J'ai été patient, pourtant. J'ai donné de ma personne pour me rendre digne de cet amour, et de mon énergie pour rattraper mon retard. Comment peut-on oser prétendre que les vieux sont encore un enjeu ? Mes sentiments valent bien plus que cette pitoyable guerre. Et pourtant Silence les piétine.

La peur change de camp. Une fois encore Silence prend le dessus. Sa perfection est totale, largement hors de ma portée. Les contingences n'ont aucune prise sur ses motivations. Pendant que je m'acharne à aimer, Silence poursuit son rêve de destruction sans un regard pour les imbéciles qui se traînent à ses pieds — moi et les autres, tous dans le même sac, tous réduits à des pions. Son intégrité nous transforme en bêtes sauvages. Face à tant de mépris pour les affaires humaines, nous devenons des parasites, nous paraissons grotesques. Quand une personne comme Silence naît, le monde se déséquilibre. Il faut une authentique pourriture pour compenser la grâce.

Évidemment, ce sera moi.

Je lutte pour l'écraser, de toutes mes forces. Mes armes sont nombreuses : la faim, les cicatrices, les souvenirs imposés. N'importe quoi pour faire redescendre Silence dans le monde réel, ou au moins dans son corps. Mais mes efforts ne servent à rien. Silence flotte, dans une totale indifférence, incapable de remarquer que je prends sa substance, que je dématérialise son individualité à force de compréhension — d'amour. Et pendant ce temps je vis l'insupportable. Être à ses côtés jour et nuit, avoir envie de broyer sa chair pour en sortir la pulpe, de lécher ses os fracassés, d'enfouir mon visage dans son ventre. Tout cela ne pourra plus durer longtemps.

J – 14 — THÉORIE (14) — Série de tracts apparue à deux semaines de la fin de l'ultimatum. Affichage nocturne.

Bifurcation de la vengeance

La mort est bien trop douce. Elle aplanit les différends, elle purifie.

En tuant les vieux, nous entrons dans leur jeu. Quelle est leur plus grande peur ? Rester prisonniers de leur corps. Voulons-nous les délivrer ? Non. Nous voulons qu'ils meurent en silence et en regardant la télé. Nous voulons les parquer dans les camps modernes, qui sont climatisés, afin qu'ils supportent l'insupportable : eux-mêmes, leur unique visage réfléchi à l'infini dans d'autres visages de « pensionnaires ». Qu'ils vivent entre eux, bavant, radotant, incapables de se nourrir.

Nous tuons trop vite, nous les rendons sublimes au lieu de les humilier. Certains s'en glorifient. Ils sont tentés de se prendre pour des martyrs et non pour des déchets.

Nous avons perdu notre voie, camarades. Nous avons oublié de leur faire payer.

Jamais nous ne torturerons mieux qu'une maison de retraite :

— les vieux y perdent l'usage de leurs jambes à force d'être placés dans des chaises roulantes (assurances trop chères en cas d'accident),

— les vieux y perdent leur pudeur (des inconnus font leur toilette),

— les vieux y perdent leur dignité (on leur fait porter des couches-culottes),

— les vieux y perdent leur santé (mal nourris, battus, oubliés),

— les vieux y perdent leur argent. Car en plus, ils paient.

Et si la société de nos parents avait imaginé sa propre vengeance ? Et si nous n'étions pas les premiers à faire payer les vieux ? Et si nous manquions seulement de discrétion ?

La vraie vengeance consisterait à les laisser vivre. Nous sommes encore bien trop polis. Nous ne les méprisons pas suffisamment.

Il y a eu un temps pour la mort. Accordons maintenant aux survivants une éternité de souvenirs.

Sonnons la fin des vacances — les Théoriciens sont de retour ! Vent d'hiver, idées fraîches, nous visons la cruauté la plus absolue. Baissez vos armes, liquidez avant inventaire, il est temps de devenir radicaux.

J – 13 — SILENCE

Le sud de Paris se limite à un tas de cailloux, tout spécialement autour de la place d'Italie. On croirait une carrière à ciel ouvert. De la pierre, partout. En quantités effroyables. Jonchant les rues et bloquant les tanks, interdisant toute avancée des vieux, mais surtout, entravant les déplacements des jeunes. Après deux semaines d'absence, je ne reconnais plus rien.

Les platanes ressemblent à des tiges noircies d'allumettes. C'est une bonne chose que les vieux attaquent bientôt : il ne reste plus rien à casser, on pourrait être tentés de reconstruire.

Je surplombe le camp de l'Armée depuis le quinzième étage d'une tour d'habitation. Curiosité. Besoin de vérifier les infos des Amazones.

La première chose que je remarque, ce sont les grillages. Pas franchement infranchissables, mais surveillés et impressionnants. Une véritable débauche de barbelés. À l'intérieur, les garnisons sont enfermées. La désertion a atteint son point limite. Les vieux doivent rigoler : au lieu des éléments incontrôlables qui les mettaient en difficulté, ils se retrouvent avec une sous-armée trop rigide pour être efficace. Bien joué, Anna-Lyse. Bien joué.

Je sors mes jumelles, les petits points noirs se transforment en jeunes. Treillis et tension. On est loin de l'exaltation des combats, de l'aventure, de la vie simple des mercenaires et des tyrans, au grand air, sans autocensure. Le camp pue la médiocrité.

J'aperçois quatre cadavres trop mûrs sur une potence. Un souvenir de Vatican flotte autour de moi, je me raisonne, ça ne peut pas être elle, ils n'auraient pas osé la laisser accrochée — et non, je n'irai pas vérifier, ni plaquer des certitudes douloureuses sur mes peurs. Le doute me va très bien. Dix autres jeunes sont en suspens : attachés à des poteaux, ils attendent qu'un officier prononce les mots fatidiques. Le délibéré prend un temps fou. Mais l'Armée ne connaît qu'un seul châtiment pour toutes les fautes.

La salve déclenche quelques insultes, quelques crachats indisposés. De mon perchoir, je constate que les fiers-à-bras restent bien à l'écart des regards.

Cinquante mètres plus loin, des soldats à brassard noir font répéter les manœuvres. Marcher, tirer, se déployer. Ceux qui traînent sont battus. L'un des jeunes, épuisé, tombe et ne se relève pas. Les survivants lui marchent dessus de peur de subir le même sort mais on ne sent pas d'acharnement dans leurs gestes, plutôt une grande lassitude.

Au beau milieu de la place, l'appel des troupes se poursuit indéfiniment. Les combattants du corps des plongeurs se tiennent debout dans le froid. Ils sont plusieurs centaines et il n'y a qu'une seule liste.

Et partout autour… des murs gris sur des murs gris sur des murs gris, couverts de tracts des Théoriciens. Je ne peux pas lire. Trop loin. La typo est reconnaissable, bien carrée, les lettres se détachent en noir et rouge.

Des petits attroupements se forment face aux murs, on s'agite. Ce retour des Théoriciens me rend perplexe. Ils ont été rapides. Un peu trop rapides à mon goût.

J – 12 — L'IMMORTEL

Silence termine avec une grimace son thé froid. Plus de réchaud à gaz, ni de sucre, depuis maintenant trois jours. Je me nourris de bonbons jusqu'à l'écœurement. Hier, pendant mon tour de surveillance de Narcisse, j'ai défoncé le coffre de deux cents voitures. Bilan : quelques bouteilles d'eau et de soda, des sucreries, du chocolat. Mais rien de consistant. J'avais l'espoir de tomber sur une bagnole revenant tout droit du supermarché, statistiquement, il doit bien y en avoir une quelque part. Mais sur les sept niveaux du parking, comment la trouver ?

De mauvaises pensées tourbillonnent dans la tête de Silence. On peut presque les entendre. Les contraires s'entremêlent : le choc d'avoir assisté à ces exécutions inutiles, les visages des suppliciés, la tentation d'accélérer le cours des événements, des plans d'attaque délirants, la haine à mon égard.

— J'en ai marre que tu lises dans mes pensées, grogne Silence d'un ton réprobateur. J'aimerais…

— … quelque chose de rationnel, j'enchaîne à sa place. Et aussi que je te foute la paix.

— Exactement.

— Mais ça, ce ne sont que tes pensées de surface. Celles dont tu as conscience. En dessous stagne une frange moins avouable : mon acharnement te flatte, tu te demandes jusqu'où je peux te dévorer. Ta curiosité te perdra.

J'entends les vertèbres de Silence produire un son sourd à travers l'immobilité de l'entrepôt. Ceci n'est pas une victoire. Nous savons tous les deux qu'il reste des zones opaques, des recoins que je suis incapable de forcer. Silence cache un secret. Cette assurance tranquille doit bien prendre sa source quelque part, et cette fois je ne dispose d'aucun indice. Je sens le coup fourré. Je devine le piège planqué quelque part. Proie et prédateur : jamais je ne suis vraiment sûr de ma place.

J – 11 — SILENCE

La pluie dégouline de mes vêtements, je laisse des flaques sur le sol du parking, dehors la tempête arrache les rares antennes des bâtiments. Ici, au troisième sous-sol, on n'entend rien, pas même les bourrasques. On respire le même air depuis trop longtemps. Mais dans un sens, il est moins pourri que celui du dehors.

Les jeunes s'entre-tuent. J'aurais préféré m'éviter ce spectacle. Le quartier chinois est en feu, les tours s'effondrent, les clans se sont reformés en interne, les privations ont exalté les oppositions, la discipline poussée trop loin tourne au chaos, toute ascèse nourrit sa propre explosion. On est foutus. On perd trop de soldats et trop de balles, le ravitaillement a cessé, les délais sont trop courts pour se retourner. Les Turcs ne livreront plus.

Je pense à Oimir, j'espère qu'il ne m'oublie pas.

L'Immortel et Narcisse me regardent faire les cent pas, intrigués. Je les ai interrompus en pleine discussion sur les mérites du Dragunov. Des pièces d'armement s'étalent autour d'eux comme des jouets. L'Immortel a arraché les portes d'une camionnette pour que Narcisse puisse dormir confortablement. Un sac de couchage complète la couchette improvisée. L'eau minérale découverte hier a permis de laver les plaies : ça ne remplacera jamais le désinfectant mais c'est mieux que rien. Finalement, ces deux-là ne s'entendent pas si mal. Mauvaise nouvelle pour moi. Sans Narcisse pour équilibrer notre cohabitation, je cours au désastre. D'autant que je ne lis dans les pensées de personne.

— On ne peut pas les laisser s'entre-tuer.

— Nous sommes trois, répond Narcisse en manipulant un chargeur.

— Aucune importance.

Je sens distinctement l'Immortel tenter de lire mes pensées. Comme une démangeaison.

— Tu ne peux pas attendre trois secondes que je finisse de parler ? je demande avec un geste énervé dans sa direction.

— Simple réflexe.

— Garde tes sales habitudes pour toi.

Narcisse nous regarde comme si on était dingues. J'ignore son air ahuri, cherche mon inspiration en tournant autour d'un pneu abandonné.

— Il faut qu'on unisse les jeunes contre les vieux.

— Super, rétorque Narcisse. Alors on se plante au milieu des combats, on explique que la division c'est mal et que l'union fait la force ? Brillante idée.

Je lui jette un regard de pur mépris. C'est précisément à cause de cette attitude qu'il passe ses journées allongé, malade, à ressasser la disparition de son clan. La gangrène le ronge moins que le défaitisme. L'absence d'espoir : voilà la seule véritable pourriture.

Je prends ma respiration et j'explique :

— Il suffit d'avancer la date des combats.

— Trop facile, ricane l'Immortel.

312

Inutile de discuter dans ces conditions. Je me lève et retourne sur mes pas, laissant les deux losers au milieu de ces flingues qu'ils sont trop lâches pour utiliser. Quelle horrible passivité. Heureusement qu'on ne comptait pas sur eux pour commencer la révolution.

Toute légèreté semble avoir fui Paris. Même sous la pluie, les clans se cherchent, se jaugent, fuient l'Armée tout en la provoquant. Le grand démantèlement est à l'œuvre. J'encouragerais volontiers ce mouvement s'il était tourné contre les vieux, seulement maintenant, tout le monde se fout des vieux. Certains jeunes parlent de nettoyer la révolte de l'intérieur. Ils clament que le véritable ennemi est intérieur — ce qu'il ne faut pas entendre !

Un bruit continuel d'avion stresse les sentinelles. Tout le monde pointe le ciel du doigt : rien à voir, malheureusement. Les épais nuages gris nous cachent la vue. Des rumeurs jaillissent de toutes parts : des chasseurs américains, des drones pour mieux préparer l'attaque, des repérages pour tester l'usage d'armes nouvelles, bactériologiques, électromagnétiques, nucléaires en dernier recours. Franchement, ça m'étonnerait. À l'abri des regards, je replie le L96 et le planque dans mon sac. Inutile d'attirer l'attention, pour me défendre le Glock suffit. Dommage que mon vélo ait disparu.

La pluie s'intensifie encore. Je rabats la capuche de mon k-way sur ma tête, vérifie mes chargeurs, puis je me mets en route. Le sol glisse sous mes pieds. Les gouttes m'aveuglent, tellement épaisses que je les croirais solides — autant que possible je longe les murs. Les rues se vident à mesure que le temps empire. Tant mieux pour moi. Je souris. À mon âge la pluie possède un goût, une consistance. Aucun vieux ne peut plus l'imaginer. Je plaindrais presque leur vie de répétition s'ils méritaient la moindre pitié, s'ils en méritaient plus que le moindre animal.

Je parcours les rues sans hésitation. Je ne me retourne pas. Je sais où je vais. Surtout, ne pas attirer l'attention. Mes yeux restent fixés sur le sol taché par des millions de chewing-gums et de crachats. Paris, ville-misère.

J'arrive à la station-essence après une bonne demi-heure de marche. Sa façade brille sous la pluie, toujours aussi criarde et plastique. À côté de la porte d'entrée, un impact de balle attire mon attention. Je reconnais cette trajectoire. Religieusement, ma main vient se poser sur la peinture arrachée.

Est-il possible que j'aie raté un de mes tirs ?

Non. Je ne rate jamais. Tous ceux qui me connaissaient sont morts.

Je pousse la porte avec détermination. Quelques voix affaiblies parviennent jusqu'à moi — une fois encore, je souris. Les Théoriciens n'aiment pas changer leurs habitudes. Transporter le matériel de propagande aurait compromis leur anonymat, sans parler des câblages à refaire. Alors ils sont revenus dans leur salle de travail, oubliant leur peur, prêts à lancer leurs tracts avec la régularité d'une mitraillette.

J'entre tout naturellement.

— Hé, Théoriciens. Les jeunes ont besoin de vous.

Treize jeunes me regardent, ébahis, noyés sous des tonnes de papiers. Les tracts s'affichent à l'état de brouillons du sol au plafond, dissimulant les murs, camouflant même l'unique fenêtre. Je concentre toute ma force de persuasion pour inspirer confiance. Je ne reconnais personne, sauf Onze, qui se tait aussi bien qu'il parle. Et personne ne semble me reconnaître.

Leurs mains restent en suspens au-dessus de leurs

ordinateurs. Aucun n'a attrapé d'arme. Très bien. Il suffit de les prendre de vitesse. Je reste debout, je ne leur laisse pas le temps de réagir.

— Pardon pour l'intrusion, je m'appelle Mirage. Je viens de la part de Vatican, c'est elle qui m'a parlé de votre planque juste avant son exécution. Je vous demande de l'aide, aujourd'hui, en son nom. Et pour tous les jeunes. C'est la panique, là dehors.

— Nous sommes au courant, répond un type en costume.

Je l'observe distraitement, tout en surveillant que personne ne bouge. Un petit nouveau, manifestement très contrarié par mon entrée.

— Il est temps pour les Théoriciens de sortir de l'ombre. Lancez des tracts. Appelez à l'union sacrée contre les vieux. Faites votre boulot !

— On a pris du retard sur le programme, récemment, dit une fille hilare.

J'attrape un tract imprimé de travers.

— Je vois bien.

D'autres se mettent à rire à leur tour. Le type au nez cassé m'adresse un clin d'œil complice :

— Non, vraiment, *beaucoup* de retard. À cause de la perte de la moitié de nos effectifs. À cause de quelqu'un qui pensait nous échapper.

Je lutte de toutes mes forces contre la tentation de reculer. Je les fixe, un par un. Robes à fleurs, souliers vernis, lunettes carrées, cravates, on se croirait dans un centre d'appels pour vendre des téléphones portables. Leurs regards restent indifférents. Personne ne me connaît, c'est impossible qu'ils devinent qui je suis. Onze fait semblant de relire un texte. Les vêtements des néophytes me semblent étrangement propres. Quelque chose ici ne tourne pas rond.

J'avale ma salive.

— Proposez une attaque globale. Avec un plan de bataille compliqué, qui occupera tout le monde, et une mise en œuvre rapide. Les jeunes ont juste besoin qu'on leur dise quoi faire. Comme avant.

— On peut contrôler les idées, réplique le type au nez cassé, pas leur utilisation.

Je ressens comme une soudaine oppression. Il ne faudrait pas que je fasse de vieux os dans le coin. J'articule bien fort :

— Commencez par arrêter la Cellule et dissoudre l'Armée. Ces bâtards gaspillent nos forces. Pour un peu, je croirais qu'ils sont *vraiment* hors de contrôle.

— Ils le sont.

— Foutaises. La Cellule est bourrée de lâches sans cervelle, trop heureux d'obéir pour ne pas avoir à penser. À peine des gestionnaires. Aucun leader n'a émergé, pour la plupart on ne connaît même pas leur nom. Pourquoi les laissez-vous faire alors que les vieux sont à nos portes ?

— Tu crois pouvoir nous donner des leçons, Silence ? demande une maigrichonne qui se rapproche sur ma gauche.

Cette fois je recule.

— Silence ? je répète stupidement.

— C'était adorable de massacrer les Théoriciens. Tu nous as tellement facilité la vie.

Le type en costume a posé ses mains sur la table. Il porte des gants. Élégants. Légers. Ses traits semblent tirés.

— Regarde le monstre que tu as créé, Silence. Regarde bien. Un vieux et douze Templiers à la table des Théoriciens — dommage que la Cellule ne soit pas aussi bien encadrée. Nous avions tout juste commencé à investir ce pôle de pouvoir. Il nous aurait sans doute fallu encore des mois pour infiltrer correctement la Théorie, et toi, en quelques minutes, tu nous ouvres un boulevard.

Mon regard tombe sur le brouillon que je tiens à la main. *Purification de la guérilla — correctif. Depuis quand les vieux sont-ils plus importants que les jeunes ? Leur anéantissement ne constituait qu'un moyen de notre liberté, mais certainement pas notre but. Il est temps de nous nettoyer de la haine. Il est temps de nous préparer à la mort. Que seuls restent, au dernier jour, ceux qui auront mérité de connaître le Jugement dernier. Que meurent les autres.*

— Tu recevras une médaille quand la révolte sera matée, ajoute la maigrichonne. Ton nom figure en bonne place sur le bureau des agences de renseignements — ton vrai nom. Fascinant, d'ailleurs, ton état civil. Nous avons eu des surprises.

Onze redresse la tête et rajuste ses lunettes :

— Ce sera tellement amusant, quand nous lâcherons l'information : Silence, l'idole de la révolte, trahissant la guérilla pour sauver sa peau. Les jeunes seront calmés pour un bout de temps.

Ils se tapent sur les cuisses de rire.

— Ah vraiment, reprend le chef aux mains gantées, c'est un plaisir que de te compter dans notre camp.

Ne pas céder à la panique. Un pas en arrière, deux pas en arrière. Trois Templiers se lèvent. Puis encore deux autres. Le vieux ne bouge pas, tranquillement assis dans son fauteuil. Inutile de se compromettre : comme toujours les jeunes obéissent aux ordres implicites. J'attrape le Glock et un tabouret, affermissant ma prise, comptant mentalement le nombre de balles nécessaires. En position automatique ça pourrait passer.

Je recule encore. Les Théoriciens convergent vers moi comme dans un film de zombies.

S'ensuit un moment de flottement. Tout le monde se fige.

Quelque chose de froid s'appuie sur mon épaule. Je tressaille. On compte des centaines de Dragunov en circulation, mais celui-ci, je le reconnaîtrais entre mille. Une de mes balles est fichée dans la crosse.

— Qu'est-ce que tu fous là ? je demande.

— Simple curiosité.

À ma très grande surprise, c'est la voix de Narcisse que je viens d'entendre.

— Moi qui pensais que les Théoriciens n'étaient qu'une légende, murmure l'Immortel à mon oreille.

Le bruit d'un bureau qui racle le sol en lino. Comme souvent après l'attente, tout se débloque brusquement. Deux mecs sautent par-dessus leurs tables, attrapent au passage des armes rudimentaires puis se jettent sur nous. J'ai le réflexe absurde de me baisser. L'Immortel fauche le premier Templier en plein vol. Son corps s'écrase à nos pieds, la tête ouverte en deux. Joli tir-réflexe.

La pièce devient mouvante. Les mouvements des Templiers, nos réactions, tout cela possède peut-être un sens profond. Avancée, recul, la différence entre survivre et mourir se joue sur des détails. Je voudrais croire que ces infimes interactions obéissent à un plan. Je sais pas pourquoi mais ce chaos m'évoque une bataille ordonnée, ou une cascade de dominos. Les Templiers se battent à l'aveugle. Pour moi, au contraire, le hasard n'existe pas. Je les aligne par rafales de trois ou quatre balles, au Glock, pas le temps de sortir le L96. J'entends des sortes de glapissements, marrant ce qu'un humain est capable de produire comme sons dans les moments de douleur et de panique. J'esquive un coup de pied de justesse. Narcisse, fort de son expérience des actions groupées mais physiquement diminué, reste en arrière et me tire fermement. L'Immortel à l'inverse, tranquille comme un maître bouddhiste, distribue des kilomètres de coups de poing. Nous sommes trop proches les uns des autres pour tirer sans risque. Quelques balles frôlent ma gorge : il est temps de filer. Narcisse me pousse à l'extérieur de la salle des Théoriciens et rappelle l'Immortel.

— Qu'est-ce que tu fous ? je hurle. Il faut qu'on les élimine !

— Et les vieux en remettront d'autres à la place. Le problème de l'anonymat, c'est que personne ne remarque quand tu meurs.

Mes bras retombent le long de mon corps. Exact. Putain de Narcisse.

Pris dans un corps à corps avec deux Templiers, l'Immortel se débat sans pitié. Ses poings et ses coudes frappent les points vitaux. Enfin libre de ses mouvements, il file un coup de pied dans la porte. Le chambranle claque dans le crâne d'un des Théoriciens.

— Silence avait un autre plan, annonce-t-il en nous rejoignant précipitamment.

Je ne proteste même plus. L'Immortel a raison, comme toujours — comme presque toujours. Mais ma deuxième idée ne manque pas de complications. Elle est compromettante et difficile à accepter. Je jette un dernier regard vers la station-essence : après tout, qu'avons-nous à perdre ? Et de quel amour-propre puis-je encore me vanter ?

Cette situation, je l'ai créée. Anna-Lyse ? Ma faute. Les jeunes qui s'entre-tuent ? Ma responsabilité. Autant pousser la logique jusqu'au bout.

— Tu es sûr que ça va aller ?

Narcisse a attaché une écharpe autour de son cou, il tousse, ses mouvements sont raides : les combats d'hier ont relancé sa gangrène.

— Je tiendrai le coup, répond-il d'une voix faible.

Je regarde en direction des lignes ennemies, pas du tout persuadé qu'on soit dans le juste. J'essaye de me convaincre que nous n'avons pas le choix — une idée réconfortante mais fausse. Silence tourne en rond. Les doutes rongent son esprit, torturent ses pensées. Sans parler du manque absolu de moralité de son idée. Ajouter une trahison à une trahison, finalement, pourquoi pas ? Force est d'avouer que c'est une bonne idée. Excellente, même.

Je fixe l'horizon. Paris a gagné en lumière depuis que les immeubles ont perdu leurs derniers étages.

Silence a passé la nuit à dessiner des plans de l'Armée, bâtiment par bâtiment et pièce par pièce. Des indications nettes, précises, mais pas toujours totalement justes. L'emplacement de la Cellule reste inexact. Les réserves de munitions et de nourriture ont été interverties. L'organigramme tient sur une feuille à part, ainsi que le système des réprimandes et des gratifications. Juste de quoi donner confiance aux vieux : avec ce qu'ils savent de nos problèmes d'organisation, ils n'hésiteront plus à nous attaquer. Nous sommes si faibles : pourquoi attendre l'Union européenne ? Pourquoi laisser le triomphe à des étrangers ?

Les vieux cherchent l'immortalité de manière encore plus urgente que nous. L'avant-goût de victoire que nous leur offrons, c'est la plus forte des drogues.

Silence fait le pari que les vieux manquent d'informations. Les membres de la Cellule exercent une surveillance constante entre eux : les trahisons sont connues mais pas leurs auteurs, alors depuis, plus personne ne quitte la salle de commandement. Les voies classiques de l'espionnage sont bloquées. Les vieux doivent se demander ce qu'il se passe et nous pouvons les renseigner.

Encore faut-il qu'ils acceptent notre aide. C'est là que Narcisse entre en jeu. Plus crédible que Silence ou moi, plus habitué aux négociations, nous espérons qu'il saura se faire entendre. Trois minutes se sont écoulées depuis son départ, démarche mal assurée mais moral au beau fixe. Je serre le chronomètre dans ma main. Maintenant il faut attendre. Je l'ai observé lors de sa traversée du pont de Notre-Dame, suivant exactement le trajet de Silence quelques jours plus tôt : physiquement, il tiendra le coup. De justesse. Nous avons serré les bandages au maximum, il a ingurgité nos portions de nourriture : vraiment, nous ne pouvions pas mieux faire. Reste à espérer que les snipers des vieux ne le fauchent pas sur la route.

Silence et moi nous retrouvons au sommet d'un énorme tas de gravats pour le couvrir. Si l'immeuble existait encore, nous nous trouverions probablement au deuxième étage. Rien de plus haut dans cette zone. On trébuche dans la poussière, mal assurés. Certaines pierres roulent sous nos chaussures. On pourrait s'imaginer sur la Lune.

L'air frais nous maintient en éveil. Le ciel resplendit d'un bleu parfaitement uni. L'île de la Cité semble déserte mais les cachettes ne manquent pas. J'ouvre l'œil. Si les vieux tuent Narcisse avant qu'il ait pu parler, tout ça n'aura servi à rien.

Je sors de ma poche un tract ramassé sur le

chemin. *Purification de la guérilla — changement de cap. La trahison nous guette, camarades ! La trahison nous cerne et nous dévore. Le grand ménage doit commencer : mais dans nos propres rangs. Nous voulions marquer l'Histoire, exhiber l'image d'une révolte idéologiquement intacte. Or aujourd'hui, notre unité tombe en miettes. Nos pires ennemis ont changé de visage et pour ceux-là, camarades, nul besoin de franchir la Seine. Voulez-vous réellement tomber aux côtés de ceux qui vous font honte ? Un peu de dignité ! Le ménage commence ici et maintenant. Parmi nous.*

Je roule la feuille en boule, consterné. Les Théoriciens se donnent vraiment du mal pour rien : à part Silence, les jeunes se moquent bien de la révolte. Ils se battent par habitude et éventuellement par vengeance. Ils n'ont rien de mieux à faire.

Un bruit dans mon dos. Six claquements.

Je ne réagis pas. Silence se retourne. Puis pose son fusil au sol, avec une lenteur exagérée.

— Plus un geste.

Je jette un œil par-dessus mon épaule. Ils sont six. Soixante-dix ans ? Au moins. Ils ont dû traverser la Seine par le même chemin que Narcisse emprunte maintenant. Je ne peux pas croire en leur audace : depuis quand les vieux se croient-ils permis de pénétrer dans notre zone ? Voilà qui conforte le plan de Silence. Ces crétins se sentent en confiance, comme s'ils pouvaient gagner sans aide extérieure, en profitant de nos divisions.

Deux d'entre eux s'approchent, AK-47 entre les mains. Les autres veillent. Aucun ne nous quitte des yeux. Je regarde les pierres branlantes sous leurs pieds : il faudrait un éboulement pour nous sauver. Je me demande si je serais capable de le provoquer. Un miracle, un tout petit miracle.

Le vieillissement a durci les traits des intrus. Ils ressemblent à des caricatures et à des livres ouverts : deuils, joies, une seule seconde me permet de cerner toute leur existence — même leurs faiblesses sont inscrites sur leur visage. Alcoolisme pour celui de gauche. Dépression pour leur chef. Nous savons tout de vous, vieux. Absolument tout.

— Bande de petits bâtards, crache le dépressif.

Il est bien loin, le temps où ils nous appelaient chou, ange, lapin, bébé. Ils se rêvaient patriarches, bien-veillants, traçant le chemin entre passé et futur. Mais leur amour restait un vœu pieu. Ils nous haïssent, depuis toujours. Ce ne sont pas la maladie ou le temps qui les ont rapprochés de la mort, mais bien nous, les générations futures, les enfants fossoyeurs qui les rejettent de génération en dégénération. Qu'ils résistent tant qu'ils le veulent : ils finiront repoussés jusqu'au dernier âge, écrasés par nous, par nos regards condescendants et notre soif de grandir. Les parents battent leurs gosses pour venger leur propre mort. De fait, la haine est la seule réponse envisa-geable.

Leur laideur me sidère. Heureusement que j'ai pris mon flingue.

Silence improvise une de ses scènes favorites :

— Oh non me tuez pas pitié me tuez pas je veux pas mourir oh non oh non…

— Moins facile de parler de la mort quand on lui fait face, hein ? crache un des vieux.

Typique des vieux : il faut toujours qu'ils nous donnent des leçons. Mais nous n'avons plus rien à apprendre, vieux. On ne va plus grandir. On va crever dans dix jours — et franchement c'est toujours mieux que vous qui allez mourir tout de suite.

Je souris. Pauvres petits vieux, je vais n'en faire

qu'une bouchée. Six contre un : ça ne me dérange pas. Silence est à mes côtés. À nous deux nous pourrions renverser des armées. Comment font-ils pour ne pas voir que nous ne sommes pas des jeunes comme les autres ? Un tout petit peu trop rapides et précis ? Un tout petit peu trop dangereux ?

Tout en faisant mine de poser le Dragunov, j'enclenche doucement la position automatique du flingue. On ne se méfie jamais assez d'un mec lent. Une leçon inspirée par Silence.

— Je vous en prie non moi je voulais pas c'est les autres, vous savez qu'ils nous obligent, moi je voulais juste suivre mes parents et avec mon petit frère ils nous ont retenus mais on fait juste semblant, les fusils sont même pas chargés...

Silence s'écroule en larmes, gesticule d'une manière menaçante, capte l'attention, se traîne à genoux. Son étrange chorégraphie, risible et déroutante, prend très progressivement de l'ampleur. Les vieux hallucinent. Mais sans le moindre temps mort, Silence continue, déroule une histoire absurde, ponctuée de changements de rythme et de moments de grâce. Les paroles s'emmêlent mais le débit ne faiblit pas. Silence pourrait parler des heures, improviser sans relâche, et sans perdre son souffle.

Les vieux tergiversent, scotchés. Ils ne sont pas habitués à ça. Et comme eux n'ont pas perdu toute humanité, ils hésitent. Qui pourrait tirer sur quelqu'un qui s'humilie à ce point ? Silence se roule au sol comme un enfant en plein caprice, soulève des petits nuages de poussière, s'époumone dans un charabia incompréhensible. Une crise de panique plus vraie que nature, à deux doigts de l'hystérie.

Je me relève tout doucement, de profil par rapport aux vieux. Mon imper cache le pistolet.

— Approche d'ici ! hurle le chef à Silence. Dégage-toi de ton ami !

— Je me rends ! Je me rends, je vous aiderai, c'est promis, j'arrive, je me rends...

Même si un certain amour-propre m'interdit le procédé, je dois dire que Silence se débrouille parfaitement pour me cacher à leur vue. Je reconnais tous les talents qui ont nourri le mythe de l'ange des snipers : la capacité d'occuper l'espace, de faire disparaître les autres, de focaliser tous les regards. Les vieux semblent avoir oublié l'évidence : nous portons tous les deux des fusils de sniper, quarante centimètres plus longs que leurs kalachs, équipées de lunettes de visée. Impossible de nous confondre avec des enfants de chœur.

C'est maintenant à mon tour d'être efficace. Ma main se resserre sur le flingue.

— Eh toi, là, derrière, montre tes mains ! *Montre tes mains !*

La confusion s'installe, tangible. Les vieux ne savent plus comment réagir : nos deux comportements sont étranges et ils se demandent qui prépare le plus mauvais coup. Je me retourne avec toute la rapidité dont je suis capable, dans mon élan j'attrape Silence par l'épaule et je l'écarte de ma ligne. Rafale à six cents coups/minute. Je me laisse entraîner par le mouvement. Je passe devant Silence. Tout est tellement simple. Du coin de l'œil je vois Silence sortir le Glock 18 de son pantalon et le lâcher aussitôt dans un cri sourd. Je ne sens plus rien. Je n'entends plus rien. Les détonations s'accumulent au point que j'ai l'impression d'évoluer dans du coton. Je contrôle tout, même la trajectoire de leurs balles à eux, même les éclats du béton, même la couleur du ciel et le battement d'ailes des pigeons qui s'envolent, plus rien ne peut m'arrêter, je suis immortel je vais tous les tuer ils m'appartiennent tous.

Un brusque silence casse mon rythme. Plus de munitions. Les vieux ne tirent pas. Quatre gisent par terre, les deux derniers s'écroulent sur les autres avec cette lenteur affectée des morts. Les éclats de pierre boivent leur sang. Je ramasse le Glock, j'achève les deux survivants d'une balle dans la tête. Problème résolu.

De l'autre côté du pont, juste derrière la masse boueuse de la Seine, j'aperçois Narcisse qui attend. Les coups de feu ont interrompu sa route. Il m'adresse un signe inquiet. Je lève mon pouce bien haut.

La petite silhouette repart, ou du moins choisit d'ignorer le problème.

Je me sens épuisé, aussi vidé que si on m'avait arraché mes organes. Comme une coquille creuse. Une envie de rire convulse mes épaules mais si je commence, jamais je ne pourrai m'arrêter. Les balles résonnent encore à l'intérieur de moi, rebondissant sur mes os, fouillant mon esprit. Je me suis métamorphosé en bloc d'adrénaline. Grisant. Je comprends mieux pourquoi Silence aime se mettre en danger : dans ces moments, le corps cesse d'être un enjeu pour devenir un moyen, la chair se change en arme aussi puissante que le L96.

L'odeur des vieux, insupportable, me pique le nez. Quelques mètres à peine nous séparent. Une distance faible qui normalement interdit de rater sa cible.

Je vérifie par acquit de conscience l'absence de blessures — dans les moments de crise, nombre de soldats oublient la douleur, l'amputation, et même leur ventre ouvert. La guerre rend fou. Je me palpe. Rien. Un contre six : ils n'avaient aucune chance. Je passe la main dans mes cheveux. Derrière moi, Silence se tord comme un asticot.

— Je porte bien mon nom, pas vrai ? je lui demande.

Silence tremble, ses cheveux traînent dans la poussière. Je souris en regardant sa cuisse percée en deux endroits. Je me sens flamboyant. Immortel, enfin. Les balles ont réussi à toucher Silence derrière moi et personne ne me fera croire que c'est une simple question de chance. J'ai dévoré sa belle confiance — enfin ma patience paye.

Tout cela commence à peine.

Il n'y a de place que pour une seule puissance comme la nôtre : plus Silence s'affaiblit, plus je deviens fort. Voler les pensées ne constituait qu'une première étape.

Je baisse son pantalon, ou plutôt je l'arrache. Je sens sa peur qui gonfle comme une bulle de savon. Ses gestes de défense sont tellement pitoyables. Une subite bourrasque emmêle nos cheveux. Ses lèvres s'entrouvrent :

— Tu n'as plus de munitions, Immortel. Moi oui.

Sa voix se réduit à un gémissement mais Silence a ramassé son Glock. Pas de cran de sûreté. Son index est prêt à actionner la détente. L'habitude de la survie, décidément. L'habitude de ne jamais admettre sa défaite.

Cette balle-là ne me ratera pas. Elle me balaiera proprement — en pleine tête, juste entre les deux yeux, sans douleur. C'est écrit dans les pensées de Silence, une fois en blanc, dans sa conscience, et une fois en noir, dans ce secret que je n'arrive pas à percer. Je recule comme si sa peau me brûlait. De fait, elle me brûle.

— Tu as perdu ! je hurle. Regarde ta cuisse !

— Regarde qui tient le flingue.

Je pensais qu'en l'absence de Narcisse tu serais sans défense. Erreur. La douleur et la haine te poussent dans tes retranchements : je peux voir émerger, distinctement, la partie indestructible de ton être. Quelque chose d'aussi puissant que moi et qui remonte à la surface — toutes ces fragilités qui font de nous des monstres — et des humains. La boîte noire intérieure, la part de sacré que ni les viols ni les tortures ni les humiliations ne peuvent entamer. Après tout, nous avons survécu à notre enfance. Qui peut nous blesser, après que nos parents nous ont dressés à supporter l'horreur ? Même si nous ne sommes qu'un champ de ruines, même si Paris semble étincelante en comparaison de notre âme, nous avons passé le pire. Ceux qui survivent à leurs quinze premières années portent en eux le potentiel d'un Armageddon. Certains l'utilisent pour construire des monastères, d'autres pour détruire le monde. Je déteste seulement ceux qui ne l'utilisent pas.

Une bombe explose à quelques centaines de mètres, provoquant l'envol d'oiseaux innombrables. Le printemps semble si proche. Je reste au-dessus de Silence, sans toucher, sans même menacer. Ce n'est plus exactement une personne qui me fait face. Plutôt de la pulpe d'humain sous forme concentrée.

— Dégage, dit calmement Silence.

Je serre les dents, rageur comme un chien. Sans dégager. Je ne veux pas que tu me demandes quoi que ce soit. Je veux que tu aies peur et que tu me supplies d'arrêter. Je déteste tout ce qui t'appartient encore, ton libre arbitre me dégoûte. J'ai envie de te frapper. J'ai envie de t'arracher la langue et les yeux. Tu seras ma propriété quand j'aurai tout détruit, il doit bien y avoir un moyen de te faire perdre le contrôle. Je t'aime tellement Silence, mais il faut que tu apprennes à te taire. Je vais t'arracher les pattes comme celles d'une sauterelle. Je chérirai ton tronc. Je laverai mon visage avec tes larmes et ton cerveau.

J'écarte ton flingue au moment où tu vas tirer, je te repousse, ton crâne cogne contre le béton. Juste un peu trop rapide pour toi.

Un tas de pierres s'écroule, je me relève comme un gamin pris en faute. Fausse alerte. C'est seulement l'immeuble qui s'effondre un peu plus.

Je ne dois plus me laisser troubler. Je déchire le manteau de Silence, cet informe k-way bleu marine déchiré aux coudes. J'ignore le souffle brûlant de ses « laisse-moi ». L'évanouissement est proche. Je prends le Glock avec moi, fébrilement je vide le chargeur. Je ne laisse rien au hasard.

Les plaies se concentrent sur sa cuisse droite mais la poussière rend difficile mon observation. Les muscles sont déchirés. L'artère a peut-être été évitée, je ne suis pas sûr : la peau ouverte pisse le sang, un morceau de chair me reste entre les mains. Pourvu que Narcisse revienne avec de quoi rattraper ce cauchemar. Une deuxième gangrène n'est pas envisageable.

Les yeux de Silence se révulsent, ses convulsions me terrorisent. Je comprime les plaies comme je peux, je serre les lambeaux de manteau de toutes mes forces. Je voudrais être impitoyable mais je me sens minable devant la possibilité que sa vie m'échappe et que je me retrouve tout seul, sans âme sœur, perdu sans adversaire sur mon terrain de jeu, avec seulement les vieux pour cible. Je me sens flancher. Les mots coulent d'eux-mêmes, impossibles à retenir :

— Calme-toi, ça va aller, on va te soigner, accroche-toi, tout ira bien, je suis là… Silence ! Silence ! Ne meurs pas. Je t'en supplie, ne meurs pas.

Ma voix se brise. Je serre son corps entre mes bras. Je me déteste.

Qu'est-ce que je croyais ? L'amour n'est bon pour personne, ni les sentiments. Ces conneries ont été combattues par les Théoriciens dès le départ, et nous avions raison de nous méfier. Il ne faut surtout pas aimer. Non seulement on veut protéger l'autre, mais on se retrouve prisonnier d'un intense désir de vivre — comme si c'était encore possible.

Pas d'avenir pour Silence et moi. Même pas de présent. Alors à quoi bon ? Même si Silence cédait, même si je pouvais me retenir de casser tout ce que je touche, on reproduirait les erreurs du passé, on finirait par se haïr nous-mêmes. Je ne me fais pas confiance. Silence ne vaut guère mieux. De toute façon, pour autant que je puisse lire dans ses pensées, Silence est trop égocentrique pour aimer. Des amis, des partenaires, oui. Mais aucun désir de se lier.

Je reprends mon poste d'observation, le L96 entre mes mains tachées d'un sang déjà noir, le regard fixe et les pensées en perpétuel mouvement. Narcisse a attaché un drap plus ou moins blanc à son bras gauche, et le garde bien visible. Quelques vieux décharnés apparaissent, qui cherchent immédiatement le piège. Ils encerclent Narcisse. Ils le fouillent. Je me baisse pour ne pas les inquiéter. Quelques secondes de confusion s'ensuivent. Des palabres. Au bout d'un moment, Narcisse tombe à genoux. Personne n'a tiré. Finalement les vieux l'emmènent, tout le monde disparaît derrière l'Hôtel-Dieu. Il ne me reste plus qu'à attendre.

Attendre de n'avoir plus rien à perdre. Si je consomme Silence maintenant, jamais je ne tiendrai dix jours. À vrai dire, survivre à Silence n'est pas une option. Je ne veux même pas y penser. Il faudra, vaille que vaille, faire tenir cette histoire jusqu'au bout. Pas facile. Les vieux ont tellement bousculé l'idée même de l'amour : le premier ne pouvait pas être le bon, le deuxième était forcément mensonger, ensuite ça devenait suspect. Amours d'une nuit, amours-rebonds, amours de jeunesse… Ils auront vraiment tout fait pour minimiser, catégoriser, ridiculiser notre sincérité.

Je me rapproche de Silence, qui semble avoir perdu conscience. Le sang coule moins fort. Je caresse son front, promettant au vide que tout ira bien. On va s'en sortir, ensemble. Je laisse ma main posée sur ses blessures à la cuisse. Pour me rassurer. La chaleur se diffuse, d'une peau à l'autre. C'est moi que le contact apaise. C'est ma rage que le sang lave.

Quand Silence dort tout devient possible. La cible que j'ai dessinée autour de son œil paraît purement décorative. Le nez un peu cassé, les lèvres fendillées, les hématomes laissés par mes poings, rien de tout cela n'a d'importance. Il ne fallait pas tenter de fuir. Il ne faut jamais reculer face à moi.

— Hé, les snipers !

Narcisse. Déjà de retour. Il émerge d'escaliers à demi écroulés, son visage couturé a repris des couleurs. Je ne l'avais jamais vu sourire. Une image fugace, qui disparaît avec la surprise de me trouver au milieu de six cadavres et de Silence en sang.

— C'est ton œuvre ? demande-t-il.

— Oui. Enfin, pas tout.

Le vent se lève, toujours plus fort. Je sens mon imper se gonfler dans mon dos. Narcisse me regarde, perplexe, vaguement accusateur. S'il savait à quel point je m'en fous.

— Ce n'est pas mon problème, ment-il avec aplomb. Les vieux ont accepté le marché. Il faudra que je retourne les voir après-demain pour leur donner les dernières infos.

— On aurait besoin de morphine…

— Désolé mais ils ne me laissent pas me promener dans leurs réserves. D'autant qu'apparemment j'étais loin d'être le premier à venir leur amener des renseignements.

Je me relève.

— Comment ça, pas le premier ?

— D'autres jeunes affluent dans leur camp. Certains se sont même rendus… Mais peu importe. Le résultat sera le même : les vieux sont persuadés de pouvoir gagner avant la fin du décompte. Ils vont attaquer. J'ai vu les blindés.

— Alors… on a réussi ?

— Oui. Les jeunes mourront ensemble en défendant leur cause.

Narcisse me sourit et sans me demander la permission il s'interpose, pour la millième fois, entre Silence et moi. Je recule, impressionné par son autorité. Il sort de son sac des bandages et du désinfectant, bricole en deux minutes un pansement plus efficace que mes propres tentatives. Il ne m'adresse pas le moindre regard, ne me demande pas d'explication. Ses doigts effleurent la peau nue qui m'appartient. Il secoue Silence, lui balance quelques gifles, sans provoquer la moindre réaction.

Au moment où son bras se lève une nouvelle fois, j'intercepte le coup. C'est insupportable. Personne peut toucher Silence, personne, à part moi.

On reste tous les deux suspendus au-dessus du corps. J'enserre son poignet de toutes mes forces. Il résiste. Il a sans doute géré des dizaines de petits affrontements de cet ordre alors qu'il régnait sur son clan. Je ne l'inquiète pas. Il sourit encore, rayonnant sous les cicatrices.

Je n'aurai jamais des yeux aussi verts, ni une personnalité aussi équilibrée. Je ne peux pas prendre le risque qu'il vive. Je ne peux pas le laisser s'approprier Silence.

J – 9 — SILENCE

Je me souviens du temps où les balles n'osaient pas me toucher, où les vieux baissaient leur arme de peur de me blesser — ils auraient pu tirer du chamallow que je les aurais considérés avec le même mépris. La guérilla était mon terrain de chasse. Les cadavres des vieux étaient la tombe où j'enterrais mes secrets.

L'Immortel joue avec mon L96, là-bas sur son matelas. Il sait que je le regarde entre mes paupières. Il compose les mêmes gestes que moi, dans le même ordre. Je retrouve mon sourire sur ses lèvres, mon émerveillement dans ses yeux. Il chérit le L96 avec toute ma sincérité. J'ai toujours su que les vieux n'étaient qu'une seule des différentes races de vampires. Celui-ci semble particulièrement doué. Le clone parfait.

Narcisse pose des linges sur ma cuisse. Je ne sens rien. Il paraît qu'on ne sent plus ses jambes quand on va mourir. Mais je garde confiance : je suis plus solide que les balles des vieux.

Le parking semble plus sombre que jamais, comme la matrice d'un monstre à deux têtes Chaque reflet sur la carrosserie des voitures nous rappelle la précarité de notre situation. Narcisse affiche une sale tête et des cernes violacés, comme s'il allait vomir. Il allait bien, pourtant, hier.

Un brouhaha interminable arrive jusqu'à nous, assourdi par les trois sous-sols. Mitrailleuses lourdes et fusils d'assaut, quelques grenades pour faire bonne mesure. L'Immortel est sorti prendre des nouvelles. Il dit que les vieux attaquent — mais pas de manière aussi massive que nous l'espérions. Des escarmouches violentes, du harcèlement : juste de quoi vider nos munitions et semer le doute parmi nos troupes. Bah. C'est mieux que rien.

Narcisse s'éloigne, s'enfonce dans sa couchette, tombe dans le coma plus qu'il ne s'endort. À sa première respiration profonde, l'Immortel lâche le L96 et se lève. Va-t-il enfin se décider ? Je chasse ma peur. Son obsession ne me concerne pas. Il s'assied à côté de ma tête, la prend sur ses genoux. Je ne réagis pas. J'imagine que je suis un légume. Je sais que ça l'énerve. Je sais qu'il veut que je résiste, que je me conforme à son fantasme. Mais plus je cerne ses inclinations, plus je m'en éloigne. Je ne lui donnerai pas ce qu'il veut. Cette cruauté ne sera pas la dernière. Je prépare pire. Je suis Silence. Ce crétin aurait-il oublié ma réputation ? Je garde toujours un coup d'avance.

Ses tics nerveux en disent long sur son état mental : il est proche du basculement. Ses doutes me donnent de l'énergie. Il ressemble à un illuminé, prônant un amour hérétique, défendant une certaine idée de la foi. Difficile de totalement le dédaigner. Il a des tripes et il n'hésitera pas à les répandre. Comment ne pas respecter un tel engagement ?

— J'ai rêvé avec toi, Silence, pendant la nuit. Les somnifères m'ont permis de pénétrer beaucoup plus loin que d'habitude.

Mais pas assez à son goût. Je le devine à sa voix, à ses tremblements. Il ressemble à un fantôme.

Amaigri, il flotte dans son imperméable. Le cuir noir n'a jamais pesé aussi lourd.

Il hausse les épaules :

— Je tiendrai le coup.

— Et donc, cette nuit ? Les rêves ? J'imagine que ça devait être intéressant.

— J'ai fouillé ton passé. Je te connais, maintenant. Après tout ce temps passé à te chercher. Ta mémoire m'attendait, plus ouverte que jamais.

Sans blague. Ses investigations avaient la légèreté d'un Panzer allemand.

— Alors, ça en valait la peine ? je demande en rigolant. Suis-je digne de ton amour ?

— Personne n'est parfait, j'imagine.

— Spécialement moi.

Il soupire, frotte de manière compulsive le contour de son œil. C'est pourtant dans ma peau que sont incrustés les stigmates, Immortel. Pas la peine de les chercher sur ton propre visage.

— J'ai vu comment tu as tué ton père. Un étranger, donc pas franchement un sacrifice. Tu ne l'avais jamais rencontré. Et pour ta mère… tu l'as seulement aidée.

La sueur coule dans mon dos.

— Mais ça ne me dérange pas, continue l'Immortel. Tout le monde refait sa vie.

— Et alors ?

— Tes trahisons ne changent rien, Silence. Tu restes honnête sur le fond. Ta force de conviction nous emportera tous. Depuis le début tu nous mènes. À l'abattoir, peut-être, mais au moins tu veilles sur la révolte. Tout le monde s'est perdu en route, même les Théoriciens. Comment ne pas aimer notre guide, qui persiste à avancer, pas à pas, même quand plus personne ne suit ?

— Les jeunes me suivent encore.

— Faux. Tout le monde se fout des vieux, les jeunes voulaient juste faire la fête. Tu leur aurais dit de buter tous les animaux, de raser les bâtiments — franchement, ils l'auraient fait. N'importe quoi pour détruire. Il ne reste plus que toi pour y croire. Je t'admirerai toujours pour ça.

— Et toi, l'Immortel. Toi aussi tu y crois. Puisque tu passes à travers les balles.

— Et moi. Mais c'est différent.

Il m'a expliqué sa religion, pendant que je dormais — l'Immortel prêcheur du parking, un grand moment de solitude. Lui contre moi, l'amour contre la haine. Comme s'il y avait une différence. Comme si bouffer mes pensées constituait une preuve d'amour, une première étape de fusion.

— Tu vas avoir du mal à me convaincre, je réponds.

L'amour, et quoi encore ? Je repense à Vatican. Bien sûr que je l'aimais : nous formions une cellule familiale. Dommage que ça ne l'ait pas empêchée de mourir. Dommage que les sentiments ne valent rien.

— On ne peut plus croire en la révolte, continue l'Immortel sans prendre le temps de lire dans mes pensées. Mais on peut croire en toi. On n'a même plus le choix : te suivre est la seule rédemption qui nous reste. Les petits mensonges n'ont aucune importance. Tant que la légende restera vivante, les jeunes se battront. Ils ont perdu leurs illusions, ils se sont écrasés contre la réalité — les conflits de pouvoir, l'organisation, les châtiments, tout ce qu'ils voulaient oublier et qui est revenu, dix fois plus fort qu'avant. Maintenant ils combattent parce qu'ils ont commencé à combattre et que revenir en arrière serait insupportable. Mais toi, tu as toujours su regarder plus loin. Ce n'est pas un hasard si même les Théoriciens voulaient faire de toi le modèle de la révolte. Je sais ce que tu penses de cette marque sur ton front, celle que j'ai effacée en incisant ma cible dans ta peau, mais c'est juste une ride de sniper, le signe de ta concentration quand tu tires. Peu importe une unique ride puisque tout le monde est devenu vieux sauf toi. La guerre nous a fait grandir trop vite. On s'est plantés.

— On ne s'est *pas* plantés.

L'Immortel secoue la tête, incapable de me regarder dans les yeux.

— Bon sang, murmure-t-il. Si une personne survit, surtout, il faudra que ce soit toi.

Narcisse se retourne sur sa couchette, gémissant dans son sommeil. Je me traîne à l'écart, loin des lâches, des infidèles et des désespérés.

J – 8 — L'IMMORTEL

Ma vision du monde se transforme depuis que Silence et moi partageons la même existence. J'ai jeté toutes mes forces dans ses pensées. Je voudrais tout comprendre. Je voudrais lui arracher plus que des souvenirs : posséder juste un lambeau de son espoir, de son inébranlable confiance.

J'entrevois le futur. Je deviens visionnaire, un talent que possède Silence sans l'avoir jamais vraiment travaillé. Silence savait que les jeunes suivraient son mouvement, même s'ils devaient en mourir. Comment expliquer autrement sa certitude ?

Je suis parcouru de flashes, de visions, d'impressions. Comme si le futur, à force d'être compressé, à force d'être limité dans une unique dernière semaine, cherchait à exploser ses propres limites.

Et bizarrement je ne cesse de voir la mer. Silence et la mer.

J'ai trouvé trois dessins de Léonard de Vinci dans l'étui du L96, soigneusement enroulés à la place du canon. Des classiques. Il me semble les avoir déjà vus reproduits dans des livres d'histoire — mais il y avait *autre chose*. Un message menaçant. Un avant-goût de vengeance.

J'ai ressenti le besoin immédiat de rouler les dessins à nouveau, de les ranger, de ne plus jamais y toucher. Le secret de Silence dort quelque part dans ces lignes. Et je ne suis plus vraiment sûr de vouloir le connaître.

J – 7 — SILENCE

On se regarde en chiens de faïence. Je ne cherche même plus à empêcher l'Immortel de fouiller dans mon cerveau. Je préserve juste une dernière boule d'obscurité, le seul salut possible. Chaque instant qui passe m'enlève un peu de substance. Alors c'est ça, l'amour ? À la rigueur, se résigner serait reposant.

— Ça va, Silence ? demande Narcisse avec une tête toute verte.

— Je ne tiens pas debout, ça aurait dû changer depuis ce matin ?

Ma jambe, tendue, repose sur des coussins arrachés aux voitures. Je me sens vide. L'Immortel a extirpé les balles avec une chirurgie datant du Moyen Âge — il prétendait que je cicatriserais plus vite, et qu'au moins le plus douloureux serait passé. J'espère que je pourrai remarcher un jour. Les plaies me torturent, chacune ouverte sur dix centimètres.

Le parking se referme chaque jour un peu plus. Les

vieux ont passé la Seine : nous nous trouvons maintenant dans leur camp. L'Immortel part tirer, tous les
matins, pendant que nous attendons — Narcisse et
moi, changeant nos bandages à tour de rôle. De temps
en temps, un clan descend dans le parking. Nous nous
cachons dans les voitures pour éviter d'avoir à nous
expliquer. Une conversation nous épuiserait.

— Tu veux des médicaments ? insiste Narcisse qui
profite de l'occasion pour en réavaler quelques-uns.

— Je ne suis pas malade.

— Ou alors des calmants. Pour la douleur.

Je jette mon regard creux sur l'Immortel.

— Je ne sens plus rien, tous mes nerfs ont brûlé
depuis que l'autre crétin a jugé bon de jouer les méde-
cins.

— Bon, je vais te laisser te reposer. Préviens quand
tu seras d'humeur.

— Je suis d'humeur pour une dernière question.
Tu m'as dit que tu ne croyais pas aux valeurs de ton
propre clan. Est-ce que tu crois à celles des jeunes ?
Ou est-ce que vraiment, tout le monde a abandonné
sauf moi ?

Narcisse hésite, puis se rassoit de l'autre côté du
réchaud à gaz. Je me demande si l'Immortel lit aussi
dans ses pensées.

— Je ne sais plus trop... dit Narcisse. Au début
j'y croyais. On ne peut pas avoir été beau et aimer
les vieux, c'est impossible. Mais la manière dont les
jeunes me traitaient ne valait pas mieux. Presque pire,
à vrai dire. Ils ont toujours la haine contre le rêve
publicitaire, tu sais. Même défiguré je l'incarne. La
tyrannie du bonheur médiatique est écrite sur mon
front. Mais bon, je ne changerai pas de camp pour
autant. J'ai vingt-deux ans. Maintenant j'aimerais
juste vivre assez pour voir la fin.

Je ne réponds rien. Son histoire ne me rassure pas. Mais l'alarmisme de l'Immortel ne se justifiait pas : au moins, Narcisse déteste vraiment les vieux. Je finis par tendre la main dans sa direction. D'accord pour quelques cachets, ça ne pourra pas faire de mal.

Narcisse s'interrompt dans son mouvement vers moi. Il hoquette.

Les mains serrées sur son ventre, il s'écroule, visage écrasé contre le sol du parking. Comme si quelqu'un venait de lui tirer en plein estomac. Je garde la main tendue, stupidement. J'attends une détonation qui expliquerait tout — mais qui ne vient pas.

La douleur plie Narcisse en deux, le roule comme une feuille de papier. Il paraît si vulnérable, juste un tas de nerfs et d'os, un mécanisme déréglé. Sa peau zébrée de veines noires semble sur le point de se déchirer. Jamais compris pourquoi les choses les plus précieuses sont emballées dans un épiderme si fragile.

Je me traîne jusqu'à lui, rampant sur mes coudes. L'angoisse me donne des forces. Je hurle. L'Immortel arrive en courant, affichant un désespoir qui ne présage rien de bon.

J'essaie de faire vomir Narcisse. Pétrifié, l'Immortel regarde la scène comme si on était dans un putain de film, incapable de bouger, incapable de répondre, et déjà mes efforts se révèlent vains, trop tard, pas la peine de se débattre, pas la peine d'appeler à l'aide.

Narcisse va mourir.

C'est comme ça.

J – 6 — L'IMMORTEL

Ce n'est pas moi. Ce n'est pas moi qui ai empoisonné Narcisse. Je le jure. Les vieux sont coupables, comme toujours, eux et leurs médicaments, ils avancent de côté, fourbes comme des fouines, ils sont la fin de toute rationalité et de toute clémence. On n'aurait jamais dû leur faire confiance.

À moins que j'aie oublié mon propre forfait. Des produits chimiques dans sa nourriture : Silence et moi avons pris soin de Narcisse depuis sa chute dans les égouts, un véritable jeu d'enfant que de l'empoisonner, chaque jour augmenter les doses. Je ne sais plus. Je suis allé trop loin, j'ai perdu mes limites. Comment savoir ce que j'ai commis alors que je me partage avec Silence ?

Je ne peux plus revenir en arrière maintenant. Je dois continuer à dévorer Silence. Je dois me perdre totalement, fondre totalement nos deux entités.

Je couvre Silence pour ne pas avoir froid. Je lui prépare à manger quand j'ai faim. Je pars fouiller des voitures quand il lui manque quelque chose.

La part obscure, la petite muraille qui nous sépare encore, me rend fou. Je me plonge dans son cerveau, inlassablement. Et il reste un secret. Une citadelle. Une place tellement imprenable que je redoute la plus infime des surprises.

La fusion amoureuse, ça ne marche jamais.

J – 5 — SILENCE

Narcisse, à peine crispé, la bouche entrouverte et tachée de sang, gît entre nous. Sa peau se relâche, blanche, striée de bleu. Ses cheveux blonds tombent en boucles soyeuses sur le sol. Il ne se ressemble plus tellement.

L'agonie est terminée.

L'Immortel et moi restons figés sur place, chacun

agenouillé d'un côté du corps. Nous n'avons pu que lui tenir compagnie. Le soulagement m'envahit : Narcisse se repose enfin, mort, abandonné par les tortures de ses dernières heures. Plus de pouls, plus de miracle. Il a refusé qu'on achève ses souffrances. Il voulait vivre jusqu'au bout, même comme un clébard, ce qui comptait c'était d'être en vie. Il voulait se sentir partir. L'ultime expérience. Nous ne tarderons plus à le suivre. Je regrette toutes nos divergences, toutes ces stupides barrières que j'ai placées entre nous. L'Immortel, Narcisse et moi. Nous aurions dû mener la lutte ensemble depuis le début. Face à une telle union, les vieux auraient *reculé*.

J'aurais dû comprendre plus tôt que ces deux-là étaient à la hauteur. Le clan Narcisse soutenu par Vatican et protégé par deux snipers. Bordel. Je possédais toutes les cartes.

Les vieux paieront aussi pour ça.

L'Immortel ferme les yeux vitreux du cadavre. Il tire une tête bizarre, comme moi sans doute. Nous avons affronté la mort, aujourd'hui — la vraie, la lente, celle qui donne réellement l'impression qu'elle tue. Je repose les mains de Narcisse sur sa poitrine, plus par réflexe que par réelle conviction. Il ne reste plus personne entre nous, maintenant.

L'Immortel passe ses bras par-dessus le cadavre. Directement vers ma gorge.

L'heure est-elle venue ?

L'Immortel m'attire contre lui, il me serre, de toutes ses forces. Je laisse aller ma tête contre son épaule. Je le laisse me consoler sans un mot, sa chaleur contraste avec la peau glacée de Narcisse dont je tiens toujours la main, je ferme les yeux... Non, l'heure n'est pas encore venue.

Je promets de donner un sens au moindre de nos

morts, à l'absurdité du cadavre de Narcisse, à la laideur qui s'installe sur ses traits couturés. Je promets de me rebeller contre la fatalité. Cette révolte n'est qu'une étape. Je recommencerai. Je ne lâcherai jamais.

J – 4 — THÉORIE (16) — REDDITION

La fin du monde commence aujourd'hui — avec un peu d'avance : que d'impatience chez les vieilles carnes ! De fait, elles ont tout intérêt à attaquer avant l'arrivée des journalistes et des observateurs. Pour l'instant, personne ne filme. Pendant encore quelques heures, tout peut arriver et rien ne pourra se prouver. Le champ est libre. Dommage que la puissance de frappe se trouve de leur côté.

Les avions survolent Paris. Nos missiles ne suffiront pas. Soyons raisonnables. La lutte est terminée : si nous ne posons pas les armes, il leur suffira de nous bombarder jusqu'à ce que même nos cadavres disparaissent.

Ils espèrent un combat mortel : ne leur offrons pas cette chance. Plus nombreux seront les survivants pour témoigner, moins ils pourront étouffer l'âme de notre révolte.

La première guérilla s'achève mais la seconde commence : à nous les articles, les chansons et les livres. Récupérez la culture. Il nous reste une chance. Seuls les vivants pourront la prendre.

Laissez parler votre instinct. Laissez parler la pulsion de préservation. Nous sommes beaucoup trop jeunes pour mourir.

Le futur peut paraître déprimant. Oui, ils nous infligeront les tribunaux, les maisons de correction et les autocritiques. Oui, ils chercheront à nous museler. Oui, le couvre-feu durera des années. Nous perdrons la plupart de nos libertés. Mais certains passeront entre les salves. Ils ne pourront jamais tous nous juger : certains paieront pour les autres, la majorité rentrera à la maison.

C'est arrivé au Rwanda, ça arrivera à Paris.

Baissez vos armes, enfants de la balle. Nous pouvons encore les pourrir de l'intérieur, revendiquer la victoire morale. Aucune honte à cela. Rendons-nous librement, la tête haute. Qui s'inscrit pour le deuxième round ?

J – 3 — L'IMMORTEL

Enfin les choses sérieuses commencent. Même du fond d'un parking, on fait parfaitement la différence entre une guérilla et une guerre. Là-haut, les immeubles et les humains n'en finissent plus d'exploser. Des torrents de décibels et de poussière. Les petits bras, les mous du genou, sont priés d'aller voir ailleurs si l'herbe pousse encore.

— On va se faire enterrer vivants si on reste ici. Il faut partir.

Silence acquiesce d'un signe de la tête. Nous sommes parfaitement préparés, la journée d'hier s'est écoulée dans la concentration, à graisser nos fusils et répartir nos munitions dans nos manteaux.

— Je voudrais mourir dans mon camp, quitte à choisir.

— À l'Armée ?

— Je doute que l'Armée contrôle encore quoi que ce soit. Suivons n'importe quels jeunes, on trouvera bien une mission sur laquelle se rendre utiles.

— C'est moi qui parle ou bien…

— Chhht… ne pose pas de questions.

Je sens dans ma jambe droite une douleur qui ne m'appartient pas. Tout se vole.

Dernier coup d'œil au parking. Tout semble en ordre.

J'installe Silence dans la voiture, une Toyota qui devrait surmonter sans problème les routes ravagées. Sa jambe repose, presque à l'horizontale, sur le siège passager. Les bandages sont neufs. Je ne pouvais pas mieux me débrouiller. En siphonnant les réservoirs de tout un sous-sol, j'ai réuni quelques litres d'essence : pas brillant mais suffisant pour tirer Silence de notre caverne.

Je range dans le coffre nos possessions. Armes, munitions, bandages, couvertures, plus quelques bouteilles d'eau de pluie que je ne suis pas sûr de vouloir consommer. Je démarre, remontant facilement les trois étages, aveuglé par la lumière du jour. Paris apparaît, blanche, nue. Les grands axes sont méconnaissables. Les bâtiments publics, effondrés. Plus d'arbres ni de fontaines, plus de zones de repos, plus de ponts, les péniches ont coulé, les bancs ont brûlé. Tout ce que nous avions épargné disparaît dans les flammes. Les boutiques, les habitations, les bureaux, les toilettes publiques, tous saccagés dans l'enthousiasme. Même les lampadaires chers à Silence ont succombé, leurs tiges tordues penchent vers le sol. Les artificiers font sauter les canalisations une par une, patiemment. Les objecteurs de conscience, armés de sécateurs, coupent chaque câble de la ville, chaque fil électrique. Qu'il ne reste rien à sauver. Que tout le putain de fric des vieux y passe. Chaque année que nous volons à la reconstruction est une année gagnée pour notre révolte.

Des jeunes courent, tirent, se regroupent ou se séparent. Impossible de comprendre leur logique. Pas sûr qu'ils sachent eux-mêmes vers quoi ils courent. Certains regardent avec étonnement la voiture, j'écarte à coups de crosse ceux qui tentent de grimper.

Je roule au hasard. À vrai dire, et puisqu'on peut commencer à tomber les masques, je n'ai jamais eu mon permis de conduire. Cette petite transgression me fait sourire.

— Tu es prêt ? demande Silence.

— On verra bien, je réponds, et dans ma tête je pense : bien sûr que non. Personne ne peut se préparer à *ça*.

Je me laisse aller sur le siège rendu mou par la moisissure. L'angoisse s'affaiblit, j'étais fatigué d'attendre. Je pensais que ces derniers mois dureraient pour toujours. J'ai profité de ma fraction d'immortalité — reste à voir si elle tiendra contre les vieux.

Ma dernière certitude tombe du ciel sous forme de bombes : les avions et les hélicoptères passent et repassent au-dessus de la ville, profitant de la couverture nuageuse. J'en vois parfois s'enflammer, se consumer en vol. L'onde de choc des crashes se répercute dans le sol, dans mes jambes, jusque dans ma nuque. L'Armée a du répondant.

Derrière nous, Narcisse brûle. Nous avons réuni tout ce qui restait de combustible, sacrifié une partie de notre essence, pour cet ultime cadeau — j'imagine que dans d'autres circonstances, nous trois aurions pu être amis. Après ces dernières semaines d'intimité, nous ne pouvions pas abandonner son corps. Le merveilleux cycle de la vie et de la décomposition contournera Narcisse : il fallait bien que la gangrène s'arrête d'une manière ou d'une autre. J'aperçois dans le rétroviseur une longue colonne de fumée noire, s'élevant en volutes au-dessus du parking. Une colonne parmi mille autres.

Le premier poste de contrôle encore en service nous arrête.

— Jeunes ? demande l'officier en service.

Je souris, retrouvant enfin mes marques. La révolte des débuts ressemblait à ça : ceux qui n'avaient pas cœur à se battre s'occupaient des transmissions, les talkies-walkies suffisaient à nous organiser. Le réseau informel des messagers valait bien les ordres de l'Armée.

— Oui, jeunes.

— Déjà affectés ?

— Nous sommes Silence et l'Immortel.

L'officier ne paraît pas surpris. Je reconnais son brassard de l'Armée, mais je doute que quiconque nous recherche encore.

— Ah, répond-il simplement. Ce ne sont pas les revenants qui manquent. Vous cherchez les dernières munitions, je suppose.

— Plutôt le moyen de filer un coup de main.

Il s'écarte un moment pour consulter un autre jeune. Affiché sur leur petite cabane, au milieu des plans de la ville, un tract immense retient mon attention. REDDITION.

— C'est quoi, ce machin ? demande Silence

— La preuve que les vieux nous prennent pour des imbéciles, répond le soldat en revenant.

— Mais dans ce cas, pourquoi l'afficher ?

— Pour se rappeler qu'il faut les tuer, et que ce sera facile. Pour se souvenir qu'ils nous sous-estiment

Silence se penche par la portière pour mieux lire.

— Et si certains jeunes prennent les tracts au sérieux ?

— Ceux-là peuvent bien aller se faire foutre. Celui qui baisse les bras, on lui tire une balle dans la tête.

— Purification de la guérilla… murmure Silence.

— Exactement. Purification.

La perspective de nouveaux meurtres entre jeunes ne m'enchante pas, mais le sourire à mes côtés calmerait n'importe quels mauvais pressentiments.

— On dirait que nous sommes repartis sur de bons rails, exulte Silence.

— Ton optimisme te perdra.

Une heure plus tard, essoufflés par notre escalade, nous nous retrouvons sur les toits de Notre-Dame. À croire que vraiment, les assassins reviennent toujours sur le lieu du crime. Deux soldats et moi nous sommes relayés pour porter Silence, puis pour rapporter le matériel nécessaire. Heureusement que nous n'étions pas pressés. Mais le dérangement en vaut la peine : environnés de statues et recouverts de poussière, nous devenons presque invisibles. Silence, jambes tremblantes, s'accroche à la balustrade. Le vertige, toujours. Je me prépare tranquillement, inspectant les coursives et les chemins, cherchant le meilleur angle. Au-delà des tuiles et des ornements, Paris s'étale, parsemée de combats et de lignes de tension. Le centre semble sous contrôle des jeunes — au moins pour les prochaines heures. Les vieux percent par l'est. Côté ouest au contraire, le chaos a englouti les vieilles démarcations. Les deux camps s'interpénètrent librement, couverts par d'innombrables ruines.

Notre-Dame, donc. Vidée de l'intérieur, solide de l'extérieur. La charpente et les ogives semblent pouvoir survivre à n'importe quelle guerre. On se sent vraiment au-dessus de la mêlée, ici. Sans compter que nous sommes en relative sécurité. Les vieux répugnent à détruire leur patrimoine. Ils accordent réellement une valeur aux antiquités. Évidemment, quand Silence et moi commencerons à tirer, ils n'hésiteront pas longtemps à nous faire sauter. Mais au moins, ils hésiteront un peu.

Les avions et les hélicoptères bombardent systématiquement les immeubles les plus hauts : cette fois les snipers s'avancent en première ligne, et tout le monde met la pression aux tireurs de missiles — largement inefficaces, trop mal entraînés. Le passage aérien ne cesse jamais. Pas de pause, même la nuit.

La peur engendrée par les bombes perturbe les manœuvres des troupes : à nous de faire cesser la démolition systématique. On nous a confié à chacun un Barrett calibre .50. Silence a tout de suite adopté ces petites merveilles : des raretés, dont le terrorisme islamique constitue la seule provenance possible. Et finalement, pourquoi pas ? Nul ne peut dénier un certain talent aux partisans du djihad. Mais il y a plus. Silence, dont la connaissance enthousiaste des armes m'impressionne toujours, m'a expliqué que le Barrett est le seul fusil de sniper capable de perturber un avion à basse altitude. Il tire des balles en uranium appauvri. S'en protéger demande des blindages spécifiques que les vieux sont loin de posséder. Ils auraient mieux fait d'attendre l'Union européenne, décidément ! Mais il faut croire que la tentation était trop forte. Maintenant que les vieux sortent de leur zone, couvrant la Seine d'embarcations diverses, nous allons les anéantir. Il ne restera rien à sauver quand le monde extérieur interviendra. Franchement, le résultat ne sera pas beau à voir. Et encore moins de notre côté.

Et pourtant je me surprends à espérer. Peut-être l'assurance de Silence est-elle contagieuse.

Le sentiment de fin du monde a été partagé par toutes les générations, à chaque coup dur, avec la même sincérité. Plus que tous les autres, c'est ce regret-là qui torture les vieux : celui de ne pas être les derniers. Toujours, on s'imagine contempler l'aboutissement de la décadence du genre humain. Et toujours, il reste des survivants.

Mais les places sont chères.

J – 2 — SILENCE

L'efficacité des Barrett me sidère et m'enflamme. Superman pourrait bien apparaître devant moi : les superhéros ne vivent qu'à une pression d'index de mon univers. Les vieux sont des moustiques. Je suis indestructible. À chaque coup le recul m'enfonce l'épaule, me repousse contre le sol. Mes coudes absorbent mal les vibrations, et je dois prendre plusieurs minutes pour calmer les tremblements dans mes doigts. Pourtant, quelle efficacité. Quel bonheur.

Les avions touchés dévient légèrement de leur trajectoire. Les hélicoptères se transforment en kamikazes, explosant n'importe où. Un chasseur touché simultanément par l'Immortel et par moi, en plein cockpit, s'est écrasé sur la tour Eiffel, l'amputant partiellement de deux de ses jambes — bien fait pour les vieux, ils n'avaient qu'à calmer leur aviation. La vieille carcasse de fer penche désormais méchamment vers le nord, menaçant d'emporter le pont d'Iéna dans sa chute. L'énormité du symbole a freiné les attaques. Les vieux pensaient qu'on respecterait quelques derniers bâtiments. Pas de chance : sitôt que l'Immortel et moi avons quitté Notre-Dame, quatre cents tonnes d'explosifs la réduisaient en miette. Et gare à ceux qui s'imaginent en sécurité dans l'enceinte du Louvre.

Ces instants de grâce ne pouvaient pas durer longtemps. Exaspérée par nos attaques, l'Union européenne a envoyé ses troupes. Enfin !

Bardés d'uniformes gris, les hommes déboulent du nord. Nombreux. Beaucoup plus nombreux que nous. Difficile de rater les jeeps équipées de mitrailleuses. Plus encore d'ignorer la présence de blindés qui descendent les Champs-Élysées. J'aimerais croire que les éboulements retarderont la progression des chenilles mais l'avancée, implacable, se poursuit sans heurts. L'œil vissé à mes jumelles, je me mordille les lèvres. Fini de jouer.

L'armée officielle semble plus réelle que la nôtre, comme si nous avions seulement joué aux soldats. Elle s'étend sur les avenues, précédée de drapeaux or et outremer qui nous rappellent de mauvais souvenirs — et qui annoncent un futur pire encore. Ces chiens sont en avance. De deux jours. Ce n'était pas prévu. Leur déploiement au sol me prend aux tripes, immense, écrasant, virtuellement imbattable. Le retour à l'ordre débute, œuvre de mâles à matraques qui portent tous le même visage et les mêmes habits.

Ils ont placé leurs jeunes en première ligne. Allemands, Anglais, Tchèques : tous devraient rejoindre notre révolte, dans un monde idéal. Mais je ne rêve pas d'un ralliement.

Les vieux ont ouvert les hostilités par une attaque motorisée en ligne. L'Immortel et moi répliquions à l'unisson, nos respirations imbriquées l'une dans l'autre, scrutant chaque troupe qui se risquait à découvert. Les Barrett freinaient à peine la lente avancée des tanks. Puis les munitions ont commencé à manquer. Nous sommes repassés à nos armes habituelles, L96 et Dragunov — souvent insuffisantes contre les pare-balles, surtout à longue distance. Protégés comme des tortues, casqués, défendus par leurs boucliers, les soldats nécessitaient souvent trois balles avant de tomber.

Enfin les snipers professionnels sont entrés en action, plus solides que ceux des vieux, nous poussant à reculer, à changer de position constamment. La partie de plaisir était clairement terminée.

Nous nous trouvons maintenant sur le toit d'un gymnase, complètement à l'est de Paris, près de Bercy. Je tiens en joue un appartement reconverti en état-major et aux murs couverts de cartes. Là-bas les vieux ricanent. Ils paraissent bien nourris et bien habillés, rien à voir avec nos adversaires jusqu'à présent. Ils s'enduisent le gosier de café. Moitié de bidasses, moitié de politiciens. Des snipers couvrent le toit de leur immeuble, des gardes du corps passent et repassent entre ma cible et moi. Toutes ces précautions ne serviront évidemment à rien.

Dans ma lunette les vieux rigolent. On ne leur a pas appris à douter. Le temps ne leur a pas apporté l'humilité, bien au contraire : toujours plus sûrs d'eux, toujours plus méprisants, inaltérables jusqu'au bout des dents. Je cherche l'angle juste. Je vise les décorations militaires. Ils croient en leur sécurité : ils ne savent pas qui je suis. Et c'est bien cette absence de reconnaissance que je leur reproche. Le cœur d'un colonel quelconque explose. Je prépare déjà le second tir. Le type à côté s'écroule, atteint d'une balle en pleine gorge. Je me marre. Le style de l'Immortel se greffe au mien.

Nous marquons une petite pause, le temps de chercher une nouvelle cible.

Sur le champ de bataille, quelque chose se prépare. Les soldats officiels ont ralenti leur approche, obéissant à un plan précis, sécurisant constamment leurs arrières. Tout autour de leur ligne, les jeunes convergent. Ils concoctent manifestement une attaque en étoile, destinée autant à bousculer l'avancée qu'à couper la retraite.

Les premiers tirs éclatent mais immédiatement, les vieux reculent. Quelle bande de poules mouillées ! S'ils se montrent aussi lâches au corps à corps, les repousser devrait être possible. Je le savais bien, qu'ils perdraient leurs nerfs à la première occasion.

L'Immortel lâche un juron puis me tend ses jumelles. J'observe plus précisément et je fronce les sourcils : les vieux reculent, d'accord, mais en divisant leurs lignes. Quelle sera la mauvaise surprise ? Des tirs de missile ? La réponse ne se fait pas attendre : en deux minutes, le terrain se dégage complètement. À l'exception d'une toute petite troupe. Cinq cents jeunes surentraînés, se déplaçant dans une parfaite cohésion. Des mercenaires achetés dans un quelconque pays en guerre. Des jeunes qui nous ressemblent comme deux gouttes d'eau : sales, secs, armés. Sans uniforme.

Il en faut peu, finalement, pour mettre en déroute même notre absence d'organisation.

Certains des nôtres, prenant ces nouveaux venus pour des alliés, rejoignent leurs rangs et s'y font trucider. D'autres, voyant des jeunes tirer dans leur direction, croient être pris à revers. La panique se répand, exponentielle. D'une volonté collective nous passons au chaos — en quelques secondes. Les survivants tirent sur les lignes arrière pour se frayer une retraite. Les lignes arrière répliquent. Quelques généraux se mettent à tirer au mortier. La débandade commence, mais même alors, des dizaines de jeunes meurent piétinés sous les différentes poussées.

Ce que nous avons mis des années à construire vient de s'écrouler en quoi — une minute.

Inutile d'emprunter les passages réservés ou les voies de secours habituelles, les vieux savent où ils sont. Les tunnels souterrains et catacombes ont été bétonnés dans la nuit.

Nous n'avons aucune chance. Plus de nourriture, plus de chefs, plus tellement de munitions non plus. Les militaires européens, déployés en largeur, nous mutilent morceau par morceau comme ils dépèceraient un porc. Nos troupes s'épuisent sur leurs lignes infiniment renouvelées. On ne s'en sortira plus. Cinq cents mercenaires et notre ennemi a changé de visage.

Par précaution je range mon fusil dans son étui : il va falloir reculer, encore une fois.

Juste au moment où je me retourne vers l'Immortel, un hourra m'interrompt. Je reprends mes jumelles. Je fais le point.

Bon sang, les treize-ans sont de retour. Je distingue nettement une petite fille ceinturée d'explosifs. Ceux-là ne peuvent pas se confondre avec des soldats étrangers : trop jeunes. Mais tout aussi meurtriers.

Cinq minutes plus tôt ils étaient des enfants, maintenant nous les acclamons comme nos leaders. La retraite cesse tout net. Pendant que les gamins attaquent, les guérilladeptes prennent le temps de se réorganiser — et de reprendre l'offensive. Cette démonstration de courage pousse tout le monde de l'avant. Moi-même, je reprends mon poste. J'oublie la douleur dans mon épaule, je pose mon œil droit en contact avec le viseur : la cible dans ma peau complète la cible sur le terrain. Les treize-ans tirent à la grenade et à la kalach. Certains se font exploser. Les vieux et leurs mercenaires battent en retraite, contraints et forcés, nous entraînant à leur suite.

Tout le monde veut se battre, maintenant, et emporter dans la mort un bout de leur arrogance. Les bouquins pleins de bons sentiments avaient raison : les enfants sont toujours porteurs d'espoir.

Des nuages cotonneux flottent au-dessus de nos têtes. Presque le printemps.

Je recharge mon fusil d'une main toujours plus ferme. L'heure est à l'héroïsme et au sacrifice. Il faut retrouver en nous la tradition des Gaulois, des Teutons et des kamikazes. Je repense au salut de l'âme, aux Noëlistes, aux treize-ans. Et à ma porte de sortie.

J – 1 — L'IMMORTEL

Les vieux s'enlisent, erreur après erreur. Ils ont fait des prisonniers. Ces bouffons ont tenté d'amadouer des jeunes qui avaient tué père et mère... Quelle bonne blague. Les objectifs des jeunes se sont immédiatement transformés : pour avoir la chance de mourir au combat, il fallait se montrer cruel et inhumain, ne pas leur laisser le choix, ne pas inspirer la moindre pitié. Nous avons torturé leurs commandants sous leurs yeux, et des mercenaires étrangers aussi. Nous avons crucifié leurs chefs. Nous avons craché toute notre salive sur les cadavres. Il fallait qu'on salisse. Il fallait se venger de la naissance, de la crasse, des humiliations, de la violence, des génocides, de la pauvreté, de l'exploitation sexuelle, de la maladie et de la défécation, de tout ce qui fait que le monde n'était pas à la hauteur de nos espoirs.

Les nouveaux Théoriciens ne nous ont pas insufflé

la moindre pulsion de vie : au contraire, vivre est la pire chose qui pouvait nous arriver.

Écœurés par nos agissements de barbares, les vieux se sont décidés au pire : évacuer, reprendre les bombardements. À l'ancienne. De bien trop haut pour que nos Barrett soient efficaces. Il ne reste plus rien dans Paris qui ne puisse être frappé chirurgicalement sans dommage. Des avions, nous entendons à peine les ronflements. Des bombes, à l'opposé, nous entendons tout. Les moindres fragments de chacune des déflagrations.

Cris, déchaînements, explosions, sanglots, rafales, on nous entend à peine hurler, les gens deviennent fous, tirent sur n'importe quoi, les faibles deviennent des animaux — tous nos rêves pour en finir là, rats et humains réunis dans un grouillement improbable, se chevauchant les uns les autres comme une seule et même espèce.

Nous perdons quartier après quartier. La retraite patauge, j'admire les derniers chefs de groupes qui arrivent à ordonner la débâcle. Se retrancher pour mieux contre-attaquer. Continuer de tuer, parce que chaque vieux liquidé sera un témoin de moins.

Les avions passent et repassent au-dessus de la ville et ses environs, tellement nombreux qu'on croirait une simple parade.

Sans ennemi groupé à affronter, notre armée se perd. Personne ne pourra battre les bombes. Personne ne peut attaquer le ciel. Les lignes se disloquent, mollement. Les jeunes s'éparpillent. Des drapeaux blancs se mettent à flotter à chaque coin de rue. Je tire dans les premiers, ensuite j'abandonne. Il y en a trop. J'aimerais m'obliger à ignorer les traîtres, ne pas entendre le bruit des armes qu'on jette au sol. La ville se vide de l'intérieur. Derrière moi le périphérique disparaît, traversé par un flot continu de jeunes qui cherchent à fuir. La banlieue comme dernier espoir : on en revient là.

Je hurle des mots que personne ne veut entendre.

Les mines explosent. Quelques-unes seulement, au début, comme si le passage était encore possible. Puis par dizaines. Puis par centaines, par milliers… La marée des fuyards continue de pousser. Les plus malins tentent de sauter de cratère en cratère, ou de cadavre en cadavre. La fumée les rattrape. Ils toussent, hésitent. Puis finissent par commettre la faute. Nous le savions tous, pourtant. Les consignes concernant le périphérique datent de plusieurs semaines.

Je voudrais chasser cette ultime vision. Oublier que mes frères et sœurs d'armes ont préféré mourir le dos tourné aux combats.

C'est fini.

Les militaires investissent immédiatement les zones rasées et prennent position. Leurs silhouettes clonées posent des sacs de sable à chaque carrefour, transmettent des ordres, visitent les décombres. Du nord au sud, méthodiquement. Quelques clans retranchés les attendent, planqués dans des immeubles, mais de minute en minute le nombre de fusillades décroît. La reconstruction commence déjà : des douzaines de bulldozers déblaient les avenues principales, appuyés par des pompiers, des ambulanciers, des unités de nettoyage. On cache le sang avant l'arrivée des journalistes. Un peu plus loin, des commandos fraîchement arrivés patrouillent à la recherche de survivants. Le quadrillage débute. On attendrit ceux qui se rendent avec de l'eau, des biscuits et des couvertures. Les vivants tombent à genoux. Les morts auraient honte. Finalement surgissent les docteurs. Leur rôle consiste à mettre des pâtés de corps dans des boîtes, parfois à faire taire les blessés.

Quels visages auront ceux qui oseront habiter sur les cendres de leurs enfants ? Je ne sais pas. Les loyers seront bas, au début. Ça justifiera tout. Ils se trouveront toujours de bonnes raisons.

Très bien. Ce futur-là, je leur laisse.

C'est en remarquant les yeux de lapin de Silence que j'ai réalisé que nous y avions cru, jusqu'au bout — on n'a pas pu s'en empêcher. Mâchoires serrées, les mains encore remplies de munitions inutiles, nous avons échangé quelques pensées de désespoir. Le cœur de Silence battait faiblement, plus ravagé que Paris. Ses larmes coulaient sans discontinuer sur ses joues — et sans doute sur les miennes.

La bombe est tombée à une dizaine de mètres de nous, nous emportant dans un tourbillon de blocs de béton et de vacarme.

Dans l'inconscience je me raccroche à ma dernière volonté : pourvu que je sois en train de dormir. Pourvu que cette dernière journée n'ait été qu'un cauchemar. Mais la réalité me rattrape. Déjà. Le frottement de la toux dans ma gorge. J'ai avalé assez de plâtre pour pisser des sculptures. Décontenancé, à moitié sourd, je regarde autour de moi. Des morceaux de ferraille sortent du magma comme des bras tendus. La fumée me fait cracher. Je n'y vois plus à deux mètres. Un gigantesque incendie s'est déclenché sur ma droite. Il faut partir.

— Silence !

Mais personne ne me répond. Je hurle son nom, encore et encore. Sur une impulsion je hurle son *vrai* nom. Pas mieux. Je me dégage des gravats, je cherche je creuse. Je regarde l'incendie avec angoisse. Non. Pas ça.

Finalement je repère une forme qui bouge. Je cours, à quatre pattes comme un animal, les mains et les pieds brûlés par les métaux chauffés à blanc, retenant ma respiration quand mes poumons menacent d'exploser. Silence est là. Silence erre parmi les débris, en pleine confusion. Le visage disparaissant sous le sang. L'étui du L96 serré de toutes ses forces contre sa poitrine. Je secoue ses épaules. Rien. Je vide mes maigres réserves d'eau sur son crâne, révélant un regard creux. Sa jambe droite tremble plus que jamais : l'os du tibia apparaît, la peau arrachée pend.

— On est quel jour ? demande Silence en regardant à travers moi.

Je cherche autour de nous, halluciné. Il fait nuit. Sans doute la nuit la plus glaciale depuis le début de la révolte. Je scrute les étoiles, comme si la réponse pouvait se trouver quelque part là-haut.

— Qu'est-ce que ça peut faire ? je finis par lâcher. C'est le dernier jour.

— Pas encore.

— Et pourtant si. Le dernier jour de notre révolte.

Silence m'empoigne par le col et hurle :

— Quel jour… On est restés longtemps, sous les gravats ?

C'est la première fois que je l'entends hausser le ton.

— Aucune idée, Silence.

— Je dois partir vers le sud.

— On est assiégés.

— Porte d'Orléans. Immédiatement.

Une autre bombe explose, toute proche. Peu importe. L'inaltérable confiance de Silence me rassure. Il reste une seule personne dans cette putain de ville qui sache où aller. Une seule. Je peux encore me laisser guider. Encore quelques instants. Alors la porte d'Orléans, pourquoi pas ? Tant pis si cette soudaine exigence a des airs de folie. Nous ne sommes pas loin.

Je nous traîne péniblement, changeant mille fois d'itinéraire pour éviter les routes barrées ou les immeubles effondrés. Je nous fais enjamber les restes des bâtiments. Et puis j'essaie de comprendre. Le périphérique devient rapidement visible. Je me demande si Silence veut traverser à son tour. L'idée me surprendrait. Silence préférera sans doute mourir son fusil à la main. Et d'un autre côté, peut-être les mines ont-elles toutes explosé. Peut-être pourrions-nous fuir ensemble et tout recommencer ailleurs.

Il suffirait de marcher sur les cadavres des jeunes.

Silence prend appui sur mon épaule pour tenir debout : au-dessus de ma clavicule, la cicatrice grince mais ne cède pas. Je tente une incursion dans ses pensées. Une certitude, encore. Éclatante. Tellement lumineuse qu'elle fait reculer mes propres doutes. Comment pourrais-je oser craindre la mort ? Silence a un plan. En suivant son regard obstiné, je vois le ciel. Noir, absolument vide.

Les anges ne vont pas arriver, Silence. Ils ne te sauveront pas.

Paris paraît déserte, maintenant. Plus de clameurs et plus de combats. Les bombes ont laissé place à une mer de pierre et de calme. Les jeunes semblent avoir tous disparus. Pour l'instant, les décombres nous protègent encore de l'avancée des militaires. Mais demain ce problème sera résolu. Ils sont rapides. Ils veulent en finir au plus vite.

J'ai toujours su que Silence ne m'aimerait jamais. C'est moi qui ai coupé court à cette possibilité. Je n'ai jamais autorisé la moindre empathie, le moindre rapprochement, parce que c'est *mon* amour et que je ne le partage pas. Mais maintenant que la révolte est réduite à néant je voudrais tout recommencer, à l'envers, dans le rôle du gentil garçon. Peut-être dans le rôle de Silence. Je voulais seulement être un héros. Silence ne me laissait pas être le meilleur, alors il a fallu que je devienne le pire. C'est mieux que n'être personne.

Le temps est venu. Posséder et tuer Silence. Piller son âme, dévorer son corps. Prendre sa vie avant que les vieux ne s'en chargent. Lui offrir une fin digne de ses rêves, longue, interminable, intime. Nous avons tant à partager. Refermer mes mains sur sa gorge. Clore à jamais ces yeux qui m'ignorent. Et qui regardent le ciel.

Il me reste une question à poser.

— Pourquoi les Théoriciens voulaient-ils te tuer ?

Silence continue de fixer les étoiles.

— Oh, c'est tout simple. Selon notre plan initial, je devais mener la première charge contre les vieux, en première ligne, pour être la première personne à mourir.

— Quel intérêt ?

— Des snipers de talent, il y en avait d'autres. Mais moi je suis l'incarnation de cette révolte, depuis toujours l'exemple à suivre. Il fallait que je montre comme il est juste et glorieux de renoncer à vivre. La doctrine exigeait que je meure il y a quinze jours, devant une assemblée aussi large que possible. Une sorte d'attaque-suicide, si tu préfères. Quelqu'un d'autre aurait pris ma place de guide.

Le bruit d'un hélicoptère parvient jusqu'à nos oreilles. Je regarde vers le ciel à mon tour, pris de panique.

— Il y a quinze jours ?

— Pour mon anniversaire, Immortel. Mes vingt-cinq ans.

Les formes étroites de l'hélicoptère apparaissent, découpées dans les étoiles. Pas de phares ni de lumières : toutes les ampoules ont été occultées. Ne reste que le bruit, caractéristique.

Les cheveux de Silence se détachent et s'envolent, son visage se décontracte. Quelque chose vient de changer. Une certitude vient de prendre forme : celle qu'il faut toujours, toujours se battre jusqu'à la dernière seconde.

L'engin fonce droit vers nous. J'attrape mon Dragunov mais Silence baisse mon canon, avec une force surprenante. Je ne suis pas sûr de comprendre. Et encore moins de vouloir comprendre. Pas moyen de croiser son regard : Silence semble déjà ailleurs. Sur le départ. Une peur horrible s'empare de moi, fige mes mouvements. Je tente de crier quelque chose — inaudible dans le vacarme.

L'hélicoptère se pose au beau milieu de la route, noir sur fond noir. Silence fait de grands gestes, puis se traîne dans la direction de l'engin, se servant du L96 comme d'une béquille. La portière avant s'ouvre dès que les pales cessent de tourner. Un type brun, à la peau mate, qui pourrait me ressembler, apparaît. Il porte un costume impeccable et des chaussures incroyablement brillantes.

— Hé, Silence ! Tu montes ?

— Oimir ! Je vais avoir besoin d'un peu d'aide.

L'inconnu descend, me salue vaguement puis pose ses mains sur Silence. Il lui parle comme s'ils se connaissaient depuis toujours, avec un léger accent. Sa voix roule, réconfortante, riche de mots agréables et de futurs possibles. Silence accepte son aide, se laisse porter et hisser sur le siège passager. Personne ne semble se rendre compte que j'existe. Je les accompagne jusqu'à l'hélicoptère. Je ne sais pas quoi faire d'autre.

— Vingt-cinq ans ? j'implore.

— Tu as bien entendu, Immortel. Mais ne t'inquiète pas, tu n'as pas oublié mon cadeau. La croix autour de mon œil. Tu l'as incisée exactement au bon moment. Le 21 février.

Silence se cale confortablement sur son siège puis me regarde dans les yeux, bien plus franchement que depuis des semaines. Je me rends compte, comme une évidence, que je fais face au secret bien gardé. La dernière muraille vient de tomber. La boule d'obscurité, la citadelle qui me faisait redouter ce moment. Nous n'avons plus rien à nous cacher. Ses pensées se révèlent, limpides, sans filtre ni faux-semblant. Enfin, nous nous *rencontrons*.

— Alors tu pars vers la mer.

— En Turquie, dans un premier temps. Il faut soigner cette jambe. Ensuite, on verra bien. Mais pour Paris, c'est terminé.

J'aurais pourtant dû le savoir. Quel crétin. Mon Dieu quel crétin. J'essaie encore de nier l'évidence. Maladroitement. Je voudrais au moins essayer, même s'il faut balbutier, même si les mots m'échappent :

— Tu dois rester jusqu'au bout de la révolte… encore juste une journée…

— On n'est pas dans le même camp, Immortel. Plus maintenant. J'ai vingt-cinq ans : cette guerre, elle ne m'appartient plus.

Je lis dans ses pensées un océan de regrets, bien plus vaste que toutes les mers du monde. Je lis l'occasion manquée : Vatican, Narcisse, Silence, moi, le quatuor qui aurait pu renverser l'Armée et vaincre les vieux. Presque un acte manqué.

— Alors tu dois mourir ! je gronde. C'est la loi !
Celle que tu as créée !

— Celle que j'ai abolie en tuant les Théoriciens. S'ils
n'avaient pas été aussi pointilleux sur deux misérables
semaines, je n'aurais pas eu besoin de les éliminer. Je
n'aurais pas laissé leur place aux Templiers. C'est de
leur faute, de leur seule faute. J'aurais emmené les
jeunes jusqu'à la mort, je les aurais guidés jusqu'en
enfer s'il le fallait. J'aurais ouvert la voie.

Silence tente de fermer la porte de l'hélicoptère, je
la retiens, je voudrais juste rafler quelques secondes.
Quelques ultimes secondes avant que la nuit et la
solitude ne m'emportent. Les pales se remettent en
marche. Je crie par-dessus le vent.

— Tu n'as pas le droit. Tu nous appartiens.

— Alors tue-moi. Je te laisse la meilleure part.

Je saisis le Dragunov, sans hésiter je le pointe sur
sa gorge.

— Hé, du calme ! s'exclame le type aux chaussures
brillantes.

— Il ne fera rien, répond Silence en haussant les
épaules.

Tu n'oseras jamais. Je sais qu'il suffirait de monter
dans l'hélico. Tout est encore possible. Seuls les
faibles croient au destin.

— Descends, j'ordonne. Immédiatement.

— Je pars à la mer, Immortel. Tu veux venir ?

J'hésite, Silence éclate de rire.

— Bien sûr que non. Tu voulais tellement être
comme moi, ça tombe bien, tu peux encore récupérer
mon rôle. Tu es assez jeune. Tu as assez de courage,
et crois-moi, il va t'en falloir.

Quand je pense que j'ai admiré sa confiance pendant des semaines, sans me douter de rien. Maintenant toutes ces attitudes bravaches me semblent

empruntées : quand on dispose d'une aussi parfaite porte de sortie, comment ne pas garder son assurance ?

— Je vais tirer.

— Certainement pas, réplique Silence en posant un doigt sur mon canon. Mais une partie de toi survivra. Une bonne partie, que j'emmène avec moi, et dont je jure de prendre soin. Ces cicatrices devraient m'accompagner jusqu'à la mort. Hé, ce n'est pas si mal : je penserai à toi chaque jour, en croisant mon reflet dans le miroir. Adieu, Immortel. Je me demande combien de temps tu éviteras les balles, en mon absence.

La porte se referme sèchement. Je reste à l'extérieur, frappant sur la vitre mais déjà vaincu — vidé de toute énergie. Le vent m'arrache mon imperméable. Mes jambes fléchissent. Je tombe par terre, à genoux au milieu de la route. L'hélicoptère s'élève tranquillement, son moteur gronde dans la nuit. J'aspire une dernière fois, je projette mes forces et ma volonté dans la machine qui s'éloigne, cette fois Silence ne m'interdit rien. Je tente d'absorber le plus de choses possible, je prends la double blessure à la jambe, je prends les souvenirs familiaux, la Théorie, Vatican, l'arsenal dans la cave, le meurtre dans le métro, le renvoi de l'école.

Sa vie défile devant mes yeux, j'avale, je me gave. Tout, je prends tout. Pour lui permettre de repartir de zéro. Pour lui offrir une seconde chance.

Puis je réalise, juste avant que l'hélicoptère disparaisse, que Silence n'a jamais rien souhaité d'autre.

Je repasse nos rencontres de son point de vue. L'envers du décor. La mort d'Alypse : attendre sur place mon arrivée afin d'établir un premier contact. Les indices : laissés pour que je trouve ses planques.

Vatican jetée en pâture. Le pare-balles offert en cadeau. Le Hall of Fame effacé pour attiser mon intérêt. La balle qui m'épargne. Les provocations. Et toutes ces autres rencontres, jamais vraiment fortuites.

Ma cuisse me fait mal, tellement mal.

— Hé, toi. Il ne faut pas rester là.

Une douzaine de gamins m'encerclent. Plongé dans mes pensées, aveugle dans la nuit profonde, je ne les ai pas entendus arriver. Les plus âgés doivent avoir treize ans et tous exhibent des armes puissantes — plus grosses que leurs bras. Bon courage aux vieux quand ils devront affronter ces petites terreurs : tuer des adolescents, ça reste banal, mais tuer des enfants, on escalade d'un cran dans l'horreur.

— T'es un sniper ? demande une fillette décharnée.

— Je suis Silence.

Ma seconde chance à moi commence maintenant. Silence a raison : il est toujours temps de repartir de zéro.

— Vraiment ? demandent les gamins en baissant leurs armes.

— Vraiment.

Je lis dans leurs yeux un respect qui tient du conditionnement : le résultat de deux années d'idolâtrie. Certains veulent toucher le Dragunov, comparent sa taille immense à la leur. Aucun ne sait à quoi ressemble un L96. Et même s'ils se rendaient compte de la différence, cela ne changerait rien à leur excitation. Ils veulent y croire.

Un des souvenirs de Silence remonte — *Les jeunes aiment les snipers. Ils veulent se sentir protégés, vous remplacez les dieux. Tous les jours, ils mettent leur vie entre vos mains.*

Il reste une journée. La dernière. Impossible de refuser le passage de relais : les idoles disparaissent, les révoltes demeurent. C'est à mon tour de prendre la place de guide. Je voulais être Silence. J'ai réussi. Mon sort n'a rien de si tragique. Après tout, la plupart des gens se damneraient pour être libres quelques heures.

— C'était quoi, cet hélicoptère ?

— Quelqu'un qui me proposait de m'enfuir. Mais je ne ferais jamais une chose pareille. Tout va bien se passer. On va tuer les vieux, tous ensemble. On va se rassembler et combattre. Nous avons toute la nuit. Personne ne vous abandonnera.

Fin — SILENCE

La mère d'Oimir n'a pas lésiné sur le sucre : je mords dans le gâteau préparé à mon attention, savourant les saveurs de chocolat et d'amande. Le soulagement m'envahit. Il faudra sans doute quelques jours avant que je réalise que le danger s'est volatilisé, mais déjà les premiers effets se font ressentir. Comme si j'avais abandonné un énorme poids. Seule une petite douleur me démange l'épaule. À part ça, tout va bien.

— Joyeux anniversaire, dit gaiement Oimir.

— Un peu en retard, mais je te pardonne. C'est l'intention qui compte.

Le ronronnement de l'hélicoptère me berce. Je fais passer le gâteau avec quelques gorgées de soda. J'essaie de prendre mon temps. L'afflux de sucre m'apporte de l'énergie et une certaine ivresse. Le goût me pique le palais. Les bulles pétillent sur ma langue. J'ai sans doute perdu l'habitude des aliments sucrés : bah, ça reviendra.

J'ai toute la vie devant moi.

En dessous de l'hélicoptère, les combats reprennent. La lumière des bombes m'explose les yeux, m'explose le cerveau. Une brillante chape de brume se répand entre Paris et moi : j'ai l'impression de partir en vacances, qu'il suffirait de traverser les nuages pour tout oublier. Mais Oimir préfère voler en basse altitude. À travers la poussière, la guerre se distingue mal, et seulement en noir et blanc, comme dans un livre d'histoire. On croirait la révolte déjà terminée, circonscrite dans le passé, gorgée de rêves décolorés, moite de notre sang versé en vain. Quelques gouttes de pluie tombent sur la vitre avant. La vie suit son cours, je me demande comment elle ose.

Juste une anecdote de plus dans l'incessante lutte entre les jeunes et les vieux.

L'hélicoptère survole une dernière fois Paris. Mon vertige me reprend, obsédant. Vertige des hauteurs, mais aussi des bassesses.

On l'a bien démolie, notre capitale. Avec amour. Plus de musées, plus de quartiers historiques, plus d'universités : ils bâtiront des sièges sociaux, des centres commerciaux, de nouveaux lieux de vie pour tisser du lien social, avec bancs artificiels et espaces communautaires imposés. À refuser toute mémoire, nous avons peut-être fait leur jeu. Je ne doute pas que les promoteurs immobiliers sauront nous faire oublier à leurs clients. Les humains naissent dans le sang, ils peuvent bien y vivre.

Si les vieux échouent à récupérer le motif de notre révolte, ils sauront s'en approprier les fruits. Et demain... oui, les autobiographies des survivants et des tueurs, un grand débat national, la majorité à quinze ans mais sous surveillance de caméras, des thérapies familiales, des policiers dans les écoles, des lois liberticides pour que certaines idées soient tuées dans l'œuf, des rassemblements interdits dans les halls d'immeubles, des résistants salués en héros, des vieux qui témoigneront dans les collèges, et puis on oubliera, une note de bas de page dans un livre d'histoire que les générations futures, je l'espère, refermeront avec ennui.

Les incendies s'éteignent progressivement, noyés sous la boue et la neige carbonique.

Oimir me montre certaines zones, m'explique le déroulement des opérations. Mais je devine. La traque des survivants, bâtiment par bâtiment. Les clans retranchés nettoyés au gaz. Les vaincus, menottés, envoyés dans un vaste campement installé sur ce qui fut le siège de l'Armée. Oimir dit que là-bas, sous les chapiteaux blancs couverts de logos, du personnel administratif attache un papier rouge autour du cou des survivants. Leur vrai nom. Celui de leurs parents, donc. Mais cette étape ne marque nullement la fin de leur parcours. Minuscules sous l'hélicoptère, et pourtant bien visibles à cause des puissants projecteurs, je regarde des techniciens travailler dur. Il faudra que tout soit prêt au matin. Oimir affirme qu'ils installent des barres métalliques, pour ensuite les couvrir d'une toile épaisse. Il me désigne, plus loin, une sorte de longue chenille publicitaire — déjà terminée, celle-là.

Couloir sécurisé.

À l'extrémité du couloir, des cars de police s'arrêtent toutes les cinq minutes. Leur couleur blanche se repère facilement dans la nuit. Chacun crache son lot de vieux, de parents, d'enfants en bas âge, qui descendent en vainqueurs, acclamés par la presse et quelques fonctionnaires internationaux.

Sans doute ont-ils insisté pour obtenir les premières places. Rentrer chez eux. Recommencer à bosser. Ils s'imaginent certainement que leurs enfants sont devenus des Templiers, ils s'accrochent tous à ce rêve — leurs futures déconvenues me font sourire d'avance. À l'adolescence on est si influençable : à Paris, les Templiers n'ont jamais dépassé quelques dizaines de membres.

Les soldats font patienter les vieux avant de leur faire emprunter le chemin barricadé qui mène au campement. Scènes de deuil, scènes de retrouvailles. Les jeunes pleurent. Ils se jettent dans les bras de leur famille. Le cauchemar est terminé, on ne se séparera plus, c'est fini maintenant, la vie va reprendre et tu auras une console de jeux vidéo. Des caméras de télévision et des psychologues passent dans les travées. Parle-moi de ton problème, parle-moi, je t'écoute, ce sera tellement essentiel pour la reconstruction de ton identité.

Je n'entends pas, mais je sais de quoi les vieux sont capables.

Personne ne m'attendrait, moi. Personne ne souhaiterait mon retour. Sauf l'Immortel, mais bon, il ne compte pas vraiment.

Par chance je conserve l'essentiel : dans mon dos, toujours fermement sanglé, l'étui du L96. Il m'aura bien servi. J'écarte le fusil — il est sans importance, dans une certaine mesure il n'en a jamais eu.

J'ouvre la coque de plastique sur mes genoux et les trois dessins de Léonard de Vinci roulent, à peine abîmés par les chocs. L'hélicoptère fait une embardée. Je souris à Oimir qui contemple mon trésor de guerre avec envie.

— Ils sont à toi, comme promis. Tu ferais mieux de te concentrer sur ton altitude.

Léonard de Vinci, donc. J'admire une dernière fois mon butin. Ce fut une brillante inspiration que de décrocher ces dessins dès le premier jour de la révolte : on devrait tous posséder une assurance-vie, un petit pécule en cas d'ennuis. Oimir me laissera dix pour cent du prix de vente. Du moins s'il respecte notre arrangement, mais j'ai bon espoir que nous soyons maintenant partenaires. Cette somme devrait largement suffire pour repartir de zéro et soigner ma jambe. Je tâte ma cuisse par habitude. Puis mon cœur s'emballe.

Quelque chose semble différent.

Je roule mon pantalon aussi haut que possible.

Rien. Ma peau apparaît, intacte, parfaitement lisse, comme si ces deux blessures par balle n'avaient jamais existé. Sans parler de la bombe. Je tâte le contour de mes genoux, incapable de vraiment croire à ce miracle. Et pourtant les muscles fonctionnent. Je renverse un peu de soda pour laver le sang séché et la crasse — pas la moindre sensation de picotement.

Exactement comme si les dernières semaines avaient été effacées.

— Oimir, tu as une trousse à pharmacie ? je demande sur une inspiration.

— Bien sûr.

Lâchant un instant ses commandes, il me tend une petite mallette blanche. J'écarte les pansements et les flacons, les seringues et les aiguilles. Impossible de trouver un miroir. Je me débarrasse des boîtes de médicaments, je fouille les poches extérieures. Rien.

C'est sans doute préférable. Ce que je pressens, finalement, mieux vaut ne pas l'affronter. Pas tout de suite. Une mèche de cheveux passe devant mon visage. Des cheveux noirs.

Je m'accroche au siège, refrénant ma panique. De la teinture. Ce n'est que de la teinture. Je ne suis pas l'Immortel. Je ne suis pas de retour sur le champ de bataille, menant la dernière attaque. Les changements de corps n'existent pas. Je frissonne, je me tasse sur mon siège, vacillant sous les paroles prononcées pour blesser. *Je penserai à toi chaque jour, en croisant mon reflet dans le miroir.*

Mes mains tremblent. Je constate que mes doigts sont glacés. Il fait pourtant chaud, dans cet hélicoptère — tout le contraire du dehors. Je pense à l'Immortel abandonné, sans lampe de poche, condamné à attendre le matin. J'essaie d'imaginer cette dernière nuit de violences. Le froid atroce, la mort comme seul horizon. Je perçois, un bref instant, la morsure du gel. Je lui ai pourtant proposé de venir. Il aurait pu grimper dans cet hélicoptère, s'assurer une existence lâche et heureuse. Mais il préférait être moi.

À cette idée je me tourne vers Oimir.

— Est-ce que... est-ce que j'ai ma tête normale ?

Ma voix semble différente. Plus grave.

Oimir me regarde comme si je venais d'une autre planète.

— Bien sûr. Enfin, à cause des explosions, ta peau paraît plus sombre. Et tu as une blessure autour de l'œil. À part ça, rien de cassé.

— Je suis bien Silence ?

Il étouffe un rire consterné et se concentre sur le pilotage.

— Je crois que tu as surtout besoin de manger, finit-il par dire.

Je n'aurai pas de réponse. Et finalement, peu importe. Demain je serai en Turquie, les pieds dans le Bosphore, profitant de ma légèreté, l'enfance enfin oubliée, les souvenirs disparus, envolés dans la nuit parisienne. Il fera beau, tellement beau, une journée comme les autres dans les siècles des siècles.

DU MÊME AUTEUR

Aux Éditions Mnémos

DEHORS LES CHIENS, LES INFIDÈLES (Folio Science-Fiction n° 381)

RIEN NE NOUS SURVIVRA (Folio Science-Fiction n° 403)

Aux Éditions La Musardine

LA REVANCHE DU CLITORIS (en collaboration avec Damien Mascret)

PEUT-ON ÊTRE ROMANTIQUE EN LEVRETTE ? (en collaboration avec Damien Mascret)

OSEZ LES RENCONTRES SUR INTERNET

Aux Éditions Fluide Glacial

PÉCHÉS MIGNONS, tome 3 (en collaboration avec Arthur de Pins)

PÉCHÉS MIGNONS, tome 4 (en collaboration avec Arthur de Pins)

ANTI-KAMASUTRA À L'USAGE DES GENS NORMAUX (en collaboration avec Arthur de Pins)

LE GUIDE DU RÂTEAU (en collaboration avec Arthur de Pins)

Dans la même collection

208. Robert Heinlein — *Les vertes collines de la Terre* (Histoire du futur, II)

209. Robert Heinlein — *Révolte en 2100* (Histoire du futur, III)

210. Robert Heinlein — *Les enfants de Mathusalem* (Histoire du futur, IV)

211. Stephen R. Donaldson — *Le feu de ses passions* (L'appel de Mordant, III)

212. Roger Zelazny — *L'enfant de nulle part*

213. Philip K. Dick — *Un vaisseau fabuleux*

214. John Gregory Betancourt — *Ambre et Chaos* (INÉDIT)

215. Ugo Bellagamba — *La Cité du Soleil*

216. Walter Tevis — *L'oiseau d'Amérique*

217. Isaac Asimov — *Dangereuse Callisto*

218. Ray Bradbury — *L'homme illustré*

219. Douglas Adams — *Le Guide du voyageur galactique*

220. Philip K. Dick — *Dans le jardin*

221. Johan Héliot — *Faerie Hackers*

222. Ian R. MacLeod — *Les Îles du Soleil* (INÉDIT)

223. Robert Heinlein — *Marionnettes humaines*

224. Bernard Simonay — *Phénix* (La trilogie de Phénix, I)

225. Francis Berthelot — *Bibliothèque de l'Entre-Mondes* (Guide de lecture – INÉDIT)

226. Christopher Priest — *Futur intérieur*

227. Karl Schroeder — *Ventus*

228. Jack Vance — *La Planète Géante*

229. Jack Vance — *Les baladins de la Planète Géante*

230. Michael Bishop — *Visages volés* (INÉDIT)

231.	James Blish	*Un cas de conscience*
232.	Serge Brussolo	*L'homme aux yeux de na-palm*
233.	Arthur C. Clarke	*Les fontaines du Paradis*
234.	John Gregory Betancourt	*La naissance d'Ambre* (INÉDIT)
235.	Philippe Curval	*La forteresse de coton*
236.	Bernard Simonay	*Graal*
237.	Philip K. Dick	*Radio Libre Albemuth*
238.	Poul Anderson	*La saga de Hrolf Kraki*
239.	Norman Spinrad	*Rêve de fer*
240.	Robert Charles Wilson	*Le vaisseau des Voyageurs*
241.	Philip K. Dick	*SIVA* (La trilogie divine, I)
242.	Bernard Simonay	*La malédiction de la Licorne*
243.	Roger Zelazny	*Le maître des rêves*
244.	Joe Haldeman	*En mémoire de mes péchés*
245.	Kim Newman	*Hollywood Blues* (INÉDIT)
246.	Neal Stephenson	*Zodiac*
247.	Andrew Weiner	*Boulevard des disparus* (INÉDIT)
248.	James Blish	*Semailles humaines*
249.	Philip K. Dick	*L'invasion divine*
250.	Robert Silverberg	*Né avec les morts*
251.	Ray Bradbury	*De la poussière à la chair*
252.	Robert Heinlein	*En route pour la gloire*
253.	Thomas Burnett Swann	*La forêt d'Envers-Monde*
254.	David Brin	*Élévation*
255.	Philip K. Dick	*La transmigration de Timothy Archer* (La trilogie divine, III)
256.	Georges Foveau	*Les Chroniques de l'Empire, I (La Marche du Nord — Un Port au Sud)*

257. Georges Foveau — *Les Chroniques de l'Empire, II (Les Falaises de l'Ouest — Les Mines de l'Est)*

258. Tom Piccirilli — *Un chœur d'enfants maudits* (INÉDIT)

259. S. P. Somtow — *Vampire Junction*

260. Christopher Priest — *Le prestige*

261. Poppy Z. Brite — *Âmes perdues*

262. Ray Bradbury — *La foire des ténèbres*

263. Sean Russell — *Le Royaume Unique*

264. Robert Silverberg — *En un autre pays*

265. Robert Silverberg — *L'oreille interne*

266. S. P. Somtow — *Valentine*

267. John Wyndham — *Le jour des triffides*

268. Philip José Farmer — *Les amants étrangers*

269. Garry Kilworth — *La compagnie des fées*

270. Johan Heliot — *La Lune n'est pas pour nous*

271. Alain Damasio — *La Horde du Contrevent*

272. Sean Russell — *L'île de la Bataille*

273. S. P. Somtow — *Vanitas*

274. Michael Moorcock — *Mother London*

275. Jack Williamson — *La Légion de l'Espace (Ceux de la Légion, I)*

276. Barbara Hambly — *Les forces de la nuit (Le cycle de Darwath, I)*

277. Christopher Priest — *Une femme sans histoires*

278. Ugo Bellagamba et Thomas Day — *Le double corps du roi*

279. Melvin Burgess — *Rouge sang*

280. Fredric Brown — *Lune de miel en enfer*

281. Robert Silverberg — *Un jeu cruel*

282. Barbara Hambly — *Les murs des Ténèbres (Le cycle de Darwath, II)*

283. Serge Brussolo — *La nuit du bombardier*

284. Francis Berthelot — *Hadès Palace*

285. Jack Williamson   *Les Cométaires*
                             (Ceux de la Légion, II)

286. Roger Zelazny
      et Robert Sheckley   *Le concours du Millénaire*

287. Barbara Hambly   *Les armées du jour*
                             (Le cycle de Darwath, III)

288. Sean Russell   *Les routes de l'ombre*
                             (La guerre des cygnes, III)

289. Stefan Wul   *Rayons pour Sidar*

290. Brian Aldiss   *Croisière sans escale*

291. Alexander Jablokov   *Sculpteurs de ciel*

292. Jack Williamson   *Seul contre la Légion*
                             (Ceux de la Légion, III)

293. Robert Charles
      Wilson   *Les Chronolithes*

294. Robert Heinlein   *Double étoile*

295. Robert Silverberg   *L'homme programmé*

296. Bernard Simonay   *La porte de bronze*

297. Karl Schroeder   *Permanence*

298. Jean-Pierre Andrevon   *Šukran*

299. Robert Heinlein   *Sixième colonne*

300. Steven Brust   *Jhereg*

301. C. S. Lewis   *Au-delà de la planète silencieuse*

302. Jack Vance   *Les langages de Pao*

303. Robert Charles
      Wilson   *Ange mémoire* (INÉDIT)

304. Steven Brust   *Yendi*

305. David Brin   *Jusqu'au cœur du Soleil*
                             (Le cycle de l'Élévation, I)

306. James A. Hetley   *Le Royaume de l'été*

307. Thierry Di Rollo   *Meddik*

308. Cory Doctorow   *Dans la dèche au Royaume Enchanté* (INÉDIT)

309. C. S. Lewis   *Perelandra*

310. Christopher Priest   *La séparation*

311. David Brin — *Marée stellaire*
312. Ray Bradbury — *Les machines à bonheur*
313. Jack Vance — *Emphyrio*
314. C. S. Lewis — *Cette hideuse puissance*
315. Frederik Pohl et C. M. Kornbluth — *Planète à gogos*
316. Robert Holdstock — *Le souffle du temps*
317. Stéphane Beauverger — *Chromozone* (La trilogie Chromozone, I)
318. Michael Moorcock — *Le nomade du Temps*
319. John Varley — *Gens de la Lune*
320. Robert Heinlein — *Révolte sur la Lune*
321. John Kessel — *Lune et l'autre* (INÉDIT)
322. Steven Brust — *Teckla*
323. Mary Gentle — *La guerrière oubliée* (Le livre de Cendres, I)
324. Mary Gentle — *La puissance de Carthage* (Le livre de Cendres, II)
325. Mary Gentle — *Les Machines sauvages* (Le livre de Cendres, III)
326. Mary Gentle — *La dispersion des ténèbres* (Le livre de Cendres, IV)
327. Charles Dickinson — *Quinze minutes*
328. Brian Aldiss — *Le Monde Vert*
329. Elizabeth Moon — *La vitesse de l'obscurité*
330. Stéphane Beauverger — *Les noctivores*
331. Thomas Day — *La maison aux fenêtres de papier* (INÉDIT)
332. Jean-Philippe Jaworski — *Janua vera*
333. Laurent Kloetzer — *Le royaume blessé*
334. Steven Brust — *Les Gardes Phénix*
335. Isaac Asimov — *Fondation* (Le cycle de Fondation, I)

336. Isaac Asimov — *Fondation et Empire* (Le cycle de Fondation, II)

337. Isaac Asimov — *Seconde Fondation* (Le cycle de Fondation, III)

338. Isaac Asimov — *Fondation foudroyée* (Le cycle de Fondation, IV)

339. Isaac Asimov — *Terre et Fondation* (Le cycle de Fondation, V)

340. Jack Vance — *La vie éternelle*

341. Guillaume Guéraud — *La Brigade de l'Œil*

342. Chuck Palahniuk — *Peste*

343. Paul Anderson — *Trois cœurs, trois lions*

344. Pierre Corbucci — *Journal d'un ange*

345. Elizabeth Hand — *L'ensorceleuse*

346. Steven Brust — *Taltos*

347. Stéphane Beauverger — *La cité nymphale* (La trilogie Chromozone, III)

348. Gene Wolfe — *L'ombre du Bourreau* (Le livre du Nouveau Soleil, I)

349. Robert Charles Wilson — *Blink Lake*

350. Alain Damasio — *La Zone du Dehors*

351. James Patrick Kelly — *Fournaise*

352. Joëlle Wintrebert — *Le créateur chimérique*

353. Bernard Simonay — *La Vallée des Neuf Cités*

354. James Tiptree Jr — *Par-delà les murs du monde*

355. Gene Wolfe — *La Griffe du demi-dieu* (Le livre du Nouveau Soleil, II)

356. Gene Wolfe — *L'épée du licteur* (Le livre du Nouveau Soleil, III)

357. Wayne Barrow — *Bloodsilver*

358. Ted Chiang — *La tour de Babylone*

359. Clive Barker — *Le royaume des Devins*

360. Michael G. Coney — *Péninsule*

361. Theodore Sturgeon — *Un peu de ton sang*
362. Robert Charles Wilson — *Spin*
363. Gene Wolfe — *La citadelle de l'Autarque* (Le livre du Nouveau Soleil, IV)
364. Francis Berthelot — *Khanaor*
365. Mélanie Fazi — *Serpentine*
366. Ellen Kushner — *À la pointe de l'épée*
367. K. J. Parker — *Les couleurs de l'acier* (La trilogie Loredan, I)
368. K. J. Parker — *Le ventre de l'arc* (La trilogie Loredan, II)
369. K. J. Parker — *La forge des épreuves* (La trilogie Loredan, III)
370. Thomas Day — *Le trône d'ébène*
371. Daniel F. Galouye — *Simulacron 3*
372. Adam Roberts — *Gradisil*
373. Georges Foveau — *L'Enfant Sorcier de Ssinahan* (INÉDIT)
374. Mathieu Gaborit — *Bohème*
375. Kurt Vonnegut Jr — *Le pianiste déchaîné*
376. Olivier Bleys — *Canisse* (INÉDIT)
377. Mélanie Fazi — *Arlis des forains*
378. Mike Resnick — *Ivoire*
379. Catherine L. Moore — *Les aventures de Northwest Smith*
380. Catherine L. Moore — *Jirel de Joiry*
381. Maïa Mazaurette — *Dehors les chiens, les infidèles*
382. Hal Duncan — *Évadés de l'Enfer !* (INÉDIT – à paraître)
383. Daniel F. Galouye — *Le monde aveugle* (à paraître)
384. Philip K. Dick — *Le roi des elfes* (à paraître)

Composition IGS-CP à L'Isle-d'Espagne (Charente)
Impression CPI Firmin-Didot
à Mesnil-sur-l'Estrée, le 1ᵉʳ septembre 2011.
Dépôt légal : septembre 2011.
Numéro d'imprimeur : 106513.
ISBN 978-2-07-043819-8/Imprimé en France.